한국 시의 과잉과 결핍

한국 시의 과잉과 결핍

유 성 호

도서출판 역락

‖ 차례 ‖

비평의 정예성과 근본주의를 향하여

네 번째 책을 묶는다.『한국 시의 과잉과 결핍』이라는 이름으로 나오게 되는 이 작은 결실은, 최근 우리 시에 나타난 여러 미학적 징후와 경향들을 개괄하고 우리 시대의 대표적인 시인들의 시편들을 비교적 꼼꼼하고도 낱낱이 읽어내려는 이중적 의욕의 소산인 셈이다. 나로서는, 최근 우리 시의 거시적·미시적 독해에 따르는 기쁨과 두려움 그리고 갑갑함을 이 책에 싣기 위해 애썼다고 할 수 있다.

1990년대 이후 우리 문학계에 지속적으로 떠돌던 '문학의 위기'라는 과장된 풍문은, 이제 진부한 관성만 남은 채, 실체 없는 수입 담론으로서의 수명조차 다해가고 있는 듯이 보인다. 오히려 우리는 이같은 '문학의 위기' 담론을 무색케 할 정도의 활발한 작품적 성취와 비평적 논의의 폭증을 지금 목격하고 있다. 물론 '문학의 위기'라는 진단이 문학 수용자(독자)들의 저변 축소를 뜻하는 것이라면 이는 어느 정도 사실에 부합하는 것이지만, 문학을 이루고 있는 두 평행 레일인 '창작'과 '비평'이 보여주는 유례없는 외연적 호황은 여전히 우리 시대를 '문학'이라는 창으로 바라볼 수 있게 해주는 유력한 물증이라 할 것이다.

그 가운데서도 '비평'은, 매체의 다변화와 메타적 욕망의 점증(漸增)으로 인해 그 어느 시대보다 활발한 외관을 띠고 있다. 하지만 비평이 이른바 문단 권력의 유혹으로부터 결코 자유로울 수 없는 정치적 언술 방식이라는 점에서, 비평가들이 갖는 권력과 상업성 사이의 길항 관계는 비평가들에게 일정한 경성(警醒)의 원리가 되기도 하고 유혹의 굴레가 되기도 한다. 그래서 누구나 잘 알고 있듯이, 좋은 비평은 권력이나 상업성의 지수(指數)가 아니라 비평의 정예성과 근본주의적 속성을 꾸준히 지속·심화시키면서 우리 문학의 위의(威儀)를 지켜가는 데서 찾아질 것이다. 이 책에 실린 글들이 과연 그 같은 비평의 정예성과 근본주의에 충실한지는 자신이 없지만, 우리 시대 시단의 커다란 지형도를 짜는 일에서부터 낱낱 시편의 미학을 읽어내는 일에까지 이르는 동안 그 같은 목표가 어느 정도 충족되었기만을 바랄 뿐이다.

책의 1부에는 '한국 시의 지형과 지향'이라는 소제목 아래 다섯 편의 글을 모았다. 모두 현 단계 우리 시단의 지형을 살피면서 그것이 어떤 지향을 가져야 할지를 생각해본 결과들이다. 가령 「한국 시의 과잉과 결핍」은, 우리 시단의 주류 미학이 '기억'과 '자연'의 과잉, 그리고 '현실성'과 '초월성'의 결핍으로 편재화(遍在化)되고 있다는 지적과 함께 우리 시대의 서정시가 나아가야 할 방향을 암시해보려 한 결과이다. 그리고 시 비평에 대한 메타적 탐색이나 우리 시대 서정시의 운명에 관련된 글도 그 같은 맥락에서 씌어지고 배치된 것이다. 또한 현대시에 나타난 '도시' 형상과 '일상성'의 문제를 근대 비판의 상상력과 연관시킨 글도 포함하였다. 모두 우리 시대의 시단에 대한 총론격의 글이 될 것이다.

2부에는 우리 시대에 다양하게 펼쳐진 시적 인식과 표현의 사례들을 모아보았다. 거기에는 생의 복합적 형식을 다양하게 읽어내는 시선으로 '아이러니'의 문제, '생명성', '시간성', '여성성', '생태적 사유' 등이 포괄되고 있다. 서정시가 근원적으로 '원초적 통일성'을 회복하려 한다는 점에 주목하면서도, 주체와 세계가 분리되어 있는 경험으로부터 그것의 통합적 국면을 꾀하고자 하는 경험까지 서정시에 두루 나타난다는 것을 파악하고자 하였다. 그만큼 우리를 둘러싸고 있는 세계와 그것을 인식·수용하는 시적 주체를 잇는 새로운 감각과 시선은 다양하고 복합적이라는 것을 경험한 셈이다.

3부에서는 '근원의 기억과 소리의 탐침'이라는 제목 아래 오세영, 강은교, 문인수, 나희덕, 문태준의 시세계를 살펴보았다. 이들의 시에 이르면 확실히 서정시는, 정확히 말하면 현재의 주체에게 기억되는 과거의 체험이다. 이러한 이중의 성격(흔적으로서의 과거형과 충만한 기억으로서의 현재형)이 서정시의 원리를 이루는 그들 시학의 핵심이다. 또한 이들의 언어에서 우리는 서정시가 낱낱 사물들의 가시적 외관보다는 그것의 내적 소리를 탐침하는 양식임을 경험하게 된다.

4부 '통증과 사랑, 그 구원의 형식들'에서는 최문자, 박라연, 이재무, 박찬일, 정철훈의 시세계를 다루어보았다. 우리의 삶을 휘감고 있는 보편적 존재 원리인 '통증'과 '상처' 그리고 '혼돈'의 원리를 역설적 '구원'의 꿈으로 넘어서고 있는 이들은, '자연'에서 '거리'에서 자신의 '몸' 속에서 그러한 꿈의 언어를 선포하는 사제(司祭)가 되고 있다. 특별히 이들의 시에서 일정하게 '종교적 상상력'이나 '묵시록적 상상력'이 빈번하게 나타나는 것은 그 점에서 필연적이다.

마지막 5부 '운명의 긍정, 희망의 원리'에서는 고형렬, 김백겸, 도종환, 강연호, 이면우의 시세계를 탐색해보았다. 자신의 젊은 날들을 정직하게 응시하면서도 그 안에서 새로운 희망의 원리를 발견하고, 그럼으로써 자신에게 주어진 가혹한 '운명'과 맞서는 시인들의 시를 통해, 우리는 아직도 서정시가 우리 시대의 가장 첨예한 실존적 장르임을 경험하게 될 것이다.

아닌 게 아니라 '문학의 위기' 담론은 일부 매체 권력들이 퍼뜨린 수상쩍은 소문 이상도 이하도 아니었다. 물론 테크놀로지의 비약적 발달로 인한 언어 예술의 근본적 위기는, 그동안 인류가 축적해온 형이상학과 정전(正典)의 급속한 와해를 초래하고 있다는 점에서, 그리고 급격한 인식론적 단절을 부추기면서 모든 진지한 사유에 대한 냉소를 만연시킨다는 점에서, 이미 위험 수위에 다다르고 있다. 그 점에서 비평이 떠맡아야 할 몫은, 우리들 몸과 마음의 상품화와 파편화 그리고 사물화에 저항하는 방식에 있다. 곧 현실 지향과 인간 중심의 가치 추구를 전제하고, 다양하기 그지없는 피억압의 타자들을 복원하는 것이 비평적 책무라고 하여도 크게 틀리지 않을 것이다. 따라서 비평의 입법 기능이 현저하게 약화된 지금, 잊혀진(지워진) 타자들을 비평의 중심에 세우면서도 그것의 타성적 복제를 엄격하게 자계(自戒)하는 이중의 작업을 비평가들은 감당해야 한다. 그리고 말할 것도 없이, 낱낱 텍스트의 미학을 온전히 읽어내는 섬세한 독법도 아울러 심화시켜가야 할 것이다.

비평 언어의 정예성과 근본주의적 성격에 상대적으로 소홀했던 지난 몇 년간의 필치에 대해 오랜 시간 반성적으로 되새겼다. 이 책을 내면서 지금은 오랜 기억 속에 계신, 모교에서 문학의 '힘과 아름다움을 가르쳐주셨던 은사님들께, 나를 비평가로 세워주셨던 선생님들께, 우리 한국교원대학교에서 오랜 기억을 새롭게 만들고 있는 모든 그대들께, 도서출판 역락의 이대현 사장님과 편집부 식구들께, 두루두루 깊은 감사의 말씀을 올린다.

2005년 봄

청람골 연구실에서 유성호

- 한국 시의 과잉과 결핍
- 시 비평은 무엇을 해야 하는가
- 디지털 시대, 서정시의 운명
- 현대시에 나타난 도시 형상과 근대 비판
- 일상성에 대한 새로운 시적 비전과 아이러니적 상상력

한국 시의 지형과 지향

1

한국 시의 과잉과 결핍

1 '서정'의 원리에 대한 성찰

지난 세기에 우리가 우리 시의 지형을 짜는 데 가장 유력하게 적용했던 기준은, 개별 시편이나 시인이 어떤 진영이나 이념 혹은 방법에 귀속되는가 하는 것이었다. 가령 '참여/순수', '저항/순응', '리얼리즘/모더니즘', '민족문학/자유주의문학' 같은 대립쌍들 가운데 어느 쪽에 궁극적 거소(居所)를 두는가 하는 문제는, 해당 시편이나 시인의 가치를 판별하는 더없이 중요한 배타적 준거가 되었던 것이다. 또한 '노동시'나 '농민시', '도시시', '해체시' 등 일련의 주제적·이념적 속성을 개별 시편이 얼마나 충족시켰는가 하는 것도 매우 중요한 판단 기준이 되었다. 이는 지난 세기의 시적 독법(讀法)이, 시적 발화를 단순한 미적 산물이 아니라 사회 현실과 긴밀한 유추 관계를 가지는 것으로 전제를 삼았음을 보여주는 첨예한 사례들이라 할 것이다.

하지만 최근 우리는 진영 개념의 점진적 이완과 함께, 낱낱 시편들이 예술적 완결성과 진정성이라는 척도에 의해 평가되고 있는 현상을 여기저기서 어렵지 않게 목도하고 있다. 각종 앤솔러지에서는 미학적 완결성과 시적 진정성이라는 포괄적 기준으로 탁월한 시편들을 골라서 싣고 있고, 시인들 또한 자신들의 시편이 미학주의에 침윤되는 것에 대해 전혀 어색해하지 않는다. 혹독했던 근대사에 대한 예술적 응전(應戰)으로 시를 대했던 지난 세기의 태도와는 전혀 다른, 일종의 역(逆)편향이 형성된 것이다. 이러한 완만하고도 선명한 변화 양상은 한 편 한 편의 작품이 어떻게 '서정(抒情)'의 원리를 구현하고 있는가에 대한 질문을 자연스럽게 요청하고 있다.

우리가 잘 알듯이, '서사(敍事)'가 시간의 흐름에 의해 규정되는 존재의 연속성에 관심을 둔다면, '서정'은 주체가 사물을 통해 겪는 순간적 경험에 관심을 가지며 거기서 비롯되는 주체의 인지적·정서적 반응에 가장 직접적인 자기 근거를 둔다. 이때 주체는 세계와 손쉽게 동화하거나 세계로부터 아득히 격절되지 않고, 생의 순간적 파악을 통해 세계에 참여한다. 이로써 우리는 '서정'의 기능이 주체의 단순한 감정 표현에서만이 아니라, 이성적 사유를 매개로 하는 계몽, 타자의 시선을 통한 자기 검색, 감각의 갱신을 통한 세계의 재해석 등에서도 풍요롭게 구현된다는 사실에 이르게 된다. 다시 말하면 배타적인 감정 표현을 요지부동의 '서정'으로 생각하는 것은 불구적일 수밖에 없고, 타자들 예컨대 사회 현실이나 자연 혹은 신성한 존재와의 관계 속에서 '서정'의 원리가 풍요롭게 구현된다는 사실에 자연스럽게 상도하게 되는 것이다.

하지만 유감스럽게도 최근 한국 시는, 그동안 우리 시가 축적해온 이 같은 '서정'의 원리를 자신의 육체 속에 충실하게 담아내지 못하고 있다. 가령 그것은 일정하게 과잉과 결핍의 징후로 나타나고 있는데, 이때 '과잉/결핍'은 '서정'이 담아낼 수 있는 타자와의 관계에 대한 균형 감각을 결여하고 있는 일종의 편향 현상이다. 이 글은 우리 시에 나타난 이러한 과잉과 결핍 현상을 진단해보고, 그에 대한 자연스런 제언을 덧붙여보려는 시도이다.

2 '기억'과 '자연'의 과잉
– 침잠과 동화를 통한 평균적 범속화

먼저, 우리 시대의 주류 시편들은 전위적 실험 정신의 표출이나 거대 담론의 추구보다는 내면으로 침잠하여 그것을 사물과 비유적으로 결합시키는 방식에 의해 씌어지고 있는 듯이 보인다. 이는 다시 말하면, 새로운 시적 방법보다는 보편적 '서정'의 원리를 차근차근 탐색하고 구현함으로써 그동안 거대 담론의 불가피한 억압 속에 놓여 있던 '개인/내면/기억'들을 탈환하고 복원하려는 시적 기획이라 할 것이다. 하지만 이러한 정당한 기획 의도에도 불구하고 이 같은 경향은 사적(私的) '기억'과 미시적 '감각' 그리고 '일상'으로의 현저한 경사를 불러오고 있다.

물론 '기억'이나 '감각' 혹은 '일상'의 쇄사(鎖事)에 대한 시적 재현은, 우리 주위에 다양하게 편재(遍在)해 있는 사물들의 속성을 가장 잘 형상화할 수 있는 방법론적 기제가 될 수 있다. 하지만 많은 경우, 시인들은 현실과의 유추적 연관보다는 지나간 시간에 대한 남다른 '기억'으로 탈주하고 나아가 그 '기억'과의 접점을 통해서만 사물들을 재구성함으로써 현실로부터 이중의 이격(離隔)을 시도하고 있다. 또한 내용적으로 보아도 시인들은 유년의 기억과의 충일한 화해나 아니면 정반대로 내면의 불안이나 피로 같은 것을 줄곧 보이면서, 시가 가질 수 있는 현실 연관성의 여지를 최대한 좁히고 있다. 이는 거대 담론의 추상성에 지친 시인들이 고전적 서정성을 존중하면서 일종의 단시적 완결성을 지속적으로 추구하고 있기 때문이다. 마찬가지로 위악이나 불온성, 독설 같은 지난 세기의 해체 전략들을 등지고 '기억'과 '감각'과 '일상'의 무늬들을 재현하고 묘사하는 시적 전략으로 중무장하게 된 것이다.

이처럼 '기억'과 '감각'에 의존하는 경향은, 시에서 '시간'의 의미를 집중적으로 형상화하려는 집착으로 이어진다. 물론 이 역시 현재의 삶을, '기억'을 매개로 하여 과거와 잇대어진 연속성의 시간 형식이라고 생각하는 것을 반영한 결과이다. 이때 '기억'의 내용은 항상 표면에 떠 있는 어떤 고정된 상(像)을 의미하는 것이 아니라, 기억될 당시의 상황과 유사한 맥락이 도래하면 언제든지 유추적으로 재현될 준비를 갖춘 가변적이고 역동적인 형상들을 말한다. 이러한 '기억'을 매개로 한 '시간' 형식이야말로 우리 시대의 가장 주류적인 '서정'의 원리가 되고 있는 것이다.

우리가 잘 알듯이, '시간'은 우리의 삶 속에서 하나의 흐름 혹은 연속성으로 경험된다. 그러나 시간의 흐름이라는 것은 그 자체로 물리적 실재가 아니라 하나의 가상적 은유일 뿐이고 따라서 시간은 사람마다 상이한 기억과 체험 속에서 재구성될 수밖에 없다. 시인들이 사물들의 비의(秘義)를 드러내거나 암시하려 할 때, 종종 시간의 흐름이라는 은유를 택해 자신의 체험적 흔적들을 재구성하려는 욕망을 갖는 것도 바로 시간이 갖고 있는 이러한 은유적 원리 때문이다. 따라서 서정시는 이 같은 '시간'에 대한 기억과 체험의 형식으로 씌어지게 마련이다. 다시 말하면 시간의 흐름 속에서 생의 본질적 형식을 투시하는 방법 혹은 시간의 흐름 사이로 보이는 여러 흔적들에 대해 사유하는 방법이 서정시의 양보할 수 없는 기율인 것이다. 하지만 물을 것도 없이, 서정시가 구현하는 '시적인 것'의 함의가 사물과 기억의 유비적 관계를 노래하는 것에 멈출 수는 없는 일이다. '시적인 것'의 양상은 시적 대상을 주체의 내면에 실어서 서정적으로 표출하는 경향으로 나타나기도 하지만, 대상 자체가 품고 있는 서사적 계기들을 재현하는 경향도 그 중요성을 평가받을 수 있으니까 말이다.

여기서 우리는 '기억'으로의 침잠의 과잉이 현실이 풍요롭게 품고 있는 서사적 계기들을 놓치는 역편향의 사례로 점증하고 있다는 사실을 발견하게 된다. 그래서 이는 강렬한 현실 변혁의 열정으로 이른바 '희망의 원리'를 꿈꾸었던 1970-80년대의 시적 경향에 대하여 뚜렷한 반(反)명제적 성격으로 시작한 1990년대적 흐름이 지금까지 유력한 추세로 이어져오고 있음을 보여주는 실례이다. 그 점에서 '기억'을 매개로 한 내면 탐색의 과잉은 지난 세기와 질적 단층(斷層)을 이루는 새로운 차원이 아니라, 1990년대적 경향의 세련된 연장일 뿐인 것이다. 따라서 이 같은 경향이 우리 시가 지향해야 할 이념적·방법적 지표가 될 수 없음은 자명해 보인다. 왜냐하면 이러한 내성(內省)·기억 편향의 시적 기율이 우리 삶의 전체적 차원을 다 포괄할 수는 없기 때문이다. 그들은 '기억'과 '감각'과 '일상'의 미시성에만 머무른 채 역사적 개체를 암시하는 구체적 보편성으로 나아가는 미학적 거점을 마련하지 못하기 때문이다. 여기서 우리는 개별성과 보편성을 통합적으로 형상화하는 현실 지향의 시정신을 회복해야 한다는 시사적 요청과 불가피하게 맞닥뜨리게 되는 것이다.

두 번째로 우리 시단에서 흔하게 목격할 수 있는 주류적 현상의 하나는, '자연(풍경)'의 발견과 그것을 향한 동화(同化)의 지향이다. 우리가 잘 알듯이, 시에서의 생태적 사유와 실천은 '핵'과 '전쟁' 혹은 '기아' 등 우리 시대의 다양한 문제군(群)과 함께 심각하게 다가온 환경 위기의 징후로부터 발원한 것이다. 말할 것도 없이, 그 진단과 처방은 자연의 모든 존재들이 인간과 함께 평등한 권리와 가치를 지닌다는 인식에 바탕을 둔 것이다. 이는 모든 생명체들의 관계에 대한 새로운 성찰을 요청하면서, 우리 인간에게 자연에 대한 상극과 배제보다는 상생과 포용의 세계관을 주문하였다. 따라서 우리는 그동안 일정하게 축적된 생태적 사유의 성과를 바탕으로 하여, 우리 사회에 만연한 고도화된 사물화의 형식을 극복하고, 일정하게 계몽적 기획으로 출발한 생태적 사유와 실천을 더욱 근본적인 '생태적인 것'으로 목표를 정향(定向)해야 할 시점에 와 있는 것이다.

주지하듯 '자연'은 정태적인 자족적 완결체가 아니라 끊임없이 변화의 과정 속에 있는 과정적 실체이다. 따라서 '자연'은 근대 과학의 심층에 있는 조건 중 하나일 뿐이고, 그만큼 절대화될 수 없는 속성을 지닌다. 그만큼 우리는 '자연'을, 인간적 삶과 부단히 매개되고 통합되는 시적 형상으로 재구성해야 하는 책무를 부여받고 있다. 그 점에서 그동안 이른바 '생태적 상상력'에 바탕을 두고 씌어진 시편들은 일정 시간이 지나면서 여러 문제점들의 과잉을 노출했다고 판단할 수 있다.

첫째, 생태 시편들은 소재주의의 범람이라는 과잉을 노출하기 시작하였다. 감각과 인식을 갱신하는 새로운 미적 좌표를 그리지 못하고, 단순하게 자연을 완상(玩賞)하거나 반(反)문명의 포즈를 극대화하는 어법이 줄곧 나타나기에 이르렀다. 둘째, 생태 시편들은 안이한 주객 합일의 경지를 지속적으로 노출하였다. 이는 동양 정신과 생태적 지향을 결합시키려는 의욕에서 가장 많이 나타났는데, 주체의 가치 판단이나 삶으로의 피드백 과정이 생략된 채(억압된 채) 자연 현상에 절대적으로 몰입하는 주체 소거(消去)의 과정이 역력히 나타난 것이다. 셋째, 생태 시편들은 환경 문제 역시 가장 첨예하게 계급 혹은 계층적 불평등이 매개되기 마련인데도 불구하고 이에 대한 심층적 고찰을 결여한 채 보편주의의 과잉을 드러내었다. 물론 생태적 사유의 근간에는 근대의 주류로 기능했던 기계론적 세계관과 진화론적 사유에 대한 근원적 저항이 숨겨 있다. 하지만 이제 '생태 시학'은 매우 친숙한 대립 구도 예컨대 '자연=선/문명=악'의 도식을 벗어나 보다 더 풍부하고 역동적인 현실과의 접점을 찾아야 할 단계에 접어들었다. 그 점에서 심층 생태학에 대한 유혹보다는 사회 생태학의 측면 지원을 받는 것이 하나의 출구가 될 수 있을 것이다. 이러한 현상은 근대적 과제들이 여전히 미완으로 산적해 있는 우리의 상황에서 볼 때 심각한 현실성(reality) 결여의 형식이 아닐 수 없는데, 1980년대에 보편적으로 대두한 계층적 인식이 생태적 사유와 매개되지 못함으로써 자연을 절대화하는 보편주의의 과잉을 드러내게 된 것이다. 넷째, 최근 생태 시편들이 다분히 보이고 있는 인간에 대한 철저한 불신과 혐오 뒤에 인간에 대한 궁극적 부정의 과잉이 도사리고 있지 않는가 하는 우려 또한 적지 않다. 자연은 선(善)하고 인간은 악(惡)하다는 자연 절대화의 생태 시편은 그 자체로 반(反)생태적이 아닐 수 없다. 왜냐하면 결국 역사나 예술 심지어는 자연조차도 인간의 상상적 매개를 통해 시적인 것으로 환기되는 것이고, 그것을 제도적·물리적으로 유지하고 보존하는 것 역시 인간적 삶의 가장 중요한 몫이기 때문이다. 그럼에도 불구하고, 시에서 인간을 부정적으로 심지어는 적대적으로 그리고 있는 것은, 인간 이성을 통해 역사 진보가 이루어진다는 근대주의의 원리에 대한 반성이라는 명분에도 불구하고 지나친 자연 물신화로 전락하고 마는 것이다.

최근 '근대'를 둘러싼 각종 비판적 담론들이, 우리 문학이 성취한 '근대성(modernity)'의 내적, 외적 형질들을 미학적으로 밝히는 일부터, '근대'가 몰고 온 역기능에 대한 고찰까지 상당한 진폭을 보이며 다채롭게 구성되고 있다. 그러나 이러한 시적 경향은 우리에게 현실로부터 비껴난 요소들을 통한 현실 탐색이라는 변증법적 과제를 남기고 있다. 그래서 우리는 사물의 배후에 있는 본질을 새롭게 읽어내고 표현하는 (재)발견의 감각을 통해 생태 시편이라 명명되어 온 서정시의 기율과 감각을 성숙시켜가야 한다. 그래서 '자연'을 인간을 위한 일종의 환경 차원으로 한정하는 경향도 경계되어야겠지만, 인간을 배제한 '자연' 숭배의 속성도 적극 경계되어야 한다. 한 술 더 떠 염인증(厭人症)에 가까운 인간 혐오를 보인다든가, 대안없는 문명 비판을 반복적으로 양산하는 것은 서정시의 실질적 주체인 인간에 대한 심층적 사유를 결(缺)한 것이기 때문에 삼가야 한다. 인간은 자연과 함께 역사와 삶을 꾸려가는 공생적 주체이지 그저 내몰려야 할 대상이거나 수동적인 관찰에 머무는 일종의 관조자가 아니기 때문이다. 결국 생태 시편들은 인간에 대한 일방적 혐오와 자연 신비주의를 벗어나 부단히 환속(還俗)의 통로를 열어두면서 그 동안 망각되었던 인접 가치들을 활발히 끌어들여야 할 것이다. 동시에 범속한 '자연' 과잉을 경계하면서 철학적 기반을 넓혀가야 한다.

그동안 우리가 살핀 '기억'과 '자연'의 과잉 곧 침잠과 동화를 통한 평균적 범속화 경향은 시적 주체가 '현실'과의 치열한 응전을 택한 결과라기보다는, 자연·기억·감각 등의 새로운 시적 권역들을 적극적으로 자신의 육체 안에 끌어들이면서 '현실'을 일정하게 비껴간 결과라 할 것이다. 결국 우리가 세계내적 존재로서 다른 사람들 혹은 사물들과 상호 의존적 연관성을 맺고 살아가듯이, 그 필연적인 연관성이 초래하는 힘과 슬픔, 깊이와 역동성을 암시하는 것은 서정시의 불가피한 과제이다. 이를 통해 우리는 우리 시대에 만연해 있는 '기억'과 '자연' 과잉을 치유하고 극복하는 방법론에 강력한 시사를 던질 수 있을 것이다. 지난 시대에 보였던 이념 과잉이나 역사 편향을 반성하면서도, 그 반성의 철저함에서는 매우 느슨했던 '기억'과 '자연' 과잉의 시편들은, 최근 세계 정세와 국내 정세의 격변이 우리 시로 하여금 그 같은 불구성에서 벗어나 역사와의 깊은 연관은 물론 선 굵은 서사성 회복을 주문하고 있다는 사실에 귀기울여야 할 것이다. 새로운 시적 경향이 지나온 시간에 대한 근거없는

'청산'이 아니라 그것의 '반성'과 '재구축' 그리고 새로운 '시적인 것'의 심화와 확산으로 이어지기 위해서라도 말이다.

3 관계론적 사유의 결핍 – 현실과 초월의 변증법

우리는 '시적 현실'이, 역사와 일상이라는 두 가지 시간 양식을 통합하면서 우리의 삶의 존재 조건을 근원적으로 환기하는 것임을 알고 있다. 이는 구체적 장면이나 상황을 통하여 현실을 암시하면서도 가장 근원적인 인간 조건을 동시에 탐색하는 리얼리티의 회복이 이로써 가능하다는 신념의 표지(標識)이기도 하다. 또한 이는 사물에 대한 섬세한 시선으로 사회적 현상과 유추적 접점을 형성하면서, 사회 현상과 사물의 풍경을 이중의 겹으로 병치하면서 삶의 어둑한 실재를 시사하는 방법론이기도 하다. 물론 이 같은 방법론은 대상의 외관을 묘사하면서도 그 안에 오랜 흔적으로 담겨 있는 서사적 계기들을 놓치지 않는 안목에서 가능해진다. 시적 대상이 품고 있는 서사적 계기들을 재현하고, 거기에 서정적 주체의 해석을 덧붙임으로써 우리 시대의 '시적인 것'의 함의를 확산시키는 것이다.

이렇게 한 시대의 가장 구체적인 사물이나 사건을 통해 가장 보편적인 공동체적 경험을 들추어내는 노력은 우리 시대의 시편들에 가장 결핍된 기율 가운데 하나일 것이다. 우리 삶의 곳곳에 편재하고 있는 혹독한 현실과 맞서는 힘겨운 유한자(有限者)의 모습을 담을 수 있는 이러한 시적 경향의 결핍은, 유한자의 눈이 얼마나 깊이 있게 자신의 생의 형식과 사회 현실을 동시에 꿰뚫을 수 있는가를 보여주는 실례들로 가득했던 우리 근대시사의 자산에 대한 초라한 역상(逆像)이 아닐 수 없다.

하지만 이러한 서사적 계기의 확보와 그 안에서 인간의 존재 조건을 탐색하고 있는 시적 사례는, 간헐적으로나마 우리 시대의 노동 시편에서 그 편린을 간취할 수 있다. 우리가 잘 알듯이, 우리의 근대 노동시는 식민지와 분단이라는 불구적 근대의 극복을 제일의 가치로 추구해왔다. 식민지와 분단의 저류(底流)에 민족 모순과 계급 모순이 단단히 결속되어 있다는 문제 의식은 그 대표적인 인식론적 기반이었다고 할 수 있다. 하지만 우리의 노동시는 그 모순의 극복과 혁파에 대해서는 큰 문제 의식을 가졌지만, 근대 자체의 내파(內破)나 대안적 근대의 구축에는 매우 소홀하였다. 그럼에도 불구하고 사적 차원에 존재 근거를 드리우고 있는 서정시의 영역을 공적 영역으로까지 확장하면서 사회적 상상력과 미적 감수성을 결합한 것은 우리의 근대 노동시가 거둔 가장 긍정적인 미학적 의의라 할 것이다. 또한 우리의 근대 노동시는 주체와 현실이라는 두 축을 중심으로, '계급성'이 인간 조건을 규정하는 배타적이고 결정적인 몫을 행사했다는 것을 꾸준히 보여주었다. 그리고 한 시대를 표상하는 데, 서정적 주체의 주관보다는 타자들이 구성하는 사회적 현실을 더 우선하는 태도를 꾸준히 견지해왔다. '노동'이라는 관념 및 행위와 결부되어 나타난 이 같은 타자성의 시적 흐름은, 우리 시가 주체의 자기 표현 외에도 사회적 자아의 현실 인식이라는 커다란 지분으로 구성되어 있음을 알게 하였던 것이다. 최근 일부 노동 시편에서 이 같은 현실성과 타자성을 같이 발견하게 된다.

　　예컨대 이면우의 시편들은, 가족에 대한 사랑과 구체적 노동을 통한 핍진한 실감이 여전히 우리 시대에 시적 감동을 줄 수 있다는 실례를 명료하게 보여주었다. 가족 해체의 징후가 짙어가는 시대에, 그리고 노동의 가치가 온통 자본의 그것으로 환산되어버리는 교환가치의 과잉 시대에, 아직도 가족에 대한 사랑과 노동에 대한 신뢰를 노래하는 이 시인의 목소리는 그래서 이채롭게 빛나는 것이었다.

　　열일곱, 처음 손공구를 틀어쥐었다 차고 묵직하고 세상처럼 낯설었다 스물일곱, 서른일곱, 속맘으로 수없이 내팽개치며 따뜻한 밥을 찾아 손공구와 함께 떠돌았다 나는…… 천품은 못 되었다 삶과 일이 모두 서툴렀다 그렇다 그렇다 삶과 일과 그리고 유희가 한몸뚱이의 다른 이름이었음을 나는 머리칼이 잔뜩 센 나이 마흔일곱에야 겨우 짐작했던 것이다 그렇게 아주 오래 움켜쥐고 있으면 쇠도 손바닥처럼 따스해지고 마는 듯

　　초등학교 이학년 아이에게 공구세트를 선물했다 지퍼를 당기는 손이 가볍게 떨고 바로 그때 아이의 탄성처럼 은백의 광채가 그곳에 떠도는 것을 나는 처음이듯 보았다.

— 이면우 「손공구」 전문

　　"열일곱"에 "처음 손공구를 틀어"쥔 이후 그는 "차고 묵직하고 세상처럼 낯설"은 세월을 이어왔다. 물론 그 낯설음은 노동자로서 처음 쥔 공구에서 오는 감각이었지만, 그것은 곧바로 "스물일곱, 서른일곱" "마흔 일곱"으로 이어지는 노동자로서의 삶에 대한 그것이기도 하다. "속맘으로 수없이 내팽개치며 따뜻한 밥을 찾아 손공구와 함께 떠돌았"던 세월, 하지만 이면우 시인이 빛을 발하는 대목은

“천품은 못 되었다 삶과 일이 모두 서툴렀다 그렇다 그렇다 삶과
일과 그리고 유희가 한몸뚱이의 다른 이름이었음을 나는 머리칼이
잔뜩 센 나이 마흔일곱에야 겨우 짐작했던 것이다”라는 실감적 차
원의 고백에 있다. “그렇게 아주 오래 움켜쥐고 있으면 쇠도 손바닥
처럼 따스해지고 마는 듯” 한 것 아닌가. 2연에서 시인은 그 노동의
역사가 “초등학교 이학년 아이”를 통해 이어질 것임을 예감하면서,
“아이의 탄성처럼 은백의 광채가 그곳에 떠도는 것을” 오래도록 바
라보고 있다. 이처럼 1990년대 이후 보여지는 일부의 노동 시편은
생활적 구체성과 내면으로 걸러진 성찰의 깊이를 보여줌으로써,
1980년대를 이끌었던 힘인 운동과 문학의 점착성은 비록 약화되었
을지라도, 생활의 구체적 파동과 연관된 노동의 가치를 탐색하고 있
는 것이다. 이러한 현실 연관의 기율이 극심하게 결핍하게 된 것에
대해 발본적으로 반성해야 할 시점에 한국 시는 이르러 있다.

　　두 번째로 한국 시가 결핍하고 있는 종요로운 기율 가운데 하나
는 이른바 ‘신성(神聖)한 존재’와의 소통에 근거를 둔 이종의 ‘초월의
상상력’이다. 현대인들은 과학-기술 복합체가 구축한 신전에서 일상
적인 예배와 희생 제의를 치른다. 그 과정에서 번제물로 채택된 것
은, 근대적 주체로서의 자율성과 온갖 신성한 것들의 가치일 것이
다. 물론 이 두 가지는 모순율 관계에 있는 양극의 가치이다. 근대
적 주체의 자율성을 강조하면 할수록 신성의 빛은 바래지고, 신성을
강조하면 할수록 근대적 주체가 부정되는 것을 전제하지 않을 수
없기 때문이다. 하지만 우리는, 주체의 자율적 시각과 강렬한 근원
탐구의 의지를 동시에 추구하는 균형 감각이 이 신성 부재와 사물

화의 삶의 형식을 치유하고 극복할 수 있는 기율임을 자각해야 할 시점에 이르렀다. 근대 미학의 양대 산맥이라 할 수 있는 리얼리즘과 모더니즘이 공히 근대적인 주체 중심주의에 의한 인식적·미학적 주체 정립을 욕망한 산물이라면, 이제는 이성의 타자로서의 종교 의식(儀式), 현상, 경험, 지각, 상징 체계 등에 대한 관심을 본격화하여 그것을 인간의 삶의 원리의 하나로 각인하고 그것에 일정한 준거의 위치를 부여해야 하는 것이다. 그 점에서 칸트(I. Kant)가 "인간의 이성은 어떤 종류의 인식에 대해서 특수한 운명을 담당하고 있다. 곧 이성을 물리칠 수도 없고 그렇다고 대답할 수도 없는 문제에 골머리를 앓는 운명이 그것이다. 물리칠 수 없음이란 이런 문제가 이성의 자연 본성에 의해 이성에 가해졌기 때문이다. 또한 대답할 수 없음이란, 이러한 문제가 인간 이성의 일체의 능력을 넘어서기 때문이다."(『순수이성비판』)라고 말했을 때, 이성의 운명을 넘어설 가능성을 주는 것이 바로 '초월의 상상력'이라 할 것이다.

우리 현대시의 역사적·논리적 자장을 분할해왔던 '리얼리즘/모더니즘'의 미학적 분법으로는 도저히 포괄해낼 수 없는 이러한 상상력은, 언어를 통해 현실을 반영하기보다는 '존재'와 '존재자'의 관계 또는 '시원(始原)'에 대한 근본적 사색을 감행하는 데 본질이 있다. 또한 이러한 시적 방법론은 사물의 내면에서 웅얼거리는 '신성의 편재성(遍在性)'을 발견하면서 동시에 그 편재성이 인간은 물론 뭇 생명과 깊은 내적 연관성을 가지고 있다는 사실을 경이롭게 발견하는 데 목적이 있다. 우리 시대의 시인 가운데 고진하는 이러한 형식들, 가령 사물들 속에서 신성한 존재를 발견하고 그것들끼리의 내적 연관성을 시화하고 있는 대표적인 사례일 것이다.

영혼의 머리카락까지 하얗게 센 듯싶은
팔순의 어머니는

뜰의 잡풀을 뽑으시다가
마루의 먼지를 훔치시다가
손주와 함께 찬밥을 물에 말아 잡수시다가
먼산을 넋놓고 바라보시다가

무슨 노여움도 없이
고만 죽어야지, 죽어야지
습관처럼 말씀하시는 것을 듣는 것이
이젠 섭섭지 않다

치매에 걸린 세상은
죽음도 붕괴도 잊고 멈추지 못하는 기관차처럼
죽음의 속도로
어디론가 미친 듯이 달려가는데

마른 풀처럼 시들며 기어이 돌아갈 때를 기억하시는
팔순 어머니의 총기(聰氣)!
— 고진하 「어머니의 총기」 전문

　　"영혼의 머리카락까지 하얗게 센 듯싶은/팔순의 어머니는" 시인에게 "예수"이자 "밥"(「밥」)이다. 그런데 이처럼 세속('밥')과 신성('예수')을 통합적으로 체현하고 있는 어머니가 보이시는 "뜰의 잡풀을 뽑으시다가/마루의 먼지를 훔치시다가/손주와 함께 찬밥을 물에 말아 잡수시다가/먼산을 넋놓고 바라보시다가"하는 일련의 행동적 연쇄는 사실 의미없는 반복적 습관에 가까운 것이다. 그러나 시인의 눈에 "무슨 노여움도 없이/고만 죽어야지, 죽어야지/습관처럼 말씀하시는 것을 듣는 것”은 그분의 살아 계심의 확연한 증거이어서 “섭섭지 않”다. “치매에 걸린 세상”과는 달리 “마른 풀처럼 시들며 기어이 돌아갈 때를 기억하시는/팔순 어머니”야말로 참으로 “총기(聰氣)”로 가득한, 말하자면 신성이 머무는 장소이기 때문이다. 이 작품은 그의 제3시집 『우주배꼽』에 나오는 「어머니의 聖所」와 견주어 읽을 만한 시편이다. “어제 말갛게 닦아놓은 항아리들을/어머니는 오늘도/닦고 또 닦으신다/지상의 어느 성소인들/저보다 깨끗할까/맑은 물이 뚝뚝 흐르는 행주를 쥔/주름투성이 손을/항아리에 얹고/세례를 베풀듯, 어머니는/어머니의 성소를 닦고 또 닦으신다”(「어머니의 聖所」)이라는 표현에서 보듯, 시인에게 어머니의 장독대는 “이미 지상에서 사라진/聖所를 세우고 싶은 곳”(「즈므마을 1」, 『우주배꼽』)이다. 우리 삶의 현장에서 사라진(또는 은폐된) 신성을 사소하기 짝이 없는 어머니의 “주름투성이 손”의 놀림에서 찾는 것도 「어머니의 총기」와 유사한 안목에서 자연스럽게 도출된 것이다. 이처럼 어머니의 오래된 습관적 노동을 신성의 발현으로 보고, 그 현장을 신성의 거처로 파악하는 이 시인의 눈은, 하이데거(Heidegger)가 재차 인용한 횔덜린(Hölderlin)의 물음 곧 “신이 부재한 시대에 시인은 무엇을 할 것인가”라는 회의에 대한 형이상적 응답의 가능성으로 읽힐 만한 것이다. 시인의 눈에 신성은 어디든 존재하고(은폐되어 있고) 있다. 결국 고진하의 시는 사실적인 인과 관계를 추구하지 않고 사물들 사이의 전체적 연관을 추구하고 있는 것이다. 그래서 그에게 ‘초월의 상상력’은 인간이 자기 자신의 존재값에 대하여 깊이 묻고 따지는 데서 생기는 인간 실존의 한 사건이며, 그러한 자기 응시의 시선이 타자들을 향해 확장되어가다가 마침내는 다시 자기 자신으로 돌아오는 원형 회귀의 회로를 가지는 것이다. 이러한 '초월의 상상력'을 통한 근대 치유의 방법은, 사적 기억과 감각만으로 다가갈 수 없는 우주적 스케일과 신화적 상상력을 우리에게 주고 있는 것이다. 이러한 기율의 점증이 요청되는 것도, 우리 시대가 궁극적인 근원을 잃어버린 채 부동하는 시대이기 때문이다.

사실 시가 시간적으로 경험을 초월하면서 그 심미성을 가질 수 있다는 것은, 미의 형식적 요소가 경험적 내용으로부터 분리되어 성립하는 것이 아니라, 경험적 내용을 기초로 하면서 이를 초월하는 이념으로 존재할 수 있다는 것을 의미한다. 그래서 시는 현대인의 경험 그리고 그것을 초월하는 이념을 통해 신성한 타자와의 관계를 회복하는 기율을 복원해야 한다. 그 점에서 관계론적 사유의 결핍, 다시 말하면 현실의 서사적 계기들을 놓치고 신성한 존재들에 대해 망각하는 것을 넘어서, 한국 시는 현실과 초월의 변증법을 가다듬는 데 진력해야 한다.

4 과잉과 결핍을 넘어서

우리 현대사의 자장은 '민족'과 '근대'라는 두 마리 토끼를 궁극적 목표이자 행위 양식의 준거로 삼아왔다. 물론 이와 같은 두 마리 토끼몰이는, 우리의 정신사적 행방이 국수성이나 서구 중심성 어느 한쪽으로 쏠리는 것을 막아주는 균형 감각을 우리에게 부여하였다. 그 덕에 우리 현대사는 어느 민족보다도 풍요로운 담론들을 자생적으로 키워왔고, 서양의 유수한 담론들을 그 안으로 포섭해들이기도 하였다. 그런데 이제 새로운 세기에 접어든 우리는 '민족'이나 '근대' 같은 그동안 우리의 신념 속에 '보편'의 역할을 해왔던 의사(擬似) 보편의 가치를 뛰어넘는 진정한 보편적 가치의 주체적 창조라는 시대적 요청에 직면해 있다. 그러나 아직까지 우리는 새로운 패러다임의 윤곽을 그려 보이지 못하고 있을 뿐만 아니라, 자본주의의 횡행을 정당화하는 세계화 이데올로기에 깊이 유폐되어 있다. 이러한 시대 분위기는 우리에게 기억과 감각 그리고 일상 속으로의 깊은 침윤을 재촉하였다. 또한 생태적 상상력의 무반성적 복제라는 자연 과잉을 가져오기도 하였다. 그런가 하면 서사적 계기를 통한 현실 연관성과 신성한 존재와의 소통 결핍이라는 편향을 형성하기도 하였다.

이렇듯 한국 시는 과잉과 결핍의 무한 순환을 치르고 있다. 결국 시를 포함한 모든 언어 예술이 한 시대의 독특한 속성을 증언한다는 점에서, 이 같은 과잉과 결핍은 극복되고 조율되어야 한다. 우리는 그 같은 가능성을 우리 현실의 서사적 계기를 형상화하는 시편들과 '초월의 상상력'을 통해 영적 실재를 드러내는 방식을 통해 시사 받고자 하였다. 이제 시인들은 주체의 정체성을 신념의 논리에서 연역하는 것이 아니라 무수한 타자의 목소리를 끌어들여 자신의 빈 터를 채우는 작법을 지속적으로 견지해가고 있다. 피아(彼我)의 확연한 구분이 아니라 양자간의 경계를 허무는 지적 작업을 끊임없이 착근시키고 있는 것이다. 그 기율과 정신이 상품 미학과 문화 자본의 불가항력적인 전횡에 직면한 서정시편들로 하여금, 서정시의 위의(威儀)를 새롭게 세워가게 할 것이다. 그 기율과 정신이 과잉과 결핍이라는 편향을 넘어 한국 시의 시사적 자산을 건강하게 이어받으면서 풍부한 관계론적 가능성을 구축해가기를 바란다.(2005. 2)

시 비평은 무엇을 해야 하는가

1 시 비평의 양상과 기율

마르크스(K. Marx)가 남긴 "모든 단단한 것은 흔적없이 녹아 사라진다"는 유명한 잠언은, 지상의 어떤 물리적·비물리적 실체도 안정적이고 영속적인 정체성을 가질 수 없다는 것을 상징적으로 내비친다. 지금 우리 시대의 가장 커다란 특성이 되어버린 이 같은 과정적(過程的)이고 불투명한 속성은, 과학 기술이 수행하고 있는 새로운 질서의 연쇄적 창출 때문이기도 하지만, 개별적 주체들이 저마다 지니고 있는 깊은 자기 상실감과도 연관된다. 그만큼 우리가 살고 있는 이 세계는 명료한 해석과 유추를 불허할 정도의 고유한 가변성과 유동성을 띠고 있다.

이러한 상황에서도 우리 시대의 비평은 그 어느 때보다도 다양하고 심도있는 내적 긴장과 활력을 보이고 있다. 물론 많은 이들이 비평과 상업주의의 원칙없는 야합을 경계하고는 있지만, 여전히 의미있는 비평 활동을 하는 이들의 눈매와 손길은 날카롭고 섬세하다. 주목할 만한 비평집들이 속속 출간되고 있을 뿐만 아니라 역량있는 비평가들의 생산적 대화들도 한층 점증하면서 우리 비평은 작품론적 성격의 것이든 메타적 차원의 것이든 매우 활발한 외관을 띠면서 우리 시대의 가장 주류적 문학 양식으로 자리를 굳혀가고 있다. 그래서 비평은, 이토록 불투명한 세계에 대한 논리적 유추를 그 어느 문학 양식보다도 선도적이고 적극적으로 행하고 있는 것이다.

물론 비평의 비속화와 평균화를 부추기는 무책임한 동어반복의 '인상 비평'이나, 비평 특유의 정론성이 탈각되어버린 '관리 비평'의 폐해는 누구나 인정하는 것이다. 또 작품의 표층만을 따라가면서 시인들이 미처 성취하지 못한 부분까지 찾아내서 작품의 가치로 적극 인준해주는 '헌사(獻辭) 비평'이나, 자신의 이해 영역(학연이든, 인간 관계이든) 안쪽의 사람들에게 과도한 호의를 보이는 이른바 '주례사 비평'과 결별해야 한다는 요청 역시 만만치 않은 것이 사실이다.

이처럼 비평을 둘러싸고 나타나는 비상한 활력과 다양한 문제 제기의 양면적 양상은, 역설적으로 말해서 지금이 우리 문학사에서 가장 활발한 비평의 시대이며 나아가 비평의 여러 차원에 대한 반성이 강력하게 진행되고 있는 시대임을 일러준다. 그리고 우리 시대는, 비평이 시편 하나하나에 대한 사후적(事後的) 해석이라는 고전적 책무를 떠나 다가올 시대의 시적 모형까지 암시해야 한다는 요청이 일고 있는 때이기도 하다. 그래서 비평의 정확성이나 매서움도 중요하지만, 비평의 정체성이나 원리에 대한 메타 차원의 탐색 또한 강력히 요구되고 있는 것이다.

그런 점에서 우리는 엄정한 비평을 통해 우리 시의 지형을 탐색하고 지표를 설정하는 작업을 적극 수행해야 한다. 이때 시 비평의 가장 중요한 핵심적 기율은 정확성과 창의성 그리고 공정성이라고 말할 수 있다. 비록 피들러(Fiedler)가 일반 독자의 욕망 속에 있는 "합리성의 한계, 에고의 경계선, 의식의 부담으로부터의 일시적 해방, 특권을 부여받은 정신 착란의 순간"을 드러내주는 것에 비평의 기능이 있다고는 했지만, 비평가로서는 최소한의 합리적 핵심마저 버릴 수는 없는 일이다. 결국 비평은 엄정하고 합리적인 가치 준거에 입각한 일종의 해석과 평가의 선택 행위이고 비평가는 자신이 선택한 준거에 대해 논리적으로 옹호해야 하는 변호인의 몫을 맡게 된다는 점에서, 그 변론은 비평의 정확성과 창의성 그리고 공정성에 의해 수행되는 것이라고 할 수 있다.

그렇다면 최근 우리 주위에서 펼쳐지고 수습되는 많은 양의 시 비평들은 이러한 요청에 어떤 반응을 내보이고 있을까? 이러한 부분을 생각해보는 것이 이 길지 않은 글의 목표라고 할 수 있다.

2 정확성과 창의성 그리고 공정성

그동안 우리 현대시를 바라보고 평가해온 비평가들의 시각은 현저하게 근대성의 가치에 매몰되어 있었다. 근대성을 지향하는 인식이나 감각에 대한 오랜 옹호, 예컨대 전(前)근대적인 시 양식으로부터의 탈피와 그것의 극복을 긍정하는 시선 – 전근대적인 것으로부터의 해방이나 일탈을 자연스런 진보로 보는 관점 곧 형식(정형률에서 근대적 개인의 호흡으로)과 내용(중세적 보편주의에서 근대적 다양성으로)에서의 근대성 획득을 시의 발전으로 설정하는 태도 – 은 우리 시 비평의 완강한 전제였던 것이다. 다른 하나는 '도덕률(道德律)'이라는 것이 시 비평에서 강력한 이념적 기준이 되어왔다는 사실이다. 말하자면 궁극적으로 삶의 건강성이나 민족주의적 열정에 깊이 매개되어 있는 시편들에 비평적 호의를 보여왔던 것이다. 따라서 이러한 '근대성'과 '도덕률'에 포함되기 어려웠던 인접 가치들 예컨대 자연, 여성, 몸, 영성, 초월 같은 것에 대한 미적 욕망과 가치는 우리 시 비평에서 그리 높은 점수를 받지 못했다. 그만큼 우리 시 비평은 실제 작품들 속에 다양하게 살아 존재하는 탈(脫)근대적, 탈도덕적 움직임들 예컨대 형이상학이나 심미성, 여성성, 생태 지향성 등에 대한 비평적 균형 감각을 놓친 채 진행되어왔다.

이러한 균형 감각의 회복 못지않게 우리 시 비평이 극복해야 할 병리적 징후들은 생각 외로 허다하다. 거칠게나마 그것을 도해해본다면 세 가지로 압축할 수 있을 것인데, 하나는 텍스트 해독에서의 치명적 오독이고, 다른 하나는 이론의 서구 추수성으로 의한 비(非)창의성, 마지막 하나는 상업주의(혹은 문학 권력)와의 밀월로 인한 평가의 불공정성이다.

그 가운데서 가장 강조되어야 할 것은 말할 것도 없이, 비평의 정확성이다. 모든 비평 행위가 시 텍스트에 대한 정확한 해석을 기초로 하는 것이고, 비평의 최종적 존재 근거 역시 시 텍스트에 대한 적절하고도 타당한 해석에 있기 때문이다. 따라서 시 비평은 시 텍스트에서 받은 주관적 매혹을 적절하고도 타당한 해석의 논리로 치환하는 능력에서 시작되어, 그것에 비평가의 남다른 자의식을 반영시켜 엄정한 평가로 나아가는 지점에서 완성되는 것이다.

그 다음 우리가 강조하여야 할 것은 비평의 창의성이다. 우리는 비평의 기능이 이론의 증식에 있는 것이 아니라 시 텍스트의 창조적 차원을 밝혀내면서 시를 둘러싼 반성적 조건을 제시하는 데 있다고 말할 수 있다. 따라서 거대 담론을 먼저 짜놓고 각양의 시 텍스트들을 그 안에 묶어 세우는 방식이 아니라, 개개의 텍스트가 고유하게 거느리고 있는 결을 섬세하게 살려내는 창의적 비평이 요구됨은 더 이상 강조할 필요가 없을 듯하다.

마지막으로 강조되어야 할 것은 비평의 공정성인데, 그 점에서 시 비평에 대한 메타적이고 반성적인 자의식이 크게 요청된다. 물론 비평이 불공정해지는 까닭은, 우선 비평가가 작품 하나하나의 가치보다는 그것을 생산한 시인이나 매체의 맥락에 우선적인 시선을 주기 때문이기도 하고, 비평가가 새로운 시 텍스트들을 일일이 찾아 읽는 부지런함을 포기하고 이미 검증이 완료된 이들의 작품에만 눈길을 주는 데서도 기인한다. 그래서 유명 시인의 태작이 나와도 그것을 비판하는 일이 드물게 되고, 알려지지 않은 이들의 가작이 나와도 그것을 식별해주는 기회가 줄어들게 되는 것이다. 현재 우리 시단에서 집중적으로 평가받는 시인들 가운데도 거품이 적지 않은데, 많은 이들은 왜 그들의 평범한 작품이 심각한 호평을 받는지 의아하게 생각하는 일도 적지 않은 것이다.

이처럼 우리 시 비평은, 오독(작품의 의미를 아예 읽어내지 못하는 심미

안의 빈곤도 포함된다)을 줄이고, 거대 담론과 매체 권력에 담론을 의
존하는 비창의성과 불공정성을 극복하는 자리에서 그 소임을 다할
수 있게 될 것이다.

3 대안 시학의 상투화에 대한 경계와 미시적 독법의 요청

잘 알려져 있듯이, 1990년대 이후의 시는 1980년대의 '뜨거운 상
징'이었던 민중적 서정시의 퇴조, 그리고 포스트 모더니즘의 한시적
열풍 뒤의 싸늘한 썰물과 맞물리면서 복합적인 자기 정체성을 형성
해왔다. 높은 도덕적 열정과 강렬한 시적 파토스로 한 시대의 정신
을 견인했던 민중적 서정시의 흐름이 약화·단절된 후, 우리 시단
은 그에 대한 반성적 사유와 대안적 방법으로의 전환을 강력하게
요청받은 바 있다. 이때 우리 시대의 시적 주체들은 이념이나 현실
을 매개로 하는 시학보다는, 다양하게 개체화된 개인적 경험과 형상
의 깊이만이 새로운 돌파구가 될 것이라는 생각 속에서 시적 실천
을 완성해간다.

이러한 대안 시학 가운데 가장 강력하게 시적 지형을 흔든 것은
근대의 타자(他者)였던 자연과 여성을 비평 담론의 핵심으로 복원한
생태 시학과 여성 시학일 것이다. 지난 1970-80년대에 우리 문단을
화려하게 장식했던 '리얼리즘'의 성세를 연상케 할 정도의 이 같은
'생태적인 것'과 '여성적인 것'의 활황은, 우주에 가득 차 있는 뭇
생명들에 대한 공경 의식과 공존 감각이 반영된 일종의 탈(脫)근대

적 지향으로 나타난 것이다. 이때 '생태적 사유'와 '여성주의적 시선'은 몸의 시학이라든가 에코 페미니즘 혹은 자연 스스로 주체가 되는 어법 등을 통해 그 구체적이고 다양한 시적 육체를 드러낸 바 있는데, 이는 우리 시대가 당면하고 있는 가장 첨예한 지적·윤리적 과제의 실천적 국면이기도 한 것이다. 비평가들도 고유한 경향과 브랜드가 생겨날 정도로, 누구는 생태 전문가, 누구는 페미니즘 비평가, 누구는 동양 전문가 하는 식으로 불리기도 했다. 그러나 우리는 이제 이러한 대안 시학의 상투형을 경계해야 할 지점에 와 있다. 대안이 상투적이고 평면적이 되면, 그래서 지당한 지도 지평의 원리로 화하면, 그것은 창작과 비평의 고형화(固形化)를 낳는 불치의 악조건이 되기 때문이다.

그런가 하면 최근 일정하게 힘을 얻고 있는 시적 돌파구 가운데 인접 장르와의 활발한 교섭과 통합의 시각을 주문하는 것이 있다. 그래서 영화나 사진, 게임을 비롯한 다양한 사이버 문화의 적자(嫡子)들을 시 안에 포섭하고 응용하고 결합시키려 기획이 잇따랐다. 그러나 이러한 장르 교섭이나 통합의 기획이 시를 위기에서 건져내는 유력한 대안 양식이 되었다기보다는 시의 고유한 기능과 정체성을 균열시키는 역기능을 상대적으로 행사했다고 보아야 할 것이다. 그렇기 때문에 시가 이 위기의 시대를 헤쳐나가는 방법은, 시 고유의 독자적인 '서정'의 원리를 더욱 완성도 높게 추구하고 실현하는 것뿐이라고 할 수 있다.

이처럼 대안 시학의 상투형과 평준화 그리고 속속 제출되는 대안들의 무차별적 비시성(非詩性)을 동시에 경계하면서, 우리는 시 한 편한 편에 내재된 '시적인 것'을 섬세하게 읽어내는 미시적 독법을 활성화해야 한다. 이 점에서 시를 깊이있게 읽지 못하는 비평문이 의외로 많다는 점은 심각하게 지적되어야 한다. 물론 이는 비평이 비평가의 개인적이고 자발적인 취향과 능력보다는 청탁에 맞추어 급조될 수밖에 매체적 조건에 기인하는 바 크지만, 그보다는 비평가 자신의 안목과 문장력의 함량 미달에 더 커다란 원인이 있다고 할 수 있다. 비평도 문학의 한 양식인 한, 비평가 개인의 독자적인 문채(文彩, figure)와 세계관을 내포해야 하는데, 이러한 미시적인 분석 능력이 결여된 비평에서 그것이 이루어질 리는 없는 것이다. 따라서 정확하고도 미시적인 해석에서 독창적 비평의 가능성이 마련되는 것이고, 좋은 비평가일수록 새로운 시적 가능성을 보이는 시편 하나 하나를 적극적으로 찾아 그 '시적인 것'을 세심하게 드러내주게 되는 것이다.

4 쟁점 빈곤의 시대와 '시적인 것'의 천착

지난 시대와 비교해보면 우리 시대 비평의 쟁점 빈곤은 그 외관이 더욱 뚜렷해진다. 1960-70년대의 순수·참여문학론이나 민족문학론, 1980년대의 노동문학론, 농민문학론, 민족문학 주체논쟁, 1990년대 이후의 포스트모더니즘 논쟁, 리얼리즘시 논쟁, 동아시아 논쟁, 신세대문학 논쟁, 근대성 논의 등 화려한 쟁점 목록에 비추면 요즘 제기되고 있는 미학적 논의들은 리얼리즘과 모더니즘의 회통을 둘러싼 비평적 논의와 이른바 '문학 권력' 논쟁이 거의 전부인 것 같다. 그래서인지 문학 연구가 미시사(微視史)를 중시하는 풍속사적 실증주의로 기울거나 아니면 탈식민주의, 페미니즘 등 일련의 이념 및 운동의 형식에 한국문학의 지평을 연루시키는 방향으로 진행되고 있다고 할 수 있다. 그러나 이러한 쟁점 부재의 시대는 역설적으로 말해서 개개의 시 텍스트에 대한 충실하고도 꼼꼼한 읽기가 가능한 유력한 시대이기도 하다. 또한 쟁점 부재의 시대는 곧바로 시의 '근원(기원)' 혹은 본질에 대한 성찰의 기회를 주는 시기이기도 하다. 이미 검증된 듯 보이지만 여전히 풍부한 문제성을 내장하고 있는 시 텍스트들을 통해 서정의 기원이나 본질을 탐색한다든가 한 편 한 편의 실물들의 의미를 남김없이 읽어내는 것이야말로 쟁점 위주의 논쟁사가 빠뜨리고 지나갔던 작품읽기의 정치함을 성취하는 일인 것이다.

이처럼 '작품 제대로 읽기'가 가장 중요한 비평적 기율이 된 우리 시대에 나타나는 가장 첨예한 현상 가운데 하나는 비평적 규준의 다양화라고 할 수 있다. 이는 물론 하나의 강력한 담론 체계가 타자적 언어들을 억압하고 단일한 중심 권역을 형성했던 시대에 대한 강렬한 반성의 형식으로 나타난 탈(脫)근대적 양상 중의 하나이다. 지금 시대가 다양한 문화간의 충돌과 교섭이 그 어느 때보다 활발하게 이루어지고 있고 진영과 이념 사이에 개재해 있던 구획도 느슨해져가고 있는 만큼, 그러한 규준의 이완 및 소멸은 어느 정도 불가피한 것이다. 그러나 비평적 규준의 다양성이 그 활발한 외관에서 나타나는 것만큼 민주적 감각의 현실화에 기여하는 것만은 아니다. 그것은 오히려 시의 존재 이유 이를테면 미학적 공감이나 한 사회의 명료한 자기 이해라는 근본적 지반을 흔들 수도 있기 때문이다.

또한 저마다 제각각의 규준을 마련하여 시 텍스트들을 해석·평가하고 있어 자신의 언어를 폭 넓은 공론의 장으로 편입시키지 못하고 비평가 개인의 자기 확인에서 그쳐버리는 이른바 '읽히지 않는 비평'을 만들어버리는 경우도 적지 않다. 따라서 비평 규준의 적실성과 타당성에 대해 토론하고 일정한 공감을 도출해가는 과정은, 획일화된 배타적 주류 미학을 구축하는 일과는 전혀 다른, '비평'이라는 이성적 행위에 긴요한 일종의 '게임의 법칙'을 만들어내는 일이기도 하다.

이 점에서 우리가 진력해야 할 시 비평의 중추적 핵심은, '시적인 것'의 꼼꼼한 발견과 그것의 논리적 규명이다. 요컨대 무슨 요인에서 개개의 시편이 '시적인 것'을 발원시키고 완성시키고 있는가에 대한 미학적 논의를 본격화해야 한다는 뜻이다. 이를테면 모국어의 세련성에 기여함으로써 '시적인 것'을 완성하려 했던 이들에 대한 탈도덕적 접근이나, 일상 언어에서조차도 많이 발견되는 비유적인 언어에 대한 역사적 접근, 그리고 과감한 일탈이나 불온의 범주에서 성취되고 있는 '시적인 것'의 변이형에 대한 탐색, '시적인 것'을 희생시키면서 범람하는 세련된 비유나 감상 과잉의 서정에 대한 비판적 독해 등이 그것이다.

그 점에서 우리가 비판적으로 보아야 할 또 하나의 현상은, 우리 주위에서 왕성하게 벌어지고 있는 장르 확산이다. 이는 물론 인류 문화사의 전체적이고 보편적인 현상이라고 할 수 있다. 그러나 지금 시를 둘러싸고 벌어지고 있는 장르 확산은 활자의 형식을 퍼포먼스 곧 보여주기 방식으로 변환시키는 것인데, 이러한 퍼포먼스의 한계는 그 일회성에 있다. 생명력이 굉장히 짧은 것이다. 우리 인류사에서 하나의 장르가 형성되고 전개된 것은 아주 오랜 축적과 변형을 통해 가능했던 것인데, 그 같은 견지에서 장르 확산이라는 현상은 일시적이고 실험적인 것일 뿐이다. 그래서 그것은 우리가 금과옥조로 삼아야 할 대안적 모형이라기보다는 가변적이고 일시적으로 나타나는 장르간 혼융 양상이라고 봐야 한다. 결국 시의 문제는 언어의 문제로 귀결되기 때문이다.

시가 언어의 한계를 벗어나려고 하는 것은 불가능한 시적 이상이다. 그렇기 때문에 우리는 시의 가장 핵심적인 것은 언어 자체에 갇힐 수밖에 없는 인간 존재의 한계를 보여주는 데 있다고 말할 수 있다. 가령 어느 시 동호회 사이트에서는 시가 나오면 시에 맞는 음악이 곧바로 따라 나오는 경우가 있는데, 그것은 이미 시를 규정해버리는 것이다. 장르 확산이 아니라 장르 억압인 셈이다. 왜냐하면 음악에는 이미 일정한 물질적 요소가 들어 있는데, 이는 시와 순도 높게 화학 작용을 하는 것이 아니라, 어색하게 병치됨으로써 '시적인 것'을 제한하고 왜곡하게 된다. 따라서 우리는 언어를 통해서 '시적인 것'을 경험해야만 그것을 '시'라고 부를 수 있다고 판단한다. 시 비평은 이러한 시의 속성에 대해서도 깊이 되물어야 하는 것이다.

5 시 비평의 미래

우리 비평사 전체에서 우리가 눈여겨보아야 할 것은, 우리 시 비평 기율의 단명(短命)과 그것의 비축적성(非蓄積性)이다. 예컨대 1980

년대가 주로 리얼리즘 담론을 주축으로 이루어진 시대라는 사실은 누구나 아는 것인데, 그 리얼리즘 안에서 어떤 성과를 얻었는가에 대한 치밀한 분석 없이 갑자기 시에서의 리얼리즘이 폐기되어 버리는 현상이 생겨났다. 그만큼 우리 평단의 생리는 근시적이고 비역사적이라고 할 수 있다. 한 시대를 강력하게 견인했던 시적 경향을 흡수하면서 넘어가는 것이 아니라 그것을 배제하고 새로운 것을 선점하려는 욕망이 승했던 결과이다. 이러한 방면에 대한 깊은 반성이 있어야만 우리 시 비평은 자연스럽게 두터운 성층(成層)을 형성해갈 것이다.

결국 세기의 전환기 혹은 새로운 세기라는 가상의 단층 또한 거대하게 흘러가는 시간의 한 이음새에 불과할 것이다. 위기의 시대일수록 신화가 필요하고, 시원에 대한 열망이 제 목소리를 얻는 법이다. 이제 우리는 사물의 풍부함이나 이 시대의 혼란의 활력을 있는 그대로 지각하고 누리기 위해서 조급한 공리적 요구에 너무 매이지 말아야 한다. 그래서 완성도 높은 시 한 편 한 편에서 삶의 근원과 정체성을 끊임없이 탐색하고 나아가 '시적인 것'에 대한 원리적 천착을 병행하는 일이 긴요한 것이다. 그 점에서, 시는 조급한 공리적 욕망이나 근대적 체계가 이룩한 효율성의 신화에 대한 항체(抗體)요, 꿈과 현실 사이의 긴장에서 발원되는 미학적 형식임을 우리 비평은 꾸준히 인준하고 발견하고 각인해가야 할 것이다.

이제 우리 시대의 비평적 주체들은 자기 자신만의 독자적인 문체와 안목으로, 상업주의라든가 시의 평균적 비속성에 적극 저항하고 있다. 앞으로도 이러한 비평의 정예성과 미학성은 꾸준히 지속·심화되면서 우리 시의 위의(威儀)를 발견하고 지켜갈 것이다. 그 점에서 우리는 낱낱 시편들의 전언과 미학을 정확하게 적출하고 분석하고 평가하는 안목이 좋은 비평의 제일의적 요건임을 강조하여야 한다. 시인들의 생각과 경험의 언어적 결실인 시의 리듬이나 숨결 같은 미세한 장치들을 새로운 언어로 읽어내는 데 비평가의 일차적인 자질이 달려 있다는 것이다. 그것은 다시 말하면 비평의 최종 심급이 시를 읽어내는 구체적 능력에 있다는 것을 말하기도 한다. 텍스트의 이면은 물론이고 텍스트를 구성하고 있는 이러저러한 컨텍스트와의 조응도 비평가의 안목에서 빼놓을 수 없는 것이다. 이러한 비평적 자의식을 가지고 해설 편향에 빠지지 않는, 분석적이고 반성적이고 메타적인 시 비평을 수행하는 것이 우리 시대의 비평가들에게 요청되는 내질(內質)일 것이다.

결국 우리 시 비평의 미래는, 논리적 언어를 통해 형상적 언어의 비밀을 찾아내고 언어화하는 과정에서 찾을 수 있을 것이다. 그 점에서 시 텍스트를 이해하고 준별하고 평가하는 비평적 안목의 세련화는 더없이 긴요해진다. 아무튼 시는 유용성과 영향력이라는 효용론적 사고의 저편에서 생성되고 소통되는 언어적 실체이다. 지금처럼 교환가치가 세상의 원리를 지배하고 있을 때 그에 대한 유력한 항체로서 이러한 '시적인 것'의 가치를 발견하고 체험케 하는 언어를 우리 시대의 비평은 내놓아야 한다. 그것이 비평이 시를 억압하지 않고, 살려내는 길이다.(2003. 6)

디지털 시대, 서정시의 운명

1

1990년대 이후 우리 서정시가 이룩한 가장 커다란 성과는 시적 주체의 목소리나 상상력이 다양하게 개화했다는 외연적 활력보다는, 개개의 작품들 안에 내재해 있는 탈(脫)이념적 혹은 탈(脫)근대적 열정과 그것의 섬세한 형상화에 있다고 할 수 있다. 비록 그것이 자본주의적 상품 가치로서의 한계 효용을 말하고 있는 것일지라도, 우리 시는 '시의 위기(죽음)'라는 과장된 풍문의 도전과 위협에 가파르게 대응해왔고, 그 안에서 자기 정체성 심화와 새로운 방법론 확충이라는 이중의 난제를 충실하게 수행해왔다.

그 결과 우리 시는, 우리가 빠른 속도로 경험해야 했던 '근대'의 자기 전개 과정에 대한 근본적 반성과 성찰을 수행하였고, 나아가 그를 대체할 수 있는 대안적 사유와 방법에 대해서도 진지하고도 다양한 축적을 진행해왔다. 이처럼 시의 존재론적 기반이 현저하게 위축된 시점에서도, 새로운 감각과 열정을 갖춘 작품들이 지속적으로 활발하게 창작되고 향유되었다는 사실은, 그 자체로 '서정시' 장르의 존재 가치와 지속적인 생명력을 입증하고도 남음이 있다.

최근 우리 시가 새로이 구축해온 대안적 지형으로 가장 강력하게 대두한 것은 무엇보다도 '생태적인 것'과 '여성적인 것'에 대한 깊은 성찰과 그것의 내면화일 것이다. 많은 시인들은 근대적 사유의 항구적 타자로 존재했던 '자연'과 '여성'을 서정시의 가장 중요한 소재와 기율의 원천으로 복원한 것이다. 가령 그들은 "숲을 지키는 것이 시인의 임무"라는 미국 시인 게리 스나이더의 정언을 충실하게 수행하였고, 가부장적 가치 체계의 전일화에 억압되었던 여성적이고 모성적인 것의 가치를 우리 시대의 시적 지형을 만드는 구심으로 끌어올렸다. 그런가 하면 외적 현실에 비해 사소하게 치부되었던 주체의 내면 세계도 서정시의 가장 중요한 권역으로 부상시키는 역할을 그들은 자임하였다.

이와 함께 '이념'을 구심력으로 하는 이른바 '민중 시편'들과, 자본주의가 행하는 온갖 제도적·물리적 억압에 대해 미학적으로 저항했던 이른바 '해체 시편'들이 모두 현저하게 취약성을 보였던 것 또한 이즈음의 시적 조감도의 한켠을 이루고 있다. 그래서 우리 시대의 시적 지형은, 생태적 사유와 여성성의 시학 그리고 주체의 섬세한 내면적 파동을 추적하여 형상화하는 시편들로 급격하게 주류화되고 있는 과정에 있다. 이는 그동안 홀대되어왔던 '은폐된 전체성'의 회복이라는 탈근대의 기획들이 구체적 성과를 얻어가고 있는 물리적 실증이라고 할 것이다.

그러나 이러한 주류 경향 또한 그 양적 활황(活況)에 비해 빈곤하고 반복적인 주제와 시정신으로 하여 갱신의 요청을 두루 받고 있다. 말하자면 이들은 상투적 매너리즘과 소재주의의 혐의를 동시에 받음으로써, 도전적이고 새로운 시정신에 대한 요청을 받고 있는 실정에 있다. 그것은 안이하고 상투적인 생태 시편들이나 소재주의적 여성 시편들 그리고 세계의 실상을 편벽하게 등진 채 내면 칩거로 구경(究竟)을 삼는 시편들이 새로운 시적 기율을 통해 자기 갱신을 해야 하는 단계에 접어들고 있음을 알리는 선명한 표지(標識)가 되고 있다.

그렇다면 우리 서정시가 새롭게 구축해가야 할 시적 논리(logic)는 무엇인가. 비교적 완강한 생명력을 가진 채 우리에게 감각적·정신적 충격과 탄력을 지속적으로 주고 있는 서정시의 역할에 비추어, 그 새로운 논리는 다분히 반(半)항구적인 생명력을 갖춘 기율에 의해 뒷받침되어야 할 것이다. 그래서 그 새로움이란, 우리가 보기에, 환골탈태의 구상보다는, 그동안 너무도 쉽게 망각되고 상실되었던 가치와 방법들의 복원에서 가능한 어떤 것일 터이다. 이 짧은 글에서 많은 것들이 다 제언되거나 논증되기는 어렵겠지만, 우리는 그것을 '비극성(悲劇性)'과 '전망(展望)'의 범주로 풀어보려 한다.

세계(대상)와 자아(주체)가 자기 표현적 정조의 고조 속에서 융합하고 상호 침투하는 것, 혹은 정조의 순간적 고조에 따른 대상성의 내면화가 '서정'의 본질이라는 미학자들의 오래된 서정시 규정은 이제 그 효용성의 종언에 다다라 있다. 오히려 우리 시에 나타나고 있는 '서정'의 초점은, 대상과 주체의 합일이라는 동일성의 원리를 넘어서 대상과 주체가 하나의 사물을 통해 동시에 묘사되는 접점을 향하고 있다. 따라서 이제 우리 시인들은 지나친 내면으로의 경사를 오히려 경계하고 있으며, 외연적 현실과 내면의 파동을 동시에 묘사하는 작법을 지속적으로 선보이고 있다. 그런 의미에서 '자연'을 살아 있는 전체로 파악하면서도 그것과 주체의 내면(시선)을 잇고 있는 시인들의 작업은, 기억 혹은 체험의 등가물로서 나타나는 '자연'의 구체성과 자신의 '내면'의 시적 표상을 아울러 의식하면서 창작을 하고 있는 우리 시대의 유력한 대안적 시쓰기의 한 유형이 되고 있다. 우리는 이와 같은 시작 방향이 우리 시의 가벼움과 무거움을 같이 극복할 수 있는 '서정'의 새로운 출구가 되리라 전망한다.

이때 이 같은 작법이 우리에게 드러내줄 수 있는 것은 '비극성'과 '전망'이라는 서정시의 안팎의 육체이다. 이 두 가지는 시적 주체가 세계를 해석하고 평가하는 동시에 그 안에 자신을 기투(企投)하는 행위와 결부되어 나타나는 것들이다. '비극성'은 불가항력적인 운명과의 대결에서 오는 패배자로서의 인간의 위엄 혹은 장엄함에서 발원하는 것이요, '전망'은 이러한 비극성의 요인인 부정적 상황의 극복

혹은 초극의 지향을 암시하는 시의식에서 나타나는 것이다.

물론 '비극성'은 '비관주의'나 '환멸'의 등가 개념이 아니다. 인식 주체의 철저한 수동성에서 발원하는 '비관주의'나 낱낱의 사물을 비유기적으로 바라보는 '환멸'의 가벼움과는 달리, '비극성'은 엄혹한 운명(세계)에 맞선 인식 주체이자 행위 주체로서의 인간적 위엄을 역설적으로 증명해주는 미학적 범주이다. 우리 시에 나타나고 있는 다양한 언어적 실험의 건너편에 '환멸'과 '죽음'의 상상력이 웅크리고 있는 것을 바라볼 때, 우리가 이 같은 비극성을 복원하면서도 인간 존재의 근원에 다가가 보려는 근본주의적 상상력을 강조하는 것은 어쩌면 마땅한 일일 것이다. 최근의 생태 시편이나 여성 시편이 매너리즘에 빠지곤 하는 까닭도 이 같은 '비극성'이 심각하게 결락되고, 그 빈 영역에 숱한 자연(모성) 절대주의 같은 근거없는 낙관론이나 인간(문명) 혐오 같은 환멸의 무반성적 반복을 채워 넣었기 때문이다.

또 하나는 이른바 '전망'이라고 불리는 희망의 원리인데, 한때 리얼리즘 미학이 중심적 원리로 삼았던 이 '전망'의 마인드는 새로운 사회를 역설하고 소망하는 시적 주체의 열망과는 다른, 인간 주체에 대한 궁극적 긍정을 함의하는 것이다. 절망의 아득하고 막다른 곳에서 인간의 실존과 등가적으로 펼쳐지는 '비극성'과는 달리, 이 '전망'은 역사적 층위에서 발원하는 서정시의 또 하나의 몫으로 자리한다. 이러한 것을 강조하는 까닭은 최근 생태 시편들이 다분히 보이고 있는 인간에 대한 철저한 불신과 혐오 뒤에 인간에 대한 궁극적 부정이 도사리고 있지 않는가 하는 우려 때문이다. '자연'은 선(善)하고 '인간'은 그것을 해친 악(惡)의 형상으로 그려지고 있는 자연 절대화의 생태 시편은 그 자체로 반(反)생태적이다. 왜냐하면 결국 '역사'나 '예술' 심지어는 '자연'조차도 인간의 상상적 매개를 통해 시적인 것으로 환기되는 것이고, 그것을 제도적·물리적으로 유지하고 보존하는 것 역시 인간적 삶의 가장 중요한 몫이기 때문이다. 그럼에도 불구하고, 시적 문면에서 '인간'을 적대적으로 그리고 있는 것은, 인간의 이성을 통해 역사의 진보가 이루어진다는 근대주의의 원리에 대한 철저한 반성이라는 시의적절한 명분에도 불구하고, 지나친 '자연' 물신화로 전락하고 마는 것이다. 이에 우리는 '전망'이라는 마인드를 막연히 밝은 희망으로 번안하지 말고, 인간의 궁극적 긍정에 기초한 '자연/인간' '남성/여성' 혹은 '현실/내면'의 동시적 탐구로 확대하여, 서정시가 복원해야 할 하나의 주체적 기율로 삼아야 할 것이다.

여기에다, 형이상학적 중심(전율) 부재로 특징지어지는 우리 시의 척박함과 가벼움을 극복하는 또 한 가지의 방법으로 우리는 인간 의식 혹은 존재의 비의(秘義)를 파악하는 것이 순전히 이성적으로만 되는 것이 아니라 감각적 현존을 통해서도 이루어진다는 자각을 가져야 한다. 이때 '비의'는 지성의 포기가 아니라 이성 중심의 인식론적 한계를 넘어서는 시적 초월의 한 방법이라는 국량(局量)을 가져야 할 것이다.

3

또 하나 최근 씌어지고 있는 작품들 가운데 보이는 서정의 원리 가운데, 실물적 감각과 경험을 질료로 삼아 서정적 주체의 진정성을 섬세하게 설파하는 시편들 또한 많다. 서정적 주체의 경험과 인식이 구체적 대상을 통해 아름답고 화해로운 하나의 화폭을 구성하고 있는 것이다. 이와 같은 서정의 원리가 반영된 결과로 우리는, 작년 하반기에 나란히 출간된 정일근의 『누구도 마침표를 찍지 못한다』(시와시학사, 2001)와 이승하의 『뼈아픈 별을 찾아서』(시와시학사, 2001)를 예거할 수 있을 것이다.

> 어디 한량없는 목숨 있나요/저는 그런 것 바라지 않아요/이승에서의 잠시 잠깐도 좋은 거예요/사라지니 아름다운 거예요/꽃도 피었다 지니 아름다운 것이지요/사시사철 피어 있는 꽃이라면/누가 눈길 한 번 주겠어요/사람도 사라지니 아름다운 게지요/무량수를 산다면/이 사랑도 지겨운 일이어요/무량수전의 눈으로 본다면/사람의 평생이란 눈 깜짝할 사이에 피었다 지는/꽃이어요, 반짝하다 지는 초저녁별이어요/그래서 사람이 아름다운 게지요/사라지는 것들의 사랑이니/사람의 사랑이 아름다운 게지요
>
> — 정일근 「부석사 무량수」 전문

정일근의 이 작품은 존재자가 필연적으로 갖는 유한성과 소멸성이 오히려 삶의 아름다움의 원천이 된다는 역설적 인식을 담고 있다. "사라지니 아름다운 거예요/꽃도 피었다 지니 아름다운 것이지요"라는 구절에는 모든 사라지는 존재들의 덧없음이 결국 아름다움의 원천이 된다는 생각이 담겨 있고, 그래서 "사람이 아름다운 게지요/사라지는 것들의 사랑이니/사람의 사랑이 아름다운 게지요"라고 시인은 노래하고 있는 것이다. 시인에게 소멸의 필연성은 안타까움의 대상이 아니라, 모든 존재자의 존재 형식 그 자체로 받아들여지고 있는 것이다. 목숨있는 모든 존재자들의 유한한 존재 형식을 통해, 소멸의

아름다움을 미학적으로 승인하고 있는 가편이 아닐 수 없다.

> 취해서 귀가하는 어느 밤이 온다면/집에 당도하기 전에 꼭 한 번/하늘을 보아라 별이 있느냐?/별이 한두 개밖에 없는/도회지의 하늘이건/별이 지천으로 돋아난/여행지의 하늘이건/뼈아픈 별 몇이서/너를 찾고 있을 테니/그 별에게 눈 맞춘 다음에야/벨을 눌러야 한다/잠이 들어야 한다 아들아/천상의 별을 찾는다고 네 발 밑에서/지렁이나 개미가 죽게 하지 말기를/통증을 느끼는 것들을 가엾어하지 않는다면/네 목숨의 값어치는 그 미물과 같지/아들아 네 등뒤로 떨어지며 무수히 죽어간/별똥별의 이름은 없어 뼈아픈 별이기에/영원히 반짝이지 않는단다.
>
> — 이승하 「뼈아픈 별을 찾아서 − 아들에게」 전문

이승하의 이 작품 역시 모든 목숨있는 존재들에 대한 연민과 심미적 인식을 노래하고 있다. 시인이 별에 부여한 '뼈아픔'은, 대상에 대해 갖는 시인의 연민이 대상의 속성으로 전이된 것이다. 자신의 아들에게 그 "뼈아픈 별 몇"을 바라보면서 "통증을 느끼는 것들을 가엾어"해야 한다는 권면은, 그 자체로 윤리적 잠언의 성격을 띠고 보이지만, 그렇지 않을 경우 "네 목숨의 값어치는 그 미물과 같"지 않겠냐는 단호한 결구가 이 시를 지상적 윤리를 넘어서 '우주적 연민(cosmic pity)'으로 팽창케 하는 원동력이 되고 있다. 그래서 이 작품에서 서정적 주체는 '별'이라는 구체적 대상을 통해 생의 순간적 경험과 모든 사물들을 향한 우주적 연민에 참여하고 있는 것이다.

이처럼 최근 우리 서정시에 강화되고 있는 일종의 유기론적 사유와 '우주적 연민'의 세계는 서정의 풍요로운 외연을 형성하면서, 우리 시대를 서정이 귀환하는 시대로 규정하고 있다. 물론 이러한 서정

의 경향이 우리 시에 편재화(遍在化)된다면 그것 역시 또 하나의 불구적 모습이겠지만, 지금으로서는 이러한 경향이 우리 사회의 중요한 속성들인 '사물화', 인식의 '파편성', '신성 상실' 같은 여러 정황에 대한 유력한 한 가지 항체의 역할을 할 수 있을 것으로 생각된다.

4

디지털 시대가 되었다고는 하지만, 아직도 우리 주위에서 창작되고 향유되는 서정시들은 파피루스 신화의 자장 안에서 그 영역을 재생산하고 있는 측면이 더 강하다. 그래서 많은 시인들은 고전적 인간관과 서정성을 존중하고 단시적 완결성을 지속적으로 추구하고 있다. 위악이나 불온성, 독설이나 해체 전략들이 끊임없이 문학사에서 도출되었지만, 이러한 담론 전략들이 탈권력에는 기여하면서도 대체 미학으로까지는 성립할 수 없었던 까닭은 우리가 아직 '서정시'에 기대하는 몫이 근원 지향적이기 때문일 것이다. 그리고 해체주의나 포스트 모더니즘의 사유 구조에서는 언어 기호가 근원을 지칭하지 못하고 끊임없이 미끄러지는데, 서정시의 독자들은 한결같이 '근원'으로의 귀착 충동을 가지고 있기 때문이기도 하다. 그래서 우리는 비극성과 전망, 그리고 형이상학적 충동의 시편이나 우주적 연민에 이르는 진정성의 시편을 옹호하였다.

그렇다면 실물 감각으로 보나 새로운 장인적 가능성으로 보나 우리 시의 이러한 근본주의적 성찰을 지속적으로 끌고 갈 수 있는 시인은 누구인가. 우리는 여기서 위의 시인들 외에도 고진하, 최영철, 이재무, 송찬호, 황인숙, 김기택, 장석남, 박형준, 나희덕, 조은, 김선우 등의 시인들을 추가할 수 있을 것이다. 이들이 의욕적으로 펼치고 있는 인간 근원의 오리지널리티에 대한 성찰과 재구축의 작업, 그리고 상품 미학의 규율을 통해 모든 존재가 완성되는 시대적 징후를 거슬러올라가는 역류(逆流)의 상상력은 높은 비평적 가치 부여를 받아야 할 것이다. 더불어 시간을 다스리는 방법과 그에 대한 심미적 초월을 동시에 보이는 안도현, 이희중, 박주택, 장철문, 이정록, 전동균, 김수영, 조용미, 배용제, 권혁웅 등의 시 작업도 지켜볼 만한 가능성과 가치로 충만하다.

우리 시의 고전적 소통 구조였던 단시적 완결성을 거부하고 요설, 난해성, 패러디 등을 전략으로 삼는 일군의 시인들과는 달리 서정시의 한 본질적 속성으로서의 근원 지향성과 함께 촉지성(觸知性)의 강화를 추구하는 이들의 시에서 우리는 서정시의 가치와 파장을 함께 기대해 볼 만할 것이다. 그러나 여기서 우리가 유의해야 할 것은, 여성시에 나타나는 현저한 원형 편향성과 일부 젊은 시인들에서 간혹 보이는 선(禪)의 과잉, 그리고 어렵고 까다로운 갈등 체계의 집요한 묘사보다는 비교적 손쉬운 화해와 초월을 택하는 언필칭 '탈속주의'로의 경사 등일 것이다.

이러한 것들을 경계하면서 우리 시대의 서정시는, 인간의 보편적 '비극성'과 궁극적 인간 긍정에 바탕을 둔 '전망'을 동시에 노래하는 논리와 기율의 복원을 통해, 한 시대의 지성적 몫과 감각적 몫을 동시에 수행해나갈 수 있을 것이다. 더불어 항구적인 서정시의 기능 역시 위축과 복원의 사이클을 크게 그려갈 것이다.(2002. 9)

현대시에 나타난 도시 형상과 근대 비판

1

근대 도시의 일상 생활에 대한 집중적 연구를 행한 바 있는 앙리 르페브르는 자본주의화와 도시화의 관련성에 관한 매우 독특한 논리를 우리에게 보여준다. 그는 자본주의의 성숙 과정인 산업 사회라는 것이 그 자체로 완결된 어떤 것이 아니라, 단지 '도시성(urbanism)'을 완성하기 위한 준비 단계일 뿐이라고 강조한다. 그 점에서 산업화는 도시화 속에서 완결되는 것이고 결국 도시화가 모든 사회의 자본주의적 생산 및 조직을 지배한다는 것이다. 이처럼 자본주의 이전의 공간들이 사회 구성원들에게 원초적인 귀속감을 주는 일종의 자연적 응집체였던 데 비해, 자본주의 사회의 기념비적 공간으로 나타난 '도시'는 자본과 권력을 매개로 하여 최상의 효율성 아래로 사회 구성원들을 조직하고 재배열한다.

우리가 잘 알듯이, 지속적으로 욕망을 생산하고 소비하고 교환하는 자본주의는 철저하게 '도시' 안에서 자본의 자기 확장을 꾀한다. 그러기 위해 자본주의는 많은 사회적 관계를 왜곡시키면서 모든 공간 패러다임을 '도시'의 효율성 아래로 복속시킨다. 그래서 자본주의의 원리와 도시의 원리는 결국 등가가 된다. 이제 도농(都農)간의 경계는 의미가 없어지게 되었고, 벽촌(僻村)에조차 한결같이 도시적 생활 방식이 침투하여 사회 구성원의 삶을 표준화시키게 되었다. 이러한 도시성의 편재화(遍在化) 과정인 '근대'의 완성 과정은, 자연스럽게 많은 근대인들에게 성취감과 상실감을 동시에 주게 된 것이다.

한국 근대 문학의 주요 텍스트들은, 이러한 20세기적 도시의 특성을, 식민지 시대와 분단 시대를 거치면서 활발한 사회학적 상상력의 매개를 통해 반영하고 재현한 바 있다. 그 가운데 전통적인 농촌 공동체가 광범위하게 해체되면서 형성된 급진적 도시화 현상에 대해서도 우리 문학은 사회적·생태적·경제적 접근을 통해 그 날카로운 비평안(眼)을 거두지 않았다. 그 도시화의 양상이 집중된 공간으로서의 '서울(경성)'은 그래서 우리 문학의 주요 배경이자 토픽 자체가 되었다. 1930년대의 일군의 모더니스트들에 의해 형상화된 초기 근대 도시 '경성(京城)'은 박태원과 이상의 소설 텍스트나 김기림, 김광균 등의 시편 속에 그 실재적 풍경과 그를 마주 보는 주체의 내면이 잘 표현되었다. 말하자면 초기 근대 도시 '경성'은 식민지 근대화의 구조적 집성체이자, 식민지 근대의 풍경을 사실적으로 드러내 보여주는 거대한 풍속화 자체이기도 했던 것이다. 그러나 이때의 '경성'은 풍경이나 배경으로서만 중요성을 띠는 것이 아니다. 이를테면 그것은 습속이나 제도의 변화 또는 문화 전체의 지형을 담아낸 상징적 축도(縮圖)였던 셈이다.

그러나 이러한 근대 문학의 인식이나 감각이, 20세기 전체의 도시화에 대한 비판적 성찰이나 그것의 환기로까지 확산되지 못했다는 것 또한 분명해 보인다. 다만 자신의 삶의 방식에 대한 소박한 긍정으로 귀결되거나, 일상적 시간 자체에 대한 한없는 미적 외경(畏敬)을 보이고 있거나, 시간의 흐름에 따라 냉혹하게 마모되어가는 도시적 삶에 대한 우울과 공포감을 포착해내고 있다거나 하는 데서 그들은 부드럽게 멈춰 있을 뿐이다. 가령 1930년대 모더니즘의 기수였던 김광균이 이미지즘에 공력을 들이면서 모더니즘의 사회 비판력을 현저하게 거세해간 점이나, 1940년대 후반 '신시론(新詩論)' 동인들이 당대의 사회적 역학에 대해 추상적 대응을 한 경우가 이를 입증하는 사례라 할 것이다.

이처럼 자본과 권력이 인위적으로 결합되어 한없는 위력을 발휘하는 곳, 극도의 권태와 피로와 우울에 젖어 있는 곳, 끊임없이 벗어나고 싶은 욕망과 혹여나 거기서 벗어나게 되지는 않을까 하는 두려움을 동시에 생산해내는 곳, 거기가 바로 자본주의의 화려한 집적지인 '도시'였던 것이다. 이처럼 도시는 활기찬 건설, 개발, 풍요, 대량 생산과 소비 등으로 상징되는 근대화, 합리화의 길을 걸었고, 말할 것도 없이 그 이면에 비인간화, 사물화, 불평등, 오염, 범죄 등 온갖 부작용을 낳기도 하였다.

이제 우리 시대의 문학적 주체들에게 '도시'는 단순한 공간적 차원이 아니라 분열되고 모순된 욕망이 반영된 경험 유형의 차원으로 다가온다고 할 수 있다. '도시'는 그들에게 이같이 분열된 성격을 강렬하게 부여하면서, 너무도 자명한 문학적 배경이자 태반이 되고 있는 것이다. 우리 근대시는 이러한 근대 도시의 여러 속성들을 미적·사회적으로 비판하면서 자신의 장르적 속성을 견고하게 유지·확산해온 경험을 갖고 있다. 이 글은 우리 근대 서정시들의 이러한 근대 비판적 속성을 개관하고, 앞으로 마주치게 될 국면에 대해 제언하는 성격을 갖는다.

2

해방 후 우리가 치른 도시화 과정은 그야말로 속전속결의 외관을 띠고 있다. 특히 1960년대 이후 우리 사회는 거대한 규모의 외자를 바탕으로 한 중앙 집권적 정치 권력의 강력한 드라이브 정책에 의해 급진적 도시화의 길을 걷게 된다. 이 '근대화＝산업화＝도시화'의 등가적 과정은 곧바로 점진적인 농촌 해체와 물적·인적 구성의 현저한 도시 집중이라는 기형적 병리 현상을 낳는다. 우리가 요즘도 체감하듯이, 이처럼 정치 권력과 자본의 요구가 결합하여 빚어낸 저 화려한 도시의 외관은 익명성에 의한 범죄 만연과 환경 오염, 인간 소외와 고독 같은 심각한 사회적 결손을 불러왔고, 나아가 전통적 공동체의 붕괴나 정체성 상실 등을 연쇄적으로 이끌어냈다.

이 같은 변화 과정은 물론 서사 장르인 소설에서 적극적으로 그 구체적 형상이 반영되었다. 삶의 양식이 획일화되어가고, 온갖 사회

병리의 기지가 된 것처럼 거친 폭력과 오도된 개인주의가 도시 안에 확산되는 것을 작가들은 우울한 형상 속에 지속적으로 담아낸 것이다. 1960년대 이호철, 김승옥, 이청준, 서정인, 최일남 이후의 작품 속에 담긴 비정(非情)과 해체의 도시 시학이 바로 그 결과물이라고 할 수 있다.

그런데 이러한 양상은 그 원리와 외연을 달리 한 채 서정시 장르에서도 견고하게 나타난다. 가령 1960년대말에 창작된 김광섭의 「성북동 비둘기」의 경우, 도시로의 인구 집중이 택지를 늘리면서 환경을 파괴해 가는 과정을 쫓기는 '비둘기'라는 상징을 통해 잘 포착하고 있다. 하지만 이러한 환경 차원의 접근을 넘어서 근대 도시의 구조적 이면까지 철저하게 해석하는 시선은 아무래도 김수영과 신동엽에 와서 가능하게 된다. 이 가운데 신동엽의 시선에 잡힌 1960년대의 대도시 서울의 모습은 우리가 치러낸 급진적 도시화 과정의 허구성을 증언하고 있다.

이슬비 오는 날./종로 5가 서시오판에서/낯선 소년이 나를 붙들고 동대문을 물었다.//밤 열한시 반,/통금에 쫓기는 群像 속에서 죄 없이/크고 맑기만한 그 소년의 눈동자와/내 도시락 보자기가 비에 젖고 있었다.//국민학교를 갓 나왔을까./새로 사 신은 운동환 벗어 품고/그 소년의 등허리선 먼 길 떠나 온 고구마가/흙묻은 얼굴들을 맞부비며 저희끼리 비에 젖고 있었다.//충청북도 보은 속리산, 아니면/전라남도 해남땅 어촌 말씨였을까./나는 가로수 하나를 걷다 되돌아섰다./그러나 노동자의 홍수 속에 묻혀 그 소년은 보이지 않았다.//그렇지./눈녹이 바람이 부는 질척질척한 겨울날,/宗廟 담을 끼고 돌다가 나는 보았어./그의 누나였을까./부은 한쪽 눈의 창녀가 양지쪽 기대앉아/속내의 바람으로, 때묻은 긴 편지 읽고 있었지.//(…)//이슬비 오는

날,/낯선 소년이 나를 붙들고 동대문을 물었다./그 소년의 죄 없이
크고 맑기만한 눈동자엔 밤이 내리고/노동으로 지친 나의 가슴에선
도시락 보자기가/비에 젖고 있었다.

— 신동엽 「종로 5가」 중에서

원래 신동엽의 서사 장시인 『금강(錦江)』의 후화(後話) 형식으로 씌어진 이 작품은 『금강』에서 "세상에 항거함이 없이/오히려 세상이/너의 위엄 앞에 항거하도록" 살아오면서 장렬한 최후를 마친 주인공 신하늬가 1960년대의 종로 5가의 가난한 소년 노동자로 변모되어 있는 상황을 가상적으로 상정하고 있다. 이 가난한 소년은 지금 고단한 노동이 주는 극심한 피로에 젖어 있다. 그리고 이 소년을 바라보는 시인의 눈은 연민의 깊이를 담고 있다. 이 소년은 마치 신하늬가 조선 말기의 봉건적 학정에 시달렸듯이, 1960년대 개발 독재의 폭력성 앞에 무방비로 노출되어 있는 처지이다. 그래서 두 인물 사이에는 일정한 역사적 연속성이 담겨 있다고 할 수 있다.

그런데 그 스스로 "노동으로 지친" 시적 화자와 시골에서 올라와 노동자가 된 소년 사이에서 형성되는 동질감은 그 자체로 민중적 자기 긍정에 토대를 두고 있는 시적 형상이다. 이때 시인의 눈에 비친 거대 도시 서울은 문명의 정점을 간직한 발전의 표상이 아니다. 그 도시는 "통금에 쫓기는 群像"과 "죄 없이/크고 맑기만한 그 소년의 눈동자"를 대조적으로 담으면서 "노동자의 홍수"로 밤이 깊어가는 곳일 뿐이다. 거기에는 "부은 한쪽 눈의 창녀"가 있고 비에 젖는 "도시락 보자기"로 상징되는 노동의 소외가 담겨 있는 것이다.

1960년대 근대 도시에 대한 이러한 비판적 인식은 신동엽으로 하여금 이 시대를 또 다른 형태의 외국 자본의 식민지 형식으로 규정

하게끔 하는 원동력을 제공한다. 그래서 그는 자신의 여러 시편에서 무력에 의한 지배가 물러가고 자본에 의한 지배로 몸을 바꾼 외세의 침투와 착취를 강하게 비판하고 있다. 외연의 화려함 이면에 썩어들어가는 한 사회의 폐부를 도시라는 공간을 통해 바라본 시적 혜안의 결과이다.

이러한 개발 독재 체제 곧 외국 자본과 중앙 집권적 정치 권력이 결합하여 한 시대의 도시 집중성을 선도한 흐름은, 1970-80년대를 지나면서 더욱 확산 일로를 걷게 된다. 이 같은 도시 집중성은 김지하의 「서울길」처럼 비극적인 예감을 담은 증언도 가능하게 하였고, 역으로는 뿌리깊은 가난과 자폐감에서 벗어날 수 있는 기회의 땅으로 도시를 인지하게끔 하기도 하였다. 기형도는 이러한 도시화의 과정이 어느 정도 완성형을 띠게 된 1980년대의 복판에서 '도시성'이 주는 우울함을 가장 감각적으로 노래한 뚜렷한 실례에 속한다. 도심의 한 가운데에서 자신이 지나온 삶을 유추하면서 지금까지의 삶을 규정해온 근대 도시의 일상을 '물 속의 사막'이라고 명명하는 그의 비가(悲歌)는, 퍼붓는 빗물로 둘러싸인 심야의 고층 빌딩에서 발화(發話)된다. 그에게 대도시 서울은 오아시스 같은 '사막 속의 물'이 아니라, 화려한 외관에 간힌 폐허 곧 '물 속의 사막'이었던 것이다.

> 밤 세 시, 길 밖으로 모두 흘러간다 나는 금지된다/장마비 빈 빌딩에 퍼붓는다/물 위를 읽을 수 없는 문장들이 지나가고/나는 더 이상 인기척을 내지 않는다//유리창, 푸른 옥수수잎 흘러내린다/무정한 옥수수나무… 나는 천천히 발음해본다/석탄가루를 뒤집어쓴 흰 개는/그 해 장마통에 집을 버렸다//비닐집, 비에 잠겼던 흙탕마다/잎들은 각오한 듯 무성했지만/의심이 많은 자의 침묵은 아무것도 통과하지

못한다/밤 도시의 환한 빌딩은 차디차다//장마비, 아버지 얼굴 떠내
려오신다/유리창에 잠시 붙어 입을 벌린다/나는 헛것을 살았다, 살아
서 헛것이었다/우수수 아버지 지워진다, 빗줄기와 몸을 바꾼다//아버
지, 비에 묻는다 내 단단한 각오들은 어디로 갔을까?/번들거리는 검
은 유리창, 와이셔츠 흰 빛은 터진다/미친 듯이 소리친다, 빌딩 속은
악몽조차 젖지 못한다/물들은 집을 버렸다! 내 눈 속에는 물들이 살
지 않는다

— 기형도 「물 속의 사막」 전문

이 작품에서 그는 문명의 중심지에 서 있는 주체가 빗물이 밀어
붙이는 추억의 공간으로 잠입하여, 자신의 혈류를 타고 흐르는 유년
과 자연의 숨길을 '실체'가 아닌 '흔적'으로 느끼고 있는 풍경을 실
물 감각적 아이러니를 통해 드러내고 있다. 한편으로 근대 문명의
제도적 세례를 줄곧 받은 도시의 아들이면서 또 한편으로는 영락없
는 자연의 적자(嫡子)이기도 했던 자신의 이중적 정체성을 그는 혼돈
과 부정의 역동성으로 잘 보여주었다. 이처럼 그는 기억 속에 존재
하는 남루한 자연의 시간들을 현재의 도시로 불러들여 그것과 힘겹
게 마주하고 있는 풍경을 제시하고 있다.

그는 도시 생활의 절망을 유년의 아름다운 기억으로 치유하려는
낭만주의의 기획을 거부하고, 누추하기만 했던 기억과 혹독한 현재적
고통을 유추적 관계에 놓으면서 그것을 견디는 주체만이 시적 주체
가 될 수 있다고 처절하게 노래한다. "번들거리는 검은 유리창, 와이
셔츠 흰 빛은 터진다/미친 듯이 소리친다, 빌딩 속은 악몽조차 젖지
못한다"는 시인의 절규는 이 같은 근대 도시의 이중성을 가장 날카
롭게 보여주는 끔찍한 선명성을 띤다. 이처럼 기형도의 시는 1980년
대 말에 우리에게 나타난 도시적 일상의 가장 비극적인 내면이었다.

3

　최근의 시에서도 우리 시대의 핵심적 병인(病因)을, 도시 문명의 가속도에 의해 본원적 가치들이 밀려나는 형상으로 파악하는 것은 결코 낯설지 않은 진단법이다. 특히 자본주의 문명의 응집체인 도시를 생명이 유실되고 폐허가 된 현장으로 그리는 관행은 매우 익숙한 것이다. 이러한 인식의 관행은, 우리의 도시적 일상의 거죽이 비록 견고한 듯 보이지만 오히려 쉽게 허물어질 수 있는 허구적인 것이며, 우리의 삶도 효율성과 편리함을 추구하는 만큼 불구적인 것임을 예증하고 있다.

　따라서 우리는 근대 비판의 시적 형상을 도시적 일상을 담고 있는 작품들을 통해 이러한 경향이 얼마나 지속적인 완강함을 지니고 우리 시사에 나타나고 있는지를 실감할 수 있게 된다. 다음 작품은 도시적 일상을 경쾌하게 뒤집어봄으로써, 관성화된 채 반성적 사유를 결하고 있는 근대인의 삶을 우회적으로 비판하고 있는 시편이다.

　어제부터 아파트는 고장 수리 중/단전단수 팻말을 달고 공룡으로 멈춰 섰다/엘리베이터는 화석의 척추처럼 굳었고/주민들은 일시에 시멘트 동굴 속에 사는/원시인이 되었다/저녁이 되자 허기에 주린 이빨들은/불꺼진 냉장고에서/핏물이 흐르는 소의 시체를 꺼내어/날 고기로 뜯기 시작했다/변기는 넘쳐 부글거리더니/급기야 두엄처럼 사방에다 악취를 내뿜었다/사람들은 헛것에 홀린 듯/어둠 속에서 벽을 더듬거리며/자꾸 죽은 스위치를 눌러댔다/마른 수도꼭지를 비틀다가/거꾸로 입을 처박고 헉헉거렸다/어제부터 아파트는 고장 수리 중/사람들은 하루만에 동굴 속에 갇힌/야만의 원시동물로 변해버렸다
　　　　　　　　　　　　　　　— 문정희 「아파트 동굴」 전문

　시의 배경은 도시의 한복판에서 자본주의의 자기 전개의 표지(標識)로 우뚝 서 있는 '아파트'이다. 그런데 "어제부터 아파트는 고장 수리 중"이다. "단전단수 팻말을 달고" 아파트는 "공룡으로 멈춰 섰다". 순간 "엘리베이터는 화석의 척추처럼 굳었고/주민들은 일시에 시멘트 동굴 속에 사는/원시인이" 된다. 이 순간적 전화는, 도시 문명이란 것이 얼마나 허약하고 퇴행 가능한 외피인가를 적시한다. 우리에 갇혀 있는 야수들이 던져진 고기들을 탐식하듯, 사람들은 아파트 안에서 야생적인 숙식을 한다. "변기는 넘쳐 부글거리더니/급기야 두엄처럼 사방에다 악취를 내뿜었다"는 묘사는, 코를 감싸쥐게 만드는 악취가 자본주의 문명의 핵심적 병리임을 암시한다. 이처럼 아파트로 상징되는 도시인의 삶이 갑자기 '공룡/화석/동굴/원시인' 등의 기표들을 통해 시간의 풍화를 역(逆)으로 겪고 있다.

　"사람들은 헛것에 홀린 듯/어둠 속에서 벽을 더듬거리며/자꾸 죽은 스위치를 눌러"대고, 생명을 유지하기 위하여 "마른 수도꼭지를 비틀다가/거꾸로 입을 처박고 헉헉거"린다. 그러니 "사람들은 하루 만에 동굴 속에 갇힌/야만의 원시동물로 변해버"린 것이다. 이는 곧바로 '야만'과 '문명'이 자리를 바꾸는 순간이다. 도시의 문명인은 곧 오갈 데 없는 가엾은 야만인으로 탈바꿈된 것이다. 이 야만의 원시 동물과 아파트 주민의 경쾌한 호환(互換)이 도시 문명에 대한 비판적 해석을 낳으면서 동시에 우리의 일상에 편재해 있는 고통들에 맞서는 인식의 전회를 가져다주고 있다. 우리가 일상적으로 겪는 우울과 권태와 피로와 불안의 근원이, 이처럼 우리가 추구해왔던 곳에 잠재적으로 숨어 있다는 인식이야말로 이 작품이 주는 전언(傳言)의 윤곽이라 할 것이다.

그런가 하면 메마르게 반복되는 도시적 일상의 현재형에 대한 비판을 미래적 가정을 통해 우화적으로 행하는 기획 역시 다양하게 눈에 띤다.

천 년 뒤에 이곳은 성지가 될 것이다/아파트,/이 장엄한 유적에 눕기 위해/고된 노동과/아픈 멸시를 견뎠노라고/어느 후손은 수위실 앞에서 안내판을 읽을 것이다/관광 책자에 찍혀 있을 나의/유골을 구겨쥐고/관리비 내러 갔던 관리소/종교인들이 층층이 잠들었다는 로마의 카타콤베,/성스럽게 북벽을 차지하고 걸린 사진처럼/하루는 아침 변기에 앉아/몇 미터 높이와 몇 미터 간격으로/차곡차곡 손을 늘어뜨리고 볼일을 보고 있을/아파트 주민들을 생각했다/박해의 축복처럼 뿌려지는 태양 가루,/돌의 사막을 나서는 숫낙타의 갈라진 발톱과/마른 헛바닥을 닮은 여인의 얼굴,/모래알을 씹는 아이들이 몸마다 칸칸이/멸망을 분양하고 사는 카타콤베에 밤이 온다/구름과 구름 사이에 만찬이 차려지고/간곡함을 거룩함으로 옮겨놓는 시간의 낱장들이/창문마다 아름답게 내걸린다, 이대로/한 시대가 끝난다면/나는 순교자가 될 것이다

— 신용목 「아파트인」 전문

이 작품에서 시인은, 오랜 시간이 흐른 후 '아파트'라고 하는 20세기 근대 도시의 가장 전형적인 풍경이 시간의 풍화를 온몸으로 안은 채 문명의 유적(遺跡)으로 화하는 순간을 상상적으로 축조한다. 그리고 그때의 인류는 "아파트인"으로 '기억'되고, 아파트 단지는 "성지(聖地)"가 되며, 그 "장엄한 유적"을 각종 안내판과 관광 책자는 신기한 듯 적시(摘示)해낸다. 나아가 시인의 상상은 시간을 거슬러 "종교인들이 층층이 잠들었다는 로마의 카타콤베,/성스럽게 북벽을 차지하고 걸린 사진"과 "아침 변기에 앉아/몇 미터 높이와 몇 미

터 간격으로/차곡차곡 손을 늘어뜨리고 볼일을 보고 있을/아파트 주
민들"을 동일한 선상에서 결합시킨다.

그러나 카타콤베의 긴장과 불온의 이미지는 사라지고 이 "아파트
인"들의 일상이란 "박해의 축복처럼 뿌려지는 태양 가루,/돌의 사막
을 나서는 숫낙타의 갈라진 발톱과/마른 혓바닥을 닮은 여인의 얼
굴,/모래알을 씹는 아이들이 몸마다 칸칸이/멸망을 분양하고 사는"
것일 뿐이다. 여기서 "사막"을 나서는 숫낙타의 이미지는 이 "아파
트인"들을 힘겹게 이끌어갔을 가장(家長)들일 것이고, 여인들과 아이
들도 메마른 표정으로 멸망을 분양 받는 낙타의 후예들이다. 이때
"간곡함을 거룩함으로 옮겨놓는 시간의 낱장들이/창문마다 아름답
게 내걸린다"는 것은 그 자체로 종말론적 시대 인식의 한 형상일
뿐 깊은 의미는 없어 보인다. 다만 오랜 시간 후에 "아파트인" 모두
는 이 거룩한 성지에서 "순교"할 것이다. 이 '순교'의 이미지가 반
어적임은 말할 것도 없다.

생각해보면 미래적 시간의 상상을 설정할 때, 지금의 시간들은
모두 과거의 뚜렷한 흔적이 된다. 따라서 지금 우리가 도시의 아파
트에 몰려 살면서 거기서 힘겨운 일상과 일용할 욕망에 허덕이면서
사는 모습이 훗날 "멸망을 분양하고 사는 카타콤베"로 '기억'된다는
이면에는 지금 많은 이들의 마음 속에 이미 이 '아파트'로 대표되는
"갈라진 발톱/마른 혓바닥/모래알"의 삭막하고도 비애에 찬 삶을 우
회적으로 비판하는 준거들이 도사리고 있음을 입증한다.

이처럼 우리의 일상이나 담론이 발원하고 소통되고 완결되는 '도
시'라는 공간은 식민지 근대의 상징적 축도나 분단 시대의 산업 사회
를 집약하는 조감도에 머물지 않는다. 그때만 해도 여전히 도시적 경

험은 낯선 것이며, 도시인은 대부분 타관이나 객지를 떠도는 사람들이라는 자의식이 강했지만, 지금의 도시인은 객지에 살지 않는다. 도시가 곧 고향이어서 돌아갈 고향도 없다. 그리고 도시의 아파트는 삶의 양식의 획일화에도 불구하고 이 나라의 가장 대표적인 주거 양식이 되어 있으며, 거기서는 대가족 제도나 '이웃사촌' 같은 해묵은 삶의 양식과 풍속이 밀려나고 개인주의, 소가족주의 같은 도시성만이 확대 재생산되고 있다. 이제 도시화는 근대적 병리의 외연과 개념적 등가를 이루고, '도시성'과 '근대성'은 같은 현상의 다른 이름일 뿐이다. 우리의 서정시는 바로 이 같은 근대 도시의 여러 모순적 양상을 비판적 시각으로 조명하고 해석해온 지속적 맥락을 지니고 있는 것이다.

4

근대적 계몽에 내장된 불유쾌한 총체성에 대한 비판에도 불구하고, 포스트모던 담론에 지나친 인식론적 상대주의와 정치적 무정부주의의 위험이 도사리고 있다는 비판을 행한 하버마스의 견해나, 앤소니 기든스와 울리히 벡의 이른바 '성찰적 근대성'은 우리의 근대 인식에 복합적이고 의미있는 준거를 제공해준다. 이들의 견해에 따르면, 현재 겪고 있는 '근대'의 위기는 근대 자본주의 질서의 해체로부터 시작된 것이 아니라, '근대성(modernity)'의 결과들이 보다 더 급진화되고 보편화된 것에서 비롯된 것이다. 그들은 이러한 상황을 '후기' 혹은 '제2의' 근대성으로 이해하고, 과거의 '해방의 정치'와 새로운 '삶의 정치'의 적극적인 결합을 모색하였다. 이들이 행하는 '근대 안에서의 근대 극복' 논리는, 식민지와 분단이라는 왜곡된 조건 속에서 근대를 맞이한 우리에게는 매우 아픈 성찰을 제공하고 있는데, 그 까닭은 우리가 한번도 근대성의 효율성을 회의하지 않고 맹목적인 근대 추종의 역사만을 이어왔기 때문이다.

이 점에서 우리 근대시가 행하는 근원적인 의미에서의 근대 비판의 함의들은, 비록 거친 대로 소중하게 평가될 필요가 있다. 이 점은 알랭 투렌의 견해를 참조할 만한데, 그는 현재의 서구 사회가 포스트 모던 사회가 아니라 의사 결정 과정을 독점하는 기술 관료 집단과 이로부터 소외된 민중 계급의 첨예한 갈등이 프로그램화된 사회라고 보고 있다. 이 프로그램화된 탈(脫)산업 사회에서 비판적 사유의 해방적 잠재력은 여전히 유효하며, 타락한 도구적 이성을 회복시킬 수 있는 새로운 '주체'의 구성은 지금의 '근대성'이 마주하고 있는 실천적 과제라는 것이다. 따라서 우리로서도 비판적 사유의 해방적 잠재력을 극대화하여, 냉소와 혐오에만 머무르는 피상적인 근대 비판의 한계를 넘어 새로운 주체의 구성을 꾀해야 한다. 이 점에서 우리가 살핀 근대 비판의 시학은 보다 더 심층적인 대안적 근대의 사유를 진척해가야 할 것이다.

다음은 왁스가 부른 대중가요 「지하철을 타고」인데, 여기에는 도시의 메마르고 슬픈 꿈이 담겨 있다. 이는 누구나 다 당연한 듯이 도시 안으로 꾸역꾸역 밀려들어와 고단한 꿈을 꾸고 있지만, 그 같은 근대의 꿈은 그 자체로 허구였음을 우리에게 실물적으로 전달해주고 있다. "벌겋게 충혈된 피곤한 눈 속에/새로운 아침을 여는 사람들/나와는 다르게 사람답게 살고 있는데/왜 나는 이렇게 살아야 하나/언제쯤 지겨운 방황 끝나나/답답한 마음에 또 다시 지하철 타고/꾸벅꾸벅 조는 사람들/크게 전화하는 사람들/외박하고 가는 사람들/모두 같이 가네 지하철을 타고/오늘 만난 모든 사람들/다들 꿈을 갖고 살겠지/오늘보단 나을 거라는/꿈을 갖고 가네 지하철 타고". 그 슬프고도 고단한 꿈이 결국 우리의 급진화된 근대가 준 모순을 고스란히 감각적으로 응축하고 있다 할 것이다.

우리는 모두 '도시'라는 이 지긋지긋한 관계의 감옥으로부터 끝없이 탈주하고 싶어한다. 하지만 그와 동시에 이 관계의 감옥에서 제일 인정받는 모범수가 되고 싶어한다. 또한 사람들의 분주하고 복잡한 관계로부터 벗어나는 것을 꿈꾸지만 정작 사람들로부터 잊혀지지 않을까 하는 망각에 대한 공포를 더 크게 가지고 있다. 말하자면 도시('도시'로 포괄되는 온갖 관계의 사슬)에서 벗어나고 싶은 충동은 인간의 보편적 감정이지만, 그와 동시에 '도시'로 대표되는 세계 형식에 참여하고 세속적인 가치에 의해 평가받고 싶어하는 욕망이 삶을 더 근본적으로 움직이고 있는 것이다. 이러한 모순의 힘은 서정시 안에서 복합적 아이러니를 지속적으로 낳을 것이다.

그래서 단순한 근대 비판보다는 근대가 가지는 이 아이러니를 가장 구체적이고 복합적인 시선으로 형상화하는 것이 우리 시대가 마주한 실천적 과제라 할 것이다. 바로 그 '아이러니'의 힘으로 우리는 도시적 삶을 견뎌갈 수 있을 것이다. 그래서 "오늘보단 나을 거라는" 슬프고도 불가능한 꿈을 꾸면서 우리 서정시는, 비인간화 현상에 대해 적극적으로 비판하면서도 그 도시적 삶의 조건을 실존의 차원에서 승인하고 견뎌가야만 하는 근대인의 모순을 날카롭고 아름답게 노래해갈 것이다.(2003. 12)

일상성에 대한 새로운 시적 비전과 아이러니적 상상력

1

　우리의 삶은 우연한 계기의 연속으로 구성된다. 물론 예측 가능한 절차나 과정에 합리적으로 대처하고 반응하는 일도 우리 삶의 중요한 속성을 이루지만, 그 같은 이성적 해석과 판단을 무색케 하는 이런저런 삶의 예외적 이치들은 우리로 하여금 합리성의 덧없음과 한계를 절감하게 한다. 이처럼 실제 삶에서 이성과 탈(脫)이성의 힘은 늘 어긋나고 비껴가면서 삶의 어둑한 양면성을 형성한다. 그래서 우리는 합리적 계측으로 역사와 현실을 논하기도 하지만, 그와 동시에 비합리적인 운명이나 욕망에 대해서도 관심의 끈을 놓지 않는 것이다.

어디 그뿐인가. 아폴론적 질서와 디오니소스적 열정의 상호 작용과 얽힘도 우리 삶을 신비롭고 불가해하게 만드는 중요한 측면이라고 할 수 있다. 특히 합리적이고 점진적인 이해력보다는 심미적 도취나 순간성에서 자기 본령을 획득하는 예술의 경우, 그 같은 얽힘의 양상은 더욱 심화된다. 따라서 모든 예술은 인간의 심미적 이성과 그것으로는 포착하기 어려운 운명이나 욕망을 사유하고 표현한다. 그 가운데 순간성과 함축성의 원리에 의해 구성되는 '서정시'는 더더욱 그러한 양면성을 날카로운 핵심으로 전유한다고 할 수 있을 것이다.

그런데 합리성으로는 도저히 착안할 수 없는 운명이나 욕망을 그릴 때, '서정시'가 우선적으로 포착하는 것은 역설적이게도 가장 친숙하고 예측 가능한 '일상성'의 미세한 결들이다. 어떻게 생각하면, '일상성'이야말로 서정시의 비의성을 염두에 둘 때 가장 어울리지 않는 소재라고 할 수 있는데, 우리 시대의 상당수 가편(佳篇)들은 일상의 구체성에 즉(卽)하여 생의 비의에 다다름으로써 '구체적 보편성'을 획득하고자 하는 시적 욕망을 보여준다. 그래서 비록 '일상성'이 비상한 인지적 충격을 주기에는 다소 적절치 못할지라도, 시인들은 그것을 통해 때로는 권태와 결핍과 덧없음으로 때로는 절망과 광기와 병리적 이미지로 삶의 중요한 본질을 복합적으로 은유하고 있는 것이다.

따라서 일견 무의미한 관성의 집적으로 보이는 '일상성(Täglichkeit)'은 그 단조로운 거죽을 뚫고 속내를 들여다볼 경우, 어느 제도적 형식이나 사물보다도 한 시대를 예리하게 징후적으로 알 수 있게 하는 보고(寶庫)라고 할 수 있다. 특히 자본주의적 일상성이란 고도로 조직화된 자본과 제도의 힘에 의해 분배되는 시간의 균질성을 중요한 속성으로 삼고 있기 때문에, 한 사회의 욕망과 운명의 표정을 간취할 수 있는 가장 좋은 대상이 된다. 자본주의 사회는 "역동적으로 발전하면서도 다양한 사람들과 사회를 하나로 통합하고 결합하는 매스컴 체계"(마샬 버먼)와 함께 자본의 공고한 자기 재생산 구조가 일상성의 고형화(固形化)를 완성하고 있는 사회이다. 그만큼 자본주의 사회의 욕망은 창출되고 관리되는 것이며, 자본의 가지 확충 논리에 의해 조직되고 유도되는 것이다.

이러한 과정에서 발생하는 병리적 현상이 바로 '자기 소외'인데, 이는 어떤 존재가 자기 안에 있는 본질적인 것을 바깥으로 이끌어 내 그것을 타자로 삼아 자기와 대립시키면서, 오히려 자기와 배치되는 것으로 설정하는 것을 말한다. 우리 사회는 이러한 '자기 소외'의 구조적 정점에 와 있다고 할 수 있는데, 그것은 개인 차원의 도덕적 열정이나 노력에 의해 타개될 수 있는 한시적 소외가 아니라, 개인의 판단 여부를 뛰어넘는 완강한 구조를 배후로 거느리고 있는 것이다. 따라서 바람직한 시적 비전이란, 이러한 '자기 소외'에 대한 원론적이고 추상적인 비판에서가 아니라, 가장 구체적인 물질적 현실을 묘사하고 거기서 새로운 대응 방식을 찾음으로써 완성될 것이다. 최근 우리는 그 같은 새로운 대응 방식을 치열하고도 구체적으로 모색하고 있는 시인들을 여기저기서 목도하고 있다.

이제 우리는 우리 시대의 서정시가 이처럼 우리의 삶을 편재적(遍在的)으로 감싸고 있는 자본주의적 '일상성'의 문제를 어떻게 주목하는가, 그리고 그것에 주체가 어떻게 반응하는가 하는 과정에 대한 관찰을 통해 한 시대의 예리한 징후를 읽을 수 있을 것이다. 특히 젊은 시인의 시편에 대한 세심한 읽기를 통해, 우리는 우리 시대의 서정시가 '일상성'의 실체와 흔적을 어떻게 탐사하고 있으며, 그것을 어떠한 시적 비전 속에 담고 있는가를 알 수 있을 것이다.

2

최근 우리 시에 점증하고 있는 '서정성'은 역사나 이념의 빈자리를 채우고 있는 우리 시대의 자본주의적 일상성이나 욕망에 대한 창조적 주체들의 대응이라고 말할 수 있는 여지가 충분하다. 이러한 현상을 탈(脫)역사적 징후로 평가하려는 이들도 적지 않지만, 그보다는 '서정'의 원리를 확대하여 자본주의적 억압이 우리에게 주는 허무주의나 가치 붕괴에 대해 저항적인 꿈꾸기를 행하는 창조적이고 미학적인 대응이라고 말할 수 있을 것이다. 따라서 시적 아우라가 반드시 비상하고도 예외적인 상황에서 나온다는 편견을 다소 수정한다면, 우리는 이처럼 '일상성'을 매개로 하여 서정의 원리를 확산하고 그에 따라 생의 본질적 형식에 다가가고 있는 이들의 목소리를 만날 수 있게 된다.

차들이 가래침을 뱉으며 달리는 다리 밑,/속을 게워낸 소파와 신경통을 앓고 있는/의자들이 골똘하게 버려진 그곳에/그의 가족들 자리 깔고 식사한다/밖으로 동그랗게 등을 모으고/무언가 저렇게 열심히 먹을 때,/그의 가족은 행복하거나 즐거워야 한다/부지런히 기어가는 다족류처럼/뿔뿔이 흩어지며 숨가쁘게 살아온/그의 약력이 잠시 한숨을 돌리는 시간,/차 소리 때문에 잘 들리진 않지만/수탉처럼 큰

소리로 떠드는 그의 얘기를/돌방돌방 과일을 깎는 그의 여자와/야생
마처럼 버릇없는 그의 아이들은/행복이 가득한 얼굴로 들어야 한다/
방해하면 재미없다는 듯 간혹 영역 밖을 힐끔거리며/경계를 늦추지
않는 그의 눈빛,/식사가 끝나고 할말 없으면 심심하여라/그와 그의
가족들은 일어서서 기지개를 켜다가/돌 몇 개 강물에 던져보다가/앉
았던 자리를 탈탈 말아쥐고 서둘러 돌아간다/썩은 강물과 가래침 뱉
는 차 소리를 뒤로 하고/풍선처럼 부푼 그의 가족들이 트림을 하며
집으로 간다

— 정병근 「그의 가족」 전문

이 작품은 구조적으로 완강하게 고착된 자본주의적 억압의 일상
을 우화적(寓話的)으로 보여주고 있다. 다시 말해서 가족간의 단란한
야유회를 "행복하거나 즐거워야 한다" 혹은 "행복이 가득한 얼굴로
들어야 한다" 같은 억압적이고 타율적인 행복 확인의 강요로 채색
함으로써, 지리멸렬한 일상적 현실에 대한 미메시스적 시선을 간접
화하고 있다.

그들이 소풍 나간 곳은 "차들이 가래침을 뱉으며 달리는 다리
밑,/속을 게워낸 소파와 신경통을 앓고 있는/의자들이 골똘하게 버
려진 그곳"이다. 이처럼 시 맨 앞에 전경화(前景化)되고 있는 오물과
폐자재와 병리의 이미지들은 말할 것도 없이 시인이 의도적으로 채
택하고 배열한 것이다. 거기서 "그의 가족"이 "밖으로 동그랗게 등
을 모으고/무언가 저렇게 열심히 먹"고 있는데, 이는 마치 텔레비전
을 응시하면서 서로 불편한 침묵을 지키고 있는 가족들의 모습("식
사가 끝나고 할말 없으면 심심하여라")이 밖으로 전사(轉寫)된 것에 불과
하다. "그의 가족"은 "부지런히 기어가는 다족류처럼/뿔뿔이 흩어지
며 숨가쁘게 살아온/그의 약력"과 함께 이처럼 미세하게 그러나 철

저하게 균열(겉으로는 평화롭고 여유있는 가정)되어 있는 것이다.

"차 소리 때문에 잘 들리진 않지만/수탉처럼 큰 소리로 떠드는 그의 애기를/돌방돌방 과일을 깎는 그의 여자와/야생마처럼 버릇없는 그의 아이들은/행복이 가득한 얼굴로 들어야 한다"는 구절이 바로 그 같은 가족의 균열과 봉합의 세월을 말해주고 있다. "방해하면 재미없다는 듯 간혹 영역 밖을 힐끔거리며/경계를 늦추지 않는 그의 눈빛"은 일상의 분주함 때문에 늘 미루어두었던 가족간의 유대를 잠시 확인하는 자의 시선이라고 할 수 있다. 그것은 이 소풍이 가족들에게 베푼 미봉적인 외출임을 강렬하게 암시한다. 그래서 "그의 가족들은 일어서서 기지개를 켜다가/돌 몇 개 강물에 던져보다가/앉았던 자리를 탈탈 말아쥐고 서둘러 돌아간다". 그들이 오기 전부터 그랬듯이 "썩은 강물과 가래침 뱉는 차 소리"가 "풍선처럼 부푼 그의 가족들이 트림을 하며 집으로" 가는 풍경을 감싸고 있다. 이처럼 "그의 가족"이 행하고 있는 비루하고 건조한 외출은, 우리 시대의 분주하고 비루한 '일상성'을 거꾸로 보여주고 있는 역상(逆像)이다.

사실 진정한 풍경 묘사의 본질은 더 이상의 설명이 필요치 않은 건조한 보고에 있다. 그러나 '서정시'는 사물의 순수한 실체를 전달하는 것이 아니라, 주체의 삶이나 정신의 매개에 의해 해석된 시선으로 풍경을 선택하고 재배열한다. '서정'의 원리가 불가피하게 주체 환원의 성격을 띠는 것도 바로 이 때문이다. 이 작품은 주체의 냉정하고도 건조한 시선을 통해 사실적 풍경을 보고함으로써, 우리 시대의 비루한 일상성에 대해 반어적인 풍요로움을 보여주고 있다. 따라서 이 시편에 시종 관철되고 있는 '아이러니'의 정신은 그 자체로 시의 전언(傳言)을 이루고 있는 것이다.

젖은 쓰레기 더미 위에서/치자꽃 무리가 피었다/깨진 유리병과 망
가진 잡동사니 따위로/딱딱한 형태를 견뎌낸 것들,/텅 빈 공기의 틈
으로 주입되는 한 호흡의/향기가 되기 위해 몰입한다/역한 핏물이
주루룩 몸밖으로 흘러나갈 때까지/부패의 꿈속으로 매몰된다/그 속
에서 뿌리들이 번식하는 소리,/뿌리마다 주렁주렁 매달린/꽃과 열매
와 벌레와 여자와 아이들이 익어간다/이곳에 이르면 모든 경계는 모
호해지고/날카로움도 망가짐도 눈부신 풍경이 된다/새들 속에서 우
는 잡동사니와/나뭇잎 속에서 펄럭이는 고철과/꽃들 속에서 반짝이
는 유리조각,/온갖 황홀한 향기로 이리저리 몰려다니는/사물들, 사물
들 모두 응고된 공기의 흔적은 아닐지/배설물이거나 발자국이거나
혹은 눈물?/뿌리내린 것들은 지탱할 수 없을 때까지/몸을 부풀려 꿈
속 배경이 된다/망가질수록 황홀해지는 지상의 풍경//치자꽃 향기가
코 속으로 스민다/나는 느릿느릿 고정된 생의 형태를 망가뜨리며/수
많은 사물들 사이에 눕는다

— 배용제 「향기에 대한 관찰」 전문

우리가 보통 '향기(香氣)'라고 할 경우, 그것은 아름답고 은은한 것
을 말한다. 그 반대되는 뜻으로 '악취'가 존재하는 것은 널리 알려
진 사실이다. 그러나 여기서 '향기'는 그러한 미적 존재론의 관행을
버리고 일상의 악취와 같이 반어적으로 쓰이고 있다. 따라서 시인이
'관찰'하고 있는 향기는 일차적으로 모든 썩어지고 버려지고 폐기된
존재들에서 나는 역한 냄새이다. 하지만 정작 중요한 것은 그 '역한
향기'를 통해 썩어지고 버려진 사물들이 비로소 자신의 모습을 드
러낸다는 사실에 있다.

"젖은 쓰레기 더미 위에서/치자꽃 무리가 피었다"는 묘사는 오물
투성이의 배경에서 가족이 단란한 소풍을 하는 우화적이고 어긋난
풍경을 그린 앞의 작품과 겹치고 있다. 그래서 그 '향기'가 치자꽃

의 것이겠거니 하면 시는 미궁에 빠진다. 오히려 그 '향기'는 "깨진 유리병과 망가진 잡동사니 따위로/딱딱한 형태를 견뎌낸 것들"에서 나오는 것이다. 그것들은 "텅 빈 공기의 틈으로 주입되는 한 호흡의/향기가 되기 위해 몰입"하고 있고 "역한 핏물이 주루룩 몸밖으로 흘러나갈 때까지/부패의 꿈속으로 매몰된다". 이 '견딤'과 '몰입'과 '매몰'은 버려진 것들이 고스란히 자신의 존재를 구성하는 행위들이다. 거기서 시인은 "뿌리들이 번식하는 소리"를 듣고, "뿌리마다 주렁주렁 매달린/꽃과 열매와 벌레와 여자와 아이들이 익어"가는 모습을 본다. 그럼으로써 "이곳에 이르면 모든 경계는 모호해지고/날카로움도 망가짐도 눈부신 풍경이 된다". 누추함과 버려짐이 "눈부신 풍경"이 되고 있는 것은 시인의 아이러니적 시선이 그것을 재구성하고 있기 때문인데, 그만큼 시인은 우리의 일상성이 '선/악' '긍정/부정' '생성/소진' '아름다움/추함'의 원리 위에 명징하게 대립하고 있는 것이 아님을 말하고 있다.

그래서 "새들 속에서 우는 잡동사니와/나뭇잎 속에서 펄럭이는 고철과/꽃들 속에서 반짝이는 유리조각"이야말로 "온갖 황홀한 향기로 이리저리 몰려다니는/사물들"이 된다. 나아가 그 사물들을 두고 혹 "응고된 공기의 흔적은 아닐지" "배설물이거나 발자국이거나 혹은 눈물"은 아닐지 시인이 상상하게 되는데, 이처럼 "망가질수록 황홀해지는 지상의 풍경"에 시인은 절망하면서 동시에 환호한다. 그 견딤과 몰입의 과정이 "느릿느릿 고정된 생의 형태를 망가뜨리며/수많은 사물들 사이에 눕는" 행위를 통해 구현되고 있다.

이 두 작품에서 우리는 일상성에 대한 새로운 시적 비전과 아이러니적 상상력을 만나볼 수 있다. 그것은 아이러니의 정신을 바탕으

로 하며, 비동일성의 의식을 통해 동일성의 일상을 낯선 모습으로
와해시키는 과정을 담고 있다. 그래서 무기력하고 비전이 없는 것처
럼 보이던 일상성은, 그 자체로 새로운 시적 비전을 일구는 천혜의
토양이 된다. 우리 서정시에서 거시 담론의 반복적 강조보다 일상
생활의 저항(resistance in daily life)이 중요해지는 것도 바로 이 때문이다.

3

　물론 우리의 일상이 아름답고 충만한 하나의 완성형을 구현하고
있다고 보는 것은 넌센스이다. 다만 그것은 반복적인 동시에 늘 결
핍과 미완의 형식을 띤다. 그러면서도 그 어떤 삶의 양식보다도 선
명한 자기 운행 원리를 지니며, 낯익고 친화력있는 이미지들로 구축
되어 있다. 그러나 그 친숙함마저 시인들은 뒤집어 사유하고 읽는
다. 그 역설의 독법(讀法)에서 우리는 우리가 고착된 관성으로 붙들
어두었던 일상성이 해체되어 새로운 배면(背面)의 힘으로 다가오는
것을 느낄 수 있게 된다.

　　저녁 상가(喪家)에 구두들이 모인다/아무리 단정히 벗어놓아도/문
　상을 하고 나면 흐트러져 있는 신발들,/젠장, 구두가 구두를/짓밟는
　게 삶이다/밟히지 않는 건 망자의 신발뿐이다/정리가 되지 않는 상
　가(喪家)의 구두들이여/저건 네 구두고/저건 네 슬리퍼야/돼지고기
　삶는 마당가에/어울리지 않는 화환 몇 개 세워놓고/봉투 받아라 봉
　투,/화투짝처럼 배를 까뒤집는 구두들/밤 깊어 헐렁한 구두 하나 아

무렇게나 꿰 신고/담장 가에 가서 오줌을 누면, 보인다/북천(北天)에
새로 생긴 신발자리 별 몇 개
— 유홍준 「喪家에 모인 구두들」 전문

이 작품은 부음(訃音)을 받고 상가에 문상을 간 시인이 발견한 일
상의 왁자하고도 세속적인, 그리고 '죽음'을 통해 모였으면서도 실
은 철저하게 죽음과 격절되어 있는 일상의 한 풍경을 담담하게 그려
내고 있다. 먼저 시인은 상가에 모인 이들을 '구두'로 대유(代喩)하고
있다. 그의 시선에 포착된 풍경은 "저녁 상가(喪家)에 구두들이 모인
다"는 것이다. "아무리 단정히 벗어놓아도/문상을 하고 나면 흐트러
져 있는 신발들"은 상가의 풍경을 사실적으로 담고 있기도 하지만,
그보다는 '죽음'조차 반복적 일상이 되어버린 사람들의 흐트러진 마
음을 은유한다. '삼가 조의를 표함[謹弔]'이라는 표현도 결국은 의례
적인 문장일 뿐, 사람들의 행동거지에 '삼가는' 마음은 이미 없다.

그래서 시인은 "젠장, 구두가 구두를/짓밟는 게 삶이다"라고 그리
고 "밟히지 않는 건 망자의 신발뿐"이라고 말한다. 말하자면 상가에
서의 풍경도 살아있는 자들의 일상적 욕망으로 채색되고 있는 것이
다. "돼지고기 삶는 마당가에/어울리지 않는 화환 몇 개 세워놓고/
봉투 받아라 봉투,/화투짝처럼 배를 까뒤집는 구두들"은 그래서 그
산 자들의 욕망을 풍요롭게 표상한다. 이때 시인은 "밤 깊어 헐렁한
구두 하나 아무렇게나 꿰 신고" 그곳을 빠져나와 처음으로 자신을
드러내는데, "담장 가에 가서 오줌을 누면, 보인다/북천(北天)에 새로
생긴 신발자리 별 몇 개"라는 결구(結句)를 통해 '별'이라는 심미적
표상과 '오줌'이라는 일상적 표상을 날카롭게 병치시키고 있다. 결

국 이 작품은 상가(喪家)라는 배경을 통해 우리의 일상성이 매우 견고한 외피를 두르고 있으며, 비루한 욕망의 반복과 거기로부터의 승화에 대한 꿈을 동시에 갖고 있는 삶의 형식임을 증거하고 있다.

> 좌석이 없는 좌석버스를 타고 간다/삼표연탄 이름만 남아 있는 자리/백미러 같은 낮달 떠 있다/'이번 정류장은 수색극장 앞입니다 다음 정류장은 구름다리입니다'/콘크리트로 만들어진 구름다리 건너/검문소 앞에서 검문 당하는 청춘(靑春)/이등병의 배지를 달고 있다/물빛처럼 푸른 군복/수색엔 온통 일렁이는 것들만 살고 있다/'…… 다음 정류장은 항공대학교입니다'/빨강 에나멜 구두를 신고/파랑 종이비행기를 날려보내던,/삼표연탄보다 활활 타오르던 시절 어디에도 없다//좌석이 없는 생(生)을 타고 간다/꽃밭은 없고 이름만 남아 있는/화전(花田) 간다
>
> — 안현미 「화전 간다」 전문

이 작품에서 시인은 익숙한 지명(地名)이 갖고 있는 기표와 기의의 어긋남 사이를 따라가면서 우리가 너무도 친숙해져서 간과하고 있는 풍경의 속살에 대해 노래한다. 시인은 서울에서 화전으로 가는 한낮의 좌석버스 속에서 정류장 이름이 갖고 있는 아이러니에 주목한다. 그 관찰은 "삼표연탄/수색극장 앞/구름다리/항공대학교"를 통해 '화전(花田)'에 이르는 도정에서 이루어진다.

"삼표연탄 이름만 남아 있는 자리/백미러 같은 낮달 떠 있다"는 풍경의 메마른 묘사와 "다음 정류장은 구름다리입니다'/콘크리트로 만들어진 구름다리"는 모두 도시의 외곽에 자리하고 있는 문명의 굳은 표정을 암시한다. 거기를 지나 "검문소 앞에서 검문 당하는 청춘(靑春)"은 자신의 지나온 삶에 대한 추억이자 동시에 거기서 "이등

병의 배지를 달고 있는" "물빛처럼 푸른 군복"에 대한 묘사이기도 하다. 수색 곧 물빛에는 그렇게 "온통 일렁이는 것들만 살고 있다". 이어지는 말줄임표는 이러한 풍경의 연쇄를 함의하고 "항공대학교" 는 곧 "빨강 에나멜 구두를 신고/파랑 종이비행기를 날려보내던" 기억과, "삼표연탄"은 곧 "활활 타오르던 시절"과 연결되고 있다. 모두 지나간 청춘에 대한 조상(弔喪)이요 "좌석이 없는 생(生)을 타고" 가는 삶의 현재형에 대한 비루한 초상이다. 그래서 시인은 "꽃밭은 없고 이름만 남아 있는/화전(花田) 간다"고 말하고 있는 것이다. 이처럼 시인은 아름다운 기표 속에 앙상하게 들어앉아 있는 일상의 기의를 아이러니로 들추어내고 있다.

이와 같이 '향기'나 '지명'의 아이러니에 주목하면서 시인들은 우리 시대의 존재론과 효용론을 유쾌하게 뒤집어 사색함으로써, 일상의 굳은 각질에 대하여 새로운 시적 비전과 아이러니적 상상력을 만들어내고 있다.

4

아도르노는 현대 사회를 부자유가 영속화된 사회, 곧 관리 사회의 속성이 고도의 합리적 수단을 통해 관철되고 있는 사회라고 지적했는데, 이 같은 회로는 매우 견고하여 우리의 개체적 노력으로 치유될 수 있는 것이 아니다. 마찬가지로 '서정시'는 그 같은 우리 시대의 구조적 본질을 원론적으로 극복하려는 기획보다는 그것을 건조하게 표상함으로써 견딤과 승화의 내적 계기를 암시하는 데 무게중심을 할애하고 있다. 그럼으로써 시인들은 일상적 삶의 미세한 결에 대한 현미경적 시각을 견지하면서 역사적 특수성을 그 안에서 보고, 나아가 이러한 순간들이 어떠한 사회적 맥락을 지니는 것인지에 대해 사유하고 있다.

우리 시대는 자본주의적 일상이 다른 어떤 양식의 삶들도 압도적으로 장악하고 있는 형국을 보인다. 따라서 우리는 '일상성'을 통해 우리 역사의 자리를 탐색하고, 거기에 사회적 연관과 미적 직관을 통합하는 경험 유형을 형상화해야 한다. 이때 그려지는 '일상성'이란 코지크의 정의대로 "사람들의 개별적 삶을 매일매일의 테두리 속에서 조직하는 것"과는 다르다. 그것은 사적 영역의 양적 집적이 아니라, 역사를 탈주술화하면서 인간 욕망의 어두운 폐부까지 바라보려 하는 좀 더 복합적이고 물리적인 시적 현실이다. 그래서 '일상성'에는 한 사회를 파악하고 그것을 징후적으로 읽을 수 있는 디테일들이 풍요롭게 숨쉬고 있는 것이다.

최근 일상사나 미시사에 대한 사회적 관심이 폭증하고 있는데, 이러한 현상은 인문학이 삶의 경험적 측면에 대한 귀납적 속성을 일정하게 갖고 있기 때문이다. 이처럼 세밀한 주체들의 인식, 생각, 경험 등을 통해 우리는 삶의 결을 한층 더 복합적이고 중층적으로 바라볼 수 있을 것이다. 물론 이는 근대화를 위해 치른 대가에 대한 자기 비판과 새로운 정체성 탐색의 성격을 띠며, 근대적 거시 담론이 해방과 계몽의 언어였을 뿐만 아니라 억압과 지배의 언어이기도 했던 것에 대한 담론 차원의 반성을 담고 있는 것이다.(2003. 2)

시적 인식과 표현의 다양한 지평

2

생의 복합성과 아이러니의 시정신

　우리의 삶과 현실은 복합성과 모순율을 그 내적 본질로 내장하고 있다. 어느 순간도 동일하고 단순한 패턴이 반복되지는 않으며, 우리를 둘러싸고 있는 사물이나 풍경들 역시 명료한 합리성의 그물로는 결코 잡아낼 수 없다. 마찬가지로 우리가 살아가면서 경험하고 해석하고 각인하게 되는 시간과 공간의 양상 또한 어떤 단일한 원리로도 환원되지 않는 복합성의 얼굴을 하고 있다. 그만큼 세계는 다양하고도 모순된 힘에 의해 개진되고, 주체는 저마다의 시각과 개성으로 세계에 개입하고 반응하면서 그 복합성을 체험하게 된다.

　그래서인지 현대시는 주체와 세계의 동일화를 원리로 하는 '서정적 동일성'을 자신의 육체에서 서서히 밀어내면서, 주체와 사물 사이에 개재하는 '차이성'이나 '비동일성'에 깊은 관심을 가진다. 우리 주위에 잔뜩 미정형의 상태로 존재하는 사물들과 결국 화해할 수 없다는 생각, 그리고 주체와 대상 사이의 불화와 균열이 생의 본질적 형식이라는 생각이, 서정적 주체로 하여금 우리의 삶을 단순하고도 화해로운 서정적 비전에서 일탈케 한 근원적 힘인 것이다. 따라서 우리가 줄곧 경험하는 현대시에는 복합성과 모순율을 통해 생의 아이러니를 드러내는 지향이 빈번하게 노출되고 있다.

1 모순된 생의 형식에 대한 고백과 반성

생의 복합성을 드러내는 시편들은 많은 경우, '아이러니'의 정신에 의해 착상되고 완성된다. '아이러니'는 사물이나 현상을 단일하고도 명징한 논리로 해명하지 않고, 그것들을 회의주의와 상대주의의 입장에서 지적으로 되새김질하는 하나의 양식이자 기법이다. 그래서 그것은 어떤 정서적 충일에서 피어나는 직접적 감정 토로가 아닌 상황의 균열을 우회적으로 증언하고 비판하는 간접화의 방식을 취한다. 시를 읽는 독자 역시 정서적 동일화보다는 지적인 거리를 둔 채 작품에 참여하게 되고, 그 세계를 비평적으로 수용하게 된다. 따라서 아이러니의 정신은 '상반성의 균형'(리처즈)으로 세계와 주체 사이의 불화를 견디는 원리이자, 대립적 요소들간의 '내적 균형'(엘리엇)을 긴장 속에서 구축하는 힘이기도 하다. 당연히 아이러니의 정신은 우리의 생을 단순한 희망의 변증법이나 확연한 전망으로 이끌지 않고, 긍정과 부정, 생과 죽음, 감춤과 드러냄 사이의 긴장 사이에서 형상화한다. 우리가 먼저 읽게 되는 김신용의 「적(跡)」(『문학사상』2002년 9월호)은 그러한 시정신의 합당한 실례가 될 것이다.

> 벽에 푸르스름한 곰팡이가 피었다/음습하고 그늘진 공간의 <모피 외투> 같다/일생을 위해 내가 입었던 허식의 장식,/사랑이라는 이름으로 세상에 내밀었던 내 결핍/오늘도 숲 속의 푸른 지의류처럼 돋아나, 나를 덮고 있다/생을 썩이지 않으면 삶이 돋아나지 않았던/그 습기 차고 축축하던 나날들―, 눈에 보이지도 만져지지도 않는/갈증의 미세한 포자를 퍼트려, 먼지처럼, 공기에 섞여/공기처럼 흘러다니다가, 방부제인 햇살 한 올/스며들지 않는 공간을 만나면, 왕성하게 집을 짓는―/숙주를 부패시킴으로써 번식하는, 그 부패가 뿌리이며 꽃인/내 기생(寄生)―, 제 시체 속에 제 자신의 뿌리를 묻는/그 부패의 궤적으로 살아 있다/의식의 벽지, 내장재(內藏材)인 침묵까지도 파먹고 있는/밀렵의 올무 같은,/시간의 마멸성을 닮은―.
>
> ― 김신용 「적(跡)」 전문

벽에 피어 있는 "푸르스름한 곰팡이", 그 생의 너절한 흔적을 시인은 "일생을 위해 내가 입었던 허식의 장식,/사랑이라는 이름으로 세상에 내밀었던 내 결핍"과 등가적으로 병치시킨다. 이때 '곰팡이'는 생의 결핍의 흔적이자 열망의 흔적이기도 하다. "오늘도 숲 속의 푸른 지의류처럼 돋아나, 나를 덮고 있"는 그 흔적은 "생을 썩이지 않으면 삶이 돋아나지 않았던/그 습기 차고 축축하던 나날들"을 환기시키면서 시인의 결핍과 열망을 양쪽에서 똑같이 북돋운다. 일상적인 감각으로는 포착되지 않는("눈에 보이지도 만져지지도 않는") 그 흔적의 흐름들은 "방부제인 햇살 한 올/스며들지 않는 공간을 만나면, 왕성하게 집을 짓는"데, 결국 그것은 "숙주를 부패시킴으로서 번식하는, 그 부패가 뿌리이며 꽃인/내 기생(寄生)"과 닮은꼴을 취하고 있다. "제 시체 속에 제 자신의 뿌리를 묻는/그 부패의 궤적으로 살아 있"는 '곰팡이'가 결국 서정적 주체의 생인 것이다.

그 생은 "내장재(內藏材)인 침묵까지도 파먹고 있는/밀렵의 올무 같은,/시간의 마멸성을 닮은" 꼴을 하고 있는데, 이 침묵과 결박과 마멸의 결핍을 투과해온 서정적 주체의 생은 그만큼 자조적이면서도 활력적이고, 결핍에 가득 차 있으면서도 그 결핍이야말로 존재의 뿌리이자 꽃이 되는 아이러니를 우리에게 보여준다. 이때 시인이 남기는 흔적 곧 이 시의 제목 '적(跡)'은 자신에게 대립적인 '적(敵)'이면서 동시에 자신을 존재케 하는 '적(籍)'이 되고 있다. 따라서 이 시는 존재의 모순이기도 하고 존재 자체이기도 한 흔적들이 결국 자신의 생의 형식이라는 아이러니를 알아챈 견자(見者)의 남루한 자기 고백이다.

이희중의 「미안하다」(『동서문학』 2002년 가을호)는 그동안 별다른 자의식 없이 전제하고 살았던 삶의 기율들이 시적 문맥 속에서 낯설어지고 있는 상황을 보여주면서, 우회적으로는 생의 거죽이 가지고 있는 허구성과 미망에 대해 반성적 함의를 던지고 있다. 우리들 생의 거죽은 얼마나 윤기 나는 무늬들로 이루어져 있는가. 그러나 그 거죽을 뚫고 새어나오는 이면의 소리를 시인은 듣고 있다. 이때 표면에 왕성하게 집을 짓고 있던 관계의 망(網)들은 허망하게 해체되고 재구성된다. 그 재구성의 과정에서 시인은 생의 형식을 반성하고 있는데, 그 반성이 역설적 구조를 취하면서 아이러니의 효과를 창출하고 있다.

꽃들아, 미안하다/붉고 노란색이 사람의 눈을 위한 거라고/내 마음대로 고마워한 일/나뭇잎들, 풀잎들아 미안하다/푸른빛이 사람들

을 위안하려는 거라고/내 마음대로 놀라워한 일/꿀벌들아, 미안하다/
애써 모은 꿀들이 사람들의 건강을 위한 거라고/내 마음대로 기특해
한 일/뱀 바퀴 풀쐐기 모기 빈대들아 미안하다/단지 사람을 괴롭히
려고 사는 못된 것들이라고/건방지게 미워한 일//사람들아, 미안하다/
먹이를 두고 잠시 서로 눈을 부라린 이유로/너희를 적이라고 생각한
일,/내게 한 순간 꾸며 보인 고운 몸짓과 단 말에 묶여/너희를 함부
로 사랑하고 존경한 일,/다 미안하다/혼자 잘난 척, 사람이 아닌 척
하며/거추장스럽다고 구박해 온 내 욕망에게도//작은 것이나 큰 것이
나/남을 위해, 사람을 위해 살지 않고/바로 제 몸과 마음 때문에/또
는 제 새끼들 때문에 살고 있음을 이제야 알아서/정말 미안하다
— 이희중 「미안하다」 전문

시인이 미안해하는 대상들은 우선 "꽃들/나뭇잎들/풀잎들/꿀벌들/
뱀 바퀴 풀쐐기 모기 빈대들"이다. 이들은 이제까지 사람들의 눈을
위해 존재했고, 사람들의 위안이나 건강을 위해 존재했고, 혹은 사
람들에게 해를 끼치려고 존재했을 뿐이다. 그러나 시인은 이제 그들
에게 가졌던 '고마움/놀라움/기특함/미움' 등에 대해 "미안하다"고
말한다. 이는 곧 그들 스스로 자재(自在)로운 생명체이고, 그들은 인
간의 욕망과는 무관한 자족의 삶을 누리고 있다는 자각으로 인한
새삼스런 인식 전환을 뜻한다. 이러한 기존 관계의 해체와 재구성은
시인의 관심을 이제까지 알고 지냈던 "사람들"에게까지 넓힌다. "먹
이를 두고 잠시 서로 눈을 부라린 이유로/너희를 적이라고 생각한
일,/내게 한 순간 꾸며 보인 고운 몸짓과 단 말에 묶여/너희를 함부
로 사랑하고 존경한 일"에 대해 모두 미안하다고 하는 시인은, 곧
표면의 논리에 의해 구획짓고 살아온 명료한 애(愛)와 증(憎)을 함께
반성하고 있다.

시의 논리는 이제 자연스럽게 시인 스스로의 욕망에까지 미친다. 시인은 "혼자 잘난 척, 사람이 아닌 척하며/거추장스럽다고 구박해 온 내 욕망"한테도 미안함을 표하며 "작은 것이나 큰 것이나/남을 위해, 사람을 위해 살지 않고/바로 제 몸과 마음 때문에/또는 제 새끼들 때문에 살고 있음을 이제야 알아서/정말 미안하다"고 말한다. 표면의 논리로만 보면 이 시는 삶이 저마다의 욕망의 충실함으로 구성되어 있는데, 공연히 사랑과 미움을 가졌노라고 뒤늦게 자각하면서, 삶의 이기적 속성이 난공불락처럼 보인다는 절망적 이야기를 하는 것으로 비치기 쉽다. 그러나 이 시는 여기서 이중의 아이러니를 두르고 있다. 하나는 생의 표면적 논리가 곧바로 진실이 아니라는 것에 대한 자각이고, 또 하나는 생의 이면의 원리를 적나라하게 보이면서도 그 원리에 대한 반성("혼자 잘난 척, 사람이 아닌 척하며/거추장스럽다고 구박해 온 내 욕망")을 끊임없이 할 수밖에 없다는 자각인데, 이것들이 시인의 전언에 겹쳐 있는 것이다. 그래서 이 시는 시 전체가 생의 아이러니를 구성하고 있는 실례라 할 것이다.

2 '모자'와 '나비'의 풍경들
– '삶(생성)'과 '죽음(부재)'의 아이러니

사람의 정신이 미성숙해 있을 때는 대립어의 위치에 서 있는 낱말이나 경험들이 많게 마련이다. 예컨대 삶과 죽음, 권태와 활력, 우울과 환희, 이런 것들이 병립 불가능한 대립적 실체로 여겨진다. 그러나 사람은 철이 들면서 이것들이 동전의 양면처럼 동시적으로 존재하는 것임을 자각하게 된다. 아이러니의 정신이란 바로, 이러한 대립어들의 강력한 경계선을 회의의 정신으로 약화시키고 이완시키는 정신이기도 하다. 조말선의 「무덤들」(『문학인』 2002년 가을호)은 주체와 객체의 명료한 상호 관련성을 해체시키면서 풍부한 모순율이 우리의 삶을 감싸고 있음을 노래하고 있는 작품이다.

> 벗자마자 내가 콸콸 쏟아지던 모자 벗자마자 내가 싹 사라진 모자 벗자마자 새 모자를 구입하던 모자 벗자마자 내가 태어난 모자 벗자마자 내가 썩어 나오던 모자 나는 쏟아질까봐 모자를 쓴다 나는 사라질까봐 모자를 쓴다 몸에 맞는 모자를 찾아 모자가게를 헤맨다 나는 다시 태어날까봐 모자를 쓴다 나는 내가 부패할까봐 모자를 쓴다 모자를 쓰고 있는 사진을 보면 벗기고 싶다 이 십 년 동안 썩지 않고 갇힌 나 이 십 년 동안 고루한 취향에 빠진 나 이 십 년 동안 한 가지 생각에 집중한 나 지긋지긋한 모자! 쓰자마자 내가 잠기는 모자 쓰자마자 내가 갇히는 모자 쓰자마자 똑같은 모자들이 우연히 일련번호가 다른 모자들이 쓰기 전에는 제각각인 모자들을 모자가게가 고루 뒤집어쓰고 있다
>
> — 조말선 「무덤들」 전문

　시의 제목으로 유추컨대, 이 시의 주인공인 '모자들'은 곧 '무덤들'이다. 그것은 우선 '무덤'과 '모자'의 외적 유사성에서 가능한 해석이다. 위로 볼록하게 솟아 있는 외관이 모자와 무덤은 닮았기 때문이다. 그러나 더욱 본질적으로는 시적 논리로 재구성된 모자의 생리가 무덤의 그것과 상동성을 띠기 때문이다. 모자들은 "벗자마자 내가" 쏟아지고 사라지게 한다. 그리고 새 모자를 구입하게 하고 나

를 태어나게도 하고 썩어 나오게 하기도 한다. 이 모순된 흔적들의 나열들은 시간의 선형적(線形的) 질서나 인과율의 지배를 받지 않고 단속적으로 병치되어 있다. 나는 쏟아질까봐, 사라질까봐, 다시 태어날까봐, 부패할까봐 모자를 쓴다. 그러면서 "몸에 맞는 모자를 찾아 모자가게를 헤맨다". 몸에 맞는 모자는 가능한가. 아무래도 어려울 것 같다. 결국 편재(遍在)해 있는 '모자'는 생이자 죽음인 것! 시인이 바라는 모자는 부재이자 흔적일 뿐! "이 십 년 동안 썩지 않고 갇힌 나 이 십 년 동안 고루한 취향에 빠진 나 이 십 년 동안 한 가지 생각에 집중한 나"를 담고 있던 "지긋지긋한 모자!"였으니 말이다.

나를 잠기게 하고 갇히게 하는 모자, "우연히 일련번호가 다른 모자들"은 그래도 "쓰기 전에는 제각각인 모자들"이었다. 그 무덤들의 집합소인 "모자가게"는 저마다 그러한 무덤들을 "고루 뒤집어쓰고 있다". 물론 모자는 시의 내부에서 무한 증식이 가능한 사물들을 은유하면서 세상에 편재한 죽음과 소멸의 흔적들 또는 활력과 생의 가능성을 담고 있다. 그러니 모자가 무덤일 수밖에. 세상의 모든 무덤들은 죽음과 소멸의 흔적들, 새로운 생의 활력의 가능성을 공유하고 있지 않은가. 이와 같은 죽음과 삶의 공존, 혹은 지긋지긋함과 정듦의 혼효는 우리의 삶이 가지는 아이러니의 감각을 등가적으로 보여주고 있는 시적 해석이다. 우리는 김참의 「나비」(『시로 여는 세상』 2002년 가을호)에서도 그 같은 시적 징후를 느낄 수 있다.

날아다니는 나비를 본다 흰 날개 펄럭이며 배추밭을 훨훨 나는
나비 한 마리 담쟁이로 둘러싸인 양철지붕 작은 집 돌담에 앉은 나
비 두 마리 혼자 사는 사내가 열어놓은 창틀 선인장 화분 노란 꽃

위에 내려앉은 나비 세 마리 노란 꽃 위에 내려앉아 지저분한 사내
의 방에 걸린 커다란 거울을 바라보는 나비 네 마리 사내의 방을 펄
펄펄럭 날아가며 잠든 사내가 틀어놓은 시끄러운 음악을 듣는 다섯
마리 양철지붕 작은 집은 하얀 나비들로 가득하다
— 김참 「나비」 전문

　"날아다니는 나비"를 눈으로 쫓으면서 시인은 나비들이 훨훨 날
거나 돌담에 앉거나 꽃 위에 내려앉아 있거나 거울을 바라보고 있
거나 음악을 듣는 모습을 잡아낸다. 그것은 사실적 풍경의 재현일
수도 있고, 시인이 재구한 상상적 풍경일 수도 있다. 시의 끝으로
갈수록 점증(한 마리, 두 마리…다섯 마리)하는 나비의 수효는, 그것 역
시 상상 속에서 무한 증식이 가능한 존재임을 알린다. 그런데 이 무
한 증식의 가능성이 외연적 정보에서 오는 것이 아니라 시를 단단
히 결속하고 있는 음률에서 암시되고 있다는 점이 이 시의 고유한
힘이다. 시인이 바라본 "양철지붕 작은 집은 하얀 나비들로 가득"한
생동하는 공간이다.

　그러나 그 가득함은 곧 삶의 부재라는 쓸쓸한 감각을 외피로 하
는 것이다. 이 시에서 까메오처럼 등장하는 "사내"는 흔적만 남아
있거나 지저분하게 처리되거나 잠이 들었거나 하는 부재의 형상으
로 담겨 있다. 그 부재의 공간을 '나비'라는 생명체가 가득 메우고
있다. 생의 부재와 나비의 충일, 이것이 시인이 바라보는 우리 시대
혹은 내면의 상상적 풍경이다. 그래서 생의 권태로운가 활력에 차
있는가. 어느 것도 아니다. 그 가능성을 다 담고 그저 풍경으로 존
재할 뿐이다.

3 주객이 바뀌어버린 삶의 아이러니

결국 아이러니는 두 이질적인 경험 세계를 폭력적으로 결합하여 충격적 세계를 성취하는 양식이자 정신이다. 다시 말하면 그러한 충돌들 사이의 바람직한 균형 혹은 상호 긴장의 형식이 아이러니의 원리인 것이다. 그런데 무엇보다도 생의 아이러니를 강하게 느끼게 하는 제1원인은 아무래도 '시간'일 것이다. 시간은 모든 것을 변하게 한다. 그것이 자연적인 풍화의 결과이든 주관적인 망각의 결과이든 오랜 시간은 사물과 사물 사이의 낯익은 관계를 해체하면서 새로운 관계를 구성하기 때문이다. 황인숙의 「아, 해가 나를」(『문학·판』 2002년 가을호)은 오랜 시간이 지나면서 바뀌어버린 삶의 형식을 우의적으로 드러내고 있다.

> 한 꼬마가 아이스케키를 쭉쭉 빨면서/땡볕 속을 걸어온다/두 뺨이 햇볕을 쭉쭉 빨아먹는다/팔과 종아리가 햇볕을 쭉쭉 빨아먹는다/송사리떼처럼 햇볕을 쪼아먹으려 솟구치는 피톨들/살갗이 탱탱하다//전엔 나도 햇볕을/쭉쭉 빨아먹었지/단내로 터질 듯한 햇볕을//지금은 해가 나를 빨아먹네.
>
> — 황인숙 「아, 해가 나를」 전문

이 시는 "한 꼬마가 아이스케키를 쭉쭉 빨면서/땡볕 속을" 걸어오는 풍경으로 시작하여 그의 "두 뺨"과 "팔과 종아리"가 "햇볕을 쭉쭉 빨아먹는" 풍경으로 초점을 옮겨간다. 그의 살갗에 피어나는 "송사리떼처럼 햇볕을 쪼아먹으려 솟구치는 피톨들"은 이 장면을 가장 아름답고 활력있게 묘사하고 있는 대목이다. 그러나 그 활력이 곧바로 '나'로 전이되는 순간, 그것은 어느새 지나간 과거형이 된다. "전엔 나도 햇볕을/쭉쭉 빨아먹었지/단내로 터질 듯한 햇볕을" 하면서 말이다. 따라서 "지금은 해가 나를 빨아먹네" 같은 탄식은 '꼬마/나'의 대위(對位)를 통해 시간의 흐름이 가져다준 소진의 형식을 노출하고 있다. 시간이 주객의 자리를 바꿔놓은 것이다.

또 하나, 시인이 의도했든 그렇지 않든, 이 시에서는 적절하게 배치된 경음(硬音)과 격음(激音)의 반복이 시인의 페이소스를 청각화하고 있다. 이를테면 이 짧은 시편 안에 "꼬마/쭉쭉/빨다/땡볕/뺨/떼/쪼아" 같은 경음이나 "케키/햇볕/팔/피톨들/살갗/탱탱/터질" 등의 격음이 적절하게 배치되어 있다. 이 유난스런 음성적 자질들이 해가 나를 맛있게 그야말로 "쭉쭉" 빨아먹는 풍경을 재현한다. 사실적 외관의 세밀한 묘사가 아니라 산뜻한 인상 하나를 구축하고 있음에도 불구하고 이 작품이 감각적 밀도가 높은 까닭이 여기에 있다.

그런가 하면 김광규의 「마지막 물음」(『창작과 비평』 2002년 가을호)은 생에 대한 아이러니컬한 질문으로 자신을 돌아보고 있는 작품이다. 이를 시인은 이 물음을 '마지막 물음'이라고 했는데, 이때 "마지막"이라는 표현은 아마도 '최후'보다는 '궁극적'이라는 뜻에 가까울 것이다.

전화기도/TV도/오디오세트도/컴퓨터도/휴대폰도……/고장나면/고쳐서 쓰기보다/버리고/새로 사라고 합니다/그것이 더 싸다고 합니다//사람도 요즘은 이와 다를 바/없다고 하더군요//우리의 가정도/도시도/일터도/나라도/이 세계도……그렇다면/고칠 수 있나요/버려야 하나요//하나뿐인 나 자신도/버리고/새로 살 수 있나요

— 김광규 「마지막 물음」 전문

자본주의의 주류적 가치인 교환가치에 의하면 모든 것은 고유한 경험 유형보다는 대체 가능한 유용성에 의해 가치가 매겨진다. 시인은 이 모든 사물들이 얼마든지 교환 가능한 것들이라고 전제하며 "사람도 요즘은 이와 다를 바/없다고 하더군요"라는 언급으로 나아간다. 그러나 금세 알 수 있듯이, 이러한 사실 진술은 그 안에 아이러니의 정신을 예비하고 있다. 말하자면 시인의 마음은 발견의 새삼스러움에 들떠 있기보다는 주객마저도 바꿔놓는 세상 이치에 의해 많이 어둑해져 있다.

따라서 "그렇다면/고칠 수 있나요/버려야 하나요//하나뿐인 나 자신도/버리고/새로 살 수 있나요" 같은 하소연은 절망에 차 있는 것이고, 그럼에도 불구하고 우리의 공통 감각에 의해 생을 힘겹게 재구(再構)해가야 하지 않겠느냐는 간접화된 전언을 동시에 암시하고 있다. 이 같은 절제된 이성의 힘이 이 시를 세상에 대한 자조나 냉소로 기울지 않고 가까스로 아이러니에 멈추게 하는 힘이 되고 있다.

결국 시적 아이러니는 경험의 복합성과 모순율들을 구조화하는 하나의 기법이자 양식이자 태도이다. 따라서 그것은 정서적인 것보다는 지적인 것의 파악에 기여하고, 우리를 이성적 주체의 하나로 각인시킨다. 그렇게 우리 시대의 시인들은 시대의 모순과 긴장을 어떤 단일한 서정적 원리로 해소하지 않고 아이러니의 시정신으로 그 사이를 견뎌가고 있다.(2002. 10)

생명의 다양한 내적 원리와 풍경들

　우리의 일상적 삶과 감각을 둘러싸고 있는 현대 문명의 핵심적 속성을 폭력적인 야만성과 멈출 수 없는 가속도, 그리고 그로 인한 각양각색의 관계 단절로 인식하는 관행은 매우 오래되고도 낯익은 것이다. 이 같은 현대 자본주의 문명에 대한 부정적 인식은 그것이 사물과 사물 혹은 인간과 인간 사이의 상호 의존성을 심각하게 파괴하면서 그들로부터 삶의 풍요로움과 다양성을 앗아갔다는 생각에 자연스럽게 이른다. 이를 일러 '소외(疎外)'라고 부르기도 하였고, '고독한 군중'이라는 역설적 은유가 동원되기도 하였다. 이처럼 현대 문명은 이제 인간의 삶을 감싸고 있는 단순한 배경이 아니라, 인간의 삶의 원리와는 어느 정도 독립성을 띤 채 그 자체의 에너지로 자기 진화를 이루어가는 준(準)생명적 실체가 되기에 이른 것이다.

　우리가 잘 알듯이, 이 같은 문명의 폭력성과 인간의 절대 위기 속에서 그 대항 담론으로 활발하게 제출된 것이 이른바 생태적 사유와 일련의 실천 기획이다. 자연과의 호혜적인 상호 연관성을 폐기한 채 자연을 일방적으로 개발하고 거기서 생존 외적인 잉여 가치를 남획했던 근대적 사유 방식으로부터 한켠 물러서, 사물들끼리의 내적 연관성을 하루 빨리 회복하자는 생각이 생태적 사유의 기초를 이루고 있음은 주지의 사실이다. 물론 인간의 삶을 옥죄어오는 환경 파괴와 자연 오염을 더 이상 그대로 두어서는 안 되겠다는 이른바 환경론적 인식 전환이 그 실천적 동력이 되고는 있지만, 그 기저에는 사물끼리의 상호 연관성 곧 모든 사물은 자신의 독자적인 에너지를 가지고 존재하되 내적으로 긴밀하게 연관되어 있다는 속성에 대한 근원적 자각이 이 같은 기획을 이끌고 있는 것이다.

서정시가 추구하는 대안적 꿈 역시 이 같은 사물들의 내적 연관성과 호혜적인 평등, 그리고 그것을 기쁨과 쓸쓸함으로 나누어 갖는 마음에서 발원한다. 이때 그 어떤 생명도 자신의 독립성을 위해 타자의 독립성을 훼손하기 어렵다는 생각은 자연스런 전제가 된다. 그래서 생명은 홀로 떨어져 있는 운명이 아니라, 더불어 '살라[生]'는 준엄한 '명령[命]'이 되고 있는 것이다.

❶ 생명의 활력에 대한 긍정과 모순에 대한 발견

생명의 자기 원리를 원초적인 리비도나 그 활력에서 발견하는 것이 그리 새로운 것은 아니다. 우리가 잘 알 듯이, 한겨울의 텅 빈 들녘보다는 신록으로 둘러싸인 봄의 풍경에서 더 진한 생명력을 느끼고, 노경(老境)의 쓸쓸한 주름보다는 청년의 웃음 속에서 생명력의 충만함과 발견하는 것이 자연스러울 테니 말이다. 따라서 많은 시인들은 인간이나 자연이나 할 것 없이 리비도적 활력으로 피어나는 힘에서 생명의 가장 확실한 외연을 본다. 박영희의 「장마가 지나간 옥상」(『내일을 여는 작가』 2002년 가을호)을 읽을 때 우리가 감상하게 되는 것 역시 생명력으로 가득찬 사물들의 팽팽한 긴장과 활력이다. 사물이 다 피어나는데 시인인들 주눅들어 있겠는가. 시인은 장마가 그치고 난 후의 사물들을 통해 생명력에 대한 원초적 긍정에 도달하고 있는 것이다. 이때 생명은 외적 활력뿐만 아니라 존재의 심층적 원리로도 우리에게 다가온다.

> 된장에 찍어 먹으면 딱 좋을/풋고추 대롱대롱 매달려 있고//석편 아짐 좋아하는 가지가/긴 싸움 이겨낸 듯 실하게들 매달려 있고//찬바람 불면 할마씨들 입맛 돋을/대추들이 따글따글 열려 있고//막걸리 몇 잔에 다리는 풀렸으나/철봉대 꼭 움켜쥔 빨래들 보고 있자니/괜히 불알 두 쪽이/포도송이마냥 탱글탱글해집니다/열 받으면 가지만 해지는/고놈도 덩달아 뜨뜻해집니다//열 받아야 크는/풋고추마냥 가지마냥 칠월 옥상은/자고 나면 커지고 자고 나면 굵어지는 것들뿐입니다//참 살맛나는 날들입니다
>
> ― 박영희 「장마가 지나간 옥상」 전문

장마가 한 차례 휩쓸고 간 지상은 잠시 동안 숨죽인 폐허로 가득하다. 그러나 조금 시간이 지나면 대지는 그 흔적을 통해 많은 생명들을 내민다. 시인의 눈은 "장마가 지나간 옥상"에서 비로소 자신의 생명력을 뽐내는 각양의 사물들을 놓치지 않고 있다. 이를테면 그는

"된장에 찍어 먹으면 딱 좋을/풋고추"나 "석편아짐 좋아하는 가지" 혹은 "찬바람 불면 할마씨들 입맛 돋을/대추들"이 "대롱대롱/실하게 들/따글따글" 열려 있음을 본다. '장마'라는 잠시의 고통을 이겨내고 제 스스로의 외연을 눈부시게 이루고 있는 것들은 한결같이 생명력으로 충일한 존재들이다. 옥상에서 술 몇 잔 걸치고 있는 시인은 이 풍경에 동화되어간다. "막걸리 몇 잔에 다리는 풀렸으나/철봉대 꼭 움켜쥔 빨래들 보고 있자니/괜히 불알 두 쪽이/포도송이마냥 탱글탱글해집니다"는 이 같은 동화의 한 표현이거니와 "열 받으면 가지만 해지는/고놈"이나 "열 받아야 크는/풋고추"나 "가지"는 그대로 내적·외적 상동성(相同性)을 띠게 된다. 이 풍요로운 가난을 옆에 두고 시인이 최종적으로 발화하고 있는 것은 "칠월 옥상은/자고 나면 커지고 자고 나면 굵어지는 것들뿐입니다//참 살맛나는 날들입니다"이다. "자고 나면 커지고 자고 나면 굵어지는 것들"의 기쁨과 활력 속에 시인 자신도 속해 있음은 말할 것도 없다.

그런데 "철봉대 꼭 움켜쥔 빨래들"은 무엇일까? 왜 "빨래들"이 시인을 달구고 있을까? 거기서 관능의 상상력이 발동한다. 여자 속옷인가? "철봉대 꼭 움켜쥔 빨래들"이라면 가난한 이들의 삶을 은유하고 있는 것은 아닐까? 그러나 시는 더 이상의 정보를 흘리지 않는다. 더 이상 유추해서 읽을 여백도 시 안에는 존재하지 않는다. 다만 이 시편은, 생명은 저 스스로 존재하고 진화하는 것이 아니라 이처럼 내남없이 주고받는 호혜적 관계 속에서 형성되고 완성되는 것임을 알려주고 있을 뿐이다. 하여 생명력이란 이렇게 원초적인 불수의근들의 합주로 이루어지는 것이다.

안도현의 「간격」(『문학사상』 2002년 10월호)은 생명의 원리에 대한 역설적인 발견 과정을 담고 있는 시편이다. 그래서인지 박영희의 시편보다는 '발견'에 무게가 더 가 있는데, 모든 생명은 충만과 희열만이 아니라 틈과 부재를 통해서도 자신의 생존 원리를 갖는다는 발상이 시상을 시종 이끌고 있다.

> 숲을 멀리서 바라보고 있을 때는 몰랐다/나무와 나무가 모여/어깨와 어깨를 대고/숲을 이루는 줄 알았다/나무와 나무 사이/넓거나 좁은 간격이 있다는 걸/생각하지 못했다/벌어질 대로 최대한 벌어진,/한데 붙으면 도저히 안 되는,/기어이 떨어져 서 있어야 하는,/나무와 나무 사이/그 간격과 간격이 모여/울울창창(鬱鬱蒼蒼) 숲을 이룬다는 것은/산불이 휩쓸고 지나간/숲에 들어가 보고서야 알았다
>
> — 안도현 「간격」 전문

시인은 "산불이 휩쓸고 지나간/숲에 들어가 보고서야" 숲을 이루고 있던 원리와 힘을 알게 된다. 그것은 "숲을 멀리서 바라보고 있을 때는" 몰랐던 사실이다. 숲 바깥에 있을 때는 그저 "나무와 나무가 모여/어깨와 어깨를 대고/숲을 이루는 줄 알았"기 때문이다. 또한 그때는 "나무와 나무 사이/넓거나 좁은 간격이 있다는 걸/생각하지 못했"다. 그러나 나무의 흔적이 소멸되고 난 허허벌판에 들어서서야 시인은 비로소 "벌어질 대로 최대한 벌어진,/한데 붙으면 도저히 안 되는,/기어이 떨어져 서 있어야 하는,/나무와 나무 사이/그 간격과 간격이 모여/울울창창(鬱鬱蒼蒼) 숲을 이룬다는 것"을 알게 된다. 생명은 서로에게 갖는 간격(틈/여백)으로도 유지되고 있는 것이다.

이처럼 사물의 외관에서 유추하는 것만으로는 생명의 원리나 힘을 말할 수 없다는 생각은 사물의 안에 갇혀서는 사물의 참다운 모

습을 볼 수 없다는 '숲에서 나오니 숲이 보인다'는 역설적 잠언과는 반대편에 있는 것이다. 이 두 모순된 역설이 우리의 삶의 빈곤과 충만을 이끌어가는 것이 아닐까. 그래서 우리에게는 늘 깨달음과 뉘우침이 동시에 찾아오는 것이 아닌가. 겨우 "산불이 휩쓸고 지나간" 후에나 말이다. 안도현의 시편은 이 같은 생의 모순과 그에 대한 깨달음을 우리에게 쓸쓸히 전해준다.

2 '봄날'의 세 가지 풍경 – 외적 활력과 내적 비의

시인들이 뭇 사물을 그냥 지나치지 못하는 벽(癖)이 남다른 것은, 그들의 감각과 생각의 기율이 각별해서이기도 하겠지만, 세심한 주의와 발견을 통해 하나의 세계를 만드는 과정이 창조적 기쁨으로 가득하기 때문일 것이다. 따라서 남들은 무심히 지나치는 풍경 앞에서 하나의 새로운 우주를 구상(構想)하고 구상(具象)하는 일이야말로 가장 시인다운 직능이자 작업이라고 말할 수 있다. 특히 여성 시인들의 섬세하고도 원형적인 시선에 붙잡히는 사물들은 그들 자체의 존재 양태보다는 시인이 사후적(事後的)으로 구현하는 존재 원리에 따라 하나의 새로운 우주로 재구성된다. 따라서 그 재구성된 우주는 자연 그대로의 풍경이자 시인의 상상력이 만들어낸 인위적 풍경이기도 하다. 그 재구성된 풍경은 생명의 외적 활력 못지 않게 존재의 내적 비의(秘義)를 만들어내기도 한다. 노향림의 「봄날」(『시와 시학』 2002년 가을호)은 아파트 구내에서의 무심한 한 풍경에 눈길을 주면서 생명의 내적 원리를 재구성하고 있는 실례이다.

> 아파트 단지 입구 조경석 틈새에 핀/영산홍꽃들 무슨 장날같이
> 몰려섰나.//중구난방으로 떠드는 말소리들/안 보이던 아낙네들이 어
> 디서 몰려나와/무더기 무더기로 떠드는지/좌판 골목길처럼 시끄럽
> 다.//삶이 허황하다고 햇빛 속에 실밥 풀린/옥양목같이 슬픔이 마른
> 다고/자동펌프로 물을 퍼올린다고/손톱끝으로 하늘의 껍질을 벗겨내
> 며/저희들끼리 지지고 볶고 난리다.//그 틈새로 노랑나비 한 마리가/
> 어느새 경비행기처럼 앉았다가 뜬다.//도처에 봄날은 짧게 와서/삼일
> 장날처럼 왁자하게 피어서
>
> — 노향림 「봄날」 전문

"아파트 단지 입구 조경석 틈새에 핀/영산홍꽃들"이나 "그 틈새
로 노랑나비 한 마리가/어느새 경비행기처럼 앉았다가" 뜨는 풍경
은 시인의 눈에 마치 "장날"처럼 흥성스럽게 보인다. 영산홍꽃의 진
분홍과 나비의 노랑이 선명하게 보여주는 색채와 질감의 대비가 시
인으로 하여금 "도처에 봄날은 짧게 와서/삼일장날처럼 왁자하게
피어" 있다고 느끼게 하는 것이다. 이에 비해 주위의 인간적 소음은
"중구난방으로 떠드는 말소리들"로서 "아낙네들이 어디서 몰려나와/
무더기 무더기로 떠드는지/좌판 골목길처럼" 시끄럽기만 하다. 그들
은 "삶이 허황하다고 햇빛 속에 실밥 풀린/옥양목같이 슬픔이 마른
다고/자동펌프로 물을 퍼올린다고/손톱끝으로 하늘의 껍질을 벗겨내
며/저희들끼리 지지고 볶고 난리다".

시를 한번 읽어보면 우리는 이 같은 아낙네들의 소음과 자연의
조용한 만개(滿開)를 시인이 대비시키려 했다는 생각에 이른다. 인간
의 소음과 격리된 채 진분홍의 육체를 흔들고 있는 영산홍꽃과 조

용히 날개를 젓고 있는 노랑나비의 대조! 그럼으로써 생명의 본령은 인간이 아니라 자연에 있다? 자연스럽게 생각은 이러한 인간 부정, 자연 찬탄의 주제로 옮겨갈 듯하지만, 시를 꼼꼼히 거듭 읽어보면 그 같은 안이한 대립 구도가 시 안에는 없음을 발견하게 된다. 시인은 우선 영산홍꽃의 자태와 봄날의 풍경을 "장날"로 비유한다. 그리고 아낙들의 일상적 고민이 배인 수다를 "저희들끼리 지지고 볶고 난리"라고 하면서도 "좌판 골목길처럼 시끄럽다"고 말하고 있다. "장날"에 "좌판 골목길"이 없어서야 되겠는가. 그들이 내뱉는 "삶이 허황하다고 햇빛 속에 실밥 풀린/옥양목같이 슬픔이 마른다고/자동펌프로 물을 퍼올린다고" 하는 일련의 "지지고 볶"는 "난리"는 그래서 봄날의 홍성스런 풍경의 또 하나의 내질(內質)인 것이다. 그래서 이 시편은 자연과 인간의 대비가 아니라 그들이 어울려 피워내는 생명력의 한 진경(眞景)을 아파트 구내의 무심한 풍경 속에서 재구성해낸 것이다. 그러니 이 시의 제목이 '영산홍꽃'이나 '노랑나비'가 아니라 '봄날'이 아니겠는가.

정끝별의 「봄의 화단에서」(『현대시』 2002년 10월호)는 이 시인의 이지적인 사물 분석의 눈이 '봄날'의 여러 생성적 풍경에 주목하면서 그것들을 내적으로 연관시키고 있는 시편이다. 여기서 '화단'은 우리의 삶과 유추적 등가를 형성하고 있다.

> 아파트 화단에 앉아 꽃씨를 심는다/다섯살배기 흙손가락에서 피어나는 봄흙의/귓볼에선 아직도 말간 배냄새가 난다/, 나도 씨였죠?/, 이 씨도 쑥쑥 자랄거죠?/한껏 치켜올린 입술이 나팔꽃처럼 둥글게 피어나고/꽃씨를 품은 봄흙을/다독이는 살빛 떡잎이 둘//타클라마칸

고비의 황사를 견디며/씨에서 잎으로 꽃으로 몸 바꾸며/, 나이테처럼
/, 쑥쑥 높아지는 키의 눈금들이/, 햇님에게 가는 계단이래!/꽃씨를
묻은 플라스틱 화분을 안고/계단을 오르는 위태로운 흙물 엉덩이를
보며/목숨을 피우려는 모든 것들은/저리 온몸으로 뒤뚱이며 오르는
것이구나//바람에 휘청,//넘어진 피와 멍이 너의 꽃이고 잎이었구나/
저 계단에서/잠시 붙잡고 선 난간이 너의 뿌리였구나
— 정끝별 「봄의 화단에서」 전문

    다섯 살 난 아이와 "아파트 화단에 앉아 꽃씨를 심는" 어머니를
연상해보자. 아이의 손가락은 어느새 "흙손가락"이 되고 아이는 묻
는다. ", 나도 씨였죠?/, 이 씨도 쑥쑥 자랄거죠?" 아이도 꽃씨도 그
내력과 존재 원리가 같다. 이어서 "꽃씨를 품은 봄흙을/다독이는 살
빛 떡잎 둘"의 풍경이 사람과 꽃의 사이를 좁힌다. 그러니 이 질문
은 아이가 한 것이겠는가? 아파트 화단에 있는 무수한, 이제는 씨가
아닌 꽃이 되어버린 존재들이 내지르는 환청은 아닌가? 그때 어머
니가 말해준다. "타클라마칸 고비의 황사를 견디며/씨에서 잎으로
꽃으로 몸 바꾸며/, 나이테처럼/, 쑥쑥 높아지는 키의 눈금들이/, 햇
님에게 가는 계단이래!". 이 답도 꼭 어머니가 했겠는가? 발화자가
누구인지는 중요하지 않다. 다만 이 동화적인 설명 방식은 인내와
성장과 성숙의 오랜 축적이 하나의 생명을 가능케 한 것임을 알게
하고 있다.

    그러니 이어서 시인이 노래하는(정말 노래하지 않는가?) "꽃씨를 묻
은 플라스틱 화분을 안고/계단을 오르는 위태로운 흙물 엉덩이를
보며/목숨을 피우려는 모든 것들은/저리 온몸으로 뒤뚱이며 오르는
것이구나"라든가 "바람에 휘청,//넘어진 피와 멍이 너의 꽃이고 잎

이었구나"라든가, "저 계단에서/잠시 붙잡고 선 난간이 너의 뿌리였구나"라는 일련의 발견과 깨달음의 진술들은 목숨(생명)의 내적 비의를 말해주고 있는 게 아닌가. 목숨있는 것들은 모두 "꽃씨" 상태에서 "화분/계단"의 매개를 거쳐 "피와 멍"인 "꽃(잎)"에 이르고 "잠시 붙잡고 선 난간"인 "뿌리"의 힘으로 가능해진 것이라는 사실 곧 "목숨을 피우려는 모든 것들은/저리 온몸으로 뒤뚱이며 오르는 것이구나"라는 발견은 이 시인이 궁극적으로 다다른 삶의 은유적 원리이다. 하나 더! 난간의 위태로움과 뿌리의 안정성을 등가적으로 비유하는 힘, 이러한 모순과 아이러니를 통해 다다르는 그의 잠언적 진술이 결국 이 시를 상투적인 인생론에서 벗어나게 하는 방법이 되고 있다.

노창선의 「오월의 숲」(『타자비평』 2002년 하반기)은 환희의 찬가가 터져나올 만한 봄날의 숲에서 생의 결핍과 부재를 떠올리며 그것을 쓸쓸하게 성찰하고 있는 역설의 시편이다.

> 오월의 숲은/바람이 불 때마다/어둔 기억을 뭉텅뭉텅 퍼다 버리고/수많은 여린 잎들을 펄럭거리며/하늘로 하늘로 날아오른다/가벼움, 시대가 가르치는 그 망각의 길//오월의 숲이 아주 날아가 버린다면 하고/불안해하는 옆집 아저씨/그에겐 새로운 길들이 쌓이면서 밤이 또 오리라/나비가 되다만 애벌레의 무덤/처음 날개짓 하다가 젖어 추락하는/애나비의 죽음을 본다//앞산이 꽃뱀처럼 낮게 기어가는 길/오월의 숲이 떠나 버린 흔적을 따라 걷는다/기억을 되살리면서/이 가벼움은 어느 만큼 왔나 가늠해 보는 시간/우리들의 빈 들판에는/아주 많은 외로움들이 적층을 이루고/늘 붕붕거리며 날아오르는/오월의 숲, 그 날개질하는 소리가/우리들 가슴 한 자락을 끝내 적시고 간다
>
> — 노창선 「오월의 숲」 전문

시인이 지금 바라보고 있는 것은 "바람이 불 때마다/어둔 기억을 뭉텅뭉텅 퍼다 버리고/수많은 여린 잎들을 펄럭거리며/하늘로 하늘로 날아" 오르는 '오월의 숲'이다. 그런데 그 한복판에서 "가벼움, 시대가 가르치는 그 망각의 길"을 발견하는 것이 이 시인의 이채로움이다. '오월의 숲'이 어두운 기억을 떨치고 생명력으로 도약하는 것이 바로 그 '가벼움'일 텐데 그것을 두고 "시대가 가르치는 그 망각의 길"이라니?

이는 '오월의 숲'에 활력과 비상의 의지만 있는 게 아니라는 사실을 환기시킨다. "오월의 숲이 아주 날아가 버린다면 하고/불안해하는 옆집 아저씨"나 "나비가 되다만 애벌레의 무덤"도 그 한켠의 풍경을 이루고 있기 때문이다. 그들에게는 "새로운 길들이 쌓이면서 밤이 또 오"고 "처음 날개짓 하다가 젖어 추락하는" 불안과 고통이 있다. 그러니 시인이 '오월의 숲'에서 부르는 노래가 송가(頌歌)일 수만은 없지 않은가. 그것은 활력과 충만이 거덜나버린 흔적에 대한 만가(輓歌)이기도 한 것이다. 이어서 시인은 "앞산이 꽃뱀처럼 낮게 기어가는 길/오월의 숲이 떠나 버린 흔적을 따라" 걸으면서 "기억을 되살리"고 있다. 그 '기억'이란 "이 가벼움은 어느 만큼 왔나 가늠해 보는 시간"인데, 이는 범부들의 일상적 아픔과 애나비의 좌절과 추락을 까마득히 망각한 '오월의 숲'의 가벼움으로 이어진다. 그래서 시인은 "아주 많은 외로움들이 적층을 이루고/늘 붕붕거리며 날아오르는/오월의 숲"에서 오래 전에 사라져버린 그 애나비의 "날개질하는 소리가/우리들 가슴 한 자락을 끝내 적시고 간다"고 시를 매듭짓고 있다. 생명의 외연적 활력 뒤에 숨은 이 같은 묵시록이야말로 생의 비의이고, 이러한 삶에 대한 균형 감각과 중층적 시선을 통해서만 생명의 본질을 투시할 수 있다는 전언(傳言)이 이 작품에 담겨 있는 것이다.

　이처럼 우리 시대의 시인들은 생명의 다양한 내적 원리와 풍경들을 다양하게 묘사하고 재구성하고 있다. 우리 시대에 넘쳐나는 안이한 생명 시편의 범람에 대처하기 위해서라도, 그리고 '인간/자연'을 곧 '선(미)/악(추)'으로 등치시키거나 낭만적인 근본주의적 귀거래를 찬미하는 단순한 시각에서 벗어나기 위해서라도, 이 같은 중층적이고 다양한 시선과 표현은 소중한 것이 아닐 수 없다. 인간의 삶이 가지는 중층적 모순에 눈을 돌리는 역설적 시각, 그리고 자연과 인간이 호혜롭게 어울려 있는 풍경에 대한 상상적 재구성의 의지는 그래서 여전히, 긴요하다.(2002. 11)

시적 '시간'의 세 가지 형식
세월 · 역사 · 신화

1

해묵은 이야기지만, 우리 인간의 삶은 일정한 '시간'의 흐름과 반복이 형성하는 긴장에서 그 구체적 형식을 얻는다. 많은 이들은 어느 정도의 '시간'이 축적된 후 얻게 된 생각과 행위의 흐름 속에서 자기 존재를 확인하고, 그 생각과 행위가 반복되는 과정에서 자기 정체성을 획득하게 된다. 나아가 그 흐름과 반복이 개인에게 비교적 일관된 질서를 부여하게 될 경우, 우리는 물리적이건 심리적이건 '시간'에 대한 특정한 경험 유형을 갖게 되고, 그것을 통해 삶의 어둑하고도 아스라한 비의(秘義)에 다다를 수 있게 된다. 그만큼 인간은 '시간'에 관한 자의식이 각별하고, '시간'이라는 조건 속에서 삶을 구상하고 실천하는 존재이다.

원래 '시간'이라는 것은 '지속성'과 '일회성'을 자기 본질로 하는 물리적이고 객관적인 실체이다. 그러나 우리의 삶에서 '시간'은 그것을 느끼고 사유하는 이의 주관적 조건에 따라서 얼마든지 다르게 의미화될 수 있는 일종의 가능태이기도 하다. 왜냐하면 인간이 '시간'을 지각하고 경험하는 방식은 객관적이고 가치 중립적인 '개념'을 통해서가 아니라, 구체적이고 다양한 삶의 '감각'과 저마다의 '기억'을 통해서 이루어지는 것이기 때문이다. 이와 같이 '시간'은 주체의 삶과 정서에 따라 다양하게 의미가 분화될 수 있는 우리 삶의 종요로운 배경이다.

그렇기 때문에 우리는 인간의 순수 지각이 '시간'을 인식하는 방법에 따라 다르게 형성된다는 가설에 흔연히 동의할 수 있다. 물론 시공간을 넘어서는 이념적 지표나 공간적 패러다임 역시 세계를 이해하고 해석하고 평가하는 중요한 준거가 되기는 하지만, 우리가 문제삼는 서정시가 근본적으로 '시간'의 의미와 가치에 관한 메타적 성찰을 행하는 양식이라는 점을 고려할 때, 그 같은 동의는 얼마든지 가능하다.

따라서 우리가 관성적으로 분할하는 과거·현재·미래의 분법(分法)은 '시간'이라는 연속적인 실체를 규범적으로 구획한 일종의 관념일 뿐이고, 오히려 그것들은 한데 뭉쳐서 지금 이 순간을 구성하고 있다고 말할 수 있다. 이는 물론 전체의 역사 과정을 하나의 '유기체적 통일(organic unity)'로 설명하면서 시간이 직선적으로 흐른다고 사유하는 서구의 진보적 시간 모델과는 근본적으로 다른 것이다. 우리 시대의 시적 주체들은 이 같이 직선적 발전 모델로는 포섭할 수

없는 다양한 '시간' 형식들을 시를 통해 표출하고 있다. 이 글에서
는 그 같은 성찰을 행하는 작품들을 통해 시적 시간의 세 가지 형
식에 대해 생각해보려 한다.

2

　우리가 '시간'의 흐름을 지각하는 가장 원초적인 형식은 아마도
'세월(歲月)'이라는 어휘에 잘 함축되어 있을 것이다. 말 그대로 달이
가고 해가 바뀌는 물리적 경과(經過)를 함의하는 '세월'은, 흔히 말하
는 삶의 무게에 대한 은유로도 매우 적절한 말이다. 그래서 '세월'
은 인간의 주체적 의지를 강조하는 '역사'나 신비로운 영역을 환기
하는 '신화'보다 훨씬 감각적이고 인생론적인 느낌을 주는 유장한
시간 관념이다. 그런데 우리는 그 같은 '세월'의 의미를, 언젠가 있
었던 일회적 장면과 지금 이 순간의 장면을 대조적으로 병치함으로
써 유추한다. 그 가운데 '사진(寫眞)'은 그러한 유추를 가능케 하는
매우 유력한 매개체가 된다 하겠는데, 강윤후 시인의 시 한 편이 그
러한 '세월'에 대한 유추의 풍경을 잘 그려내고 있다.

　세 식구가 카메라 앞에 선다 딸아이는 아내와 나 사이에 떡잎처
럼 돋아 있다 그녀는 자라서 어른이 되고 또한 늙어갈 것이다 나는
문득 할머니가 된 그녀의 묵은 앨범에서 오늘 찍은 사진을 유심히
들여다보는 모습을 떠올린다 그때쯤이면 사진 속의 두 사람이 세상
에 없을 것이다 그녀는 자기 자식들과 사진 속의 부모가 비슷한 나

이라고 생각할는지 모른다 그녀가 펼친 앨범의 낡은 사진 속에 갇혀
사진 밖을 바라보는 나를 상상한다 내 눈에는 카메라 대신 주름진
얼굴이 보인다 꺼칠한 손길이 내 몸을 지나간다 그녀가 사진을 쓰다
듬으며 추억에 잠긴다 순간 조명이 터지면서 찰칵 카메라 셔터가 여
닫힌다 세월은 그처럼 순식간에 흐르고 나는 나보다 늙은 딸아이를
본다 나보다 젊은 아버지를 사진에서 보았듯이 내가 앨범을 덮는다
딸아이가 앨범을 덮는다 시간을 따라 앨범들이 차례차례 덮이고 자
식보다 젊은 부모들이 그 앨범들 속으로 사라진다

— 강윤후 「사진에 붙임」 전문

'사진'이란 말 그대로 '진짜(실재)'를 '베낀(그린)' 어떤 것이다. 그런
만큼 그것은 과거의 일회적 인상을 현재의 반영구적 실재로 바꾸는
일종의 환(幻)의 형식이다. 그래서 시인은 그 안에서 '젊음/늙음', '자
식/부모', '나타남/사라짐'의 경계를, 이미 지나가버린 '세월'의 속도
를 통해 연쇄적으로 해체하고 그 관계를 새롭게 구축하고 있다.

현재 시인은 아내와 딸아이를 데리고 가족 사진을 찍고 있다. 그
와 동시에 그는 미래의 어느 한 시점을 상상하고 있다. 현재 "떡잎
처럼 돋아 있"는 딸아이는 그 새롭게 설정된 시간대에서 "자라서
어른이 되고 또한 늙"어 있다. 시인은 "문득 할머니가 된 그녀의 묵
은 앨범에서 오늘 찍은 사진을 유심히 들여다보는 모습을 떠올린
다". 이어서 미래의 딸아이가 현재(그때는 이미 '과거'가 되어 있을)의
시인 가족이 찍힌 사진을 들여다보는 광경이 펼쳐진다. '할머니가
된 딸'은 이미 고인이 되어 있을 '시인 부부'를 물끄러미 바라보고
있는 것이다. 이미 빛이 바래 있을 사진의 표면에서 속절없이 지나
간 세월의 속도와 무게를 그녀 또한 느끼고 있을 것이다. 그때 시인
은 사진 안쪽에서 사진 바깥을 바라보고 있을 자신을 상상한다. 이

미 늙어버린 딸아이의 '주름'을 바라보고 그녀의 '꺼칠한 손길'을 느끼면서 말이다. 그 사이로 그녀가 추억에 잠기는 모습도 보인다. "세월은 그처럼 순식간에 흐르고 나는 나보다 늙은 딸아이를 본다".

이때 터지는 카메라 셔터의 섬광은 시인으로 하여금 다시 현실(현재)로 돌아오게끔 하는 암전(暗轉)과 같은 것이다. 짧은 순간에 시인은 어느새 현실로 돌아와 있다. 그래서 모두는 이제 '늙음/젊음'이나 '부모/자식'의 경계를 넘어서 "그 앨범들 속으로 사라진다". '세월'은 이처럼 모두를 평등하게 한다.

일찍이 첫 시집 『다시 쓸쓸한 날에』(1995)에서 시인은 "벌써 세월에 골병이 들어 아무도/강 건너의 삶과 강에 그림자를 누인 산의 깊이를/가늠하려 하지 않았다."(「春川, 그 흐린 물빛의 날」)라고 노래한 바 있다. 그만큼 그는 '세월'의 깊이와 속도에 아득해지는 생리와 감각을 지닌 시인이다. 그래서 그는 "긴 세월 흘러도 다사로움 식지 않고/안으로 삼킨 빛깔 밖으로 울려/봄날이 환하다/눈 부시다"(「백제 그릇」)에서처럼 미학적 차원의 눈부심을 이루어가는 '세월'을 노래하다가도, "나이를 먹는 건/돌아갈 수 없는 강을 건너는 것"(「서울」)에서처럼 '세월'의 불가항력적인 우수(憂愁)를 노래하기도 하였다. 또한 "철새만 약속을 지키는 어수선한 세월 조금도/슬프지 않게 살면서 한치의 미안함 없이/아무 여자에게나 헛된 다짐을 늘어놓"(「쓸쓸한 날에」)았던 젊은 날의 방황과 좌절 그리고 속된 일상에 대한 처절한 자기 반성도 부지런히 행한 바 있다. 그 고단한 뒤척임과 출렁거림 끝에 그는 이렇듯 '세월'에 대한 속 깊은 너그러움과 관조에 도달한 것이다.

3

　‘세월’이 일정하게 경험적이고 개인적이고 실존적인 것이라면, ‘역사’는 좀 더 이념적이고 집단적이고 의지적인 것이다. 그동안 우리 근대사를 규율해온 ‘시간’ 감각 중 가장 주목받았던 주류 형식이 아마도 ‘역사’일 터인데, 그만큼 우리의 경험은 개인의 것과 집단의 것이 서로 상응하고 길항하는 곳에서 줄곧 형성되었고, 그럴 때라야만 높은 문학적 진정성이 확보되곤 하였던 것이다. 개인의 정서와 집단의 경험이 만나는 접점에서 생성되는 이러한 시간의 형식은, 정양 시인의 다음 작품에 잘 드러난다.

> 미당선생 고향에 묻히는 날
> 어금니 뽑으러 나는 치과에 간다
> 함께 조문 가자던 친지들이
> 하필 오늘 뽑느냐고
> 투덜거리며 전화를 끊는다
>
> 투덜거리지들 마시라, 핑계가 아니다
> 미당선생과 내 어금니는 아무 상관이 없다
> 미당선생은 따뜻한 산자락에 묻히고
> 내 어금니는 내 단골치과 피묻은
> 쓰레기통에 버려질 것이다
>
> 소주병도 척척 까던 어금니였다
> 미움도 절망도 야물게 씹어삼키던
> 이 세상 험한 꼴들을

이를 악물고 용서하던 어금니였다
오랜 세월 시리고 욱신거리고 부어오르고
악취 머금고 치과에 드나들면서
뽑지 말고 어떻게든 살려보자던
이제는 혀만 닿아도 캄캄하게 아픈 어금니

욱신거리며 조문 가는 대신
야물게 씹어삼킬 것들을 위하여
이를 악물고 용서할 것들을 위하여
이 세상 캄캄하게 아픈 것들을 위하여
나는 이 어금니부터 오늘 꼭 뽑아내고 싶다

차창 밖 눈녹는 겨울햇살이
어금니 속에 시리게 꽂힌다

— 정양 「어금니」 전문

이 시의 시간적 배경은 미당 서정주 시인이 타계한 해 겨울의 그 어름이다. 그 날 시인은 문상을 가자는 친지들의 권유를 듣게 되지만, 공교롭게도 아픈 이를 뽑으러 치과에 가게 된다. 하필이면 이런 날 치과를 가냐는 동료들의 핀잔에 시인은 "투덜거리지들 마시라, 핑계가 아니다/미당선생과 내 어금니는 아무 상관이 없다"고 말한다. 안 그렇겠는가. 미당과 아픈 이가 무관하듯, 미당 때문에 치과를 가는 것 또한 아닐 테니 말이다. 그 아프고 썩은 '어금니'는 그런 점에서 철저하게 시인 개인적 차원의 것이다.

그러나 그 '어금니'가 육체적 노화(老化)를 환기시키는 개인적 경험의 차원에 머물렀다면 이 작품은 '역사'에 대한 감각과는 무관했을 것이다. 거기서 시인은 그것을 "소주병도 척척 까던 어금니였"고

"미움도 절망도 야물게 씹어삼키던/이 세상 험한 꼴들을/이를 악물고 용서하던 어금니였"다고 의미 확장을 시도한다. 그 '미움'과 '절망' 그리고 '용서'의 반복 속에서 시인은 늘 그 '어금니'를 악다물고 짐승 같은 시간을 견뎌왔던 것이다. 그 결과 시인의 '어금니'는 시간의 풍화를 따라 "이제는 혀만 닿아도 캄캄하게 아픈" 처지가 된 것이다. 그러니 시인의 '어금니'를 아프게 한 것은 지나간 '시간'이기도 하고, "이 세상 험한 꼴"로 대변되는 불모의 '역사'이기도 했던 셈이다.

시간의 흐름을 '세월'의 깊이로 예민하게 감각하는 것과는 달리, 인간의 '역사'를 덧입혀 바라보는 시인의 시선은 오래된 '역사적 상상력'의 잔광(殘光)을 보여주기에 족하다. 최근 상재한 『눈 내리는 마을』(2001)에서도 시인은 자신의 오랜 삶의 이력을 '역사'의 변천에 따라 달라지는 무늬로 선보이고 있는데, 그 점에서 시인의 역사적 상상력은 기질적인 면이나 세계관의 면에서나 매우 면면한 것이다. 그의 이번 시집이 한결같이 지난날의 사나웠던 '역사'가 부여해온 불온한 상상력에 의해 발원되고 있으며, 나아가 하찮은 목숨들에 대한 옹호로 일관되게 짜여져 있다는 점은 그 같은 판단을 더욱 부추기고 있다. 초기시 때부터 "내 아는 세상일/신바닥으로 짓이기면/신등으로 시린 진흙만/묻어오르"(「까마귀떼」)던 시대에 대한 기억과 "한 세상 눈물로 짓이겨온 얼굴들"(「쇠비름풀」)에 대한 연대감을 통해 우리가 겪어온 '역사'의 형상에 대해 줄곧 노래해온 시인이 그러한 지향을 일관되게 펼쳐 보여주고 있는 것이다.

그래서 그는 "야물게 씹어삼킬 것들을 위하여/이를 악물고 용서할 것들을 위하여/이 세상 캄캄하게 아픈 것들을 위하여/나는 이 어금니부터 오늘 꼭 뽑아내고 싶다"고 노래하는 것이다. 이처럼 그의 시에 나타나는 '역사'에는 개인적인 경험과 기억이 구체적으로 매개되어 있기 때문에, 섣부른 전망이 제시된다거나 아니면 그 반대로 과장된 자학이나 절망의 포즈로 빠져드는 일이 좀처럼 없는 것이다.

정양 시인이 '역사'를 바라보는 안목은, 하찮은 것들에 대한 옹호와 혹독한 시련을 견디려는 주체적 의지 사이에서 완성되고 있다. 최근 우리 시대의 시적 주체들이 인식하고 형상화하는 시간이 현저하게 '역사'의 역동성이나 집단 의식에서 빠르게 탈각하고 있는 현상에 비추어 보더라도, 시인의 이 같은 일관성은 매우 소중한 것이 아닐 수 없다.

4

'세월'과 '역사'가 모두 인간의 행위나 삶에서 발원하는 개념인데 비하여, '시간'을 살아내는 주체가 우주나 신성인 경우가 아마도 '신화(神話)'일 것이다. 그만큼 신화는 '역사' 너머의 목소리에서 구성되는 것이며, '세월'이 갖는 원초적인 감각성 역시 초월한다. 말하자면 물리적인 시간성에 지배받지 않는 초(超)시간성의 시간성이 바로 신화적 상상력에 의해 구축되는 영역이다.

최근 허만하 시인이 보여주는 경이로운 스케일의 시편들은, 그 공간 범주가 작은 돌멩이에서 우주까지 광활하게 걸쳐 있고, 시간 범주도 시원(始原)에서 가없는 미래에까지 두루 펼쳐져 있다는 점에서 가히 '신화적 상상력'의 한 극점을 보이고 있다고 할 수 있다. 다음 작품도 시원에까지 상상적으로 가 닿으려는 시인의 욕망을 보여주는 실례이다.

> 모래 위에 떨어진 빗방울은 흐르지 않았다. 흙모래에 묻혀버린 은빛 소나기 소리. 듣는 귀가 없었던 중생대 치열한 소나기의 한때를 각인하고 있는 녹두색 점판암 두께의 침묵. 이 철저한 적막 앞에서 목숨은 백목련 꽃잎 흔들림 같은 바람의 흔적에 지나지 않는다. 이따금 탈탈거리는 경운기 발자국 소리가 지나기도 하는 의령읍 서동리 길가에서 시간의 산사태에 묻혔던 여린 빗방울 흔적을 바라보는 한적한 봄날 오전.
> 밭둑에 흰 봄맞이가 피어 있는 따뜻한 햇살 속에서 느닷없이 짙은 음영을 거느린 사막이 끝간데 없이 펼쳐지고 눈부신 정오에 접어드는 비눗방울 같은 지구의 느릿한 회전이 보이기 시작했다. 이상하다. 오늘은 화성의 사라진 강 물 같은 아득히 먼 풍경이 극명하게 보인다. 매머드 무리가 물가에 첨벙거리는 발자국을 남기기 이전에 천천히 흘렀던 모래의 시간 같은. 사람의 훼방이 없는 풍경 그 자체의 무서운 아름다움 같은.
>
> — 허만하 「빗자국 화석의 풍경」 전문

이 작품에서 허만하 시인이 투시하고 있는 시적 소재는 일차적으로 '빗자국'이 선명한 중생대의 '화석'이다. 거기서 시인은 "듣는 귀가 없었던 중생대 치열한 소나기의 한때를 각인하고 있는 녹두색 점판암 두께의 침묵"을 듣는다. 그 아득한 옛날 내리던 소나기의 소리를 각인하고 있는 화석의 침묵에서 그 시절의 소나기 소리를 듣고 있는 시인의 감각은 전적으로 신화적 시간 관념에서 가능한 것이다. 시인은 지금 "이따금 탈탈거리는 경운기 발자국 소리가 지나기도 하는 의령읍 서동리 길가에서 시간의 산사태에 묻혔던 여린 빗방울 흔적을 바라보는 한적한 봄날 오전"에 있다. 그 봄날에 핀 꽃무리와 밝게 비치는 햇살 속에서 그가 듣고 보는 "사막/지구의 회전/화성의 강물/매머드 무리"는 "사람의 훼방이 없는 풍경 그 자체의 무서운 아름다움 같은" 시간 속에서 자신의 모습을 고스란히 드러내고 있다. 기실 "매머드 무리가 물가에 첨벙거리는 발자국을 남기기 이전에 천천히 흘렀던 모래의 시간"이란 바로 논리적 추론이 애초에 불가능한 신화의 시간이 아닐 것인가.

이전 시집 『비는 수직으로 서서 죽는다』(1999)에서 시인은 "연대기란 원래 없는 것이다. 짓밟히고 만 고유한 목숨의 꿈이 있었을 따름이다"(「지층」)라고 노래한 바 있다. "바위는 조용히 기억하고 있었다. 쓰러지는 양치식물의 숲. 아우성치는 맘모스의 마지막 울음 소리. 쌓인 시간의 무게 밑에서 목숨은 진한 원유로 일렁이고 있었다"(「바위의 적의」)라고 노래할 때 시인의 눈에는 "멸망의 깃발을 하늘 높이 쳐들며/조용히 쓰러지던/고독한 정신의 높은 수위"(「깃털의 冠」)도 보이지만, 그보다 더 "황홀한 실체는 언제나 보이지 않는"(「조오지湖에서」) 것이 된다. 이를 두고 우리는, 자신의 현재적 조건은 물론 인간의 생의 형식을 뛰어넘는 어떤 심미적이고 초월적인 세계에 닿고자 하는 열망과 의지라고 말할 수 있을 것이다. 그가 노래한 「물질의 꿈」(『비는 수직으로 서서 죽는다』)의 한 절 역시 그러한 사유의 방법을 잘 보여준다.

시간의 손길이 닿은 적 없는
반짝이는 잎사귀도 시들지 않는

춤추는 불꽃도 꺼질 줄 모르는
함박눈처럼 눈부신 어둠이 자욱한
고향에 대한
아득한 그리움.

"논두렁길 돌무더기 속에 섞여 있는 기와 조각 한 토막. 아득히 페르시아에서 천산산맥 기슭을 돌아 실크 로드를 달려온 페가수스의 말굽 소리"(「이름없는 절터에서」)를 듣고야 마는 이 시인의 일관된 유적(遺跡) 탐사의 여정은 이처럼 시원에 대한 강한 집착과 결합하여 새로운 신화적 시간의 질서를 낳고 있다. 그것은 "뼈에 새겨진 최초의 기호가/태어날 때의 아픔을/글자는 아직도 기억하고 있다"(「創자에 대하여」)는 것에 대한, 말하자면 '시'를 통한 '시원'의 기억에 대한 표현에의 의지일 것이다. 이처럼 하찮은 것에 대한 섬세한 관심이나 발견보다는 스케일이 큰 시공간을 배경으로 하는 광활한 신화적 상상력을 통해 '시간'의 시적 비의를 드러내고자 하는 허만하 시인의 '젊은' 노래는 지속될 것이다.

5

이제 '시간'은 최근 우리 시단의 두 말할 것 없는 지배적인 시적 화두이다. 거의 모든 시인이 자신의 체험과 기억 속에 각인되어 있는 '시간'의 흔적들을 불러내고 묻고 탐색하고 있다고 해도 지나친 말이 아니니까 말이다.

　우리가 살핀 세 시인이 노래하고 있는 '사진', '어금니', '화석'은 저마다 일정한 '시간'의 축적을 통해 이제는 바래고 상(傷)하고 흔적으로만 남은 '시간'의 물리적 형식들이다. 거기에 배어 있는 시간의 흔적들은 아마도 인생론적 감회를 가져다주는 '세월', 집체적 경험과 개체적 경험이 통합적으로 인식되는 '역사', 그리고 원형과 기원을 끊임없이 환기하면서 정밀한 논리적 유추와 양화(量化)를 거부하는 '신화'를 각각 지향하고 있다.

　물론 이러한 다양한 시적 시간의 형식들은, 우리가 본디 저마다 '다른' 사람으로 태어났음에도 불구하고 그 '다른' 조건을 좀처럼 허락 받지 못하고 있는 이 획일성과 속도전의 시대에 대한 시적 항체의 구체적 징후들이기도 하다.(2001. 6)

여성시의 세 가지 '다른 말'

말의 칼 · 변명 · 영혼의 파문

1

한 동안 우리 여성 시인들은, 페미니즘 담론 같은 정치적 지향성이나 모성 추구 같은 원초적 상상력 사이에서 아슬아슬한 효용론적 균형을 이루며 자신의 시세계를 펼쳐왔다. 그들은 자신의 몸 속에 오랫동안 묻혀 있던 타자의 목소리와 시간을 끄집어내어 그들로 하여금 노래하게 함으로써, 20세기말에 일정한 대안적 주류 미학을 구축하기까지에 이르렀다. '타자' 혹은 '주변'의 목소리로 웅성거리는 '주류' 미학, 이는 물론 역설적이다. 어떻게 '주변'이 '주류'가 되는가. 그러나 이 같은 역설은 '여성 시학'과 '생태 시학'이라는 두 가지 대안 담론을 통해 이루어진 세기말의 특수한 시사적 지형이다.

이 중에서도 특별히 '여성 시학'은, 온갖 전환기적 종언주의(endism)

들이 힘을 얻고 있던 세기말에 시의 새로운 존재론적 표지(標識)를 제시하는 역동성과 가능성을 동시에 보인 바 있다. 여성들이 치른 역사적 특수성을 존재 보편의 식민성으로 치환하여 사유하고, 그 식민성을 극복하는 형식으로 남성 중심·이성 중심·중앙 중심의 권력 담론을 해체하려는 야심만만한 기획을 제시한 것이다. 그러나 이러한 '주변-중심'의 갈등과 화해의 드라마가 하나의 주류적 권역을 형성하면서, 이제 모성 혹은 여성성을 드러내는 전략적 목소리로서의 '여성 시학'에 일정한 반성적 흐름이 요청되고 있다. 자연을 범속한 시적 소재로 개괄하고 있는 안이한 '생태 시학'의 산물들도 이제 대안이 아니라 반성의 대상이 되고 있는 것이 문학사의 냉혹한 흐름이니까 말이다.

그래서 우리 시인들은 기존의 담론들을 비껴가면서 한결같이 '다른 말', '다른 목소리', '다른 길'로 접어들기를 마다하지 않는다. 그 '다른 길(해체-재구축)' 중의 하나가 '말'의 직능 및 형식을 새롭게 보는 것, 다시 말하면 '말'의 도구적 기능성과 의미론적 명료함을 의심하고 해체하여, '말'로 하여금 어떤 '의미(시니피에)'를 지시하는 '기호(시니피앙)'가 아니라 스스로 웅얼거리는 주체적 '소리'가 되게 하는 것에 있다. 우리가 읽게 될 우리 시대의 여성 시인들 또한 이같은 '다른 말'에 대한 천착을 두드러지게 행하고 있다.

2

최근 왕성한 '말'의 성찬을 베풀고 있는 김정란 시인은 그 같은

'말'의 새로운 의미론적 규정을 구축하는 데 누구보다도 열중하고 있다. 시집 『그 여자 입구에서 가만히 뒤돌아보네』(1997)에서 노래한 바 있는, '착란'과 '실재' 사이에 엄연히 존재하는 또 하나의 '실재'인 영성(靈性)에 대한 질기고 숙명적인 추구는 그녀만의 독자적인 영역이 아닐 수 없다. 따라서 이제 그녀에게 중요한 것은, 그 연장선상에서 형이상학적 영성을 추구하면서도 구체적인 삶의 실감을 보여주는 '말'일 것이다. 그 김정란 시인이 오늘 '말의 칼'이라는 화두를 들고 나왔다.

> 내 마음 깊은 곳에 배반의 칼이 꽂혔다/그 칼이 거의 언제나 말의 칼인 것을 나는 알고 있었다/한참동안, 어리석게도, 말로 말을 치려고/나는 또 다른 말의 칼을 들고 얼마나 오래 상처를 헤집었던가/그 사이 칼은 더욱더 상처 깊숙이 파고 들어갔을 뿐//너무 아파서 내 정신이 몸을 버리던 날/나는 번개처럼 깨달았다/말의 칼로는 말의 칼을 칠 수 없다는 것을//나는 아프지 않으려고 뒤채던 내 몸을 달랬다/가만히 겪어내야 해, 뒤채지 마/말은 말로 다스리는 것이 아니야/나는 말의 칼이 꽂힌 상처의 몸을 고스란히/운명과 우주의 물길에 올려놓았다//나를 실어가세요 전에 당신이 나를 이곳에 실어다주었듯이//(…)//천천히 움직이고/큰 틀 안에서 침묵에 싸여/조용히 사물을 觀할 것//말의 칼은 말의 칼로 다스리는 것이 아니다/말의 칼은 침묵과 부드러운 견딤으로 다스리는 것이다
>
> ― 김정란 「배반의 말 다스리기」 전문

자신에게 가해진 '배반의 칼'은 '말의 칼'이다. '말'은 '말'인데 칼의 형상을 입고 나온 것으로 보아 그 '말'은 화해와 통합보다는 균열과 갈등을 가져다준 언어일 것이다. 그런데 그 '말의 칼'에 대항하느라 시인은 "또 다른 말의 칼을 들고 얼마나 오래 상처를 헤집었"는가 하고 말한다. 상처를 막아보려 했다가 들쑤신 결과가 되고 만 것이다. 그 상처의 통증이 시인에게 깨달음을 준다. '말의 칼'은 그것과 빼닮

은 것으로 대항하는 것이 아니라 다만 겪어내야 한다는 것, 이 통각(痛覺)이 결국 이 시의 전언인 셈이다. 그래서 결국 시인이 도달하는 '배반의 말 다스리기' 전선의 수장(首將)은 "침묵과 부드러운 견딤"이다.

여기서 시인이 말하는 '배반의 칼'이라든가 '말의 칼'의 구체적 의미는 확실치 않다. 그냥 보편적으로 보아 '상처'를 주는 모든 '관계적 언어'라고 바꿔볼 수 있을 따름이다. 또한 최근 그가 온몸으로 겪고 있는 여러 가지 시 외적인 싸움과 갈등을 감안할 때, 그의 사적 번민과 자각의 코드가 문면에 노출된 게 아닌가 짐작할 뿐이다. 자연스럽게 시의 언어는 형상의 활달성 대신 깨달음의 언어로 채색되고 있다. 사실 모든 시가 일정하게 사적(私的) 성격을 가지는 것이겠고, 또 그러한 어법 및 태도(attitude)가 시인 스스로에게 평상심을 주고 단단한 자기 다짐을 부여해주는 것도 사실이겠지만, 상대적으로 그녀가 언어의 물질성과 날랜 감각성을 통합하여 빚어내곤 하던 형이상학 충동과 속 깊은 영성 추구와는 다소 거리가 생긴 셈이다. "큰일 아니다", "대단치는 않다" 같은 넉넉한 체관(諦觀) 역시 시 자체의 문맥보다는 시인 자신('화자'가 아니라 '시인' 자신)의 정신적 흐름이 그대로 노출된 것이며, 각주처럼 붙어 있는 "천천히 움직이고/큰 틀 안에서 침묵에 싸여/조용히 사물을 觀할 것"은 시의 의미론적 명징함을 주는 데는 효율적일지 모르지만, 시를 개념적으로 개괄하고 있다는 인상을 주고 있다는 점에서 과잉 추신이 아닐까 싶다.

그래서 나는 그가 「사랑으로 나는」에서 "사랑으로 나는 이해한다"고 말한 자리, 곧 "사랑으로 나는 나의 상처의 노예이며 주인이다. 사랑으로 나는 나의 상처를 세계의 상처 위에 겸손하게 포개놓는다. 세계, 나의 아들이며 나의 지아비인 세계의 상처 위에. 나처럼 아프고 불행한 세계의 상처 위에. 가만히, 다만 가만히.”라고 하면서 타자와의 소통을 적극적으로 열망했던 그 자리에서, ‘의식－무의식’ ‘환각－실재’가 얽히며 내면의 파문을 직조해내는 그만의 상상력을 더욱 넓혀가기를 바라고 있다. ‘사인(私人)’에 갇히지 말고 ‘보편－구체’를 역동적으로 오가는 상상력 말이다. 그럴 때 시인 스스로 말한 “시가 신성함을 인지하는 인간적 수단”이라는 믿음뿐만 아니라 “침묵과 부드러운 견딤”의 행위가 시적으로 가능할 것이다. 그러니 한결 날카로운 감각이 묻어나는 “말의 칼”(‘배반의 칼’이 아닌)을 줄곧 벼리는 일이 김정란 시인의 존재론적 표지가 된다는 역설도 성립할 법하지 않은가.

이상희 시인이 행하는 ‘변명’ 또한 ‘다른 말’의 한 형식으로 제출된 것인데, 일종의 적극적 자기 개진이 ‘변명’이라는 자책적 행위를 통해 수행되는 반어적 형상을 보이고 있다.

> 촛불을 켜고 차를 끓이고 향유를 뿌려도 경건해지지 않았다 씻은 손을 거듭 씻고 닦은 몸을 다시 닦아도 희어지지 않았다 가령 羊 같은 것을 양의 생피 같은 것을 칠해도 그러했으리라
> 그러하여 금줄 바깥에서 영원히 놀게 되었으니 죽을 뻔한 양을 데리고 희생(犧牲)의 풍습이 없는 이곳에서 눈물도 피도 없이 죄도 없이 벌도 없이 살아왔으니 살아왔으니
>
> — 이상희 「변명」 전문

시인이 시 속에서 행하는 경건 의식과 희생 제의는 종교적 관행처럼 ‘신’ 혹은 ‘신성’에 기투(企投)하려는 욕망의 형식이 아니다. 그것은 자신을 돌아보고 자신 안에 묻힌 ‘말’을 끄집어내기 위한 상징적 절차일 뿐이다. 그래서 시인은 “촛불을 켜고 차를 끓이고 향유를 뿌려도 경건해지지 않았다”고 한다. 경건은 외재적 의식(儀式)의 자

료들로 획득되는 것이 아니기 때문이다. 마찬가지로 "씻은 손을 거듭 씻고 닦은 몸을 다시 닦아도 희어지지 않았다" "가령 羊 같은 것을 양의 생피 같은 것을 칠해도" 말이다. 그에게는 온갖 정결 의식과 종교적 예전(禮典)들이 별무 소용이다. 그렇다면 어떻게 경건해질 수 있는가. 시인의 '변명'은 여기서 행해진다.

2연에서 시인은 "그러하여 금줄 바깥에서 영원히 놀게 되었"다고 말한다. 지성소에서의 경건은 고사하고 "금줄 바깥" 곧 부정 탄다고 접근을 금했던 금기(禁忌)의 권역에서 "죽을 뻔한 양을 데리고 희생(犧牲)의 풍습이 없는 이곳에서 눈물도 피도 없이 죄도 없이 벌도 없이 살아왔"다고 말하는 것이다. 따라서 시인은 경건 및 희생과는 격절된 공간에서 자신만의 '말'을 낳는다. 그것은 성(聖)과 속(俗)의 경계가 하릴없이 무너지는 곳에서 다만 "살아왔다"는 끔찍한 물질적 동사의 연쇄만이 이어지는 형상으로 나타난다. 그것이 시인의 생의 '변명'이다.

그렇다면 여기서 '변명'은 수세적인 것이 아니라 적극적인 자기 개진 양식이 된다. 원래 '변명'이란, 해도 그만 안 해도 그만인 방어적 자기 옹호의 행위지만, 관습적 의식(ritual)으로 굳어진 것들의 외피를 걷고 천연덕스럽게(눈물, 피, 죄, 벌 같은 것들과 함께 또는 그들을 넘어서) 생의 형식에 접근하는 상징적 의식이 되고 있는 것이다. "생존은 지루하구나"(「終戰 뉴스」, 『벼락무늬』, 1998)처럼 일상의 권태와 삶의 잔잔한 무늬를 늙수그레한 시선으로 응시하던 그가, 이 시에서 노래하고 있는 저 간단없는 생의 의지는 그래서 건조하지만 절절하고 말을 아끼면서도 자신의 말을 다하는 '다른 말'로 들리기에 족하다. 그러한 생의 의지를 '다른 말(the other language)'로 보이고 있는 것이 이경임 시인이 노래하는 "영혼의 파문"이 아닐까 싶다.

돌팔매질을 당해봐야/영혼에 파문이 생기는 거죠/강아지를 키우거
나 나무와 이야기하거나/꽃을 돌보는 건 쉽죠/아무도 만나지 않고 한쪽
구석에 쪼그리고 앉아/책을 읽는 것처럼 그런 것들은 평온해요/양철지
붕에 떨어지는 빗방울 소리처럼/사람을 그리워 해봐야/영혼에 파문이
생기는 거죠/사람 때문에 죽고 싶고 사람 때문에 살고 싶어 봐야/영혼
에 파문이 생기는 거죠/먹고 살기 위해 지렁이처럼 땅을 기어다녀봐야
죠/몽유병자처럼 숲속을 떠돌아다녀봐야죠/뒤집혀진 풍뎅이처럼 무덤
속에서 바둥거려봐야죠/어둠 속 폭우처럼 울부짖어봐야죠/몇 년 동안
쓴 시들을 모두 삭제해봐야죠/강가 대나무 잎새들이 휘청거리는 소리
와/9시 뉴스를 들어봐야죠/영안실과 조간신문을 들여다봐야죠/늙은 부
모님께 안부전화를 자주 해봐야죠/연인의 침묵 속에서 미친 벌떼처럼
웅웅거리는/신기루를 만져봐야죠/그래야 영혼에 파문이 생기는 거죠
— 이경임 「호수」 전문

첫 시집 『부드러운 감옥』(1998)에서 그녀는 자신을 둘러싸고 있는 환
경의 가혹함과 질김 그리고 그것을 견디고 치유하는 상상력으로서의 부
드러움을 노래한 바 있다. 거기서 그녀는 손쉬운 초월이나 비상을 곧바
로 욕망하지 않고 '가벼움'과 '무거움'의 중력을 아슬아슬하게 유지하고
있는 긴장 상태를 택함으로써, '감옥'과 '자유'의 첨예한 균형을 고집하
였다. 위 작품도 그러한 불편한 균형 의지에서 태어난 '다른 말'이다.

이 시에서 맨 처음에 나오는 행위는 '돌팔매질'이다. '돌팔매질'
이란 무엇인가. 물론 그것은 '호수'라는 시의 물리적 제목을 유추시
킬 수 있는 가장 직접적인 '파문'의 행위이다. 그러나 그것은 이제
까지 축적해온 시간이나 경험 따위를 무자비하게 무화(無化)시키는
일련의 해체 욕망과는 확연히 다른 것이다. 그렇다고 윤리적 자책이
냐 하면 천만에, 오히려 그것은 영혼 깊숙이 숨겨 있던 기억들을 끄
집어내려는 시인 스스로의 자기 확인 욕망이 빚은 상징적 행위이다.

그때 "영혼에 파문이 생"긴다. 영혼에 생기는 파문은 '육체'에 생기는 파문과도 다르고, 영혼에 생기는 '상처'와도 다르다. 그것이 '육체'와 다른 것은 영혼의 가벼움과 자유로움 때문이고, 그것이 '상처'만은 아닌 까닭은 그 안에 아스라한 '신기루' 같은 꿈이 담겨 있기 때문이다.

시인은 계속해서 "사람을 그리워 해봐야/사람 때문에 죽고 싶고 사람 때문에 살고 싶어 봐야/먹고 살기 위해 지렁이처럼 땅을 기어다녀봐야/몽유병자처럼 숲속을 떠돌아다녀봐야/뒤집혀진 풍뎅이처럼 무덤 속에서 바둥거려봐야/어둠 속 폭우처럼 울부짖어봐야/몇 년 동안 쓴 시들을 모두 삭제해봐야/강가 대나무 잎새들이 휘청거리는 소리와/9시 뉴스를 들어봐야/영안실과 조간신문을 들여다봐야/늙은 부모님께 안부전화를 자주 해봐야/연인의 침묵 속에서 미친 벌떼처럼 웅웅거리는/신기루를 만져봐야"만 "영혼에 파문이 생기는 거죠"라고 노래한다.

이 끝없는 환유적 연쇄는 무엇을 말하는가. 그것은 도저한 삶의 밑바닥 혹은 가파른 벼랑에 서 있는 자의 감각에서 비로소 그 '파문'이 시작된다는 것, 다시 말하면 삶의 불모성과 맞닥뜨린 시간과 경험만이 영혼에 파문을 남길 수 있다는 비극적 운명의 추인에 가깝다. 이는 가파른 벼랑에 서지 않고 탄탄대로를 거닐면서 행복하다고 자위하는 모든 인간들에게 던지는 철저한 혐오의 표지이기도 하다. 그래서 그것은 꼭 "그리움/기어다님/떠돌아다님/바둥거림/울부짖음/만져봄"이 아니어도 좋다는 것을 암시한다. 그것은 이를테면, "증오해봐야/굶어봐야/찬양해봐야/탐미적으로 절망해봐야" 같은 무수한 변주로 바꾸어도 전혀 달라지지 않는다.

이경임 시인이 바라보고 있는 호수의 파문은 일단 물질적이다. 그러나 그녀의 영혼 속에 이는 파문은 생의 형식을 '다른 말'로 바

꿈으로써 물질성을 넘어선다. 마치 컴퓨터 자판의 'delete'처럼, 일상
과 실존을 지워버리는 저 막무가내의 망각 속에서 시인은 끊임없는
영혼에 파문을 내는 생의 형식을 중단하지 않을 것이다.

3

　말할 것도 없이, 자기 충족적인 온전한 공간에는 타자의 무의식
이 들어설 틈이 생기지 않는다. 그러나 '말의 칼'을 탐색하고 '변명'
을 감행하고 '영혼의 파문'을 스스로에게 주문하는 시인들의 내면
은, 자기 충족이라는 것이 끊임없이 유예되기 때문에, 타자들의 무
의식으로 충만할 개연성이 높다. 근대인의 심층은 물론, 실핏줄까지
가득 채우고 있는 이 타자의 무의식을 낱낱이 드러내고 그것을 집
중적으로 노래하는 역동적인 동선(動線)이 그들의 시에는 가득한 것
이다. 그 동선의 구체적 형상이 바로 '다른 말'의 요체일 것이다.
　이제 우리 여성 시인들의 작품은 좀 더 활달하고 구체적인 삶의
실감을 통해, 그리고 구체적인 '존재자'의 컨텍스트를 통해 '존재'를
암시하는 형이상학적 충동과 그 시적 구현을 통해 자기 전개의 역
사를 축적해갈 것이다. 그래서 그들이 삶을 바라보는 태도나 시선도
중요하겠지만, 삶과 사유를 높은 긴장에서 통합하는 과정 곧 사유를
구체적 삶으로 옮기는 그 매개적 과정이야말로 '다른 말'이 감당해
야 할 몫이 아닐까 싶다. 시인 발레리는 "당신은 당신이 생각하는
대로 살아야 합니다. 그렇지 않으면 머지 않아 당신은 사는 대로 생
각하게 될 겁니다"라고 말하지 않았던가.(2001. 5)

생태적 사유와 근원의 천착

1

　새로운 세기의 전환을 맞으면서 우리가 인간의 미래에 대한 각별한 희망과 두려움을 모순적으로 경험한 지도 벌써 오래 전의 일이 되었다. '시간'이란 참으로 놀라운 것이어서, 모든 새로움을 어느새 낡은 것으로 그리고 익숙한 것으로 만들어버리고, 인간으로 하여금 또 다른 새로움을 분주하게 탐(探/貪)하도록 만드는 관성을 갖고 있다. 이러한 새로움의 연쇄는, 그 자체로 깊이있는 온축(蘊蓄)을 통해 전통의 일부가 되기보다는, 일시적인 유행의 숨가쁜 교체를 가져오면서 모든 문화적 움직임을 단명으로 만드는 원인이 된다. 이럴수록 새로움에 대한 조급한 경사보다는, 익숙했기 때문에 채 돌아볼 겨를이 없이 지냈던 사상(事象)들에 대한 새삼스런 관심을 회복하는 일은, '온고지신'이라는 정언을 빌리지 않더라도 긴요하고 정당한 것이다. 따라서 우리 역시 최근 서정시에 나타난 새로운 경향에 대한 의미 탐색도 중요하지만, 이미 적지 않은 축적을 거친 경향에 대해 재해석하고 그로부터 새로운 혜안을 얻는 것이 긴요하다고 할 수 있다.

우리 시단에서 최근 두각을 나타내며 일종의 주류 미학적 권위를 띠고 있는 시적 경향이 있다면, 그것은 단연 '생태학적 상상력'이라고 불리는 일군의 움직임일 것이다. 이때 '생태학적 상상력'이란, '몸의 시학'이라든가 '에코 페미니즘' 혹은 '자연 스스로 주체가 되는 어법' 등을 통해 그 구체적인 시적 육체를 드러낸 흐름을 총괄하는 것이다. 이 같은 움직임과 그에 따른 구체적인 작품적 성과는 우리 시대의 첨예한 지적, 윤리적 과제에 대한 문학적 응전으로서 여러 모로 긍정적인 점이 많았다고 할 수 있다.

그러나 주지하듯, '생태학적 상상력'은 일정 시간이 지난 후 그 평균적 범속화와 소재주의의 범람이라는 부정적 경향을 노출하기에 이른다. 우리의 감각과 인식이 그것을 지각하면서 새로운 미적 좌표를 그리지 못하고, 단순하게 자연을 완상하거나 반문명의 포즈를 극대화하는 어법이 줄곧 나타나기에 이른 것이다. 그래서 '생태학적 상상력' 혹은 '생태(학)적 사유' 방식은 인식론적, 방법론적 정치(精緻)함에 대한 시사적 요청에 직면한 상태라고 할 수 있다. 그런 점에서 최근 젊은 시인들이 행하고 있는 '생태적 사유'의 파장은 매우 다양하고 의미 중첩적인데, 우리가 이 글을 통해 읽게 된 생태적 사유의

시편들 역시 우리 시단에 만연해 있는 이 같은 우려를 불식할 수
있는 새로운 안목과 방법을 보여준 가편들이어서 한층 시사적이라
고 할 수 있다.

　'인간'을 철저히 배제한 일종의 '환경'으로 자연을 한정하는 생태
적 사유 방식의 한계는 매우 명백하다. 인간을 배제한다든가, 한 술
더 떠 염인증(厭人症)에 가까운 인간 혐오를 보인다든가, 대안없는 문
명비판을 반복적으로 양산한다든가 하는 것이, 언어와 서정시의 실
질적 주체인 인간에 대한 심층적 사유를 결한 것이기 때문이다. 인
간은 자연과 함께 역사와 삶을 꾸려가는 공생적 주체이지, 그저 내
몰려야 할 대상이거나 관찰에 머무르는 관조자가 아니다.
　감각의 내밀성을 통해 '몸'에서 새어나오는 '기억'의 원리를 집중
적으로 형상화해온 김기택의 작업은 그런 점에서 매우 주목할 만하
다. 최근 발표한 「황토색」 역시 그러한 사유를 근저에 둔 작품이다.
곧 인간과 자연을 아우르는 통합적 시선, 그리고 감각의 충실성을
통해 재현하는 인간과 자연의 공생의 원리가 그것이다.

　　겨울산은 울퉁불퉁한 등을 구부리고 엎드려
　　누렇게 그을린 햇볕을 받고 있다
　　그 밑에서 집들도 납작하게 누워
　　졸음 많은 햇볕을 쪼이고 있다

> 늦은 2월, 남녘의 햇볕은 황토색이다
> 겨울산도 겨울나무도 겨울들판도
> 햇볕이 깊이 들어 따뜻한 땅색깔이다
> 짙은 황토색 땅을 닮은 황구와 황소들이
> 어느 집이나 마당에서 졸고 있다
> 거기에는 황토색 얼굴을 가진 사람들이 산다
> 햇볕을 받으면 수만 년 묵은 빛깔이 우러나와
> 더 생생해지는 이 땅의 황토색
> 쳐다볼수록 눈이 따뜻해져서 자꾸만 쳐다본다
>
> ― 김기택 「황토색」 전문

이 작품에서 서정적 주체는, 생명이 절멸하는 계절인 '겨울'과 온갖 생명들이 활발한 육체를 부여받는 계절인 '새봄' 사이에서 관찰자적 시선으로 사물들을 바라보고 있다. 견고한 물질적 상상력을 통해 부드러운 생명의 기운들을 묘사하고 있는데, 감각의 직접성을 통해 구현되는 미시물리학이 그의 시작의 핵심적 기제라고 할 수 있다.

이 시의 서정적 주체는 황토색이 선연한 늦겨울 시골 풍경을 바라보는 사람이다. 그러나 그는, 마지막 행에서 "쳐다볼수록 눈이 따뜻해져서 자꾸만 쳐다본다"라는 진술에서 알 수 있듯이, 철저하게 묘사자 혹은 관조자로 나올 뿐이다. 그러나 그가 그저 객관적인 묘사자로만 머무르느냐 하면, 그것은 결코 아니다. 김기택의 시작법은 사물의 묘사 안에 서정적 주체 자신의 기억과 경험을 줄곧 담아내고 있기 때문이다. 이것이 중요하다.

먼저 이 시의 가장 우선적인 묘사 대상인 '겨울산'은 "등을 구부리고 엎드려 있다". 그리고 누워서 햇볕을 받고 있고, 그 아래 오종종 모여 있는 촌가들 역시 "납작하게 누워" 햇볕을 쪼이고 있다. 그 햇볕이 황토색인 까닭은 햇볕과 산 그리고 촌가들이 이미 하나의 풍경 속에 어우러져 있기 때문이다. 그러니 산도 나무도 들판도 모두 황토색이 아닐 것인가. 그러면 햇볕이 황토색이어서 햇볕을 쪼이는 모든 사물들이 감염된 것인가, 아니면 겨울산과 겨울들판, 겨울나무 모두가 황토색이어서 역으로 태양마저 황토색이 된 것인가. 물리적 진실로 보자면 후자가 틀림없겠지만, 중요한 것은 그 모두가 하나의 모노크롬으로 깊이 깊이 어우러져 있는 황토색의 풍경을 매우 친화적으로 그려내고 있는 시인의 시선이다. 거기에 개와 소, 그리고 촌민들이 함께 황토색 몸짓과 표정으로 등장한다. 그래서 "이 땅의 황토색"은 시인에게 그토록 따스함을 가져다주면서 거듭거듭 그 풍경을 바라보게 하는 것이다.

이 작품은 우선 단순하고 소박한 시골의 늦겨울 풍경을 묘사한 깔끔한 소품이 된다. 그러나 우리가 눈여겨볼 것은 김기택 시편이 추구하는 주체와 사물의 친화 그리고 그것을 하나의 몸으로 사유하는 생태적 상상력일 것이다. 이를 두고 주체의 무의식이 타자의 개입으로 가능하다는 이른바 '상호주체성'의 징후를 보이고 있다고 해도 좋을 것이다. 그가 자연을 인간으로부터 분리된 사물로 격하('물활론'을 빙자한 또 하나의 '사물화'라고도 할 수 있다.)시키지 않고, 활달한 물질적 상상력으로 포섭하여 그려내는 풍경은 그래서 사실적이고 더불어 우화적이다.

이 같은 상호주체적인 생태적 사유는 우리의 몸짓과 행동마저 규율하는 '근원적 실체'로서의 그 무엇을 열망하는 태도로도 나타난다. 김명리의 다음 작품이 그러한 세계를 담고 있다.

휘젓던 꽃샘바람 그치고 볕 좋은 날
잘 익은 너르바위에 식탁을 차린다
인적 드문 이곳, 금빛 골짜기
유릉 숲 사이론 푸른 해오라비 날고
물소리가 해묵은 커튼처럼 드리워지고

아무래도, 덮쳐오는 봄빛은
치한의 눈빛처럼 이글이글해
만개한 산철쭉 두근거리는 바위틈으로
나 돌아간다 먼저 온 슬픔이 엿볼세라
치렁치렁한 검은 머리채
더 깊이 바위틈으로 밀어넣는다

앗! 불멸의 샘이 여기 있다
은둔하는 하루살이들이 개미떼들이
바위 속을 온통 하얗게 누비고 있다
그들의 하루 일과는 바위 속으로
널찍한 신작로를 내는 일
봄이 다 가기 전에 그들의 대지에
또 한 그루 망개나무를 심는 일
해 넘어가기 전에 불멸의 식탁을 마련하는 일

내 마음 더 바삐 서두르며
그들의 신작로에 닿기도 전에
일몰의 고단한 꽃씨들이 몰려오고 몰려가고
망개그늘 아래로 가파른 둥근 물소리들
잠 없는 봄밤의 드높은 물보라로 치솟고 있으니

— 김명리 「불멸의 샘이 여기 있다」 전문

이 작품은 매우 흔한 골짜기 나들이를 연상하면 그 배경이 금방 이해된다. 서정적 주체는 "인적 드문 이곳, 금빛 골짜기"에서 식탁을 차린다. 이 '식탁'은 물론 사실적이기도 하고 은유적이기도 하다. 그 식탁을 둘러싸고 있는 것은 비상(飛翔)하는 푸른 해오라비와 커튼처럼 드리워져 있는 물소리이다. 이 햇빛 좋고 산철쭉 만개한 봄철에 시인은, "덮쳐오는 봄빛"을 치한의 눈길로 생각하면서, "두근거리는 바위틈"으로 쫓기듯이 자기를 들이민다. 이 들이미는 행위는 자연과의 합일이라는 고전적인 인식론의 결과이지만, 이 시의 새로움은 그 다음 바위틈에서 보게 되는 시인의 새삼스런 발견에 있다.

시인은 거기서 "불멸의 샘"을 보게 된다. 물론 '불멸'이라는 말은, 그 자체로 물리적인 것이 아니라 시인의 가치평가가 착색된 은유적인 것이다. 이 '불멸'의 내용이란 곧 생명의 신성성 혹은 고단하고도 부지런한 생명들의 운행으로 채워진다. 하루살이들과 개미떼들이 은둔하면서 부지런히 내는 신작로, 그리고 그들이 심는 한 그루 망개나무, 해가 넘어가기 전에('하루살이'의 경우 '해가 넘어가는 것'은 그야말로 실존적인 문제이다) 차려야 하는 불멸의 식탁 따위는 바위틈에서 시인이 엿본, 더불어 궁극적으로 시인이 감당해야 할 인생론적 명제이기도 하다. 그럴수록 시인의 마음은 분주해진다. 이후로 시의 경개(景槪)는 꽃씨들과 둥근 물소리들이 그 놀람과 분주함을 감싸고 흔들고 있는 봄밤(어느새 해가 넘어가고 말았다!)으로 전이된다.

이 작품에서 김명리가 바라본 세계는 그다지 신기하거나 놀라운 것이 아니다. 그러나 시인은 그러한 사소한 발견을 통해 그것이 우리가 잃어버린 마음의 유적(遺跡)이자 샘임을 말하는 것이다. '샘'이란 그 자체로 얼마나 약동적이고 생성적이며 근원적인가. 이 작품에서 시인이 바라보는 사물들의 움직임 또한 시인 자신의 그것과 궁극적으로 다르지 않은 것인데, 결국 시인에게 종요로운 것은, 자신의 생을 다해서 불멸의 샘(근원)을 찾아내고 현실화하고 그것을 완성하는 것이 된다. 이 또한 우리의 생태적 사유의 한 켠을 틀고 있는 중요한 상상력의 한 모형이라고 할 수 있다.

특히 이 작품에서는 시간의 추이에 따른 시인의 발견 과정이 이채로운데, 김선우의 다음 작품은 그 같은 '시간' 자체를 집요하게 천착하는 생태적 사유를 보이고 있어서 더욱 주목된다.

거꾸로 가는 생은 즐거워라
나이 서른에 나는 이미 너무 늙었고 혹은 그렇게 느끼고
나이 마흔의 누이는 가을 낙엽 바스락대는 소리만 들어도
갈래머리 여고생처럼 후르륵 가슴을 쓸어 내리고
예순 넘은 엄마는 병들어 누웠어도
춘삼월만 오면 꽃 질라 아까워라
꽃구경 가자 꽃구경 가자 일곱 살배기 아이처럼 졸라대고
여든에 죽은 할머니는 기저귀 차고
아들 등에 업혀 침 흘리며 잠 들곤 했네 말 배우는 아기처럼
배냇니도 없이 옹알이를 하였네

거꾸로 가는 생은 즐거워라
머리를 거꾸로 처박으며 아기들은 자꾸 태어나고
골목길 걷다 우연히 넘본 키작은 담장 안에선
머리가 하얀 부부가 소꿉을 놀 듯
이렇게 고운 동백을 마당에 심었으니 저 영감 평생 여색이 분분하지
구기자 덩굴 만지작거리며 영감님 흠흠, 웃기만 하고
애증이랄지 하는 것도 다 걷혀
마치 이즈음이 그러기로 했다는 듯
붉은 동백 기진하여 땅으로 곤두박질 칠 때

그들도 즐거이 그러하리라는 듯

즐거워라 거꾸로 가는 생은
예기치 않게 거꾸로 흐르는 스위치백 철로
객차와 객차 사이에서 느닷없이 눈물이 터져 나오는
강릉 가는 기차가 미끄러지며 고갯마루를 한순간 밀어 올리네
세상의 아름다운 빛들은 거꾸로 떨어지네
— 김선우 「거꾸로 가는 생」 전문

이 시의 묘미는 '시간의 역류(逆流)'랄까, 우리 일상에서 흔히 마주치는 것들 속에 꼭꼭 담겨 있는 시간을 거슬러 읽는 새로운 독법(讀法)에서 우러나온다. 말하자면 시인 자신, 나이 많은 누이, 엄마, 할머니의 행위를 통해 시간을 거슬러 읽는 것이다. 서른 살인 '나'는 조로하였고, 누이는 사춘기적이고, 엄마는 유년적이고, 할머니는 유아적이다. 모두 나이에 걸맞지 않은 생리와 성격을 지녔다. 물론 이러한 그들의 생리와 행위는 그 자체로 자연적인 것이기도 하고, 시인이 의도적으로 그렇게 관찰한 결과이기도 하다.

2연에서는 아이들도 "머리를 거꾸로 처박으며" 태어나고, 붉은 동백들도 "땅으로 곤두박질" 친다. 그 동백의 낙화 속에서 시인이 보는 것은, 어느 머리 하얀 노부부의 소꿉 장난 같은 화해로운 분위기이다. 이는 물론 착시(錯視)이자 환(幻)이지만, 애증마저 모두 걷힌 노부부의 여유를 낙화의 모습에서 연상하는 상상력은 소멸과 생성을 동시에 읽는 그야말로 '거꾸로' 된 독법의 하나이다.

이때 반복되고 있는 "거꾸로"라는 말의 이면적 전언은 일상적 질서나 근대가 파놓은 구획을 거부하는 상상력에서 우러나오는 것이

지만, 시간을 거슬러 읽음으로써 우리의 근원과 본질을 암시하려는 시인의 기획과도 무관치 않다. 그래서 각 연의 첫 행에서 세 번 반복되는 "즐거워라"도 반어적 의미를 담고 있다고 보이는데, 말하자면 비극성과 활력이 안팎의 육체를 이루고 있는 것이 우리들 삶임을 은유하고 있는 것이다. 이러한 인식이 우리의 실존적 근원을 모순적으로 암시하는 어법임은 말할 것도 없다.

마지막 연에서 시인은 "거꾸로 가는 생"에 대한 자각이 "고갯마루를 한순간 밀어 올리"는 경험을 치른다. 그리고 "세상의 아름다운 빛들은 거꾸로 떨어지"고 있음 또한 목격한다. 거꾸로 있지 않고 질서에 따라 혹은 관습이나 상식에 따라 움직이는 모든 운행과 달리, 그런 것들과 전혀 무관한 시간의 질서가 존재한다는 자각이야말로 근원적으로 생태적인 것이다. 시인은 그러한 인식이 우리가 갱신하고 활력을 불어넣어야 할 서정시의 권역이라고 생각하고 있다.

우리가 잘 알고 있듯이, '시적 시간'은 등속도로 움직이면서 계측 가능한 근대적 시간의 모양새를 띠지 않는다. 원래 시간이란 인간의 삶이 펼쳐지는 한계 지평으로서의 물리적 조건이지만, 서정시라는 구체적 현장에서 그것은 시인들의 상상력 속에서 재구되는 자족적이고 유기적인 상상적 실체로 탈바꿈되는 것이다. 우리 시대의 서정시는 그러한 사유를 통해 근원을 따져 묻는 생태적 상상력을 강렬하게 선보이고 있다.

　다시 한 번 강조하지만, 최근 우리 시단의 방향은 범람하는 소재주의적 생태 시편들의 틈 속에서 인간의 내면(시선)과 외재적 환경(사물)들을 한꺼번에 융섭하는 시선으로 활력있게 나아가고 있다. 그들의 시선은 인간을 배제한 자연이나 역으로 인간만이 철저하게 주인이 되는 환경으로서의 자연을 노래하지 않는다. 그들이 노래하는 사물에는 인간의 경험이 담겨 있고, 인간의 시선에는 사물들의 자율적 리듬과 생리가 고스란히 담겨 전해지기 때문이다. 문명이 인류의 원초적 기억들을 하나하나 지우고 분식하고 있을 때, 서정시가 '시간 자체'가 아니라 '시간에 관한 경험'을 집중적으로 형상화하는 것역시 그러한 이유 때문이다. 이러한 시각은 당분간 우리 시단에서 강력한 하나의 지남(指南)이 되기에 충분할 것이다.

　특히 최근 황인숙이나 이진명, 나희덕, 김수영, 이선영 등에 의해 개척된다고 할 수 있는 여성성의 상상력이나, 장석남, 박형준, 장철문, 이정록, 이윤학, 배용제 등에 의해서 개척되고 있는 주객의 통합적 시선 등이 이러한 움직임의 실물적 사례이거니와, 앞으로 보다 정치하고 다양한 심층적 움직임이 우리 시단에서 가시화될 것을 기대해본다.(2000. 10)

- 서정적 인간 회복을 위한 역설적 꿈
  - 오세영 시집 『봄은 전쟁처럼』
- 사물들이 출렁이며 내는 은빛 '소리'들
  - 강은교의 시
- "神이옵신 그리움"을 통해 가 닿는 존재의 "뿌리"
  - 문인수론
- 그의 귀에 들리는 어스름의 '소리'들
  - 나희덕 시집 『어두워진다는 것』
- 어둠의 순간에서 발화하는 기억의 형식들
  - 문태준의 근작들

근원의 기억과 소리의 탐침

3

서정적 인간 회복을 위한 역설적 꿈

오세영 시집 『봄은 전쟁처럼』

1 서정성의 파수꾼

오세영 시인은, 1965년 박목월(朴木月) 시인의 추천으로 등단한 이래 꼭 40년의 시력(詩歷)을 채워오면서, 우리 시사에서 전통 서정과 인간 원형의 세계를 탐구하고 구현해온 대표적인 시인 가운데 한 사람으로 평가받고 있다. 그는 자신의 첫 시집 『반란하는 빛』(1970)에서, 사물의 감각적 현존에 대한 날카로운 해석과 인간 존재에 대한 본원적 탐색을 결합시켜 자신만의 시적 표지(標識)를 선명하게 드러낸 바 있다. 이때 그가 일정하게 모더니스트로서의 자의식을 견지한 채 사물의 존재 형식을 탐색해 들어가고, 동시에 인간 존재의 심층을 투시해낸 시사적 성취는 결코 작은 것이 아니었다.

그리고 나서 한참 동안의 공백 기간이 지난 후에 펴낸 두 번째 시집 『가장 어두운 날 저녁에』(1982)에서 오세영 시인은, 이후 그의 시적 편력에서 지속적으로 펼쳐지게 되는, 서정성과 철학성의 날카롭고도 견고한 결합을 시작하게 된다. 이때 그가 중점적으로 택한 핵심적 이미지는 '불'과 '그릇'의 이미지였는데, '불'은 내면적 고뇌와 그것을 치유하는 속성을 띠고 있었고, '그릇'은 완성과 균열의 가능성을 동시에 지닌 원초적 사물로 해석되고 있었다. 그 후 시인은 다양한 이미지군(群)을 자신의 시의 육체 안으로 끌어들이면서, 결국은 전통 서정의 권역에서 그리 크게 벗어나지 않는 인간 보편의 존재론과 서정의 원리를 천착하게 된다. 말하자면 그는 첫 시집 『반란하는 빛』에서 시작하여 가장 최근 시집인 『적멸의 불빛』(2001)에 이르기까지, '빛'의 건강성과 생명성 그리고 그것으로부터 연역되는 삶의 형이상학적 비의(秘義)를 서정적으로 노래해온 시인이다.

이제 그의 열두 번째 시집이 되는 『봄은 전쟁처럼』은, 문명 사회에 편재(遍在)해 있는 자본-기술 복합체의 전일적 규율의 상황에도 불구하고, 어김없이 우리에게 신생의 모습을 보여주는 '봄' 혹은 '자연'에 대한 밝은 송가(頌歌)로 채워져 있다. 물론 그 같은 송가의 이면에는 자본주의 문명이 잠식해 들어간 보편적 가치에 대한 안타까운 비가(悲歌)가 깊이 도사리고 있다. 따라서 이 시집을 통해 오세영 시인은, 자신이 누리고 있던 서정성의 파수꾼으로서의 위상을 더욱 견고하게 유지하면서도 그것을 끊임없이 변형시키는 장인(匠人)의 몫을 다하고 있다. 말하자면 그는 이 시집에서 문명 사회에 대한 비판 의식과, 인간과 자연에 대한 원초적이고 형이상학적 인식을 펼쳐 보임으로써 예의 서정성과 철학성을 지속적으로 결합시키는 모습을 보여주고 있는 것이다.

이 길지 않은 글은 이 같은 시적 변모와 지속성을 담고 있는 시집 『봄은 전쟁처럼』에 대한 비평적 경개(景槪)이자, 이번 시집에서도 여전히 관철되고 있는 오세영 시인의 시적 중추에 대한 관견(管見)의 결과라 할 것이다.

2 '사랑'과 '영원'의 시학

이번 시집의 1부에서 가장 먼저 눈에 띄는 점은, 밤에 홀로 컴퓨터 앞에 앉아 사이버 공간을 유영하면서 시를 쓰고 있는 시인의 내적, 외적 초상이 체험적 직접성을 띠면서 고단하게 담겨 있다는 사실이다. 시인은 "한 개의 고독한 방"(「그는 누구인가」)인 상상적 우주에서 컴퓨터 게임을 하면서 불면의 밤을 지새우는 현대인의 정체성을 묻기도 하고, "밤에 호올로 시를 쓴다는 것은/무섭도록 고독한 일"(「밤에 호올로」)이라면서 자신이 "말에 굶주린 숲 속의 타잔"(「타잔」) 같다고 고백하고 있기도 하다. "감옥에 갇혀 삐삐 우는/다마곳치의 운명"(「다마곳치」)을, 시를 쓰는 자신의 생에서 엿보고 있는 것이다.

이때 시인이 상상적으로 머무는 공간은 사이버 공간인데, 원래 '사이버(cyber)'라는 용어는 윌리엄 깁슨이 고안한 사이버스페이스(Cyber space)라는 용어에서 비롯된 것이다. 이 유명한 신조어에서 '사이버'란 사이버네틱스(Cybernetics)의 약어일 뿐 그 자체가 원래부터 존재했던 접두어는 아니다. 그런 의미에서, 아이러니컬하지만, '사이버'라는 단어 자체가 하나의 가상(cyber) 어휘라고 할 것이다. 그렇다면 이 같은 '가상 공간'에서는 어떤 일들이 벌어지는가.

말할 것도 없이, 사이버 공간에서의 의사 소통 주체들은 일정한 익명성을 띠게 되고, 규범 파괴적 성향을 보여주게 되며, 사유의 깊이보다는 감각 편향으로 흐를 개연성을 가지고 있다. 또한 인류가 축적해온 고전적 사유와 인간 보편의 존재론에 대한 진지한 탐색을 훼손할 가능성을 커다랗게 안고 있다. 따라서 '가상 공간'이 우리의 육체 및 현실과 매개된 실체적 공간이 아니라 상상적이고 구성적인 전제에 의해서만 파악되는 인지적 공간이라는 사실은, 시인으로 하여금 '가상 공간'을 '시적 공간'과는 전형적으로 대립되는 상(像)으로 파악하게끔 만들고 있다.

마지막으로 패스 워드를 입력하고
주소에 엔터 키를 치면
모니터에 떠오르는 또 하나의 공간,
그 공간에도 비는 오는지
빗속의 너는 자꾸만 멀리 달아나는데
가냘픈 코드를 붙잡고
덧없이 서핑을 반복한다.
세상은 거대한 월드 와이드 웹
나는 너에게
너는 나에게 서로
보이지 않는 올가미를 씌우며
인연을 확인한다.
오늘의 검색 항목은 '사랑'
자꾸만 자꾸만 달아나는 너를 좇아
윈도우를 열어보지만

결코 들어갈 수 없는 너의
빈
사이버 공간.

이 작품에서 시인은 "마지막으로 패스 워드를 입력하고/주소에 엔터 키를 치면/모니터에 떠오르는 또 하나의 공간"을 일상적으로 경험하고 있다. 그 사이버 공간에서는 늘 덧없는 서핑이 분망하게 실현되고 반복된다. 그래서 "세상은 거대한 월드 와이드 웹"으로 치환되고, 시인은 "서로/보이지 않는 올가미를 씌우며/인연을 확인"하는 자신을 발견한다. 거기서 그는 "사랑"이라는 항목을 검색해보지만, 사이버 공간은 "사랑"을 보여주지 않는다. 왜냐하면 가상 공간에서의 '사랑'은 끊임없이 "자꾸만 자꾸만" 달아나려 하기 때문이다. 그래서 그를 좇아가 보기도 하지만, "결코 들어갈 수 없는 너의/빈/사이버 공간"은 완강한 공허만을 남긴 채 남루한 현실을 확인시킬 뿐이다. 문명 사회에 대한 이 역설적 엘레지가 바로 오세영 시인이 욕망 과잉의 시대에 던지는 잠언(箴言)이라 할 수 있을 것이다.

일찍이 오세영 시인은 "욕망을 다스리는 영혼의/형식"(「그릇 6」)으로서의 '그릇'을 노래한 바 있다. 하지만 '컴퓨터'나 '휴대폰'으로 대변되는 문명 사회의 이기(利器)들은, 욕망을 다스리는 '그릇'이 아니라, 욕망의 누수와 탐닉이라는 자본주의의 거대한 운명으로 빠져들어가는 현대인의 외관을 첨예하게 보여주는 상관물로서 나타나고 있는 것이다.

‘영원’이라는 말은 이제
사라져 버리고 없는 것일까.
가령 시라든가 신화 혹은 로망스 같은 것,
결코 지워서는 안 될 ········

그때 너와 나의 운명을 엮어준 그 약속을
우리는 양피지 위에다 진한 핏방울로
꾹꾹 눌러 썼다.
그러나 지금은 모두 어디 갔을까.
한 줄의 노래, 한 통의 연서, 한 권의
자서전은 ········

그리고 문득 나는 오늘 너에게
간단히 문자 메시지를 보낸다.
"사랑해"
그러나 또 다음의 메시지를 보내기 위하여
지울 수밖에 없는 그 "사랑해".

그래도 나는 시가 사라진 시대의 시인
양피지 대신
휴대폰의 모니터에
시를 쓴다. 지운다.

— 「휴대폰 3 – 인스턴트 시(詩)」

컴퓨터의 가상 공간을 지나 이제 시인은 휴대폰이 그리고 있는
"인스턴트 詩"에서 생각을 멈춘다. 가령 시인은 ‘영원’이라는 말에
대해 생각한다. 이는 앞의 시에서 ‘사랑’을 생각한 것과 고스란히
대칭된다. ‘사랑’과 ‘영원’이야말로 "가령 시라든가 신화 혹은 로망
스 같은 것"이 줄기차게 표상해온 고전적 주제가 아니겠는가. 하지

만 예전에는 "너와 나의 운명을 엮어준 그 약속을/우리는 양피지 위에다 진한 핏방울로/꾹꾹 눌러 썼"지만, 지금은 "한 줄의 노래, 한 통의 연서, 한 권의/자서전"마저 모두 사라지고 그 자리에 "문자 메시지"가 들어서 있다. 물론 "문자 메시지" 안에도 "사랑"이라는 기표가 담겨 있지만, 시인은 그 "사랑"이 곧 지워질 것임을 예감한다. 이처럼 "시가 사라진 시대의 시인"은 "양피지 대신/휴대폰의 모니터에/시를" 쓰고 있는 것이다. 그 시를 일러 시인은 "인스턴트 詩"라고 명명함으로써, 쓰고 지우는 동작의 반복적 연쇄를 통해 왜소해져 가는 시의 운명을 노래하고 있는 것이다.

물론 시인에게 휴대폰은 "궤도 이탈을 방지"(「궤도 이탈」)해주고, 말과 칼을 대신하는 일상의 싸움에 필요한 도구이기도 하고, "덫에 걸리면 긴급히/구조를 요청하기"(「덫」) 위한 유용한 것이기도 하다. 그것은 그처럼 "외출할 때 꼭 소지해야 하는"(「휴대폰 1-목걸이」) 필수품이지만, 때로 "사랑하다가도, 글을 쓰다가도,/벨이 울리면/지체 없이 달려가야 할 나의 수용소 번호"(「휴대폰 2-수용소」)처럼 스스로를 구속하고 옭아매는 일종의 감옥이기도 하다. 그래서 시인은 "절대 순종,/절대 성실,/절대 신뢰의 이 기특한 기계야말로/우리들의 기쁨이 아닌가"(「휴대폰 4-기특한 기계」)라면서 이 문명 시대의 편의성과 편향성을 반어적으로 비판하고 있는 것이다.

결국 오세영 시인은 "관념과 허무의 중간에서 배회하는/사이버 인간"(「사이버 인간」)이라고 자조적으로 자신을 규정하다가도, "편지란/쓰인 내용보다도 그 필체와 행간의/흔적들이 더 소중한 법"(「이메일」)이라는 믿음을 궁극적으로 견지해 보인다. 그 믿음을 가지고 그는 자본주의 문명의 첨예한 물리적 형식인 '가상 공간'과 '휴대폰'

의 세계에 대항하여, '사랑'과 '영원'이라는 미학적 항체(抗體)를 꾸준히 부여하는 서정시인의 언어를 우리에게 보여주고 있는 것이다.

3 건강성의 시학

그런가 하면 시집의 2부에는 시인으로서의 자의식이 보다 더 강조되어 나타난다. 가령 '백지'와 '시인'은 "하얀 시트에 누인 아기와/물끄러미 들여다보는 그 옆의 산모(産母)"(「백지」)로 비유되고 있다. 여기서 '백지'가 앞에서 살핀 '가상 공간/문자 메시지'의 세계와 대극을 이루고 있는 세계임은 분명해 보인다. 그만큼 오세영 시인은 가장 고전적이고 원형적인 서정의 원리를 구현하는 것이 시인의 책무라고 여기고 있다.

그래서 시인은 모름지기 "정적에서 태어나 정적으로 사라지는/한 소리의 생애"(「야간 비행」)를 채록하고, "사랑한다는 그 말 한 마디를 종이에 잉크로 쓰고/지워지지 않아 애타하던/그 젊은 날의 부끄러움"(「사이버 사랑」)을 기억하고, "겨울은/기쁨보다 고통이 더 아름다운/계절"(「플래카드」)이라든가 "그래도/냉장고는 알리라./뜨거운 전류가 또한/차가운 얼음을 만든다는 것을"(「법(法)에 대하여」) 같은 역설(逆說)의 원리에 민감해야 한다. 이 모든 것이 "이 세상 그 어떤 것도/감동 없이 되는 일이란 없다"(「감전(感電)」)는 시인의 전언(傳言)을 구체화해주는 시적 목록들이기 때문이다.

비오는 날
커브길을 돌던 기차가
궤도를 이탈해 나뒹굴었다.
역부(驛夫)는 달려와 사고라 했지만
아니다.
그것은 기차의 오랜 음모가 실천한
회심의 탈출,
비로소 쟁취한 자유의 체험이다.
새나 짐승이나 인간은
우천(雨天)을 피하기가 매일반인데
구내에 묶여 비를 맞아야 하는 기차의 슬픔,
그러므로 물질도 살아 있는 한
의당 자유를 누려야 하는 법이니
신이여,
인간의 기차가 그러하듯
당신이 만든 인간의 과오를
묵인하소서

— 「사고」 전문

"비오는 날/커브길을 돌던 기차"의 궤도 이탈 사고를 시인은 "기차의 오랜 음모가 실천한/회심의 탈출"이라 비유하고 있다. 말하자면 그것은 기차 스스로 "비로소 쟁취한 자유의 체험"이다. 혹은 "기차의 슬픔"이 만들어낸 자유의 몸짓이다. 이처럼 '탈출/자유'의 욕망이 이루어낸 이탈 사고를 통해 시인은 "인간의 과오"를 묵인해달라는 요청을 신에게 드림으로써, 인간이 궁극적으로 일탈과 자유를 추구하는 낭만적 존재임을 노래하고 있다. 또한 그것은 '시'가 최종적으로 꿈꾸는 것이기도 하다.

이러한 시의 운명은 곧 '시'를 억압하는 시대에 대한 반작용을 자연스럽게 낳는다. 이를테면 "이성(理性)만 남고/인간이 죽어버린 이 세계"(「슈퍼 마켓」) 혹은 "인생이 죽고 예술이 죽은/기계들의 나라"(「꿈꾸는 랩송」)에 그래도 "자유에의 몸부림"(「몸부림」)이 있고 "산을 보아라,/숲과 새와 짐승과 바위가 어디/금을 긋고 살던가"(「슈퍼 마켓」) 같은 시원(始原)에 대한 긍정이 존재함으로써, '시'는 자신의 육체를 이성의 반대편에서 형성할 수 있게 되는 것이다. 다시 말하면 "이성은 직선과 같아서/곡선을 허용하지 않는 법"(「곧은 길」)이고, "관능은 접촉에서 일고/사랑은 마음에서 얻어지는 법"(「리모컨을 켜며」)이니, "모든 인간은 돈 앞에 서야 한다는/자본주의의 평등"(「평등」)쯤이야 '시'의 안쪽에서 서서히 균열을 일으키고 있다는 믿음이 시인을 통해 우리에게 전해져 오는 것이다.

> 야훼, 제우스, 알라,
> 옛부터 신들은 모두
> 하늘에서 침묵으로 말씀하셨다.
> 뜻을 받들기 위해
> 높이 쌓아 올린 탑,
> 그러나 오늘의 우리들은 첨탑 대신
> 날카로운 안테나를 세운다.
> 안테나에 매달려
> 매일매일 듣는 하늘의 말씀
> 전파는 새로운 하느님이다.
> 아무도 거역할 수 없는 그 명령.
> 옛 신의 믿기지 않은 침묵 대신
> 그것은 얼마나 확실한 신앙이던가.
> 오늘도 새들은 높은 가지 끝에 앉아
> 가갸 거겨

천기를 누설하지만
인간이 사라진 도시에선 아무도
듣는 자가 없다.
결코
안테나에는 앉지 않는 새.

— 「새로운 신」 전문

이 시편 안에는 신의 침묵과 인간의 언어가 대립되고 있다. "오늘의 우리들은" 침묵의 양식인 "첨탑 대신/날카로운 안테나"를 세우고 있다. 신의 음성을 "안테나에 매달"린 "전파"로 치환하고 있는 것이다. 그러니 "전파는 새로운 하느님"일 수밖에 없다. 이 "아무도 거역할 수 없는" 문명의 변화와 "그 명령"에 대한 맹목의 신앙은 천기 누설을 하고 있는 자연의 소리마저 듣지 못하게 하는 것이다. 그래서 새는 결코 "안테나" 곧 "새로운 신"에는 깃들이지 않는다.

이러한 문명 비판의 시학은 평소에 "시는 신이 없는 종교"라고 말한 바 있는 시인의 생각이 적극적으로 반영된 결과일 터인데, 시의 원리를 문명 사회를 넘어서는 시원(始原)의 건강성에서 찾으려는 시인의 시관(詩觀)이 바로 그것이다. 따라서 이러한 시적 주제는 시류적 타협의 흔적 없이 정말 오랫동안 고독한 서정적 건강성의 외길을 택해온 시인의 고집과 일관성을 보여주는 뜻 깊은 실례라 할 것이다.

이러한 믿음과 일관성이 "모든 꽃은/물로 달구어진 필라멘트"(「물의 사랑」)라든가, "흐르는 불은 물이요, 위로 오르는 물은 불./환하게 등을 켜든 황혼의 장미는/수직으로 솟은 물이고/서늘하게 내 발등을 스치는 꽃뱀은/수평으로 흐르는 불"(「달관」) 같은, 다시 말하면 역설적 인식과 표현을 통한 서정적 통합의 원리를 그의 시에 구현하는 본원적 힘인 것이다.

4 활달한 상상력을 통한 신생의 목소리

그러니 시인으로서는 "컴퓨터를 버리고 펜을 잡는다./아직도 펜을 들어야만 쓰여지는/나의 시"(「꽃씨는 손으로 심는다」)라고 노래할 수밖에 없는 것이 아닌가. 여기에는 가령 '컴퓨터/펜', '트랙터(기계)/손(인간)' 등이 이항대립이 숨어 있는데, 시인은 결국 전자를 부정하고 후자를 적극 옹호함으로써 진정한 생명성은 인간의 '손'에서 온다는 점을 강조한다. 이러한 생명의 시학이 이번 시집에서는 '봄'이 찾아오는 활발한 외관을 묘사하게끔 하고 있다.

오세영 시인에게 '봄'은 마치 전쟁의 이미지처럼 선연한 충격으로 오고 있다. 일찍이 "봄은/봄이라고 발음하는 사람의/가장 낮은 목소리로 온다"(「봄」)고 노래한 바 있는 그로서는 탄력과 활달함을 한층 높여 봄의 활력을 묘사하고 있는 셈이다.

적 일개 군단
남쪽 해안선에 상륙,
전령이 떨어지자 갑자기 소란스러워지는
전선(戰線),
참호에서, 지하 벙커에서
녹색 군복의 병정들은 일제히 하늘을 향해

총구를 곧추세운다.
발사!
소총, 기관총, 곡사포, 각종 총신과 포신에
붙는 불,
지상의 나무들은 다투어 꽃들을 쏘아 올린다.
개나리, 매화, 진달래, 동백 ……
그 현란한 꽃들의 전쟁,
적기다!
서울의 영공에 돌연 내습하는 한 무리의
벌떼!
요격하는 미사일
그 하얀 연기 속에서
구름처럼 피어오르는 벚꽃.

봄은 전쟁인가,
서울을 불바다로 만든
이 봄의 핵 투하.

— 「서울은 불바다 1」 전문

여기서 "적 일개 군단"은 봄소식을 알리는 자연의 변화를 표상한
다. "전령이 떨어지자 갑자기 소란스러워지는/전선(戰線)" 역시 봄을
맞은 자연 사물들의 부산한 움직임을 뜻하고, "참호에서, 지하 벙커
에서/녹색 군복의 병정들은 일제히 하늘을 향해/총구를 곧추세운다"
는 장면이야말로 봄에 우리가 온몸으로 느낄 수 있는 약동의 순간을
함의한다. 이때 "발사!"라는 신의 명령이 떨어지는데, 그에 따라 뭇
나무들은 "소총, 기관총, 곡사포, 각종 총신과 포신에" 불을 붙인 채
"다투어 꽃들을 쏘아 올린다". 그 총탄의 목록은 "개나리, 매화, 진
달래, 동백" 등이다. 이 다채롭고도 "현란한 꽃들의 전쟁"에 시인은

넋을 놓고, 아니 가장 활력있는 상상력으로, 동참하고 있는 것이다.

이때 갑자기 나타난 "적기"는 다름아닌 "서울의 영공에 돌연 내습하는 한 무리의/벌떼"이다. "그 하얀 연기 속에서/구름처럼 피어오르는 벚꽃"은 봄을 내연(內燃)하는 전쟁의 이미지로 그리기에 족하다. 그리고 "서울을 불바다로" 만들어버린 "봄의 핵 투하"로 시를 끝냄으로써, 서울이라는 회색 도시에도 봄은 어김없이 저마다의 활력으로 찾아오고 있음을 이채로운 상상력과 표현 방식으로 그리고 있는 것이다. 결국 "흙에서 피어나는 불이/꽃"(「서울은 불바다 2」)이었던 셈이다. 이처럼 봄을 폭발적인 전쟁 이미지로 노래한 시편은 다음에도 이어진다.

산천(山川)은 지뢰밭인가
봄이 밟고 간 땅마다 온통
지뢰의 폭발로 수라장이다.
대지를 뚫고 솟아 오른, 푸르고 붉은
꽃과 풀과 나무의 여린 새싹들.
전선엔 하얀 연기 피어오르고
아지랑이의 손짓을 신호로
은폐중인 다람쥐, 너구리, 고슴도치, 꽃뱀 ……
일제히 참호를 뛰쳐 나온다.
한 치의 땅, 한 뼘의 하늘을 점령하기 위한
격돌,
그 무참한 생존을 위하여

봄은 잠깐의 휴전을 파기하고 다시
전쟁의 포문을 연다.

— 「봄은 전쟁처럼」 전문

여기서도 "산천(山川)은 지뢰밭"으로 표현된다. "봄이 밟고 간 땅마다 온통/지뢰의 폭발로 수라장"이기 때문이다. "대지를 뚫고 솟아오른, 푸르고 붉은/꽃과 풀과 나무의 여린 새싹들"은 전선의 최전방에 배치된 군사들이다. 이때 "전선엔 하얀 연기 피어오르고/아지랑이의 손짓을 신호로/은폐중인 다람쥐, 너구리, 고슴도치, 꽃뱀" 들이 분주하게 움직인다. 이러한 "한 치의 땅, 한 뼘의 하늘을 점령하기 위한/격돌"은 "그 무참한 생존을 위하여" 존재하는 신생의 흐름들이다. 그러니 자연스럽게 "봄은 잠깐의 휴전을 파기하고 다시/전쟁의 포문을" 여는 것이 아닌가. 이처럼 생명의 '봄'을 '전쟁'이라는 끔찍한 물리적 상황으로 등가화함으로써, "삶과 죽음이란 자리를 바꾸는 일"(「쇠붙이의 영혼」)이라는 역설의 원리를 구체적 형상으로 보여주고 있는 것이다.

이러한 상상력의 난만한 개화는 오세영 시의 논리를 한층 부드럽게 하고 풍부하게 하는 원천이 되고 있다. 이 모두에 그의 서정적 인간 회복을 위한 역설적 꿈이 반영되어 있음을 다시 말해 무엇하랴. 또한 이러한 형상은 시인이 여러 차례 강조해왔던 '구체적 보편성' 혹은 '구체적 영원성'을 획득하려는 시인의 의지의 반영이고, 나아가 철학이나 이념으로는 결코 환원되지 않는 시의 심미성에 대한 믿음의 표현이기도 하다. 이처럼 오세영 시인은 상투적 자기 복제에 머물지 않고 늘 새로운 음역(音域)을 찾아나서는 신생의 모험을 아직도 우리에게 보여주고 있는 것이다. 그 모험의 정신을 일러 서정적 인간 회복을 위한 역설적 꿈이라 명명해도 좋을 것이다.

5 우주적 연민의 시

오세영 시인은 오래 전에 "한 권의 시집으로 엮여 서가에 꽂히기보다/버려져 휴지가 되기를 바라는/백지의/고독"(「휴지가 되고 싶다-그릇 37」)을 노래한 바 있다. 이는 마치 일찍이 소월이 그의 시론인 「시혼(詩魂)」에서 그늘진 곳에서 외롭게 울고 있는 버러지 한 마리, 빈 들에 말라가며 벌바람에 여위는 갈대 하나, 아득한 바다에 뛰노는 물결 속에 지순한 정조가 있다고 말한 것을 적극적으로 환기시킨다. 이때 '시혼'이란 늘 그러한 것들에 근접해 있다는 시인의 자의식을 함의한다. 따라서 서정시의 근본 정신이라 말할 수 있는 이러한 '시혼'은, 오늘날 중요한 화두로 부상한 생태 의식과도 긴밀하게 상통하면서, 세상의 모든 보잘것없고 초라하고 쓸쓸한 것들에 대한 관심과 연민과 일체감으로 상승한다. 그때 '시혼'은, "저만치 혼자서 피어 있네"(「산유화」)에 깃들여 있는, 홀로 외롭게 피어 있는 꽃에 대한 사랑의 마음과도 통한다. 그래서 그것은 결국 '우주적 연민(cosmic pity)'까지 확산되는 것이다.

오세영 시인의 신작 시집은 그 같은 '우주적 연민'에 바탕을 둔 심미적 세계라 할 것이다. 그 연민의 힘이 '영원'과 '사랑'을 상실한 세계에 대한 미학적 항의로, 자연이 보여주는 신생의 움직임에 대한 활달한 묘사로 나타난 것이다. 이제 그 항의와 생명의 언어에 우리가 동참할 차례이다.(2004. 11)

사물들이 출렁이며 내는 은빛 '소리'들
강은교의 시

1 사물들 사이의 소통을 담는 우주적·근원적 화폭

강은교 시인의 초기 시편을 허무와 고독이 깊이 침윤된 존재 탐구의 세계로 해석하는 것은 이제 매우 보편적인 비평적 관행이 된 느낌이 적지 않다. 그의 초기 시집인 『虛無集』(1971)이나 『풀잎』(1974) 등이 일관되게 구현하고 있는 세계가 바로 그 같은 평가들을 충실히 증명하고 있기 때문일 것이다. 아닌게 아니라, 그는 일찍이 '허무'라는 개념에 풍부하고도 개성적인 시적 상상력을 부여하였고, 나아가 '고독'이나 '사랑'에 대해서도 신선하고 충격적인 시적 재해석을 완성한 바 있다. 그 후 그는 역사적 삶에 대한 관심으로 자신의 시적 지평을 넓혀갔고, 감상 과잉과 이념 편향을 동시에 넘어서는 자신만의 독자적인 시적 영토를 개척하였다. 자아와 사회의 접점에까지 관심의 폭을 넓힌 『貧者日記』(1977)나 『소리集』(1982)에 이르면서, 그는 우리 시의 한 이채로운 봉우리로 자신의 위치를 확고히 하게 되는데, 거기에 사소하고 보잘것없는 존재들에 대한 지극한 애정까지 보태면 틀림없이 그의 초기 시편을 설명하는 적절한 구도(構圖)가 될 것이다.

이어서 그는 『붉은 강』(1984), 『오늘도 너를 기다린다』(1989), 『벽 속의 편지』(1992) 등의 중기 시편에서 자아와 사회를 매개하고 통합하는 관계성에 더욱 깊이 주목한다. 그러다가 『어느 별에서의 하루』(1996) 이후 근자에 이르는 시편들에서는 사물들이 내지르는 섬세한 소리에 귀를 기울이고, 그들의 그림자나 작은 움직임에 눈길을 주며, 그것들을 하나하나 어루만지면서 그만의 우주적·근원적 화폭을 완성해가고 있다. 『등불 하나가 걸어오네』(1999)는 이러한 상상력과 의장(意匠)을 깊이 심화시킨 성과라고 할 수 있을 것이다. 지난 시집들에 실린 두 편의 작품을 통해 그와 같은 세계를 읽어보자.

> 햇빛이 '바리움'처럼 쏟아지는 한낮, 한 여자가 빨래를 널고 있다, 그 여자는 위험스레 지붕 끝을 걷고 있다, 런닝 셔츠를 탁탁 털어 허공에 쓰윽 문대기도 한다, 여기서 보니 허공과 그 여자는 무척 가까워 보인다, 그 여자의 일생이 달려와 거기 담요 옆에 펄럭인다, 그 여자가 웃는다, 그 여자의 웃음이 허공을 건너 햇빛을 건너 빨래통에 담겨 있는 우리의 살에 스며든다, 어물거리는 바람, 어물거리는 구름들,
>
> 그 여자는 이제 아기 원피스를 넌다. 무용수처럼 발끝을 곤추세워 서서 허공에 탁탁 털어 빨랫줄에 건다. 아기의 울음소리가 멀리

서 들려온다. 그 여자의 무용은 끝났다. 그 여자는 뛰어간다. 구름을
들고.

— 「빨래 너는 여자」 전문(『어느 별에서의 하루』)

등불 하나가 걸어오네/등불 하나는 내 속으로 걸어 들어와/환한
산 하나가 되네//등불 둘이 걸어오네/등불 둘은 내 속으로 걸어 들어
와/환한 바다 하나가 되네//모든 그림자를 쓰러뜨리고 가는 바람 한
줄기

— 「등불과 바람」 전문(『등불 하나가 걸어오네』)

3년 사이로 발표된 이 두 작품에서 우리는 시인이 추구하려는 시
적 욕망의 한 방향을 읽을 수 있다. 우선 앞의 작품에서 시인은 한
여인의 일상적 동작인 빨래 너는 모습("무용")을 섬세하게 관찰·묘
사하면서, 그녀의 배경을 이루는 지붕, 허공, 햇빛, 바람, 구름들이
서로 어울리면서 구성하는 우주적 화폭의 활력을 그려내고 있다. 이
때 빨래 너는 여인의 웃음은 "우리의 살에 스며든다". 뒤의 작품에
서는 등불이 자신의 속으로 걸어 들어와 "환한 산/바다"가 되는, 곧
타자와 주체가 근원적으로 하나가 되는 과정을 그리고 있다. 등불이
"내 속으로 걸어 들어"오는 것은 여인의 웃음이 "살에 스며"드는
과정과 동격(同格)을 이룬다. 따라서 시인은 두 작품을 통해 공히 사
물들이 이루어내는 화창(和唱)과 소통의 과정을 그리고 있는 것이다.
이번에 출간된 시집 『시간은 주머니에 은빛 별 하나 넣고 다녔다』
(문학사상사, 2002)는 시인의 이러한 시적 지향이 거듭 심화되고 있는
공간이라고 할 수 있을 것이다.

2 상상적 공간 속의 화음들

강은교 시인에게 '시'는 많은 이들과 소통하는 공간이자, 스스로 고독을 택하는 격리의 공간이기도 하다. 그는 그만의 공간에서 자그맣고 외로운 사물들과의 교신에 철저하게 몰입한다. 살아있는 것들의 숨길과 교신(交信)하는 것이야말로 시가 궁극적으로 추구하는 경지라는 점에서, 그는 세계내적 존재들이 이루는 교신의 풍경을 섬세한 감각과 애정으로 그려내는 우리 시대의 대표적 시인이라 할 것이다. 그러한 상상적 실재를 그는, 다대포 백사장이 한눈에 내려다보이는 고층 아파트에서 집중적으로 그려내고 있다. 그 가운데 가장 종요로운 형상이 바로 유토피아로서의 '바다'일 것이다.

> 바다는 가끔 섬을 잊곤 하지/그래서 섬의 바위들은 저렇게 파도를 부르는 거야/목놓아 목놓아/우는 거야/목놓아 목놓아/제 살을 찢는 거야
>
> —「바다는 가끔」 전문

사물들 사이의 천연스런 상호 인력(引力)을 그는 이렇게 노래한다. "목놓아 목놓아" 울면서 "제 살을 찢"으면서 서로를 부르는 '바다(파도)'와 '섬(바위)'는 목숨있는 것들의 지극한 사랑과 소통 의지를 보여주는 구체적 형상이다. 이러한 마음가짐은 시인을 아파트 베란다에 있는 꽃가지를 정성스레 닦아주는 일, 화병의 물을 갈아주는 일, "화분에 자꾸 물을 주"(「분홍·노랑 꽃망울」)는 일, 『어린 왕자』의 레토릭으로 말하면, 사물들을 하나하나 '길들이는' 행위로 이끌어간

다. 이러한 '길들임'의 과정을 그는 사물의 사실적 재현이 아니라, 하나의 상상적 공간을 구성해내는 것에서 완성하고 있다. 다음 작품은 우주가 이루어내는 이러한 화음을 듣고 있는 시인의 밝은 영혼을 보여주는 명편이다.

> 거기엔 말없이 손을 내밀고 있는 저녁의 나무가 있다/가지들은 나무의 허리를 꽉 붙들고 있다./금빛으로 물들어 달려오는 구름들/곁에서 고함치는 무덤들//무덤의 실핏줄들이 허공을 기어오르기 시작한다/바람이 지나가다, 무덤 곁에 선 나무의 뼈를 불러세운다.//잎들이 방울방울 눈물을 떨군다./잎들은 나무의 가슴을 꽉 붙들고 있다./마악 실눈을 뜨는 금빛의 별들//오래 기다린 것들은 금빛으로 물들어……//모든 저녁이 늦는다./모든 저녁의 나무가 늦는다.
>
> —「여름 저녁의 나무」 전문

이 시는 두 부분으로 나뉘어 있고, 그래서 두 개의 풍경을 제시하고 있다. 시인은 '가지들/잎들' '나무의 허리/나무의 가슴' '무덤의 실핏줄/금빛의 별들'을 서로 대응시키면서 황혼녘의 풍경을 그리고 있다. 그러나 두 개의 풍경은 서로서로 겹치면서 하나의 풍경으로 화한다. "말없이 손을 내밀고 있는 저녁의 나무"가 "가지들"에 의해서 허리를 잡히고 있는 동안, 주위 풍경은 금빛으로 몰려온다. 그 '금빛' 곁에서는 어둠이 무덤의 형상을 하고 어느새 몰려와 소리를 지르고, 허공을 타고 오른다. "나무의 뼈"들이 박모(薄暮)의 공간 속에서 직립한다.

이어서 '금빛'의 색조는 "별들"로, 또 "오래 기다린 것들"로 하나하나 전이되면서 저물녘의 분위기를 완성해간다. 그것은 '저녁'의 완성이자, 어둠의 절정인 '밤'을 예비하는 순간이기도 하다. 그래서 "모든 저녁"과 "모든 저녁의 나무"가 늦는다. 왜 "모든 저녁(의 나무)"이 "늦"을까. 물론 '늦는다'는 것은 '이르다'는 것과 '빠르다'는 것의 두 가지 대립쌍을 가진다. 그런데 여기서는 이 두 대립어들의 반대의미로서의 '늦는다'는 모두 성립되지 않는다. 그래서 '늦는다' 보다는 '저문다'는 표현이 더 적절해진다. 그러나 시인은 그것을 '늦는다'고 표현함으로써 이 아늑하고 평화롭고 역동적인 저녁의 풍경을, 속도 조급증에 걸린 우리의 일상과 은은하게 대조시키고 있다. 이때 '늦는다'는 말은 언어의 다의성(ambiguity)을 한껏 충족시키면서, 우리 시대가 지향해야 할 핵심적 사유가 다양한 타자의 목소리를 수용하는 것임을 에둘러서 말해주고 있다.

③ 몸과 몸을 부딪는 '사랑'의 시학

이처럼 사물들이 어울려 그려내는 상상적 실재를 통해 그는 결국 '사랑'을 노래한다. 그에 의하면 '사랑'은 궁극적으로 '관계'에 대한 발견에서 발원하는 힘이다. 그리고 그것은 자폐적인 순환 회로가 아니라 사물들 사이의 소통 회로 속에서 존재하는, 타자에 대한 지극한 배려에서 가능한 것이다. 이러한 사랑의 타자 지향성은 이번 시집에서 두 가지의 동사군(群)을 자연스럽게 불러온다. 하나가 신체 접촉을 함의하는 이른바 스킨십(skinship)의 동사들이라면, 다른 하나는 하나의 사물이 다른 사물에게 근접하는 공간 이동의 동사들이다.

모두 사물과 사물 사이를 소통시키려는 시인의 각별한 의지가 반영
된 결과일 것이다.

먼저 신체 접촉을 함의하는 술어군(述語群)은 "핥다/쓰다듬다/만지
다/문대다/부딪다/기어오르다/붙들다/흔들다/어루만지다/두드리다/부
비다/매만지다/넘어가다/껴안다/움켜쥐다/감기다/내밀다/물들다/속삭
이다/소근거리다/귓속말하다/끼어들다/스치다" 등으로 나타난다. 사
물들 사이의 접촉을 표현하는 동작들의 총집합으로 보이기까지 한
다. 자연스럽게 이들은 신체의 일부들을 비유의 고리로 삼고 있다.
얼핏 일별해 보아도 "구름은 어둠의 입술"(「별 한 개 머리에 인 구름,
섬 사이로 걸어오네」)이고, "길을 건너는 풀잎 어깨를 은빛 안개가 쓰
다듬"(「몰운대 풀잎이 길을 건너네」)고 있다. 사물들은 서로서로의 "혀/
입술/피/속눈썹/속가슴"(「짧은 눈물이 긴 눈물의」)이 되고 있는 것이다.
그 외에도 "뺨/어깨/턱/손/살/입(술)/이마/목/가슴/심장/옆구리/눈까풀/
눈동자/머리칼/그림자" 등의 신체적 접촉면들이 시집을 가득 채우고
있다.

다음으로 공간 이동의 동사 중 가장 대표적인 것은 "달려오다/걸
어오(가)다/끌고 오다/건너다/불러세우다/뛰어오다/찾아가다" 등이다.
지난 시집 『등불 하나가 걸어오네』에서도 암시되었듯이, 그의 시에
서 사물들은 정태적이지 않고 활력있게 수런대며 타자를 향해 다가
오고, 시인은 타자를 온몸으로 받아들이는 과정을 우리에게 보여주
고 있다.

　　오늘 아침 몰운대로 가는 길가/죽 늘어선 포장마차들의 간판이
　눈비비며 미소하는 이유는/그래서 거기 내리는 안개가 세상을 눈부

시게 칠하며 일어서는 이유는/그래서 바람 한 줌이 바위들의 어깨 위에 냉큼 올라앉는 이유는/그래서 이슬 한 방울이 부지런히 세상 쪽으로 달려오는 이유는/부지런히 달려오며 모든 풀잎의 뺨을 어루만지는 이유는/모든 풀잎의 뺨 위에서 또로로록 빗방울과 손을 잡는 이유는//네가 나를 기다리기 때문이다/조만간 황금빛 햇님이 통통한 팔을 뻗쳐 너와 나의 손을 잡아 일으킬 것이기 때문이다

— 「조만간 황금빛 햇살이」 전문

모든 사물들은 이처럼 사랑과 소통의 관계를 형성하며 그렇게 서로를 끌어들이고 있다. 그래서 "몰운대로 가는 길가"에서 시인이 보고 있는 것은, "포장마차/안개/바람/바위/이슬/풀잎/빗방울" 들이 이루는 상호 얽힘의 풍경이다. 그들이 서로를 어루만지면서 하나의 풍경을 이루고 있는 것은, "네가 나를 기다리기 때문"이고, "황금빛 햇님"이 "너와 나의 손을 잡아 일으킬 것이기 때문이다." '기다림'이야말로 사랑과 소통에 대한 열렬한 욕망을 내면화한 행위가 아닐 것인가. 결국 시인이 도달한(다시 돌아온) 시적 권역은 그 기다림을 완성하는 '사랑'의 시학인 것이다. 더불어 『등불 하나가 걸어오네』에서 몇 차례 실험되었던 '너무 짧은 사랑 이미지' 역시 이번 시집에서도 그 짧은 사랑과 섬광의 순간을 지속적으로 이어가고 있다.

이번 시집에서 보이는 또 하나의 특징은 소리를 채집하는 그의 '밝은 귀'가 시집 후반부로 갈수록 점증(漸增)하고 있다는 점이다. 그것을 그는 그 특유의 '점층적 반복'이라는 일관된 형식적 원리로 형상화한다. 모든 시의 근원은 '소리'라는 것, 그리고 시는 결국 '노래'라는 것을 시인은 잊지 않는다. 그 점에서 음악은 시인에게 무한한 시적 영감을 준다. 바다가 내려다보이는 집에서 그는 음악을 들

으면서 음악을 쓰면서 그렇게 살아간다. 음악 같은 삶…. 그래서 이번 시집은 오랜 시간을 격(隔)한 또 하나의 '소리集'인 셈이다.

> 거기 가면 넓은 길 여기 저기서 수군거리는 소리가 난다.//이마가 파랗던 배추 하나, 뒷꿈치를 들고 잔뜩 앞을 바라보는 소리……/노을이 황금빛 날개를 펴며 사뿐 내려앉는 소리,/붉은 연립주택 옥상, 여자들이 발끝으로 걷는 소리,/돛폭처럼 펄럭이던 빨래 소리…… 그쯤이면 허리를 펴던 골목길의 바람 소리//참, 질기기도 하지, 땀냄새들/전속력으로 달려오는구나/그대도 수군수군, 그대도 수군수군, 수군수군//빨래 하나가 뛰어온다. 돛대 하나가 뛰어온다, 발자국 하나 발자국 열, 그림자 하나 그림자 열, 헐레 헐레 벌떡 벌떡/벚꽃 그림자 땅과 붙안고 있는 그곳,/이슬비 온 허리 적시는 그곳.//그런데 그/……골목이 없어졌다.
>
> —「골목이 없어졌다」 전문

골목을 가득 채우고 있는 이 무수한 소리들, 그래서 세상은 '소리'로 충만하다. 그런데 오늘, 그 골목이 사라졌다. 이 사라짐의 비의(秘義)야말로 소리의 속성이요, 시인이 세상을 바라보는 근원적 원리일 것이다. 결국 "비명소리가 들려오는/저 섬"(「꿈의 천성도」)이나 "호수같은 눈동자"에서 울리는 "종소리"(「아그라 성에 가 보면」) 그리고 "아름다운 목소리가 흰 구름 사이로 퍼져"(「아름다운 하루」)가는 것도 결국은 다 사라질 것이다. 그러나 그 사라짐의 운명은 시인으로 하여금 체념이나 비관주의로 나아가지 않고 사물들이 울려내는 소리를 채집하고 그것들의 활력을 형상화하는 지극한 미학적 충동으로 나아가게끔 한다.

1972년 발병 이후 시인을 괴롭혀온 육체의 고통은 이제 그의 신체적 일부가 되어버렸다. 그는 지금도 원활치 못한 스스로의 육체를 고백하고 있다. 그러나 "내 가슴 속에선 가끔 시간의 소리가 들려"(「간장의 노래」)온다고 하지 않는가. 그렇게 그의 시 안에서, 육체 안에서 "산 것들은 서로 울음으로 화답"(「얼른 그림자 위에」)하고 있다. 시인은 그렇게 "심장에서 심장으로 길을 이루어 흐르는 소리"(「물끼리 부딪는 혹은 부비는」)까지 듣고 있는 것이다.

4 출렁이는 은빛 '소리'들

강은교 시인의 시는, 35년의 오랜 시력(詩歷)에도 불구하고, 한 가지 지속적인 면모를 보인다. 그것은 그의 시가 지향하는 주제가 어떤 것이 되었든, 그것들을 양식화하는 언어의 기율에 대한 섬세한 자의식을 잊지 않는다는 것이다. 말하자면 시인은 메시지보다는 이미지에 시의 중점을 두면서도, 언어들끼리 서로 얽히고 소통하며 완성되는 시의 음악적 특성에 대한 배려를 결코 잊지 않는다. 이러한 기율이 이번 시집에서는 놀랄 만한 집중성으로 완성되고 있다 할 것이다.

그의 시는, 모든 살아있는 것은 서로를 매만지며 출렁인다는 것, 그 '출렁임'이야말로 시인의 몸 속에서 울리는 심장의 더운 리듬과 소통한다는 것을 노래하고 있다. 거기서 시인은 목숨있는 자로서의 고독과 매혹을 동시에 누리고 있다. 그래서 우리는 시인의 빛나는 언어들 속에서 삶의 어둑한 심연과 환한 활력을 동시에 만난다. 과

연 강은교는 어둠과 환함 사이를 오가며 뭇 사물들을 쓰다듬고, 매만지고, 쓸어올리고, 안아들이는 이른바 '여성성'의 시인인 것이다. 표나게 쓰는 페미니즘시가 아니면서도 그의 시가 여성성의 태반에서 길어올려지고 있는 것은 바로 그 만지고 쓸고 안아들이는 내면적 깊이 때문이다.

그는 오늘도 "작은 게 한 마리를"(「싸움」) 만나러, 부드러운 바람을 맞으러, 그 바람에 살 부비러, 그 안에 숨어있는 소리들 예컨대 신음소리, 울음소리, 비명소리, 흐느낌 소리를 발견하러, 바다로, 모래로 걸어나간다. 또한 바다가 자신의 몸 속으로 걸어들어 오도록 놓아두고 있다. 그의 시 안에서 "모든 길들은 서로 부둥켜 안고 숨을 헐떡이고 있"(「새벽 바람」, 『어느 별에서의 하루』)으니까 말이다.

이번에 발표되는 66편의 시편에는 이와 같은 시인의 집착과 욕망 그리고 그것의 눈부신 성취가 빼곡이 담겨 있다. 일생 동안 단 한 번도 한시적 유행이나 주류 담론에 몸을 실은 적이 없는 그의 시는, 그렇게 그의 육체 안에서만, 그가 살아온 시간 안에서만 부드럽고 환하게 출렁이고 있다. 그래서 그에게 시는 "여기저기서 출렁이는 당신의 이름"(「서시」)을 껴안고 불러보는 일일 것이다. 그는 그렇게 오늘도 사물들이 출렁이며 내는 은빛 '소리'들을 듣고 있다.(2002. 8)

“神이옵신 그리움”을 통해 가 닿는 존재의 “뿌리”
문인수론

1 문인수 시학의 방법론

　문인수 시인을 생각할 때 가장 먼저 떠오르는 것은, 비교적 늦깎이로 등단한 그가 자신의 시 속에서 한국적 서정을 줄곧 추구해왔고, 서정시의 원형이라 할 만한 미적 성취를 세상에 지속적으로 내놓았다는 사실이다. 물론 ‘한국적 서정’이 어떤 내적 함의를 지니는지에 대해서는 달리 상세한 논의를 해야겠지만, 생략이나 함축의 원리에 의한 단형 시편을 기반으로 하면서, 절제된 풍경 묘사와 내면에 가라앉은 비애의 형상화를 통해 얻어지는 어떤 것임은 분명해 보인다. 그 점에서 문인수 시학은 우리 시단에서 전형적인 ‘한국적 서정'의 범례로 손꼽힐 만하다.

또한 그의 시는 '기행(紀行)'의 형식을 통해 마주치는 온갖 풍경과, 오랜 세월 그리움으로 삭인 내적 심층(深層/心層) 사이의 접점에서 발원하는 세계이다. 그래서 우리는 그가 택하는 소재가 비록 '자연'과 연관된 것이 많다고 하더라도, 그 자연 사물이 한편으로는 그 자체로 풍경 속으로 번지면서 다른 한편으로는 시인의 내면으로 끊임없이 회귀하는 이중의 방법론적 속성을 가지고 있다는 점을 발견할 수 있다. 가령 다음 시편은 그 같은 시인의 시적 욕망과 지향을 선명하게 보여주는 작품이다.

흐린 봄날 정선 간다.
처음 길이어서 길이 어둡다.

노룻재 새재 싸릿재 넘으며
굽이굽이 막힐 듯 막힐 것 같은
길
끝에
길이 나와서 또 길을 땡긴다.

내 마음 속으로 가는가

뒤돌아 보면 검게 닫히는 산, 첩, 첩,

비가 올라나 눈이 오겠다.
— 「정선 가는 길」 전문(『뿔』, 민음사, 1992)

"흐린 봄날"의 "정선 가는 길"은 초행인 탓인지 어둡기만 하다.

여기 나타나는 날의 '흐림'과 길의 '어둠'은 "정선 가는 길"을 감싸고 있는 외적 상황이기도 하겠지만, 그것은 또한 시인이 처해 있는 내적 정황의 이미지이기도 할 것이다. 이어 표현되는 "노릇재 새재 싸릿재 넘으며/굽이굽이 막힐 듯 막힐 것 같은/길/끝에/길이 나와서 또 길을 땡긴다"는 '길'의 끝없는 변화와 연쇄(막힘 → 열림 → 땡김) 역시 그 자체로는 "정선 가는 길"의 굽이굽이에 대한 감각적 재현이겠지만, 그것은 또한 "마음 속으로 가는" 시인의 내면을 투사(投射)한 이미지이기도 할 것이다. 이처럼 어둑하고 흐린 날, 어둑하고 흐린 내면을 붙안고 '길'을 떠난 시인은 굽이굽이의 '길'을 지나 "마음 속으로" 가고 있다. 뒤돌아보니 "검게 닫히는" "첩, 첩"의 "산" 속에서 결국 "정선=내 마음 속"이라는, 풍경과 내면의 등가적 유추를 완성하고 있는 것이다. 요컨대 문인수 시인은 기행을 하다가 우연히 마주친 사물들을 심미적(審美的)으로 재현하는 서경적(敍景的) 필치의 시인이 아니라, 자신이 선택하고 채록한 풍경들로 하여금 '마음'의 여과를 받게 하고 궁극적으로는 "마음 속으로 가는" 길로 들어서게 하는 시인이다.

그런가 하면 다음 시편은 또 다른 측면에서 문인수 시학의 방법론적 핵심을 드러내주는 한 사례이다. 이는 문인수 시인이 '몸'의 직접성을 통해서 시를 쓰고 있다는 점, 그리고 '몸'의 한계에서 필연적으로 비롯되는 실존적 비애를 노래하고 있다는 점을 보여준다.

흐린 날은, 바람 한 점 없는 날은 비.
젖은 것들의 몸이 잘 보인다 치잉 칭 감기는, 빗줄기의 한쪽 끝을
물고 새 날아간다. 건물과 건물 사이 세 뼘 잿빛 하늘 가로질러 짧

게 사라진다 창유리 창유리들이, 나무 나무의 이파리 이파리 풀잎들
이 모두 그쪽을 보고 있다 잘 보이는, 뇌리 속의 새 길게 날아가는
아래, 젖어 하염없이 웅크린
　　몸, 섬 같구나 그의 유배지인 몸.

— 「비」 전문(『뿔』)

　이 작품에서도 주체의 시선은 풍경에 개입하고, 풍경은 주체의
‘몸’으로 회귀한다. “흐린 날”이자 “바람 한 점 없는 날”은 이내
“비”에 “젖은 것들의 몸”으로 이어지는데, 1행에서 2행의 초입까지
에 흐리고 바람 없는 상태에서 비가 뿌리기까지의 시간적 흐름이
담겨 있다. “젖은 것들의 몸이 잘 보인다”는 표현은 다른 작품에서
“좀더 잘 보이는 세계는 그만큼 널리 젖어 있구나”(「우포늪, 칠십만 평
에 달한다」, 『동강의 높은 새』, 세계사, 2000)라고 진술한 것과 마찬가지의
맥락으로서, 시인의 마음이 젖어 있을 때 사물의 깊이가 잘 보인다
는 뜻을 다른 한쪽에 거느리고 있다. 따라서 이때 “젖은 것”은 말할
것도 없이 “빗줄기”에 감싸인 사물들이자 시인의 “뇌리 속”에 들어
있는 정서적 세목들이다.
　이어서 “치잉 칭 감기는, 빗줄기의 한쪽 끝을 물고” 날아가는
‘새’가 등장한다. 그리고 그 “젖은” 새는 “건물과 건물 사이 세 뼘
잿빛 하늘 가로질러 짧게 사라진다” 그 사라짐의 순간, “창유리 창
유리들이, 나무 나무의 이파리 이파리 풀잎들이 모두 그쪽을 보고
있다” 젖어서 잘 보이는 새가 날아간 쪽으로 ‘유리창’과 ‘나뭇잎’과
‘풀잎’들 역시 젖은 몸으로 시선을 줌으로써, 이 사물들끼리는 젖은
상태에서의 흔연한 상응(相應)을 이루고 있다. 이때 시인은 “뇌리 속
의 새 길게 날아가는 아래, 젖어 하염없이 웅크린/몸, 섬 같구나 그

의 유배지인 몸"이라는 표현을 뒤이어 배치함으로써, 그 "새"가 상상적 실재임을 암시하면서 동시에 "젖어 하염없이 웅크린/몸"의 육체성을 발견하게 한다.

그런데 왜 "몸"은 "섬 같"으며 하필이면 또 "그의 유배지"인가. 이 행의 비밀을 풀려면 우리는 두 가지 표현에 주목해야 한다. 하나는 "잘 보인다"는 2행 속의 두 번의 표현이고, 다른 하나는 "치잉 칭 감기는, 빗줄기"라는 표현이다. 앞의 것에 주의해볼 때, 우리는 시인의 눈에 잘 보이는 "젖은 것들의 몸"이 "빗줄기의 한쪽 끝을 물고 새"이기도 하지만 곧바로 "젖어 하염없이 웅크린/몸"이기도 한 것임을 알 수 있다. 또 뒤의 것은 시인에게 잘 보이는 "몸"이 "치잉칭" 지상에 묶여 있다는 점을 부각시킨다. 아니 그 "몸"은 "빗줄기"를 맞으며 파도로 둘러싸어 있는 고립된 "섬"처럼 "유배"된 존재라는 점이 강조된다. 그 같은 "웅크린/몸"에 비해 "뇌리 속의 새"는 지상을 뜨는 상상적 비상을 감행한다. 따라서 '비상/유배'가 날카롭게 대비되면서, "몸"은 항구적 정주(定住)가 불가능한 유랑의 이미지와 한시적 속성을 동시에 띠게 된다. 이처럼 문인수 시인은 이 작품을 통해 "몸"의 직접성과 비극성 그리고 필연적 유랑의 속성을 동시에 표상하고 있는 것이다.

따라서 문인수 시인에게 '몸'을 움직이는 기행(紀行)의 형식이란, 사물과의 적극적 친화를 추구하는 시적 욕망이 반영된 것이자, 근원적인 생의 형식을 들여다보려는 가장 적극적이고 물리적인 방법이 된다. 시인 스스로 "여행시란 없다. 정선에서 우포늪에서 섬진강에서 나는 잠시 서 있었고, 그때 내 삶의 궁기가 보였다. 그걸 베껴 적었다."(「자서」, 『동강의 높은 새』)고 말한 바 있듯이, 그는 여행을 통한 풍경 채록을 목표로 하지 않고 '몸'을 움직이는 기행을 통해 실존적·형이상학적 지경(地境)에 대한 근원적 질문을 추구하고 있다. 이때 시인이 본, 그리고 베껴 적었다는 "삶의 궁기(窮氣)"는 물질적·육체적 결핍이라는 일차적 의미를 넘어서, 삶의 근원과 궁극에 대한 갈망이 담겨 있는 상징적 표현이 된다.

결국 문인수 시학은 풍경과 내면의 등가적 유추를 통해 사물들을 발견하고 배치하고 변형하는 역동적 상상력과, 자기 자신으로의 궁극적 회귀를 꾀하는 시인의 실존적이고 형이상학적인 열망이 '한국적 서정'이라는 방법론을 통해 시적 육체를 구성하고 확산해가는 세계라고 할 것이다. 이러한 문인수 시인의 '궁기의 시학'이 원형 그대로 담겨 있는 것이, 바로 우리의 기억 속에 있는 그의 네 번째 시집 『홰치는 산』(만인사, 1999)일 것이다.

2 "시간의 아득한 저편"에 대한 시적 재구(再構)

–『홰치는 산』

『홰치는 산』은 시인이 『뿔』을 내고 7년 만에 낸 의욕적 성과로서, 문인수 시학의 근원적 지점과 개성적 방법론을 가장 선명하게 일러주는 시집이라고 할 수 있다. 일단 『홰치는 산』의 경개(景槪)를 훑어보면, 우리는 그 안에 시인의 가족사라든가 성장사와 관련된 오랜 시간이 눅눅하게 쌓여 있다는 것을 쉽게 느낄 수 있다. 빛 바랜 듯한 풍경 속에서 '고향'과 '유년'의 이야기를 끈끈하게 집어올리는 시인의 기억과 상상력의 상호 작용이 시집 전체를 "홰치는 산"처럼 감싸고 있는 것이다. 시인 스스로도 시집의 「자서」에서 다음과 같이 말하고 있지 않은가.

> 인간에게도 나무나 풀의 그것과도 같은 섬세하고도 집요한, 흰 뿌리가 있다면 그것은 바로 고향을 향한 그리움일 것이다.
>
> 자기 존재의 발원, 고향이란 그러나 멀거나 가까운 어떤 공간이 아니라 이제는 도저히 가 닿을 수 없는, 시간의 아득한 저편일 것이다.
>
> 이 땅의 神이옵신 그리움은, 그리운 것들은 그런데 왜 하나같이 궁핍한가, 가련한가, 지리멸렬한가, 그러한데도 또 어찌하여 하나같이 아프게 아름다운가.

여기서 시인은 시집에 구현된 자신의 시적 지향을 너무도 선명하게 풀어놓고 있다. 왜냐하면 "뿌리/고향/그리움/존재/발원/시간/저편/궁핍/가련/지리멸렬/아픔/아름다움"이라는 어휘를 조합하여 어떤 문장을 만들더라도, 그것은 고스란히 문인수의 시세계를 구성해낼 것이기 때문이다. 특히 "고향"이 "공간"이 아니라 "자기 존재의 발원"이고 "시간의 아득한 저편"이라는 말 속에서 우리는 문인수 시학을 이해할 수 있는 중요한 단초를 발견하게 된다. 그것은 그의 고향이 공간 표상이 아니라 시간 표상으로 나타날 것이라는 점, 따라서 현재적 농촌의 실상이나 사람살이의 구체성에 대한 천착보다는 기억 속에 존재하는 사물이나 사람들에 대한 "그리움"의 힘이 시의 근간을 이룰 것이라는 점을 예견케 한다. 아닌 게 아니라 시인으로부터 신성(神聖)까지 부여받고 있는 "그리움"(다른 작품에서도 "이 땅의 神이옵신 그리움이여"(「정월」)라고 발화되고 있다.)의 힘은, 궁핍하고 가련하고 지리멸렬하고 아름다운 "시간의 아득한 저편"을 시적으로 수습하는 근원적 동력이 되고 있다. 물론 그 "그리움"은 존재의 '뿌리'를 향하고 있다. 시집의 표제작인 다음 시편에서 그 '뿌리'의 형상이 나타난다.

> 방울음산은 북벽으로 서 있다.
> 그 등덜미 시퍼렇게 얼어 터졌을 것이다 그러나
> 겨우내 묵묵히 버티고 선
> 산
> 아버지, 엄동의 산협에 들어갔다.
> 쩌렁쩌렁 참나무 장작 찍어 낸 아버지,
> 흰내 그 긴 물머리 몰고 온 것일까
> 첫 새벽 홰치는 소리 들었다.
> 집 뒤 동구 둑길 위에 아버지 우뚝 서 있고
> 여명 속에서 그렇게 방울음산 꼭대기 솟아올라
> 아, 붉새 아래로 천천히 어둠 가라앉을 때
> 그러니까, 이제 막 커다랗게 날개 접어 내리며
> 수탉, 마당으로 내려서고
> 봄, 연두들녘 물안개 벗으며 눕다.
>
> ― 「홰치는 산」 전문

　"북벽으로 서 있"는 '방울음산'은 시인의 고향에 있는 단순한 삶의 배경이나 지명이 아니다. 그것은 "등덜미 시퍼렇게 얼어 터"진 채 "겨우내 묵묵히 버티고 선" 아버지의 삶을 적극적으로 은유하고 환기한다. 한겨울에 산협에 들어가 "쩌렁쩌렁 참나무 장작 찍어 낸" 아버지, 그 아버지의 궁핍한 삶은 시인의 기억 속에 외경(畏敬)의 대상으로 남아 있다. 그 아버지가 몰고 내려온 "흰내 그 긴 물머리"

속에서 시인은 "첫 새벽 홰치는 소리"를 듣는다. 그 순간 시인은 "집 뒤 동구 둑길 위에" 서 있는 아버지를 보고, "여명 속에서 그렇게 방올음산 꼭대기 솟아올라" 있는 것을 겹쳐 보게 된다. 이때 아버지는 "저 산의 뿌리"(「방올음산」)가 된다. 그러니 "산의 뿌리가 다 만져진다"(「동강의 높은 새」, 『동강의 높은 새』)고 하는 것은 자연과의 친화이자 기억과의 결속인 것이다.

아버지와 방올음산의 우뚝한 기립(起立)과는 대비적으로, 어둠은 천천히 "가라앉"고 수탉은 날개 "접어 내리며" 마당으로 "내려서고" 엄동을 지난 봄의 들녘도 "물안개 벗으며 눕"는 하강(下降)의 이미지가 연쇄적으로 뒤따른다. 아버지와 산을 선명하게 부조(浮彫)하는 방법일 것이다. 그래서 우뚝 서 있는 아버지의 이미지는 그만큼 돌올(突兀)하게 된다. 이는 "동녘 일출을 후광으로 아버지와 소, 검둥이란 놈이 한데 어우러져 돌아오던 그 아침의, 붉새의 들녘을 기억합니다"(「尋牛圖」)와 연결되는 묘사이기도 하다. 이처럼 아버지의 모습을 통해 시인은 "방올음산이 뿌리 내린 길들의 비밀"(「길의 끝」)을 암시하면서 또한 그것이 시인 자신이 물려받아야 할 가파른 삶임을 환기하고 있다. 이처럼 아버지와 "홰치는 산"을 향한 기억은 시인만이 간직한 고통스런 시적 수원(水源)인 것이다.

이러한 아버지에 대한 근원적 기억을 기반으로 하면서, 시인은 "생각하면 참 방올음산 그 아래 자고 일어난 사람들, 살다 죽은 사람들, 아버지의 농경에도 힘줄에도 아 그 파란만장에도 산의 푸른 종소리 흐르고 있었나 봅니다."(「방올음산 이야기」)에서처럼 가족을 비롯한 고향 사람들의 "파란만장"의 이야기를 올올 풀어간다. 이때 "객지로 나가는 하얀 신작로가, 먼 기적 소리가 길게 발 아래 깔리

면서 넝쿨처럼 한없이 마음을 감았고 좀 멀리 새파란 낙동강이 눈
썹을, 타는 목젖을 적셨다."(「四月」)와 같은 서술과 묘사의 결합이 이
같은 기억의 재구(再構)를 적극 떠맡게 된다.

> 아버지, 흙돌담장 아래 담쟁이 뿌리를 묻었다. 담쟁이 넝쿨은 날
> 마다 날마다 번져, 시퍼렇게 번져 나가던 아버지의 저 그리움, 그러
> 나 숙부들은 돌아오지 않았다. 왜정 때 만주로 일본으로 떠돌아 나
> 간 양반도, 6·25 전쟁 직후 북으로 넘어간 양반도 돌아오지 않았다.
> 소식 없었다.
> 아버지, 담쟁이 넝쿨을 거두었다. 해마다 늦가을이면 단숨에 거두
> 어 불살랐다. 이 놈의 세월! 번뜩이는 낫날로 썩둑썩둑 잘랐다. 한
> 두 뼘 밑둥만 남기고 다 잘랐다.
> 또 기다리고 또 작파했다.
> 차가운 땅 위로 뭉턱, 거칠게 솟은 그루터기, 여러 해 부르쥔, 아
> 버지의 빈 주먹만 남아있곤 했다.
>
> — 「담쟁이 넝쿨 이야기」 전문

이 작품은 제목에 이미 '이야기'가 들어 있는 것처럼, 일정한 서
사를 내장하고 있는 서술 시편이다. 아버지는 "흙돌담장 아래 담쟁
이 뿌리를 묻"는다. 그 "담쟁이 넝쿨은 날마다 날마다 번져, 시퍼렇
게 번져" 나간다. 그때 같이 번져 나가던 "아버지의 저 그리움"은
무엇이었을까. 그것은 "숙부들은 돌아오지 않았다. 왜정 때 만주로
일본으로 떠돌아 나간 양반도, 6·25 전쟁 직후 북으로 넘어간 양
반도 돌아오지 않았다. 소식 없었다."는 후술(後述)을 통해 한결 명료
해진다. 아마도 아버지는 "월북한 숙부에 대한 이러저러한 정"(「단감
나무 이야기」) 곧 동생들과의 이산(離散)에 대한 아픈 기억을 담쟁이

넝쿨에 투사하고 있었던 모양이다. 아버지가 가진 그 기억에 대한 시인의 기억이 이 시의 표면 서사를 이끌고 있다.

그런데 시의 심층에는 담쟁이 넝쿨을 거두고, 불사르고, 낫날로 썩둑썩둑 자르는 아버지가 놓여 있다. 이 기다림과 작파(作破)의 순환적 반복이야말로 "차가운 땅 위로 뭉턱, 거칠게 솟은 그루터기"와 "여러 해 부르쥔, 아버지의 빈 주먹"을 등가화하면서, 아버지의 가난과 고통과 내력을 부각시키고 있다. 이러한 가족사에 대한 시인의 애틋함은 「풀뽑기」에서처럼 "일평생 마침내 논 서른 마지기 이루고, 그러나 송충이 같은 자식들 그 푸르게 일렁이던 논들 다 갉아먹어 버리고 빈 들 노을 아래 서 있던" 아버지가 "이른 중반 넘어서면서 망령" 드시고 "그러기를 십여 년, 어느날 아버지 검불같이 남아 있던 당신의 육신까지도 뽑아 던"진 기억으로도 이어진다. 또한 그 '그리움'의 힘은 "어머니 아흔 셋에도 홀로 사신다./오래 전에 망한, 지금은 장남 명의의 아버지의 집에 홀로 사신다."(「머위」)와 같은 서술과 함축이 절묘하게 결합된 표현에서도 잘 드러나 있고, "장갓마을엔 누님이/날 업어 키운 큰누님 시집살이하고 있었는데/삶은 강냉이랑 실컷 얻어먹고/집에 와서 으시대며 마구 자랑했다./전화도 없던 시절,/그런데 그걸 어떻게 알았을까/느그 누부야 눈에 눈물 빼러 갔더냐며/어머니한테 몽당빗자루로 맞았다./다시는 그런 길/그리움이 내는 길 가보지 못했다."(「눈물」) 같은 그리움의 서사나 "작은 누님도 시집 갔다./곱게 물든 손톱 갖고 시집 갔다."(「봉선화」)라는 간명한 진술 속에도 깊이 배어 있다. 이러한 서사적 관심은 시집 안에서 고향의 다른 사람들 이야기로 점점 확산되어간다.

오, 달빛 비린내가 난다.
이 달빛 언제나 청보리 냄새가 난다.

달 뜨자 방올음산 꼭대기 불쑥 솟아서
방올음산 아래 가문 들녘 훤히 눕다.
청보릿골 겹으로 깔고 달빛 덮고
달빛에 꿈틀꿈틀 청보릿대 비벼넣는,
그런 일이여 그런 일의 땀몸, 찝찔한 비애여.

오월 춘궁이 있었다.
몸 팔아 새끼들 먹인 그 여자가 있었다.

이 달빛 어디서나 방올음산 세우고
산 아래 척박한 땅,
그 풀빛 비릿한 눈물맛 풍긴다.

— 「매춘」 전문

　문인수 시가 근원을 알기 어려운 궁핍과 고통들을 담고 있는 비애의 세계임은 이미 잘 알려진 사실이다. 하지만 중요한 것은 그것들을 초래한 실제적 원인에 대한 적의(敵意)를 시인이 결코 내보이지 않는다는 사실이다. 시인에게 그 모든 고통들은 세계를 불가피하게 구성하는 것들일 뿐이고, 시인은 그저 "그러나, 나는, 끝내, 이 비애만은 벗지 않았다."(「매춘 2」)고 말하고 있을 뿐이다.
　위의 작품 역시 '아픔'은 있되 '분노'는 없는, 결코 윤리나 이념으로는 환원할 수 없는 사람살이의 쓸쓸하고도 척박한 장면을 부조(浮彫)하고 있다. '매춘(賣春)'이라는 섬뜩한 제목을 거느린 이 작품에서 시인은, "달빛 비린내/청보리 냄새/찝찔한 비애/비릿한 눈물맛" 같은 미각, 후각의 심상으로 고향 사람들의 흥건한 가난을 재구성한다. 특히 "달빛에 꿈틀꿈틀 청보릿대 비벼넣는,/그런 일이여 그런 일의 땀몸, 찝찔한 비애여."라는 표현에서 "오월 춘궁"에 "몸 팔아 새끼들 먹인 그 여자"의 고단한 삶을 드러내면서, 시인은 그 "산 아래 척박한 땅"에 살았던 이들의 "비릿한 눈물맛"의 내력을 호명하고 있는 것이다.

이어서 시인은 "이삭 팰 무렵 시퍼렇게 일렁이던 달빛 비린 보리밭, 그 보리밭에서 연애해 맺어졌다는 어떤 부부 이야기, 오십 여 년 전 우리 고향 마을에 살았던 한 노인 부부의 이야기"(「그들만의 집」)도 힘들여 불러들이고 있고, "이제 서로에게 온전히 엎어져 지붕이 된 봉분, 그 무덤 지금 어디에 있는지 알 수 없습니다. 다만 전심전력, 전신을 기울여 함축한 몸, 그 영육의 완벽한 결속인 데가 바로 그들 부부만의 집이었겠지요."(「그들만의 집」)라든가, "그때 그 거지 할아버지의 속을 들여다 볼 수 있었다면 아마 적막강산이었을 겁니다. 가도 가도 황톳길 인적 없었을 겁니다."(「내가 그를 묻었다」)에서처럼 고향 사람들의 다양하고도 절절한 서사들을 온축하여 문인 수만의 '만인보(萬人譜)'를 쓰고 있는 것이다.

　— 거, 앉아보소.
　늙은 여자가 강물 물 가까이 털썩 주저앉으며 말했다. 쉰 목소리로 말했다. 다 망가진 채 엉거주춤 돌아온 쿨럭거리는 사내더러 한 번 말했다. 꺼질 듯 낮게 말했다. 키가 껑충한, 그래서 그런 건지 낮짝 안 보이는, 아직도 허공에 매달려 떠돌고 있는 건지 낮짝 없는, 낮짝 없는 사내더러 여자가 말했다.

여자는 오랜 세월, 장터거리에서 혼자 국밥집을 해왔다.
저녁노을 그 아래 시뻘겋게 부글부글 끓어오르는, 그러나 쿨럭쿨
럭 뒤엉키는 물,

지금은 다만 긴 강.

— 「앉아보소」 전문

이 "오랜 세월, 장터거리에서 혼자 국밥집을 해"온 "늙은 여자"와
"아직도 허공에 매달려 떠돌고 있는"지 모르는 "다 망가진 채 엉거
주춤 돌아온 쿨럭거리는 사내"와의 해후(邂逅)는, "거, 앉아보소"라는
오랜 시간을 담은 한마디 속에서 시작되고 완성된다. 그 한마디에
이 두 사람의 만남의 내력과 분위기와 정조가 고스란히 투영되어
있는 것이다. "저녁노을 그 아래 시뻘겋게 부글부글 끓어오르는, 그
러나 쿨럭쿨럭 뒤엉키는 물"은 그 "늙은 여자"의 오랜 기다림을 말
해주면서, "지금은 다만 긴 강"이 되어버린 여인의 내면적 격정이
얼마나 뜨겁고 오랜 것인가를 알려주고 있다. 하지만 그녀는 격정의
언어 대신 "거, 앉아보소"라는 "긴 강"의 언어를 택한다. 아마도 그
녀의 기다림은 이 만남으로 하여 끝나지 않을 것이다. "긴 강"이 되
어 이제는 속절없이 흘러갈 것 같은 "늙은 여자"의 생이 보이지 않
는가.
이처럼 시인은 자신의 고향과 유년에 대한 기억을, 그리고 가족
들과 이웃 사람들의 삶을 설화적 공간으로 복원하고 있다. 고향에서
의 유년 경험과 그곳에 전해오는 이야기들을 시에 도입하여, 시인은
그곳 사람들의 일상과 육체와 삶에 좀더 밀착하여 구비적(口碑的)·
서술적 성격을 강화하고 있다. 줄글에 가까운 산문시 양식이 이를

또한 뒷받침하고 있다. 여기서 우리는 미당(未堂)의 『질마재 神話』를 연상할 수 있겠지만, 『홰치는 산』은 설화를 전달하는 이야기꾼을 화자로 내세우는 연행(演行)의 방식이 아니라, 시인 스스로 1인칭 화자를 고수하면서 직접 기억을 행하는 방식을 취한다는 점에서 더욱 '몸'의 직접성에 가까운 세계이다.

3 생태적 사유와 우주적 상상력으로의 확산

-『홰치는 산』 이후

이 같은 『홰치는 산』의 세계는 문인수 시인이 그 후 펼친, 어쩌면 그의 음역(音域)이 최전성기를 맞이한 시기에 씌어진 작품들에서도 자연스럽게 이월되고 심화되고 있다. 최근작이랄 수 있는 이 시편들에서 시인은, '몸'의 직접성과 기행, 풍경과 내면의 통합, 기억의 근원을 역류(逆流)하는 방식을 더욱 확대하고 있기 때문이다. 그것은 이제 '생태적 사유'와 '우주적 상상력'이라는 범주로 더욱 확산된다.

> 벽에 낡은 창틀만 그대로 남아 있다.
> 건너편 산이며 숲, 구름이 다 새로 그린 듯 깨끗하다.
> 생전 눈여겨본 적 없는 그림 앞에
> 시간이
> 액자 앞에 지금은 많이 몰려 있다.
> 네모 반듯한

삶의 흔적은 모질다. 오래 고단한, 고단한 것
얼마나 조심조심 뜯어내고 있는 것인지 민들레 홀씨 몇
풍경 속에서 천천히 떨어진다. 또
썩어 어느 날 안팎 없이 풀릴 건가.
이런 봄이 여러 번 지나갔겠다. 지나가겠다.
　　　　　　　　—「폐가, 시간이 많다」 전문(『동강의 높은 새』)

"벽에 낡은 창틀만 그대로 남아 있"는 오래된 폐가(廢家), 거기에
는 당연히 어떤 생동하는 기운도 없다. 사람들은 떠나고 무심한 바
람만 과거의 흥성스러웠던 삶의 흔적을 쓰다듬고 있다. 그러나 거기
에는 놀랍게도 황량한 폐허의 분위기가 아니라 산과 구름과 숲이
그려내는 깨끗한 '풍경'이 있다. 그 자연의 풍경은 시인조차 "생전
눈여겨본 적 없는 그림"이다. 그 그림을 담은 액자(그것은 폐가의 '낡
은 창틀'이다) 앞에는 무량한 시간들이 "몰려 있다". 왜 시간은 흘러
가지 않고 거기 머물면서 몰려 있을까. 그것은 그 액자처럼 네모 반
듯이 살아온 시인(혹은 우리)의 모질고 "오래 고단한, 고단한" 삶이
순간적으로 거기 겹쳐졌기 때문이다. 여기서 시인의 내면과 풍경은
또 다시 접점을 피워 올린다.

　물론 그 고단함의 세목은 드러나지 않는다. 다만 시인은 폐가의
풍경 속에 쌓여있는 시간의 깊이를 "이런 봄이 여러 번 지나갔겠다.
지나가겠다."로 표현하면서, 무량한 시간의 반복 속에(그러나 똑같은
시간은 하나도 없다) 고단한 삶의 반복 또한 무르녹아 있음을 말한다.
이러한 시간의 풍요로움을 들여다보는 시인의 눈초리가 삶의 효용
성이 끝나버린 폐가에서 이토록 충일한 시간을 경험케 하는 것이다.
　이는 "무수한 정적은 와글와글거린다"(「무수한 정적은 와글와글거린

다」,『뿔』)는 역설적 발견과 맥이 닿는 표현으로서, "잘 삭은 고요"(「서해」,『동강의 높은 새』)가 시 전체를 감싸고 있으면서 동시에 "뒤덮여 다오 마음 속 어디/이 한 채 어둑어둑 등을 다는 폐허여"(「빈 집」,『동강의 높은 새』)에서처럼 폐허를 통해 존재의 뿌리에 가 닿고자 하는 시인의 격정을 암시해준다. 결국 시인은 근대적 시간관에 의한 직선적 '흐름'보다는 풍요로운 '머묾'을 통해 삶과 시간의 역설적 풍요를 '폐가'에서 재구축하고 있는 것이다. 조급함과 서두름 없이 시간이 머물면서 몰려 있는 풍경을 관조하고 있는 시인의 심저(心底)는 그래서 생태적인 것이고 동시에 풍요로운 것이다.

> 그의 상가엘 다녀왔습니다.
> 환갑을 지난 그가 아흔이 넘은 그의 아버지를 안고 오줌을 뉜 이야기를 들었습니다.
> 生의 여러 요긴한 동작들이 노구를 떠났으므로, 하지만 정신은 아직 초롱같았으므로 노인께서 참 난감해 하실까봐 "아버지, 쉬, 쉬이, 어이쿠, 어이쿠, 시원허시것다아" 농하듯 어리광부리듯 그렇게 오줌을 뉘었다고 합니다.
> 온 몸, 온 몸으로 사무쳐 들어가듯 아, 몸 깊아드리듯 그렇게 그가 아버지를 안고 있을 때 노인은 또 얼마나 더 작게, 더 가볍게 몸 움츠리려 애썼을까요. 툭, 툭, 끊기는 오줌발, 그러나 그 길고 긴 뜨신 끈, 아들은 자꾸 안타까이 따에 붙들어 매려 했을 것이고 아버지는 이제 힘겹게 마저 풀고 있었겠지요. 쉬.
> 쉬! 우주가 참 조용하였겠습니다.
> — 「쉬」 전문(노작문학상 수상작품집 『달북』, 동학사, 2003)

가장 최근에 발표된 이 작품은 『홰치는 산』에 농익게 나타난 사람살이의 재현을 다시 한번 확산하고 구체화하고 있는 시편이다. 가령『홰치는 산』에 실려 있는 「오줌」 연작들에는 "하관을 하고 어허, 달구 마쳤다./야트막한 산, 산세 흘러내리는 대로 따라 내려오니,/산 아래 오니 오줌 마렵다./(아버지!) 붉은 봉분 올려다보며 오줌 눈다,/根 끝, 예까지 흘러내리는 산, 이 길고 긴, 뜨신 끈이여."(「오줌-아버지」)에서처럼, 삶과 죽음을 "길고 긴, 뜨신 끈"으로 연결하는 시인의 상상력이 일관되게 나타나고 있다. "오줌발은, 그 길고 긴 뜨신 끈은 어디까지 닿았을까요"(「오줌-겨울소」)에서처럼 그의 시에 수도 없이 반복되어 나타나는 그 "길고 긴 뜨신 끈"은 물리적으로는 '오줌'을 말하는 것이겠지만, 생과 사, 자아와 타자, 기억과 현실을 잇는 영매(靈媒)적 역할을 하고 있는 것이다.

위의 작품에서 '그'와 '그'의 아버지는 "아흔"이라는 시간을 중심으로, 그리고 "툭, 툭, 끊기는 오줌발"을 중심으로 결속되어 있다. 이미 육신의 기능을 다 소모한 '그'의 아버지가 생전의 어느 날에 '그'의 도움으로 오줌을 누시는 그 풍경을 전해들은 시인은, 그 풍경에 시적인 것을 부여하면서 "우주가 참 조용"했을 거라고 단언한다. 이때 시인이 마지막 행에 배치한 "쉬!"는 방뇨와 침묵을 동시에 독려하는 이중의 몫을 행하는 그야말로 "덩어리째 유장한 말씀"(「달북」, 『달북』)이 아닐 수 없다. 이러한 우주적 동참은, "방울음산이 그걸 다 내려다보고 있습니다."(「오줌-자주감자」, 『홰치는 산』)라든가 "지상에서 생긴 온갖 소리는 저마다 한없이 날아 올라가 먼 우주 어느 캄캄한 자리에 생생하게 고스란히 쌓여있고 또 지금도 계속 쌓여 간다고 합니다."(「밤하늘」, 『홰치는 산』)라는 상상력에서도 잘 드러난다.

또한 이러한 우주적 상상력은 그의 대표작이 되어버린 「채와 북 사이, 동백 진다」(『동강의 높은 새』)에서도 구현되고 있는데, 이 작품의 내용은 「매화」(『꽤치는 산』)에서 미리 선취된 것이기도 하다. 가령 "젓가락 장단으로 아, 뚝 뚝 꺾어낸 억수장대비의 북채로/동백 동백 같은, 늙은 작부의 상처 또한 붉게 씹으리./다시 한 사발, 여자의 과거사를 가득 부어 마시면/지리산, 악산 산 거칠수록 더 여러 굽이 굽이굽이 풀려서/그러나 물이 불어 시퍼렇게 자꾸 깊어가는 섬진 강./저 긴 긴 목울대 치받치며 끄윽 끅 꺾이며 흘러가는 거/보라, 逆鱗 떨며 떨리며 대숲은 섧고/또 섧다 난분분난분분 매화 뿌린다."는 절창을 보라. 여기서도 역시 「채와 북 사이, 동백 진다」의 "지리산/섬진강/소리/북채/매화/동백"의 이미지가 어울려 화창(和唱)하는 장면이 잘 드러난다. 그런가 하면 최근 인도를 갔다 와서 쓴 일련의 인도 시편에서도 시인은 "밤에 인도를 내려다볼 수 있다면 그 사람들의 모닥불은 다름 아닌 지상의 수많은 별이리라. 하늘의 별과 조응해서 족히 한 우주를 이룰 것이라는 생각."(「인도소풍, 나는 아직 수염을 깎지 않았다」, 『시안』, 2004년 봄)을 선보이면서, 우주적 상상력을 지속적으로 내비치고 있다. 여기서 우리는 『꽤치는 산』이 그 상상력의 원형이었음을 자연스럽게 도출할 수 있다.

4 문인수 시학의 근원인 『꽤치는 산』

우리가 보았듯이, 문인수의 시적 동선(動線)은 "터질 듯한 원심력이 그려내는 커다란 空"(「염소」, 『동강의 높은 새』)에 의해 그려진다. 그런가 하면 "내 마음 속으로 가는"(「정선 가는 길」) 구심력에 의해 구성되는 세계이기도 하다. 그래서 그는 길 위를 걸으면서 적극적으로 바깥 세계로 초월하려는 열망을 내비치지 않는다. 또한 어떤 사물에 자기를 직접 이입하면서 상상적인 존재 전이를 꾀하지도 않는다. 그저 그는 무시무종(無始無終)의 시간 속을 흘러가면서, 사물들끼리 서로 부르는 풍경과 미적으로 하나가 되면서, 동시에 내면에서 오래 삭힌 '그리움'이랄까 '비애'랄까 하는 것을 하염없이 바라보는 일관된 집착과 적공을 미덥게 보여주고 있다.

그래서 문인수 시인의 초상은, 빛 바랜 어둑한 비탈과 굴곡에서 그리움과 유랑 벽(癖)을 통해 '젖은 말'을 토해내는 자유인의 그것으로 비친다. 하지만 실존의 깊이를 존중하는 그의 처연한 언어 감각이 그 자체로 존재의 심층을 형이상학적으로 환기하고는 있으되, 일상의 다양한 세목을 감각적으로 붙들지는 못한다고 보인다. 따라서 그는 원초적 비애와 모성적 자연을 휘돌아 다니면서, 다분히 실존적이고 형이상학적인 질문을 간단없이 던지는 시인이다. 그만큼 그의 시는 우리의 눈을 부시게 하지 않고 아득해지게 한다. 이는 우리 근대 서정시가 오래도록 개척해온, 백석(白石) 이래의 '한국적 서정'의 한 뚜렷한 수범 사례(垂範 事例)라 할 것이다.(2004. 6)

그의 귀에 들리는 어스름의 '소리'들

나희덕 시집 『어두워진다는 것』

1

어느 시인이 "언어는 불충족한 소리의 옷"(김광규)이라고 했던 표현을 기억한다. 자신의 몸 깊은 곳에서 웅얼대며 들끓고 있는 '소리'들이 밖으로 새나올 때는 '언어'라는 보잘것없는 남루를 걸쳐야 한다는 것, 그리고 시인 자신은 물론이고 그 '소리'와 소통하려는 모든 이에게 '언어'라는 외재적 형식은 불충분하기 이를 데 없다는 것을 암시한 표현일 것이다. 또한 일정한 문맥과 관습을 거느려야 하는 '언어'는, '소리'의 원형 그대로가 아니라, 필연적으로 일정한 굴절과 변형을 치른 것이라는 뜻도 거기에는 담겨 있을 것이다.

내가 희덕을 말하고자 할 때 빚어지는 거리도 아마 이 '소리'와 '언어' 사이의 그것일 것이다. 그와 나 사이에 적지 않게 흐른 시간들, 그리고 우리 딴에는 엇비슷한 성정과 감각 때문에 불가피하게 공유하게 된 이런저런 풍경들에 대한 내 안의 들끓는 '소리'는 퍽 많다. 그러나 이 좁은 지면에 씌어질 '언어'는 상대적으로 왜소하고 빈약하다. 그 빈약함을 무릅쓰고 나는, 나의 '기억' 속에 있는 그와 그의 시에 대해 이야기한다. 사실 모든 경험 중에서 그나마 '언어'라는 옷을 입을 수 있는 것은 '기억'된 경험밖에는 없을 테니까 말이다. 그래서 그의 네 번째 시집 『어두워진다는 것』(창작과비평사, 2001)을 읽는 것은 그 '기억'에 견주어 시집 곳곳에서 웅얼거리는 '소리'를 채집하는 작업이기도 하다.

2

한동안 그를 만나지 못했다. 대학을 졸업하고 그는 수원에 있는 한 고등학교에 자신의 둥지를 틀었고, 나는 나대로 대학원으로 숨어들었으니까. 그러던 중, 정확히 말하면 80년대가 끝나던 그 해, 희덕은 시인이 되어서 우리 앞에 나타났다. 학창 시절 때부터 우리에게 이미 시인으로 불렸던 그가 달고 온 '시인' 꼬리표는 전혀 낯설거나 엉뚱하지 않았다. 마치 이름표를 잠시 어디다 두고 왔다가 그걸 다시 찾아서 불쑥 나타난 정도에 불과했다. 그래서 우리는 그에게 부러움 없는 축하를 하였고 문운(文運)을 빌었던 것 같다.

그는 교사 생활을 하면서 신춘문예 당선작은 물론 첫 시집의 세계를 완성한다. 그것이 「뿌리에게」(1989)와 『뿌리에게』(1991)이다. 그리고 몇 년을 격하여 『그 말이 잎을 물들였다』(1994), 『그곳이 멀지 않다』(1997)의 시집을 잇따라 펴내는 성실함과 부지런함을 보인다. 많은 이들이 알고 있듯이 그 세계는, 형벌이면서 구원일 수밖에 없는 사랑과 희생, 그리고 세계에 대한 한없는 연민과 헌신이 드러난 이른바 '가이아(Gaia)의 노래'였다. 그것을 일러 평자들은 "모성적 따뜻함"이나 "단정한 기억"으로 가늠했던 것이리라.

그러나 그를 향해 일관되게 쏟아지는 "따뜻함"이나 "단정함" 같은 반복적이고 호의적인 규정 앞에서 그는 한편으로는 안도하면서도 다른 한편으로는 매우 갑갑해했을 것이다. 물론 '따뜻함'과 '단정함'이 서정시의 양보할 수 없는 미덕임에는 틀림없겠지만, 희덕으로서는 자신의 시가 욕망하는 역동적 파문(波紋)이 그 같은 수사 안에 갇히는 것이 적이 고맙고도 억울한 일이었을 것이다.

3

희덕의 시는 '사라짐'으로써 존재의 빛을 남기는 것들에 대한 사랑과 집착, 절제되고 완결성 높은 형식에의 의지, 그리고 '시(포에지)'를 향한 자기 엄격성의 산물이다. 그래서 그의 시에는 세기말의 디스토피아적 징후인 분열과 환각이 없다. 우울과 공포, 광기 같은 것들 또한 여간 찾기 어렵다. 선적 초월이나 해체 전략 같은 전위적 포즈나 과장된 자기 모멸 또한 거의 없다. 그는 그 중 어느 것에도 깃들이지 못하고, 그것들이 설명해낼 수 없는 세계의 비밀스러운 부분을 탐색하고자 하는 시인이다.

그 탐색의 가장 중요한 방법이 바로 귀를 곧추세우고 '사라지는 것들'의 '소리'를 명민하게 탐침(探針)하는 것이다. 실제로 그의 귀는 크지 않지만, 이때 그의 귀가 가지는 품은 여간 큰 게 아니다.

> 흩어진 꽃잎들 어디 먼 데 닿았을 무렵
> 조금은 심심한 얼굴을 하고 있는 그 복숭아나무 그늘에서
> 가만히 들었습니다 저녁이 오는 소리를
> ―「그 복숭아나무 곁으로」 중에서

요컨대 희덕의 시는 '저녁'의 시다. 새벽녘이나 한밤중보다는 해질녘 어스름의 때가 그의 시를 둘러싸고 있는 더없이 확실한 배경이다. 희덕에게는 바로 그 일몰 무렵이 자신 안에서 숨죽이고 있던 기억들이 가장 생동감을 얻는 시간이고, 모든 존재가 자기 자리로 돌아가는 모습을 목도할 수 있는 시간이다. 시 「어두워진다는 것」은, 그 '일몰 무렵'이 사물들이 자신들의 감각적 현존마저 버린 채 모두 제자리로 돌아가는 때임을 말하고 있다. 그때 "몸을 비추던 햇살이/불현듯 그 온기를 거두어가"고, "멀리서 수원은사시나무 한그루가 쓰러지고/나무 껍질이 시들기 시작"한다. "시든 손등이 더는 보이지 않게 되"면서 말이다.

그런데 그에게 황혼녘은 노을의 눈부심이나 땅거미의 어두움으로 오는 것이 아니라 희미하게 자신의 존재를 알리는 '소리'의 형식으로 온다. 그에게는 '어두워진다는 것'조차 청각적(auditory)인 것이다. 그래서 자기 자신은 "저녁이 오는 소리를" 가만히 듣고 있고, "밖은 半씀씩 어두워"(「음계와 계단」)지는 것이다.

> 무언가 짧게 타는 소리 같기도 하고
> 웃음소리 같기도 하고 박수소리 같기도 한

> 그 소리들은 무슨 냄새처럼 나를 숲으로 불러들인다
> 그러나 어둠으로 꽉 찬 가을숲에서
> 밤새 제 열매를 던지고 있는 그의 얼굴을
> 끝내 보지 않아도 좋으리
> 그가 던진 둥근 말 몇개가
> 걸어가던 내 복숭아뼈쯤에…… 탁…… 굴러와 박혔으니
> ──「저 숲에 누가 있다」 중에서

숲이 내지르는 '소리'들을 "그가 던진 둥근 말 몇개"로 읽고 있는 희덕은 바로 그때 "검은 숲에서 이따금 들려오는 말소리,/나는 그제서야 알게도 된다"고 말하고 있다. 모든 사물의 움직임을 '소리'의 파문을 통해 파악하고 이해하고 규정하는 이 청각 편향은 시집 도처에서 보인다. 아예 「소리들」이라는 제목을 달고 있는 작품에서는 "구름/지붕/어느 모녀/흙/계곡물/송아지/마른 꽃대들"이 내는 "소리들만 이야기하고" "아무도 말하지 않"을 정도이니까 말이다. 그 무수하게 일렁이는 '소리'들은 '고요함'을 달리 표현한 일종의 반어이겠지만, 그는 그것조차 "소리들로 하염없이 붐비는" 풍경으로 그리고 있다.

이렇듯 희덕이 남다르게, 가만히, 우두커니, 오랫동안 듣고 있는 소리는 그밖에도 많이 있다.

> 오늘도 무슨 몰약처럼 밤비가 내려
> 시들어가는 몸을 씻어내리니
> 달게 와닿는 빗방울마다
> 너무 많은 소리들이 숨쉬고 있다
> ──「몰약처럼 비는 내리고」 중에서

> 小滿 지나면 들리는 소리
> 초록이 물비린내 풍기며 중얼거리는 소리

누가 내 발등을 덮어다오
이 부끄러운 발등을 좀 덮어다오

— 「小滿」 중에서

며칠 전부터 비닐봉지 속에서 무슨 소리 들린다
그 속에 누가 갇혀 있는가
검은 살을 찢고 나오려는 푸른 가시들

— 「탱자」 중에서

언제나 나이보다 웃자란 듯한 모습을 보여 우리를 가끔 경이롭게 하곤 했던 희덕은 이처럼 누구보다 예민한 "울음의 감별사"(「이 복도에서는」)로서의 감각을 가졌다. 그에게는 늘 "눈발 날리는 소리를 그렇게 간절히도 듣던 귀가 있었"(「눈은 그가 떠난 줄도 모르고」)던 것이다. 그가 봄의 생기를 "새로 햇빛을 받은 말들" "따뜻한 물 속에 녹기 시작한 말들" "아지랑이처럼/물 오른 말"(「이따금 봄이 찾아와」)로 파악하는 것은 그래서 하나도 어색하지 않다. 이처럼 민감한 감각이야 나로서는 부럽기 짝이 없는 것이지만, 역설적으로 그는 남이 못 가진 그 예민함 때문에 언제나 뒤척이고 출렁이고 있다.

4

따라서 이번 시집은 예의 그 '따뜻함'과 '단정함'을 기조로 한 "소리가 남긴 기억"(「축음기의 역사」)의 세계이다. 물론 그 '기억'의 내용은 고단한 삶이 가져다준 '상처'요 '통증'일 것이다. 그래서 그는

"소리를 기록할 수 있다고 믿게 된 때"를 "상처를 반복할 수 있다
고 생각한 그 때"로 생각하고, 그 "소리가 태어난 침묵 속으로"(「축
음기의 역사」)는 결코 돌아갈 수 없음을 안타까워하는 것이다.

> 나를 처음으로 뚫고 지나갔던 바늘 끝,
> 이 씨앗과 꽃잎과 물결과 구름은
> 그 통증을 지금도 기억하고 있다 기다리고 있다
>
> 형겊의 이편과 저편, 건너가면
> 다시 돌아올 수 없는 언어들로 나를 완성해다오
> 오래 전 나를 수놓다가 사라진 이여
>
> —「오래된 수틀」 중에서

그 '통증'의 구체적 내력이 시의 문면에 산문적으로 드러나는 것은
희덕에게는 좀처럼 없는 일이다. 역설적으로 말해서, 그가 간직하고
있는 '통증'의 기억이 결국 그의 오래된 기다림을 완성하고 있을 뿐
이다. 그가 암시적으로 말하고 있는 "환한 상처"(「上弦」)는 그래서 그
'상처'가 극복된 밝은 상태가 아니라, '상처'와 '통증' 자체가 고스
란히 자신의 육체 안에서 빛을 내고 있는 상태를 말하는 것이다.

그 "오랜 허기"(「허락된 과식」)는 "그 여러 겹의 마음을 읽는 데 참
오래 걸렸습니다"(「그 복숭아나무 곁으로」)나 "그를 오래 보고 있으면/
조금씩 피가 식고 눈은 밝아"(「한그루 의자」)진다는 말에서, 그리고
"이미 오랜 길을 걸어 저기 당도했을"(「흰 광목빛」) 부부를 이야기할
때나 창을 "오래오래 들여다"(「불 켜진 창」)볼 때에, "얼마나 오래 꿈
을 꾼 것일까"(「돌베개의 꿈」)라고 말할 때나 "내 말이 네게로 흐르지
못한 지 오래 되었다"(「이따금 봄이 찾아와」)는 표현에 두루두루 걸쳐

있는 그의 일관된 시간 감각을 말해주고 있다.

그만큼 희덕은 시간의 단조로운 축적인 그 '오래됨'을 자연스럽게 삶의 이치에 이르는 방법으로 받아들이고 있고, 그 오래된 시간 속에서 '통증'과 '상처'가 곰삭은 채로 빛나고 있는 것이 바로 그의 시이다. 이처럼 '통증'과 '상처'는 그에게 극복과 치유의 대상이 아니라 숙명적으로 동서(同棲)할 수밖에 없는 생애의 식솔들이다.

5

내가 아는 희덕은 그만큼 감성적일 때보다는 논리적일 때, 그리고 자기 표현적일 때보다는 자기 반성적일 때 더욱 투명하고 깊은 사람이다. 뜯어보면 놀랄 만한 논리적 구성으로 짜여진 형식과 작품마다 적절하게 배치되고 있는 반성적 거리가 그의 시적 국량(局量)을 구체적으로 길어내는 숨은 힘이다. 그래서 외부를 향한 절규나 질타보다는 스스로를 향한 반성적 거리를 시 속에서 둘 때, 실은 가장 나희덕다운 세계가 펼쳐지는 것이다.

그 논리적이고 반성적인 감각은, 모순율에 빠져 있는 양가적 가치에 대한 아슬아슬한 균형을 그의 시에 부여한다. 어느 한편에 일방적으로 귀속되지 못하고 그 '사이'를 우두커니 하염없이 오래도록 거니는 균형에 대한 의지가 그의 시를 모나지 않게 하고, 비교적 인생론적 답안에 가깝게 하고, 몇몇 이들에게 단조로움을 주기도 하고, 저항하기 어려운 흡인력과 호소력을 주기도 한다.

해질 무렵 해미읍성에 가시거든
당신은 성문 밖에 말을 잠시 매어 두고
고요히 걸어 들어가 두 그루 나무를 찾아보실 일입니다
가시 돋힌 탱자울타리를 따라가면
먼저 저녁해를 받고 있는 회화나무가 보일 것입니다
아직 서 있으나 시커멓게 말라버린 그 나무에는
밧줄과 사슬의 흔적이 깊이 남아 있고
수천의 비명이 크고 작은 옹이로 박혀 있을 것입니다
나무가 몸을 베푸는 방식이 많기도 하지만 하필
형틀의 운명을 타고난 그 회화나무,
어찌 그가 눈 멀고 귀 멀지 않을 수 있었겠습니까
당신의 손끝은 그 상처를 아프게 만질 것입니다
그러나 당신은 더 걸어가 또다른 나무를 만나보실 일입니다
옛 동헌 앞에 심겨진 아름드리 느티나무,
그 드물게 넓고 서늘한 그늘 아래서 사람들은
회화나무를 잊은 듯 웃고 있을 것이고
당신은 말없이 앉아 나뭇잎만 헤아리다 일어서겠지요
허나 당신, 성문 밖으로 혼자 걸어나오며
단 한번만 회화나무 쪽을 천천히 바라보십시오
그 부러진 나뭇가지를 한번도 떠난 일 없는 어둠을요
그늘과 형틀이 이리도 멀고 가까운데
당신께 제가 드릴 것은 그 어둠뿐이라는 것을요
언젠가 해미읍성에 가시거든
회화나무와 느티나무 사이를 걸어보실 일입니다

— 「해미읍성에 가시거든」 전문

역시 "해질 무렵"에 도착한—이는 "해 저문 겨울날/너무 늦게 그
에게 놀러간다"(「너무 늦게 그에게 놀러간다」)와도 관련된다—해미읍성
에서 그가 바라보는 것은 일차적으로 회화나무의 그늘진 운명이다.

형틀로 쓰이곤 했던 그 나무에서 시인이 "수천의 비명이 크고 작은 옹이로 박"힌 흔적을 읽는 것은 이미 익숙한 것이다. 그러나 훤칠한 느티나무의 그늘 아래서 "단 한번만" 회화나무 쪽으로 걸어가서 그 회화나무의 상처와 어둠을 바라보고, 회화나무와 느티나무의 '사이' 를 걸어가보라는 권고는 "흰꽃과 분홍꽃 사이에 수천의 빛깔이 있"(「그 복숭아나무 곁으로」)는 것처럼 무수한 생의 가능성을 놓치지 않으려는 그의 남다른 균형 감각을 보여주기에 족하다.

시쳇말로 '외우(畏友)'라는 표현이 있거니와, 나는 희덕이 줄곧 우리에게 보이는 그 철저한 균형 의지와 반성적 거리가 늘 부럽고 두렵다[畏]. 정면에서 눈부시게 빛나는 '햇살'을 노래할 때라도 자신의 몸 때문에 생겨날 '그늘'까지 잊는 법이 없는 그는 언제나 그렇듯, 시와 삶이 틈새가 벌어지지 않은 단단한 하나의 껍질을 두르고 있다. 에덴보육원의 조숙했던 한 여자아이가 이제는 늙수그레한 표정과 어법을 지닌 시인이 되기까지, 그 '햇살'과 '그늘' 사이의 균형은 그를 어느 것에도 치우치지 않게 하는 정신적 기율이었을 것이다.

그는 머뭇대며 이렇게 말한 바 있다.

> "내 속에 타자들이 있다"고 말하는 주체보다는 내 속의 타자들로 하여금 스스로 말하도록 했어야 하지 않을까. 내 시에 대해 지나치게 단정하고 규범적인 틀을 가지고 있다고 하는 지적은 이런 점과 무관하지 않을 것이다. (…) 자기가 말하고자 하는 내용 사이로 타자의 목소리가 끊임없이 끼여드는 혼합과 교체의 언어가 여성적 언어라고 한다면, 내 시는 대체로 단일한 서정적 자아의 목소리가 비교적 정연하게 드러나는 편이었다.

그가 걱정하는 것처럼 "단일한 서정적 자아"의 고전적 감각과 어법은 이번 시집에서도 지속적으로 관철되고 있다. 그러나 앞으로 희덕의 시는 바로 그 '단일한 서정적 자아'에 대한 결별 의지와 그에 대한 운명적 귀속성 사이에서 깊이 갈등하며 펼쳐질 것이다.

6

나는 이 글의 허두에서 시를 "불충족한 소리의 옷"으로 노래한 어느 시인의 표현을 환기했거니와, 희덕은 자신의 "불충족한 소리의 옷"으로도 이만한 옷장을 마련했다. 거기서 그는 자신의 고통스런 분신들을 낳고 기른다. "울음"과 "완강한 침묵"으로 양육한 그 식구들을!

때로는 부서진 나비 날개나 모기 다리를
건져 올리며 까맣게 늙어가는 동안
울음도 함께 늙어 말수가 줄어드는 것일까
나는 내 울음이 누구에게도 들리지 않게 되었다는 걸 안다
　　　　　　　　　　　　　　　—「거미에 씌다」 중에서

숲은 얼마나 오래 웅웅거리는 벌떼들을 키워온 것일까
아주 먼 데서 온 바람이 숲을 건드리자
숨죽이고 있던 모래알갱이들까지 우우 일어나 몰려다닌다
저기 거북의 등처럼 낮게 엎드린 잿빛 바위,
그 완강한 침묵조차 남겨두지 않겠다는 듯 숲은 출렁거린다
　　　　　　　　　　　　　　　—「해일」 중에서

"울음마다에는 병아리 깃털 같은 결이 있어서"(「이 복도에서는」) 그

는 그 울음을 미세하게 읽어내고 감별하고 수용한다. 그 같은 감별의 비밀은, 두 말할 것 없이 재능이 아니라 모든 사물을 향해 열려 있는 그의 감각과 사랑에 있다. 그는 스스로 "소멸해가는 존재들에 대한 경사"라고 할 정도로, 시들고 이울고 지고 사라지는 소멸 지향의 동사군(群)을 우리에게 구경시킨다. 그가 어떤 꽃에서 "모든 소용이 다한 뒤에 찾아오는 하나의 절정을 보"(『반통의 물』 24쪽)는 것 또한 마찬가지다. 그 절정의 황홀한 순간을 그는 "神도 이렇게 들키는 때"(「上弦」) 혹은 "내가/하늘의 한 페이지를 훔쳤다는 걸"(「일곱 살 때의 독서」)이라고 표현하고 있다.

이제 희덕은 자신의 시 안에서 엷게 퍼지고 있는 피로와 고단함을 굳이 숨기지 않는다. 삶을 향한 그 안간힘, 머뭇거림, 우두커니서 있음 등이 그의 시가 탄생하는 실질적인 자궁이다. 그래서 그의 시는 신비주의에 기울지 않으면서도 충분히 비의적(秘義的)이고, 자책이나 자조의 음향을 띠지 않으면서도 충분히 성찰적인 것이다.

7

희덕은 이 시집에 실린 시를 쓰는 동안 한시도 삶의 무거운 짐을 부려놓은 적이 없다. 내가 아는 한, 그는 삶에 허덕였고, 뒤늦게 뛰어든 만학에도 새로 시작한 대학 강의에도 늘 쫓겼으며, 생활의 깊은 주름 속에서도 새로운 시의 지평을 열기 위해 누구보다도 바쁘고 숨가쁘게 살았다. 그 엄청난 삶의 무게에도 휘어진 등이나 그늘진 얼굴을 그는 내게 비친 적이 없다. 정말 희한한 일이다. 그게 억지가 아니라 그저 자연스럽게 된다는 것이.

그러나 그 고통들이 시에서까지 빠져나가지는 못하나 보다. 밖으로 발설하기 어려운 그 힘겨움의 '소리'들이 시집 곳곳에 가볍지 않은 무게로 담겨 있으니까 말이다(「지푸라기 허공」, 「月蝕」, 「사과밭을 지나며」, 「도끼를 위한 달」, 「이 복도에서는」).

나는 이번 시집을 읽으면서, 어느 작품을 인용해도 좋을 것 같은, 그의 시편이 가지는 놀랄 만한 균질성을 다시 한 번 확인하였다. 그러나 소재와 전언은 매우 다채롭다. 내가 읽은 것은 다만 '소리'를 중심으로 시집을 일괄한 데 불과한 것이다. 희덕은 나의 이 왜소한 '언어'가 드러내지 못한 '소리'를 스스로 듣고 있을 것이다.

이 시대의 새로운 신(神)인 '자본'과 맞서는, 또는 그것과는 전혀 다른 삶의 방식을 보여줄 수 있는 마지막 보루가 '시'라고 그나 나나 생각하고 있다. 그가 시인으로서, 판관이나 선지자로서보다는 사라지는 것들을 깨어서 지키고 보살피는 파수꾼이나 불침번에 가까워 보이는 까닭도 거기에 있을 것이다. 그 길은 분명 많은 시간을 견디고 기다려야 하는 방법이다. 그 고단함과 기다림으로, 상처와 통증으로, 희덕은 앞으로도 오래 뒤척이고 출렁거릴 것이다. 그 뒤척임과 출렁거림이 누구와도 닮지 않은 그만의 시인으로서의 존재론적 표지이니까.

할 수만 있다면 나는, 그가 세상이 내지르는 깊은 '소리'들을 오랫동안 듣고 노래하는 모습을 오래도록 지켜보고 싶다. 나의 외우여, 그럴 수 있지 않겠는가.(2001. 4)

어둠의 순간에서 발화하는 기억의 형식들

문태준의 근작들

1 '경험적 시간'과 '시적 시간'의 충실한 결속

문태준 시인은, 우리 감각으로 말하면, 80년대의 끝자락에 대학에 들어온 '꿈나무'이자 '신세대'에 속한다. 이제 그 연배들도, 혹심한 전환기였던 자신의 젊은 날들을, 강렬한 현재적 흐름이 아닌 일종의 '기억'의 언어로 갈무리할 시점에 이른 듯하다. 아닌 게 아니라, 그의 시를 조금이라도 읽어본 사람이라면, 그의 시가 유년 시절에 대한, 그리고 우리가 무심코 흘깃 지나칠 법한 소소한 풍경에 대한, 남다른 '기억'에 의존하고 있음을 어렵지 않게 알아차릴 수 있다. 그리고 이때 '기억'이 대부분 아스라한 그리움과 따듯한 비애에 의해 감싸져 있음을 알게 된다. 다시 말하면 지금까지의 문태준 시학은, '경험적 시간'과 그것을 형식화한 '시적 시간' 사이에 큰 등차(等差)를 두지 않고, 개개의 시편이 '기억'에 의해 충실하게 결속되게끔 해왔던 세계라고 할 수 있을 것이다.

여기서 우리가 지칭하고 있는 '기억'은, 나날의 일상을 규율하고 관장하는 합리적인 운동 형식이 아니다. 차라리 그것은 마치 고고학자의 시선처럼, 현재의 지층 속에 화석의 형식으로나 있을 법한 과거의 풍경을 재현해내고 그때의 한 순간을 정서적으로 구성해내는 어떤 힘을 뜻한다. 그래서 '기억'이란 동일성의 감각에 의해 발원되고 구축되는 시적 언어의 한 구성 원리가 된다. 우리가 '기억(회감)'의 원리가 서정시의 핵심이라는 슈타이거(E. Staiger)의 말을 이 순간만은 긍정하지 않을 수 없는 까닭도, 문태준 시 같은 엄연한 사례들이 우리 시단에 존재하기 때문일 것이다.

이처럼 문태준 시는, 현재적이고 주체 중심적인 근대 시학 혹은 서구적 원근법과는 달리, '기억' 속의 풍경과 정서에 대해 민감하게 반응하고 그것을 채록하는 방식을 취하고 있다. 이 같은 방식은, 그 자체로 이미 하나의 시적 상황을 이루면서, 때로는 풍경 자체가 스스로를 드러내는 방식으로 나타나기도 하고, 때로는 주체와 풍경의 관계가 아스라한 그리움의 힘으로 인화되어 나타나는 형식을 취하기도 한다. 이처럼 '기억' 속에서 풍경과 정서가 잘 어우러지는 한 순간을 적극적으로 자신의 시 안으로 끌어들이고 있는 문태준 시는, 우리들 삶이 간직하고 있는 복합성의 심연을 응시하면서, 동시에 풍경과 주체 사이의 긴장 안에서 '시적인 것'을 완성해내고 있다.

결국 그는 사물을 해석하고 형상화하는 과정에서 사물의 이면에 존재하는 오랜 시간의 파동을 세밀하게 포착하여, 그것을 순간적인

'기억'의 형식으로 복원해내고 있는 시인이다. 이것이 문태준이 우리에게 보여준 근작(近作)들의 한결 같은 기율이라 할 것이다. 이 길지 않은 글은, 이 같은 시학적 속성을 꾸준하고도 견결하게 유지해온 문태준의 시세계를, 최근 그가 펴낸『맨발』(창비, 2004)에 실린 몇몇 가작(佳作)들을 통해 살피려는 작은 시도에 불과하다.

2 어두워지는 때, 존재로의 귀환

문태준의 두 번째 시집『맨발』은 첫 시집『수런거리는 뒤란』(창작과비평사, 2000)의 충실한 연장선에 있다. '기억'에 바탕을 두면서 삶의 따듯한 원형을 매우 치밀하고도 정제된 화폭으로 그려냈던 첫 시집의 세계는 이번 시집에서 더욱 모성적이고 크낙한 품으로 재현되고 있는 것이다. 물론 여기서 '재현(再現)'이라는 말이 답보나 정체를 의미하는 것이 아님은『맨발』의 숙성도가 스스로 증명하고 있거니와, 따라서 그 세계는 지속적 심화의 결실을 얻었다고 해야 할 것이다.

문태준은 이번 시집에서도, 우리가 세계내적 존재로서 다른 사람들 혹은 사물들과 상호 의존적 연관성을 맺고 살아감을 증언한다. 그 필연적이고도 내적인 연관성이 초래하는 눈부신 순간과 슬픔의 힘, 그 깊이와 역동성을 암시하고 있는 그의 시편들은, 우리로 하여금 삶의 복합성과 신비로움을 지속적으로 경험케 한다. 또한 그의 시는 주체의 자기 표현 욕망을 한결같이 경계하면서, 사물과 그 안에 담긴 시간을 동시에 드러내는 이중적 소묘(素描)의 기법을 취하고 있는데, 이 또한 풍경들로 하여금 스스로 시간을 품고 살아가는 존재라는 사실을 보여주는 데 기여하고 있다. 하지만 시간의 흐름과 소멸의 간단없는 반복을 암시해주는 이 같은 풍경의 재현이, 오로지 시적으로 재구성되는 인위적 공간만은 아니다. 그것은 시인의 '기억' 속에 존재하는(지금은 존재하지 않는) 여지없는 실체이며, 동시에 상상적인(어느 순간 선명한 실체였던) 유추의 산물이기도 하기 때문이다. 이러한 실재와 상상의 균형적 태도가 바로 그로 하여금 '시적인 것'을 구성해내는 '기억'의 원리를 이끌어내게끔 하는 근원적인 힘인 것이다.

가령 『맨발』에서 시인은 "가난한 애비를 둔 식구들처럼/무리에는 볼이 튼 어린 새도 있었다/어두워지자 팽나무는 제 식구들을 데리고 사라졌다"(「팽나무 식구」)는 빼어난 묘사를 보여주고 있다. 이 인상적인 삽화는 그가 어두워지는 순간의 아름다움을 시적으로 잡아내고 형상화하여, 그때 존재들을 자신의 위치로 귀환케 하는 시적 상상과 구성을 얼마나 충실하게 하고 있는지를 선명하게 보여준다. 나아가 이번 노작문학상 수상작인 「어두워지는 순간」은 이러한 그의 태도와 시선을 가장 밀도있게 드러낸 뜻 깊은 실례라 할 것이다.

> 어두워지는 순간에는 사람도 있고 돌도 있고 풀도 있고 흙덩이도 있고 꽃도 있어서 다 기록할 수 없네
> 어두워지는 것은 바람이 불고 불어와서 문에 문구멍을 내는 것보다 더 오래여서 기록할 수가 없네
> 어두워지는 것은 하늘에 누군가 있어 버무린다는 느낌,
> 오래오래 전의 시간과 방금의 시간과 지금의 시간을 버무린다는 느낌,

사람과 돌과 풀과 흙덩이와 꽃을 한 사발에 넣어 부드럽게 때로
억세게 버무린다는 느낌,
어두워지는 것은 그래서 까무룩하게 잊었던 게 살아나고 구중중
하던 게 빛깔을 잊어버리는 아주 황홀한 것,
오늘은 어머니가 서당골로 산미나리를 얻으러 간 사이 어두워지
려 하는데
어두워지려는 때에는 개도 있고, 멧새도 있고, 아카시아 흰 꽃도
있고, 호미도 있고, 마당에 서 있는 나도 있고…… 그 모든 게 있어
서 나는 기록할 수 없네
개는 늑대처럼 오래 울고, 멧새는 여울처럼 울고, 아카시아 흰 꽃
은 쌀밥덩어리처럼 매달려 있고, 호미는 밭에서 돌아와 감나무 가지
에 걸려 있고, 마당에 선 나는 죽은 갈치처럼 어디에라도 영원히 눕
고 싶고…… 그 모든 게 달리 있어서 나는 기록할 수 없네
개는 다른 개의 배에서 머무르다 태어나서 성장하다 지금은 새끼
를 밴 개이고, 멧새는 좁쌀처럼 울다가 조약돌처럼 울다가 지금은
여울처럼 우는 멧새이고, 아카시아 흰 꽃은 여러 날 찬밥을 푹 쪄서
흰 천에 쏟아놓은 아카시아 흰 꽃이고…… 그 모든 게 이력이 있어
서 나는 기록할 수 없네
오늘은 어머니가 서당골로 산미나리를 베러 간 사이 어두워지려
하는데
이상하지, 오늘은 어머니가 이것들을 다 버무려서
서당골에서 내려오면서 개도 멧새도 아카시아 흰 꽃도 호미도 마
당에 선 나도 한 사발에 넣고 다 버무려서, 그 모든 시간들도 한꺼
번에 다 버무려서
어머니가 옆구리에 산미나리를 쩌 안고 집으로 돌아왔을 때 세상
이 다 어두워졌네

— 「어두워지는 순간」 전문

그가 노래하는 "어두워지는 순간"은 언제일까. 물론 그때는 '어두
운 다음'도 아니고 '어둡기 전'도 아니다. 다만 밝음의 기운이 서서

히 소멸하면서 어둠의 기운이 점증(漸增)하는 그 찰나의 지점을 포괄적으로 암시할 뿐이다. 그때 시인은 "사람도 있고 돌도 있고 풀도 있고 흙덩이도 있고 꽃도 있"다는 사실을 비로소 발견하게 된다. 하지만 그것들은 "다 기록할 수 없"는 것들이다. "어두워지는 것은 바람이 불고 불어와서 문에 문구멍을 내는 것보다 더 오래"인 때이기 때문이다. 그러니 자연스럽게 언어("기록")는 무력해지고 "어두워지는 것은 하늘에 누군가 있어 버무린다는 느낌"만을 언어 너머로 가져오게 되는 것이다. 그리고 "오래오래 전의 시간과 방금의 시간과 지금의 시간을 버무린다는 느낌"이나 "사람과 돌과 풀과 흙덩이와 꽃을 한 사발에 넣어 부드럽게 때로 억세게 버무린다는 느낌"도 자연스럽게 따라온다. 이 "사람/돌/풀/흙덩이"의 가시적 연쇄는 시의 후반부에서 "개/멧새/아카시아 흰 꽃/호미/마당에 선 나"의 연쇄로 이어지면서 '버무림'이라는 혼돈과 신비의 운동의 대상이 되고 있다. 그래서 이 '버무림'의 상상력은, "하늘에 누군가 있어" 행하는 것이기 때문에, "까무룩하게 잊었던 게 살아나고 구중중하던 게 빛깔을 잊어버리는 아주 황홀한 것"이기도 하다.

시인은 거듭 거듭 "기록할 수 없네"를 연발한다. "개/멧새/아카시아 흰 꽃/호미/마당에 선 나"가 모두 "이력이 있어서 나는 기록할 수 없"다는 것이다. 그 순간 시인은 '어머니'가 "서당골로 산미나리를 베러 간 사이 어두워지려 하는데" "어머니가 이것들을 다 버무려서/서당골에서 내려오면서 개도 멧새도 아카시아 흰 꽃도 호미도 마당에 선 나도 한 사발에 넣고 다 버무"리는 장면을 오버랩 시킨다. 이처럼 '어두워지는 순간'에 그야말로 뭇 사물들이 버무려지는 황홀한 순간을 노래한 시인은, "그 모든 시간들도 한꺼번에 다 버무려서/어머니가 옆구리에 산미나리를 쪄 안고 집으로 돌아왔을 때”
는 이미 “세상이 다 어두워졌”다고 시를 매듭짓고 있다. 결국 어두
움은 ‘순간’ 속에서만 풍경들의 육체를 인화해준 것이다. 물론 그
‘순간’은, 시인이 ‘기억’을 통해서 사물들을 불러낸 시간을 시적으로
비유한 것이다.

이처럼 “어둠의 귀를 터”(「저녁에 대해 여럿이 말하다」)주는 시인의
태도와 시선은, ‘저녁’의 그 순간이야말로 존재자가 존재로 귀환하
는 시간임을 증언하면서, 동시에 “쓸쓸함이 머물다 가는 모습은 저
런 것일까요/산그림자가 서서히 따오기의 발목을 흥건하게 적시는
저녁이었습니다”(「따오기」)라든가 “저녁에/조금씩 바깥으로 흘려보내
는 것들을 보는 일은 참으로 슬픈 일”(「저녁에 섬을 보다」)이라는 적실
한 표현을 이끌어낸다. 시인의 생각에 모든 존재자의 쓸쓸하고도 눈
부신 빛은 “세상에서 가장 낮은 저녁빛이 살고 있고”(「역전 이발」) 있
는 곳에만 깃들이기 때문이다.

3 ‘그리움’의 형식이 갖는 따듯함과 서늘함

원래 ‘기억’이란 주체의 창조적·조절적 기능의 일환으로, 통일되
고 일관된 주체의 사유 구조를 드러내는 기능을 떠맡는다. 또 ‘기
억’을 거치지 않고는 시간 속에 잠겨 있는 사물의 형식을 경험적으
로 회복할 수 없기도 하다. 이 점에서 문태준의 시는 ‘기억’을 통해
주체를 회복하려는 욕망과, ‘기억’ 속에 각인되어 있는 사라진 풍경

들을 현재적 삶에서 회복하려는 열망을 동시에 숨기고 있다고 할 수 있다. 바슐라르(G. Bachelard)가 말하는 '상상력의 착색' 또는 '우주적 기억'이 이러한 경우에 해당될 터인데, 문태준의 시는 이러한 시적 상상력의 기율을 보여주는 대표적 예에 속할 것이다. 물론 그 상상력은 열망에서 움트는 것이기 때문에 궁극적인 결핍 혹은 근원적인 그리움의 형식을 예비하게 마련이다.

> 산모롱이 한 굽이 돌아 당신을 만나러 간다. 당신의 희미하고 둥근 눈썹을 예전에 내가 어루만지기나 하듯이 꺼져가는 달을 어루만지는 허공, 저렇게 오래 배웅하는 것도 큰 상처가 될 것이다. 잠깐 눈발은 그쳐 있다. 산새가 다시 운다. 울음이 성성하다. 나와 당신 사이에 싸락눈에 묻힐 산모롱이가 한 굽이 있다.
>
> ― 「산모롱이 저편」 전문

시인이 만나러 가는 "산모롱이 한 굽이 돌아" 있는 "당신"은 "희미하고 둥근 눈썹을" 가진 존재이다. 그리고 그의 눈썹을 어루만지듯이 "꺼져가는 달을" "허공"이 어루만지고 있다. 이처럼 '어루만짐'이 헤어짐의 직전에 있는 배웅의 순간이라고 시인은 노래한다. 그래서 저리도 "오래 배웅하는 것도 큰 상처가 될 것"임을 읽는다. "잠깐 눈발은 그쳐 있"는 풍경 속에서 "산새"는 성성한 울음을 울고, 시인은 "나와 당신 사이에"는 여전히 "싸락눈에 묻힐 산모롱이가 한 굽이 있다"고 생각한다. 이 단단하고도 연속적인 생각 속에는 존재의 궁극에 다다를 수 없다는, 그리고 그 존재를 향하여 부단히 움직일 수밖에 없다는 '그리움'의 언어가 깃들인다. 이는 "문득 멈추어 돌이끼로 편, 물이 그리워하는 소리를"(「여울」) 듣는 시인의 모

습에도 이어지는데, 이 '그리움'의 시학은 『맨발』의 끝에 실려 있는
작품을 읽어보면 다시 확인된다.

그립다는 것은 당신이 조개처럼 아주 천천히 뻘흙을 토해내고 있
다는 말

그립다는 것은 당신이 언젠가 돌로 풀을 눌러놓았었다는 얘기

그 풀들이 돌을 슬쩍슬쩍 밀어올리고 있다는 얘기

풀들이 물컹물컹하게 자라나고 있다는 얘기
— 「뻘 같은 그리움」 전문

"그립다는 것은 당신이 조개처럼 아주 천천히 뻘흙을 토해내고
있다는 말"이라는 잠언(箴言)적 표현은 이제 문태준 시에서 전혀 낯
설지 않다. 이때 "그립다는 것은" 무엇일까. 물론 그것은 다가갈 수
없는 존재에 대한 끊임없는 열망의 형식일 것이다. 가령 "당신이 언
젠가 돌로 풀을 눌러놓았었다는 얘기"나 "그 풀들이 돌을 슬쩍슬쩍
밀어올리고 있다는 얘기"나 "풀들이 물컹물컹하게 자라나고 있다는
얘기" 같은 이야기들의 병치는, "그립다는 것은 빈 의자에 앉는 일/
붉은 꽃잎처럼 앉았다 차마 비워두는 일"(「꽃 진 자리에」)이라는 표현
과도 이어지면서, 그 '그리움'이 만남과 헤어짐의 표층성이라든가
인간 행복에 대한 물리적 근시성(近視性)을 넘어서는 어떤 것임을 끝
없이 암시한다.
이런 우주적 스케일을 통한 근원적 결핍의 긍정은, 가령 "목련화
가 하늘궁전을 지어놓았다/궁전에는 낮밤 음악이 냇물처럼 흘러나

오고/사람들은 생사 없이 돌옷을 입고 평화롭다"(「하늘궁전」) 같은 관
조와 침잠의 시선으로 이어지면서 앞으로 문태준 시학의 권역이 확
장될 것임을 알려주고 있다.

낮잠에서 깨어나면
나는 꽃을 보내고 남은 나무가 된다

혼(魂)이 이렇게 하루에도 몇 번
낯선 곳에 혼자 남겨질 때가 있으니

오늘도 뒷걸음 뒷걸음치는 겁 많은 노루꿈을 꾸었다

꿈은, 멀어져가는 낮꿈은
친정 왔다 돌아가는 눈물 많은 누이 같다

낮잠에서 깨어나 나는 찬물로 입을 한번 헹구고
주먹을 꼭 쥐어보며 아득히 먼 넝쿨에 산다는 산꿩 우는 소리 듣는다

오후는 속이 빈 나무처럼 서 있다

— 「짧은 낮잠」 전문

"낮잠에서 깨어"난 "꽃을 보내고 남은 나무"는 곧 "혼(魂)이 이렇
게 하루에도 몇 번/낯선 곳에 혼자 남겨질 때"를 맞이한다. "오늘도
뒷걸음 뒷걸음치는 겁 많은 노루꿈"이었던 그 "짧은 낮잠" 속에서
시인은 "아득히 먼 넝쿨에 산다는 산꿩 우는 소리 듣는다". 이때 시
인은 "속이 빈 나무처럼 서 있"는 자신을 발견하게 되는데, 그 '남
겨짐/들음/비움'의 형식들이야말로 앞서 말한 '그리움'의 자세와 궁

극적 등가를 이룬다. 꿈속에서 순간적으로 발견하는 이 같은 충만한 사물들과 비어 있는 주체는 모두 문태준 시학의 변함없는 식솔들이다. 그의 이 같은 태도는 "제 몸으로 빚은 열매가 파리하게 말라가는 걸 지켜보았을 나무"(「팥배나무」)로 나타나기도 하고, "저 멀리서 밀려오는 산그림자를 마중 나가본 지도./산그림자에 장지문을 걸어 잠그는 마음의 곳집에 가본 지도"(「봄날 지나쳐간 산집」) 오래되었다는 삶의 방식에서도 그대로 나타나고 있는 것이다.

결국 문태준의 시는, 이처럼 따듯하게 기억의 지층에 묻혀 있거나 어둠의 순간으로 상징되는 아스라한 그리움의 영역에 유폐되어 있을 법한 이야기들을 복원하여, 감각적 실재를 넘어선 어떤 근원적 권역을 어루만지는 힘을 가지고 있다. 이 같은 작법과 세계 이해의 폭이 『맨발』에서 눈부신 완성도와 깊이를 동시에 갖추게 된 것이다. 하지만 30대 중반을 넘어서는 그에게 이 같은 완성도와 깊이는 곧장 서늘한 분기(分岐)의 정점(頂點)으로 비치기도 한다. 왜냐하면 '기억'의 언어는 소재를 달리한 자기 복제의 유혹에서 그리 자유로운 형식이 아니니까 말이다. 『수런거리는 뒤란』을 '기억'의 『맨발』로 힘차게 걸어온 그의 언어가 풀어낼 다음 지경(地境)은 그래서 이번 시집의 연장선에서 구축되기 어려운 개인사적, 시사적 요청과 불가피하게 조우하게 되지 않을까 한다. 어둠의 순간에서 발화하는 기억의 형식을 완미하게 보여준 그의 근작들이, 앞으로 우리에게 어떤 지형과 음역으로 다가올지 깊이 응시하게 되는 까닭도 또한 여기에 있을 것이다.(2004. 12)

통증과 사랑, 그 구원의 형식들

4

통증과 사랑의 시적 형식
최문자론

1 '시적인 것'과 '비극성'의 결합

최문자 시의 상상력은 자신의 육체 안에 숨쉬고 있는 어둑한 흔적들 속에서 길어 올려진다. 가령 시인은 '뼈', '피', '살(살점)' 등 삶의 정황이나 태도를 암시하는 신체적 비유를 통해 자신이 지나온 아픈 시간들을 드러내고 그것과 마주한다. 그래서 시인이 시 안에 그득 펼쳐놓는 이미지 가운데 가장 압도적인 것은 육체의 불구성이나 병리적 상태를 떠올리게 하는 온갖 징후들이다. 상처(생채기), 실명, 땀, 독, 울음(눈물), 출혈(하혈), 화농, 환부(고통), 뼈앓이, 악몽(불면), 흉터, 신열(고열), 비명 그리고 종국에는 '죽음'에 이르기까지, 시인을 둘러싸고 있는 시적 징후의 외연은 최소한 건강하지는 않다. 이는 육체적으로나 정신적으로나 참혹한 통증의 세월을 살아온 시인의 개인사가 직접 반영된 것으로 볼 수도 있겠지만, 그보다는 최문자 시인이 근본적으로 생각하고 있는 '시적인 것'의 함의가 근원적인 '비극성'에까지 가 닿는 곳에서 형성되고 있음을 알려주는 실례들이라 할 것이다.

따라서 그의 시는 자신이 살아온 시간들을 견디고 내면화하면서 동시에 그것 스스로가 되어가는 자기 확인의 과정을 철저하게 밟아간다. 그것은 한켠으로는 '종교적 상상력'에 의한 내적 제의(祭儀)를 통해, 다른 한켠으로는 사물과 자신의 내면을 등가적 비유 관계에 놓는 과정을 통해 이루어진다. 이처럼 최문자 시학을 일차적으로 구성하고 있는 것은 자신의 육체 안에 도사리고 있는 '상처'나 '통증'을 바라보는 일이며, 나아가 그것을 '비극성'의 힘으로 견디고 미학화하는 일이다. 이러한 비극성의 형식에다가 최근의 시집 『나무고아원』(세계사, 2003)에는 목숨있는 존재들에 대한 동류의식까지 담고 있어, 시인은 지난 시집들보다 훨씬 풍요로운 음역(音域)을 선보이고 있다.

2 '비극성'과 '종교적 상상력'의 공존과 상충

최문자 시의 비극성을 가장 첨예하게 드러내 보여주는 것 가운데 하나는 '죄'에 대한 시인의 예민한 감각이다. 우리가 잘 알듯이 '죄(罪)'는 실존적인 것이기도 하고 법리적인 것이기도 하다. 그런데 시인에게 '죄'란 정직하고 바르게 산다고 없어지는 어떤 것이 아니라, 생을 부여받은 그 순간부터 이미 육체와 함께 필연적으로 동서(同棲)하는 그 무엇이다. 아닌 게 아니라 일찌감치 시인은 "주홍빛 같은 내 죄//가끔/죄가/풍경으로 보이는 마을"(「감나무골」, 『나는 시선 밖의 일부이다』, 1993)처럼 감나무의 빛깔과 자신의 죄를 은유적으로 연결짓기도 하였고, "죄 같은 성장/태초에 능금을 파먹고 이브의 눈물도 이렇게 자랐지"(「자라는 눈물」, 『울음소리 작아지다』, 1999)라면서 '눈물'의 고통이 '죄'와 더불어 자랐다고 고백하기도 하였다. 이는 통상적인 죄의식(guilt feeling)과는 다른 것으로, 시인의 내면에 신(神)의 음성과 육체의 소리가 공존하고 상충하면서 일으키는 비극적 세계 인식의 다른 이름이라 할 것이다.

이처럼 '비극성'을 불가피한 생의 형식으로 승인하고 있는 시인의 감각이 일종의 '종교적 상상력'과 만나면서 구축하는 시적 공간은 우리가 눈여겨볼 만한 것이다. 그것은 여느 '종교적 상상력'이 추구하는 신성(神聖)과의 화해와는 근본적으로 다른 어떤 것으로서, 최문자 시학의 한 특장이라 부를 수 있는 것이다.

참 기억나네
나 어릴 적
아니 그 이전부터
목사님이 나더러 꼭 소금이 되라 했는데
몇 십 년 그 말을 어겨왔다.
저렇게 시퍼런 배추의 영혼 속으로 들어가
간을 치고 죽어야 하는데
믿을 수 없다.

가시를 품고도 내가 소금이 된다는 거
소금 속의 가시가
배추를 먼저 찌를텐데
살해의 꿈을 매일 꾸면서
소금이 피를 흘린다는 거
그 피로 배추의 시퍼런 죄를 씻어준다는 거
믿을 수 없다.
꺼끌꺼끌한 몸을 가끔 만져본다.
가시 먼저 녹이려고 부대낀 자리
핏물 엉긴 붉은 반점.
소금 속 가시는
무엇을 더 찌르려고
여태 그 속에 서 있는 걸까?

— 「붉은 소금」 전문

이 작품은 소중했던 종교적 가르침이 생의 치유보다는 오히려 근원적인 '비극성'을 아프게 승인하는 태도를 불러오고 있음을 보여주는 일종의 고백 시편이다. 시인이 말하는 '소금'과 '가시'의 내적 공존과 상충이야말로 '죄'라는 실존적 아이러니에 밝은 시인의 눈에만 발견되는 생의 자연스런 모순이 아니겠는가.

여기서 시인의 기억은 "어릴 적"의 것이기도 하고, "그 이전"의 것 곧 오래된 신앙 공동체의 기억일 수도 있다. 그때로부터 인이 박히게 들은 말씀이 곧 "꼭 소금이 되라"는 성서적 전거(典據)이다. 그런데 시인은 이러한 종교적 권면을 스스로 "어겨왔다/믿을 수 없다"고 고백한다. 왜 이 신실한 신앙인이 그 말씀을 지키지 못하고 믿지 못했던 것일까. 그 까닭이 만약 외적 이유에서 연원하는 것이라면 시인의 단호한 의지와 노력으로 극복해가면 될 텐데, 사정은 전혀 그렇지가 않다. "저렇게 시퍼런 배추의 영혼 속으로 들어가/간을 치고 죽어야 하는데" 자신이 그러지 못하는 이유는 바로 자신의 몸 안에 '가시'가 있기 때문이다. '소금 속의 가시', 이 역설은 '장미의 가시'라는 역설보다 훨씬 근원적이고 실존적이다.

시인은 "가시를 품고도 내가 소금이 된다는 거/소금 속의 가시가/배추를 먼저 찌를텐데/살해의 꿈을 매일 꾸면서/소금이 피를 흘린다는 거/그 피로 배추의 시퍼런 죄를 씻어준다는 거"를 모두 "믿을 수 없다"고 한다. 이 '가시-날카로움-살해 충동-피흘림-정죄(淨罪)'의 이미지는 예수의 십자가 수난과 그 사건을 통한 대속(代贖)의 서사를 떠올리게 한다. 그와 동시에 소금이 타자들을 찌를 가능성 못지 않게 스스로를 찌를 수 있음을 알린다. 결국 소금의 희생 제의는 스스로를 아프게 확인하는 내적 제의였던 셈이다. 그래서 소금은 "꺼끌꺼끌한 몸을 가끔 만져본다". 그러면서 그가 행하는 일은 "가시 먼저 녹이려고 부대"끼는 것이다. 섣불리 "소금이 되라"는 말씀보다는 자신의 육체 안에 공존하는 가시를 녹이려 하는 저 불가능한 노력이야말로 성서가 보여주는 가장 아름다운 인간적 실존의 모습일 것이다. 그러니 그 육체 안에는 "핏물 엉긴 붉은 반점"이 있지 않겠는가. 시의 제목이 왜 "붉은 소금"인지, 그리고 "소금 속 가시는/무엇을 더 찌르려고/여태 그 속에 서 있는"지를 우리는 인간의 알 수 없는 모순을 받아들이면서 이해하게 된다.

이처럼 생의 '비극성'과 '종교적 상상력'은 시인의 언어 속에서 서로 화합하거나 이반(離反)하지 않고, 날카로운 균열 가능성을 내포한 채 견고하게 결합되어 있다. 가령 그의 시 「가루를 향하여」에서 "단단했던 기억의 참나무도/나무로 치솟다가 더는 참지 못하고/숯덩이가 되었다"가 그 숯덩이들이 다시 "뿌리를 타고올라가/다시 나무가 되는 꿈을" 꾸는 모습은 소멸과 재생의 욕망이 함께 시인의 내면에 녹아 있음을 보여준다. 그것이 "저 포근했던 가루, 사랑의 기억 때문"(「가루를 향하여」)이라는 고백은, 시인의 가장 중요한 시적 화두 가운데 하나인 '사랑의 기억'이 이러한 양면성을 동시에 견지하고 있음을 알려주는 사례인 것이다.

> 꼭 삼일만 금식하고 싶었다.
> 내 몸에 걸쳐진 것들을 다 치우고
> 세상이 켜놓은 몸 속의 전원을 다 내리고
> 어디를 짚어도 출렁거리지 않는
> 빈 내장을 갖고 싶었다.
> 너무 환한 발가벗은 알몸의 달빛
> 그 말씀 아래 서 있기만 해도
> 마를 것 마르고
> 부풀 것 부풀면서
> 공복과 시간이 같이 돌아가는 사이 사이
> 포만의 가루가 부슬부슬 삭아 떨어지는
> 육질의 털들이 다 뽑혀나가는
> 그런 그런
> 배고픈 기도를 드리고 싶었다.
>
> —「공복」 전문

이 작품에서 시인이 행하는 간절한 '공복'의 기도 역시 '소금' 안에 있는 '가시'를 녹이는 과정과 다르지 않다. "내 몸에 걸쳐진 것들을 다 치우고/세상이 켜놓은 몸 속의 전원을 다 내리고/어디를 짚어도 출렁거리지 않는/빈 내장을 갖고 싶었다"는 시인의 바람은 곧 자신을 규정해온 여러 치장들을 벗고 "환한 발가벗은 알몸의 달빛"
으로 말씀 아래 서고자 하는 시적 욕망을 표현한다. 그 "배고픈 기
도"야말로 시인이 바라는 상황과 시인의 현존이 끝끝내 화해롭게
만나지 못할 것임을 암시하면서, 그 아득한 거리를 "기도"로 메울
수밖에 없음을 보여주고 있는 것이다.

우리가 잘 알듯이, '종교적 상상력'을 빌려온 시편 가운데 최문자
시인의 것처럼 신의 완전성과 인간의 불완전성 사이에서 쉴새없이
출렁이는 모습을 담는 '비극성'의 시편은 매우 드물다. 그만큼 "하
나님은/무서운 모종삽을 들고/옴팍옴팍 나를 파서/척박한 몹쓸 땅에/
나를 옮겼다"(「꽃모종」)고 무섭게 고백하고 있는 그의 신앙과 현존은
서로를 자신의 결여 형식으로 가지면서 시인의 실존을 양쪽에서 구
성하고 있는 것이다.

그렇다면 그에게 '시(詩)'란 도대체 무엇일까? 신앙(바람)과 현존(비
극성)의 간극을 건너게 하는 힘으로서의 '시'는 그에게 어떤 것일까?
가령 「땅에다 쓴 시」에서처럼 그의 '시'는 "돌짝도 흙덩이도 부서진
사금파리도/그대로 찍혀 나오는/울퉁불퉁했던 삶"을 고스란히 응시
한 기록이면서 "에스겔서에 나오는 골짜기 마른 뼈처럼/우드득 우
드득/무릎 관절 맞추며 붙이며/죽은 것들이 일어"서는 광경을 목도
하는 행위이기도 하다. "죽음도 사랑도 절망도 솟구치며 찍혀 나오
는/미어지는 종이 위에 꾹꾹 눌러"쓰는 풍경은 마치 신약성서에서
예수가 간음한 여인을 끌고 온 군중들에게 "너희 중에 죄 없는 자
가 먼저 돌로 치라"(요한복음 8:7)고 말하기 전에 땅에다가 무언가를
쓰는 장면을 연상시키면서, "침 대신 두근거리는 피"가 발려 있고
"늘 비린내가 풍"기는 '시'가 왜 그에게는 자기 표현의 차원이 아니

라 실존의 차원에서 구축되는 것인가를 알게 한다.

　그런가 하면 「나의 詩」라는 작품에서 시인은 "다 썩은 거름 파먹고/그 꽃이 필 줄이야./그 꽃 따서 사랑을 고백할 줄이야./꽃을 기르는 맑은 물줄기가/거기 솟고 있을 줄이야./내가 풀 향기 상하지 않고/풀, 그대로 서 있을 줄이야."라고 노래함으로써, 자신의 시가 썩은 거름 속에서 피어나는 꽃처럼 아픔을 파먹으면서 사랑을 드러내는 언어임을 숨기지 않고 있다. 그것은 "고통이 득실거리는 게세마네 동산"인 "옻나무밭에서/수천 개의 못자국을 보"(「옻나무밭」)고야 마는 시인이 "치유하지 못한 질병들이/시간의 몸 속에서 비린내를 풍기며/나쁜 표정을 지우느라 피가 배어 있을 뿐/치유없이 모두 다 떠내려갔"(「잃어버린 시간을 찾아서」)던 자신의 생을 기록하는 과정이 "바작바작 詩가 마를 적마다/출혈을 했"(「사막일기 21」)던 과정이었다는 것을 고백하는 모습과 잘 겹친다. 시인은 "그동안 겁 없이 써낸 시들이/앞으로 쓰고 싶은 시들이/초침에 매달려/재깍재깍/시간의 벼랑 밑으로부터/음산하게 올라오고 있다."(「벼랑 앞의 시간」)고 노래함으로써, 자신의 생이 '시'와 마주쳐왔고 앞으로도 마주침으로써 완성될 것임을 예감하고 있다.

　결국 "건강한 옷자락 끝만 잡아도/금방 피가 멈출 것 같은/혈류병 앓는 여인의 마음으로"(「쇠 속의 잠 1」) 시를 써온 시인에게 '시'는 "믿을 때마다 돋아나던 못,/못들을 안아야 돋아나던 믿음"(「믿음에 대하여」)처럼 모순이자 동력이고, 참을 수 없는 고통이자 불가항력의 내적 필연성이기도 한 것이다. 그래서 "더 맛있게 죄를 짓고 잡혀온 기억들은/페이지마다 모두 검었다."(「검은 동화」)는 그 '비극성'의 언어가 그의 '시'와 '신앙'을 평면적인 단순성에서 구원하는 가장 커다란 힘이 되고 있는 것이다.

3 몸의 기억 속에 머무는 '상처'들

사실 그가 이제까지 써온 시는 자신의 고통을 드러내면서도 그 구체적인 고통의 맥락은 은폐하는 이중적 기능을 행해왔다. 그래서 그의 시는 아픔의 무게와 깊이를 살점이 떨어져나가는 고통으로 드러내면서도, 그 고통을 촉발시킨 근인(近因)에 대한 정보는 깊이 묻으면서 발화(發話)되는 특성을 지녔다. 이처럼 그의 '시'를 가능케 하고 생을 지속하게 하는 궁극적 힘은, 거의 절대치를 지닌(구체적인 맥락을 알 수 없는) 통증이나 상처들이다. 그래서 시인에게 '상처'는 '기억(시)'의 숙주이고, '기억(시쓰기)'은 그 '상처'를 영속화하는 힘이다. 시인에게 그 '상처'는 치유의 대상이 아니라 자신의 '기억' 혹은 '실존'을 구성하는 둘도 없는 원천인 것이다.

그 날,/벚꽃이 만개했다는 그 곳으로/우리들은 꽃구경을 갔다./갖가지 통증을 감추고/꽃을 찾아나선 사람들은/꽃 아래 가득 차 밀려다녔다./꽃들은 감춘 통증을 알아보고/매워서 연신 재채기를 해댔다./봄 끝에 매달렸던 돌풍이 일자,/꽃의 살점들은 떨어져 나갔다./눈발처럼 서쪽을 향해 허옇게 날아갔다./꽃나무는 동쪽에 그냥 남아있었다./따라가 볼 수 없는 꽃의 살점/반쯤 남은/꽃 아래서/사람들은 서로 살점 뜯긴 얘기를 나눴다./푸드득/푸드득/푸드득거리던/날개 달린 살점 얘기를 했다./반쯤 없어진/꽃 아래서/나도/오래 전 날아간 살점을 생각하고 있었다./아직도 푸른 싹이 나지 않는 나의 살점은/서쪽 어디쯤 날고 있을까/저녁나절까지/알 수 없는 허연 살점들이/꽃나무 위에서 푸드득거렸다./자욱한 서쪽을 향해/따라가 볼 수 없는 나의 살점.

— 「그 날의 꽃구경」 전문

이 작품은 『울음소리 작아지다』에 수록되어 있는 「이별」이라는 시와 중첩되는 장면을 담고 있다. 그 작품에서도 시인은 '바람'과 '꽃잎'과 '나무'를 그린다. 그것들은 곧 '상황'과 '시간(기억)'과 '시인'으로 은유된다. 꽃잎을 바람에 날리며 서 있는 한 그루 나무, 그 폐허의 구도(構圖)가 시인으로 하여금 "추억의 힘"(「이별」)을 꿈꾸게 했던 것이다. 그런데 이 작품에서도 '꽃잎'의 이미지는 시인의 '살점'과 등가를 이루고 있다. "벚꽃이 만개했다는 그 곳"으로 꽃구경을 간 사람들은 저마다 "갖가지 통증을 감추고/꽃을 찾아나"섰는데 꽃들은 그들이 "감춘 통증을 알아보"는 것이 아닌가. 바람이 불자 꽃잎이 날리고("꽃의 살점들은 떨어져 나갔다"고 시인은 표현한다. 이는 꽃잎의 이미지가 자신의 살점으로 전이될 것을 예비하는 것이다.), 꽃잎들은 꽃나무를 동쪽에 그냥 둔 채 "눈발처럼 서쪽을 향해 허옇게 날아갔다".

여기서 '꽃나무'와 '꽃'의 관계는 고스란히 시인의 '육체'와 지나온 '시간'으로 변이된다. '꽃나무'가 자신의 '꽃잎'을 두고 "따라가 볼 수 없는 꽃의 살점"이라고 생각하듯이, 시인도 "서로 살점 뜯긴 얘기를" 나누는 사람들 속에 있다. 바로 그 "푸드득/푸드득/푸드득거리던/날개 달린 살점"이 시인의 육체 속에서 떨어져나간 '시간(기억)'인 것이다. 그래서 시인은 "꽃 아래서/나도/오래 전 날아간 살점을 생각하고 있었다"고 말한다. 바로 그 순간 "저녁나절까지/알 수 없는 허연 살점들이/꽃나무 위에서 푸드득거"리는 풍경 속에서 시인은 자신이 꽃잎들을 "따라가 볼 수 없"다는 사실에 다다르게 된다. '시간'은 '육체'를 빠져나가 사라져버린 것이다.

이처럼 꽃철이 되어도 "다시 꽃철이 돌아왔다./죽은 꽃잎이 바람을 향해 달려간다."(「이별 2」)에서처럼, '개화(開花)'의 과정보다는 '낙화(落花)'의 순간성에 시선이 붙박이는 시인의 감각은 "하나님은/내가 재가 되기를 기다렸다."(「눈물 1」)라든가 "재가 되지 않고는 세상을 건널 수 없었을 때/재도 눈물을 흘렸다"(「눈물 1」)라는 소멸의 풍경을 시 안에 가져온다. 그래서 시인은 시 안에서 철저하게 '떨어지고' '사라지고' '재가 됨'으로써 비로소 생의 비극적 형식을 완성하는 것이다.

> 그 해 여름, 커다란 병원 건물 5층 입원실에서 마음도 몸도 같이 알약을 먹으며 나는 식은땀을 흘렸었다. 아무데나 엉겨붙은 종양을 발라내려고 끼니때마다 메스 같은 젓가락을 들면, 금방 눈물이 되던 그 때의 턱없던 식사. 그 때마다 병원 뜰에선 젖은 꽃들이 비바람이 시키는 대로 마지막 춤을 추다 뚝뚝 떨어져 죽었다. 자고 나면 푸른 보도블럭에 즐비했던 젖은 꽃들의 주검.
> 그 해 나는 하는 수 없이 물 속으로 다녔다. 생으로 마음을 자르고 생살을 자르던 그 해, 안 넘어 가는 것들을 물 말아 억지로 꼴깍 넘기면서, 물 속에 곤두박질치는 꿈을 꾸면서, 세상의 어느 것과도 이별하고 혼자 떨며 지냈다.
> 그 해, 죽은 꽃들은 잘 알고 있었다. 온몸을 부들부들 떨면서도 고백하지 못했던 나의 말들을, 물방울과 죽은 꽃 사이로 그득했던 나의 젖은 말들을. 한 줄도 써보내지 못했던 나의 사랑을.
> ──「그 해」 중에서

이 작품에서도 그 같은 기조는 유지되고 확산된다. 시인의 어두웠던 개인사를 사실적으로 혹은 비유적으로 그려내고 있는 이 "그 해 여름, 커다란 병원 건물 5층 입원실" 풍경은 "마음도 몸도 같이 알약을 먹으며" 아팠던 그의 지난 시간을 고스란히 은유하고 증언한다. 그때도 역시 "병원 뜰에선 젖은 꽃들이 비바람이 시키는 대로 마지막 춤을 추다 뚝뚝 떨어져 죽었다". 이 "자고 나면 푸른 보도블럭에 즐비했던 젖은 꽃들의 주검"은 시인에게 익숙한 발상법이자 비유법이기도 하다. 그때 시인은 "안 넘어 가는 것들을 물 말아 억지로 꼴깍 넘기면서, 물 속에 곤두박질치는 꿈을 꾸면서, 세상의 어느 것과도 이별하고 혼자 떨며 지냈다". 시인의 통증과 꽃들의 죽음과 이별 이미지의 연쇄는 시인의 시쓰기가 얼마나 고통스런 작업이었는가를 실감케 해준다. 그때 "온몸을 부들부들 떨면서도 고백하지 못했던 나의 말들", "물방울과 죽은 꽃 사이로 그득했던 나의 젖은 말들" 혹은 "한 줄도 써보내지 못했던 나의 사랑"이 바로 시인이 그동안 내뱉어온 말들 곧 '시'가 아니겠는가. 그 "젖은 말들"에 배어 있는 '죽음'과 '고통'의 이미지가 바로 그의 시의 현상학이지 않겠는가.

그런 만큼 그가 '상하고' '늙고' '삐걱거리는' 의자를 소재로 하여 「그녀의 의자」 연작을 썼을 때에도 그것은 사물의 해석이자 곧바로 고통스런 자기 인식의 작업이 된다. 가령 시인은 "삐걱거리면서도 삐걱거리는 꿈을" 꾸고 "꿈 속에서도 삐걱거리는 소리"(「그녀의 의자 1」)를 듣고 있는데, 이러한 악몽의 상상력은 "나는 안에 있어도 바깥에 있다./밖에 세워둔 자리에 그대로 있다."(「그녀의 의자 3」)는 자기 소외감과 "저녁 같이 쓸쓸한 의자./저녁이면 구름 같이 더욱 깊어지는 깊이/의자에서 바닥까지/흐르려는 무게를 가까스로 잡아당기다/다리 오그린 늙은 여자가 되었다."(「그녀의 의자 4」)는 쓸쓸한 자기 확인을 동시에 가져다준다. 그런가 하면 첫눈 오는 날 가지에 거꾸로 매달려 흔들리는 잎새를 두고 "죽음을 얼마 앞두고도/끝내 초록을 떠나본 적 없는/믿을 수 없는 독한 잎 하나" 때문에 "바람이 잘 때까지/나는 잠들 수 없다"(「마지막 잎새 1」)고 말하는 시인은 자신 안에 웅크리고 있는 독성(毒性)을 응시하면서 스스로 "얼음 속으로 끌려갔다가 살아나오는/저 초록빛 여자"(「얼지 않는 여자 1」)의 모습을 안간힘을 다해 지켜가고 있다.

이처럼 시인의 몸의 기억 속에 머무는 '상처'들은 그의 시를 가능케 하고 그의 생의 형식을 이룬다.

4 다시 최문자 시를 읽으며 – 「나무고아원」 연작과 관련하여

우리가 최문자 시인의 언어를 대하는 것은 시인이 종이 위에 가득 채워넣고 있는 '핏무늬', '통증'과 함께 스스로의 생의 형식을 되묻는 것과 크게 다르지 않다. 그만큼 그의 시는 깊은 '상처'와 철저한 자기 응시로 엮여져 있다. 하지만 그의 시가 갖는 독특한 매력이 '상처'에 대하여 감상과 탐닉의 이중 유혹을 함께 경계하고 있다는 점에서 비롯된다는 것은 재차 강조되어야 한다. 감상과 탐닉의 동시 경계는 그의 시에 일정한 내구성을 부여하면서 읽는 이들로 하여금 미적 긴장을 놓치지 않게 하는 것이다.

그런데 이채로운 것은 이처럼 자기 응시에서 시적 에너지를 응집해왔던 시인이 『나무고아원』에서는 타자에 대한 연민의 시선을 할애하고 있는 점이다. 시집의 표제작으로 발탁된 「나무고아원」 연작이 그것이다.

지금쯤/노을 아래 있겠다./그 버려졌던 아이들/절뚝거리는 은행나무/포크레인에 하반신 찍힌 느티나무/왼 팔 잘린 버즘나무/길바닥에서 주워다 기른/신갈나무, 팥배나무, 홍단풍/지금쯤/찬 눈 맞으며/들어올린 팔뚝 내리지도 못하고/검담산 바라보고 섰겠다.//한여름/맑은 쑥대 큰 기름새 사이로/쌀새와 그늘사초 사이로/불쑥불쑥 꽃 피던/은방울꽃 소근대는 사이로/버림받고 엎어졌던 아이들/지금쯤/바람부는 솟대길 지키며/그럭저럭 키만 커서/주워다 붙인 이름표 달고/지금쯤/표정 순하게 강을 보고 있겠다./창백했던 시간을/강물에 씻으며

— 「나무고아원 1」 전문

무한 개발의 논리에 의해 자신의 태반에서 밀려나 '고아원'에 모여 있는 불구의 나무들, 그 버려진 고아들을 시인은 자신의 시 안으로 하나씩 입양해 들인다. 한강 둔치에 만들어놓은 나무들의 '고아원'은 사연을 모르는 사람들에게는 이색적인 공원 가운데 하나로 그치겠지만, 시인의 눈에는 그것이 나무들의 유형지이자 마지막 보금자리로 비친다. 결국 "터져버린 살, 꽃, 태아/삐약거리는 진달래 죽지 않는 나무는/결코 살고싶지 않은 곳으로/손목 잡혀"(「나무고아원 2」)온 것이다. 이때 자기 연민만큼은 시 안에서 철저하게 경계해왔던 시인이 어린('고아'들이 아닌가) 나무들을 향해 연민을 쏟아붓고 있다.

그렇다면 이같이 문명에 밀려난 타자들인 나무들을 통해, 시인은 최근 대두하고 있는 생태적 사유의 방식을 시로 쓰고 있는 것인가. 그렇지는 않다. 오히려 시인은 마치 자신처럼, 생의 통증을 겪고 있는 존재들을 향한 동류의식을 내보이고 있는 것이다. 이러한 상호 연민의 결속감은 그의 시로 하여금 직접적인 생태 지향적 육성이나 초월적 신성에 대한 갈망에 빠지지 않게 한다. 다만 시인은 "가는 뿌리 하나 몰래 키우면서/얼음 속에서도 얼음을 녹이는/빙하기에도

김이 오르는/우물 하나 파”(「간빙기 1」)는 마음으로 버려진 고통의 존재들을 주워다 시 안에서 키우고 있을 뿐이다.

예외적이기는 하지만, 『나무고아원』에는 봄이 되어 대지가 수런대고 나무들의 피가 돌고 별이 보석처럼 빛을 발하는 풍경을 그려 낸「해동」같은 아름다운 생동의 시편도 있다. 하저만 최문자 시는 아직도 “무게에 지친 내 안의 것들”(「내 안의 돌」)을 마주하는 고통의 노래이다. 그 고통은 극복의 대상이 아니라 실존의 요건이요 사랑의 형식을 이루는 원질이다. 그래서 시인에게 “사랑은/내게 마지막 남은 들판”(「노랑나비」)인 것이다. 그의 시를 ‘통증’과 ‘사랑’이 이루는 시적 형식이라고 명명할 수 있는 것도 그 때문이다. 그 ‘통증’으로 얼룩진 ‘사랑’의 힘으로 최문자 시인은 또 한 세월을 건너가고 있다.(2003. 11)

내면에서 완성되는 해탈의 과정

1

박라연은 1990년에 등단하여 같은 해에 첫 시집 『서울에 사는 평강공주』를 상재한 이래, 『생밤 까주는 사람』(1993), 『너에게 세들어 사는 동안』(1996), 『공중 속의 내 정원』(2000) 등 주목할 만한 시집들을 잇따라 펴내면서 1990년대의 가장 개성적인 여성 시인의 한 사람으로 우리에게 각인된 시인이다. 그의 시가 우리에게 보여준 실존적 비애의 투명성과 모든 하찮은 존재들에 던지는 연민과 헌신의 상상력은, 서정시의 아름다움의 가능성에 대해 깊이 생각할 수 있는 실물적 계기를 우리에게 제공해주었다.

이처럼 그동안의 박라연 시를 추동한 가장 근원적인 힘은, 시인 자신의 육체 속에서 솟구치는 슬픔과 타자를 향한 한없는 연민이었다고 할 수 있다. 그래서 그의 시는 기본적으로 자기애(自己愛)에서 출발하면서도 자기 집착의 완강함에서 벗어나는 기막힌 균형을 유지할 수 있었던 것이다. 그런데 최근에 와서 박라연 시의 무게중심은, 시인의 내면 속에서 상상적으로 구성되고 추구되는 어떤 신성하고도 미적인 것에 대한 관심으로 현저하게 이월되고 있다.

물론 박라연 시의 근본 동력인 슬픔과 연민의 힘은 여전히 그의 시의 저류(底流)에 흐르고 있다. 그러나 박라연이 최근 보여주고 있는 시적 에너지는, 이러한 슬픔과 연민의 발원지가 일상의 차원에서 좀 더 근원적인 차원으로 옮겨졌음을 확연하게 증거하고 있다. 다시 말하면 시인이 초심(初心)으로 견지해온 "상처받기 쉬운 연약한 식물이거나 초라한 존재에 대한 시인의 관심"(오생근)이 더욱 근원적이고 궁극적인 자리에서 발원되고 있는 것이다. 이는 삶과 죽음, 신성과 세속, 상상과 실재, 해탈과 억압의 날카로운 단층들을 하나하나 정성스럽게 지워나가는 동시에, 자신의 실존적 비극성과 신성에 가 닿고자 하는 열망을 균형적으로 언표하여 완성하려는 시인의 남다른 의지가 반영된 결과일 것이다.

이번에 새로 발표된 다섯 편의 가작(佳作)에서 우리가 가장 먼저 읽어낼 수 있는 것 역시, 자기 자신을 좀 더 근원적이고 궁극적인 자리로 밀어올리는 상상력, 다시 말하면 주체의 점진적 소멸을 꾀하면서 동시에 신성과 초월에 다다르려는 의지라 할 것이다. 그러나 강조되어야 할 것은, 박라연의 시가 특정 종교의 프리즘 안에서 생성되고 번안되고 있지는 않다는 사실이다. 비록 그의 시가 기본적으로 '종교적 상상력'이라고 부를 수 있는 자장 안에서 시작되고 귀결되는 것은 사실이지만, 오히려 그의 시는 일종의 '통(通)종교적'인 어떤 범신론적 자장 안에서 발원하고 있다고 해야 알맞을 것이다. 그래서 그의 시에 '극락'이나 '천국'이라는 기표가 나올 때라도 그것이 특정 종교의 전통적인 용례와 맞아떨어지지는 않는다. 그것은 전래적이고 관습적인 종교적 '적시(摘示)'가 아니라, 시인의 독자적인 상상적 세계를 '암시(暗示)'하는 매개적 언표의 하나일 뿐이다.

2

그렇다면 그의 시에 나타나는 가장 지배적인 자질은 아마도, 생의 근원이자 궁극적 거처이기도 한, 또한 주체의 의지랄까 욕망이랄까 범속한 가치들이랄까 하는 것이 소진되어버린 어떤 신성한 공간에 대한 소망이 될 것이다. 그것은 그의 시에서 종교적 분위기와 어조를 띠면서 나타나는 경우가 많은데, 이번에 새로 발표한 시편 「극락 가는 길」은 그에 알맞은 예증이 될 만하다. 이 작품은 시인의 신성을 향한 열정과 해탈에 이르려는 욕망의 상상적 전개 과정이 오직 시인의 내면에서 발원하는 특징을 갖는다. 이는 바슐라르(G. Bachelard)의 말을 빌리면, 언어의 생성과 더불어 존재의 생성이 동시에 이루어지는 과정을 시인이 지속적으로 은유하고 있는 결과라고 할 수 있다.

아무리 몸을 뒤져도
극락전이 없다

靈龜庵 극락전에 엎드려서
빛의, 大洋의, 나무 뿌리의 해탈,
그 찰나를 가져가기 위해
피리 속에 감췄는데
숨 끊어지기 직전의 호흡까지 바쳐
불고 또 불었는데
무릎에 등에 심장에
그 소리 문신해 두었는데
호주머니가 텅 비었다

다시 극락전에 이르러
그 피리 소리가 생명체가 될 때까지
수백 년 수령의 상수리나무와
눈이 마주칠 때까지
그가 앉았던 자리에
사람의 나무가 우뚝 솟아오를 때까지
머문다 해도
극락전의 열쇠는 안 보일 것이다
열쇠는 만들어진 적이 없으므로

—「극락 가는 길」 전문

여기서 '극락'이라는 곳은 불교적인 관습적 맥락을 고스란히 담고 있는 종교적 이념의 상관물이 아니다. 그것은 시인의 내면에서 완성되는 상상적이고 미학적인 지성소(至聖所)이다. 우선 시인은 "아무리 몸을 뒤져도/극락전이 없다"고 말한다. 오랜 시간이 퇴적된 물리적 실체인 '몸' 어느 구석에도 궁극적인 해탈이 완성되는 구원의 지성소가 없다면, 자연스럽게 시인의 '극락'은 즉자적(卽自的)이 아닌 대타적(對他的)인 방법으로 구성되어야 한다. 그래서 시인은 "靈龜庵

극락전에 엎드려서/빛의, 大洋의, 나무 뿌리의 해탈,/그 찰나를 가져가기 위해/피리 속에 감췄는데/숨 끊어지기 직전의 호흡까지 바쳐/불고 또 불"고 있는 것이다. 그리고 소리를 붙잡아 문신을 육체에 새기기까지 한다.

그러나 이러한 노력도, 박라연이 다다르려는 "극락전"을 열 수 있는 직접적 열쇠가 되지 못한다. 그래서 다시 극락전에 가서 시인은, "그 피리 소리가 생명체가 될 때까지/수백 년 수령의 상수리나무와/눈이 마주칠 때까지/그가 앉았던 자리에/사람의 나무가 우뚝 솟아오를 때까지" 그 자리에 죽 머물면서 세상 어디에도 없는 그러나 세상 어디에나 편재(遍在)해 있는 극락전의 열쇠를 완성하고 있다. 물론 그 열쇠가 완성될 리는 없다. 왜냐하면 그것은 세상 어디에도 없고, 어디에나 있는 것이기 때문이다. 이처럼 시인이 행하는 새로운 가치 생성의 과정이 시인이 추구하는 해탈의 도정과 그대로 겹쳐져 있는 것이다.

"창 밖 그 흔들림만으로/유리창의 내면을 바꿀 수는 없다"(「빗방울의 地圖」)고 노래한 바로 그 시인의 육성이 이러한 근원 회귀적이고 신성 지향적인 상상력을 오직 자신의 내면에서만 발원시키고 근본화하고 있는 것이다. 다시 말하면 "창 밖" 곧 외적 요인에서 생겨나는 충격이나 자극으로는 "내면" 곧 영혼의 터럭 하나 바꿀 수 없다는 생각은, 삶을 상상적으로 재구(再構)하는 시인의 근본 동력이 철저하게 시인 스스로의 삶과 영혼 안쪽에 내장되어 있다는 신념과 가치 판단의 표백인 것이다. 이러한 시인의 내면 지향적이고 근원 추구적인 시적 상상력은 다음 작품에서 더욱 심화되어 나타나고 있다.

내 어머니 揚水 떠난 그 후
처음으로 내가 내 이슬 위를 걷는다
개구리 등을 구르는
연잎 위를 구르는 이슬 위를 걷는다
나 아직 살아있는 것 맞아?
이슬 보다 맑은 피 이슬 보다 가벼운
육체 찰나라도 얻은 것 맞아?

육체 없는 나비야
연꽃 눈뜨는 것 보았다고 하지마
눈감는 것도 보았다고 하지마
아주 잠깐 연꽃의 生死를 싣고
날아다니는 심부름꾼이라고 말해
神이 神의 순간들을 안 들키듯
네 순간들도 함부로 안 들킨다고 말해
꿈속 풍경처럼
타인은 볼 수 없는 거라고 말해

— 「이슬 위를 걷다」 전문

　최근 발표된 이 시편에서 시인은, "내 어머니 揚水 떠난 그 후/처음으로 내가 내 이슬 위를 걷는다"고 말한다. 여기서 말하고 있는 "내 이슬"이란 미당(未堂)의 유명한 시편 「자화상(自畵像)」에 나오는 "이마 위에 얹힌 시(詩)의 이슬에는/몇 방울의 피가 언제나 섞여 있어"라는 구절을 적극 환기하고 있다. 곧 그것은 "개구리 등을 구르는/연잎 위를 구르는" 사실적인 이슬이기도 하지만, "맑은 피/가벼운 육체"를 가능케 하는 실존적이고 물리적인 근거가 되기도 한다. 그 위에서 시인은 "나 아직 살아있는 것 맞아?/이슬 보다 맑은 피 이슬 보다 가벼운/육체 찰나라도 얻은 것 맞아?" 하는 연쇄적인 질문을 나열하면서 자신의 행위(이슬 위를 걷는 것)의 의미를 스스로 인준하고 있다. 곧 이슬 위를 걷는 이 상상적 행위는 살아 있음과 동시에 가벼운 육체를 얻는 구도와 해탈의 과정이기도 하다.

이어서 시인은 "육체 없는 나비"를 부른다. 말할 것도 없이 이는 육체가 가벼워진 그래서 아예 육체를 벗어나 버린 시인의 영혼의 상관물이다. 그 나비를 보고(따라서 자신을 두고) 시인은 "연꽃 눈뜨는 것 보았다고 하지마/눈감는 것도 보았다고 하지마/아주 잠깐 연꽃의 生死를 싣고/날아다니는 심부름꾼이라고 말해"라고 주문(注文/呪文)하고 있다. 이 자기 성찰과 자기 회귀의 주문은, 결국 "神이 神의 순간들을 안 들키듯/네 순간들도 함부로 안 들킨다고 말해/꿈속 풍경처럼/타인은 볼 수 없는 거라고 말해"라는 연속적인 자기 질문의 심화로 담화 구조를 완성하면서, "타인은 볼 수 없"는 고유하면서도 궁극적인 자신만의 생의 비의(秘義)를 완성해가고 있는 것이다.

그런데 신이 들키지 않는다는 그 "神의 순간"이란 무엇일까. 그것을 훔쳐보는("들킨다"고 하니까) 눈초리는 어디에 있는 것일까. 원래 '성(聖)'이란 개념 자체가, 합리적인 일체의 운동으로부터 격리되고 분리된 어떤 정황을 아우르는 개념이라면, 이는 합리적인 주체를 소멸하는 형식을 요청하면서 자기 존재를 구성하는 어떤 원리임에 틀림없다. 그만큼 박라연의 시는 자신의 육체나 시간을 소거하면서 신성한 세계 구성에 몸을 내맡기는 과정을 통해 자신이 열망하는 상상적인 "꿈속 풍경" 곧 "공중 속의 내 정원"(『공중 속의 내 정원』)을 구성하고 있는 것이다. 그 정원에서는 "육체 없는 나비"가 날아다닌다. "아주 잠깐 연꽃의 生死를 싣고" 말이다.

　박라연 시의 또 하나의 새로운 진경(進境)은 시 자체가 하나의 해탈의 과정 이를테면 성과 속의 갈등을 성스런 에너지로 강렬하게 흡인하면서 순간적으로 내뿜는 힘찬 언어에 있다. 이 또한 최근 점증하기 시작한 박라연 시의 새로움이라고 할 수 있을 것이다. 그는 그렇게 생의 단순성을 벗어나 복합적인 생의 겹을 인식하면서도, 그것을 단호하고 힘찬 정신의 상승 과정으로 직조해간다. 이 방향을 취하고 난 후 시인은 머뭇거리지 않고, 시를 밀어가는 힘을 얻고 있다. 예전에는 보기 힘든 시인의 자가 발전의 동력이 강하게 느껴지는 대목이 아닐 수 없다.

　　　매순간 태어나고 죽는
　　　지상에서 가장 단명한 목숨인 물!
　　　때문을 시간도 問喪의 시간도 없다
　　　생사가 겹치는 순간에 터져 나오는
　　　금빛 깃을 우리가 물결로 보는 것이며
　　　깃털이 흔들릴 때 들리는
　　　숨소리를 우리가 물소리로 듣는 것이리니
　　　물결 위에서 반짝이는 저 햇살들은
　　　눈부시게 다시 한번 왔다
　　　가는
　　　단명한 목숨들의 영혼이리라

　　　生死의 경계인양
　　　강의 둔덕을 이루고 있는,

벗은 魂인 채로 한 올 한 올 자기를 버리고
있는 굴껍질들의 罷場!
보는 이의 두 눈이 멀게 될까 두려운
저 눈부신 해탈!
영산호의 체세포이리라

— 「영산호를 讀解하다」 전문

생각해보면 "매순간 태어나고 죽는/지상에서 가장 단명한 목숨인 물"이야 세상을 구성하고 있는 단순한 배경일 수 있다. 그러나 시인은 "생사가 겹치는 순간에 터져 나오는/금빛 깃을 우리가 물결로 보는 것이며/깃털이 흔들릴 때 들리는/숨소리를 우리가 물소리로 듣는 것"이라고 이어 말하면서, 그 '물'이 우리 생에서 순간적으로 마주치게 되는 신성한 문양(紋樣)이자 소리라고 상상한다. 그러니 "물결 위에서 반짝이는 저 햇살들은/눈부시게 다시 한번 왔다/가는/단명한 목숨들의 영혼"이 되고, 결국 "生死의 경계인양/강의 둔덕을 이루고 있는,/벗은 魂인 채로 한 올 한 올 자기를 버리고/있는 굴껍질들의 罷場"조차 "보는 이의 두 눈이 멀게 될까 두려운/저 눈부신 해탈"로 읽혀지게 된다. 이것이 시인이 정성 들여 독해(讀解)한 영산호의 실체이다.

이렇듯 시인은 시작 과정을 통해 지난하고도 눈부신 해탈 과정의 경험을 은유하고 있는 것이다. 이것이 가능한 것은, 말할 것도 없이, "현실을 무력하게 만드는 사랑"(김주연)을 그대로 간직하면서도 "우리는 또 얼마만큼 걸어가야/서로의 흰 뿌리에 닿을 수가 있을까"(「무화과나무의 꽃」, 『서울에 사는 평강공주』) 하는 자기 자신에 대한 부단한 성찰과 반성을 시인이 지속적으로 행하고 있기 때문이다.

마찬가지로 「기도하는 그림을 탁본하다」라는 작품에서 시인은 이러한 성찰을 지속적으로 진행한다. 원래 '탁본(拓本)'이란 금석에 아로새긴 글씨나 그림을 그대로 박아낸 것을 이르는 말이다. 그러니 "탁본된 영혼 위에 새가 날아와 앉을까/붓으로 친 난초가 화분으로 옮겨 앉을까" 하는 회의는 영혼의 정결성과 근원성에 대한 회의로 이어진다. "아직 남은 內面의 물만으로도 놓친 生을/찾아 탁본하며 살 수 있을까" 하는 회의 역시 삶의 성실성과 정결성에 대한 희원에서 우러나오는 것이다. "탁본된 신사임당이 소라아파트 7동/207호에 살 수도 있을까"에는 약간 자조적인 자기 모멸이 뒤섞여 있지만, 그 또한 엄살이나 과장으로 흐르지 않고, "기도하는 그림"에 대한 진정성있는 열망을 드러내고 있다. 이는 한결같이 "눈먼 슬픔 하나가 출구를 찾지 못해 고스란히 내 몸 속에서 출렁이고 있다"(「自序」, 『생밤 까주는 사람』)는 시인 자신의 오래된 고백의 지속적인 관철과 "시인의 천진한 천성에서 자연스레 폭발하는 사랑"(김태현)에서 우러나오는 결과일 것이다.

누구였을까
시커멓게 벌을 서고 있던 萬象의 뼈들에게
저처럼 순결한 영혼의 탯줄을 이어준 이!
　　　　　— 「206 개의 사람 뼈에도 눈이 내리는 것 보셨나요?」 중에서

이 시편에서 보이는 것처럼 박라연의 상상력의 극점에서 빛나고 있는 것은, 저 구약성서의 『에스겔』에 나오는 하나의 신비로운 풍경 곧 마른 뼈들이 신성한 기운 속에서 연합하고 소통하는 상상적인 질서이다. 그것을 시인은 "순결한 영혼의 탯줄"이라고 표현하고

있지만, 사실 시인은 생명이 고갈되고 핍절된 불모의 공간을 소생시키고 다시 생성의 기운을 쓸어넣고 있는 절대 타자에 대한 기투(企投)를 행하고 있는 것이다. 시인의 의식하였든 그렇지 않든 이러한 구약성서적 상상력은 시가 진행되는 과정에서, "그렇게 아픈 것이 저 백색정토라면/희고 차게 얼리어서 바친 萬物의 즙/즙의 華嚴이 해탈이라면/무엇으로 206개의 사람 뼈에도/봄눈이 내리게 할 수 있을까"로 이어지면서 다시 해탈의 도정으로 발전하고 있다. "백색정토"에서 얼리고 얼린 즙으로 화엄에 이르는 이 해탈의 도정은 시인의 열망이 사실은 제 속의 열망을 죽이면서 또한 "萬象의 뼈들에게" 신성의 기운을 끼치고 싶은 연민과 사랑의 한 형식으로 나타나고 있는 것이다.

4

최근의 박라연 시에 점증하는 부분은 슬픔을 내면으로 응결시키면서 신비로운 상상의 세계를 공중 속에 구축하고 있다는 점이다. 이를 두고 종교적 상상력의 한 개화(開花)라고 말할 수 있을 것이다. "혼자서 흘린 눈물 고였다면/섬 하나는 거느릴 수 있을 것이다"(「더 깊은 섬 속의 사슴」, 『생밤 까주는 사람』)는 이 시인의 슬픔과 눈물의 고백이, 개인적인 내상(內傷)의 문양들을 떠나, 내면 속에서 하나의 완성형을 얻어가는 과정의 결과가 최근 그가 집중적으로 쓰고 있는 종교적 상상력의 시편들이다. "왔던 길 다시 가서 초행처럼/돌아오고 싶다”(「겨울잠 네 흙 속으로 간다」, 『너에게 세들어 사는 동안』)던 작가적 희구가 “영면했을 때/내세(來世)이든 내세(來世)이든/그 내부가 더 선명해지는/온전한 뿌리가 되는/종교처럼/누워서/ 끝에 닿아보고 싶다”(「느티나무」, 『공중 속의 내 정원』)는 바람으로 이어지면서 좀 더 생기있고 힘있는 서정과 상상으로 거듭나고 있는 것이다.

그래서 우리는 그의 시가 “얼마든지 産卵·植木이 가능했던 그곳의 시간들!”(「뒤표지글」, 『공중 속의 내 정원』)에 대한 열정적인 회상과 소급의 언어로, 또한 그 산란과 식목의 항구적 가능성을 아름답게 구현하는 세계로 나아가기를 바라는 것이다.(2002. 6)

'통증'과 '죄', 기억과 성찰의 시학

이재무 시집 『위대한 식사』

1

이재무 시인이 5년 만에, 여섯 번째 시집 『위대한 식사』(세계사, 2002)를 펴냈다. 시간대로만 보면 이번 시집에는, 불혹(不惑)을 넘기면서 시인이 겪은 여러 경험과 생각의 내용이 담겨 있다. 특히 이번 시집에는, 자연 사물과 깊은 친연성을 맺으면서 거기서 생의 지혜를 얻으려는 시인의 의욕이 강하게 착색되어 있다. 얼핏보면 의인론적(擬人論的) 세계관이나 자연 편향의 환경 시편들로 곧장 연결될 것만 같은 이러한 시작법은, 그럼에도 불구하고 그의 시로 하여금 안이한 알레고리나 계몽 담론으로 귀결되지 않고 개성적인 시적 전언을 구성해내게끔 하는 유력한 방법이 되고 있다.

전체적으로 시집은, 해설을 쓴 이숭원 교수가 적절하게 지적하고 있듯이, 이른바 '생태시'의 외관을 현저하게 취하고 있다. 시인 스스로도 별 허물없이 자연 곳곳에 생의 순간들을 저며넣는 상상적 노력을 줄곧 감행하고 있으니만큼, 앞으로 그가 써나갈 시편들이 일정하게 생태시의 기율을 띠게 될 것이라고 예단하는 것도 그리 큰 무리는 아닐 것이다.

우리가 새삼 강조할 일도 아닌 듯하지만, 우리의 근대는 인간의 진화론적 욕망을 위해 반(半)항구적인 자연의 생명을 단시간에 가불하여 쓴 꼴이다. 그래서 자연의 생명력은, 우리가 현재 목도하고 있는 바와 같이, 과연 갱생이 가능할까 할 정도로 그 자체의 탕진과 위기 국면이 심화되고 있는 형편이다. 이재무 시인의 시적 반응 역시 이와 같은 징후들을 온몸으로 느끼면서 시작되고 있다. 시집 곳곳에 훼손된 자연에 대한 안타까운 항변이 가로놓여 있는 것도 이러한 시적 인식과 감각 때문일 것이다. 특히 「복개천」이나 「중랑천 물고기」 같은 일종의 '배역시(配役詩)'들은 이러한 시인의 생각을 비교적 선명하게 각인하고 있는 시편들이다.

그러나 그의 뚜렷한 생태시적 지향에도 불구하고, 더욱 중요한 것은, 그의 시가 자연의 원초적 동일성을 과도하게 숭배하는 근본주의적 슬로건이나 인간 중심적인 캠페인 차원의 환경 담론에는 큰 관심을 보이지는 않는다는 점이다. 이재무 시인은 이 같은 양극(낭만적 자연 찬탄과 인간 중심적 현실주의)을 균형있게 경계하면서, 과거의 풍요로웠던 기억과 현재적 삶의 여러 모순들을 잇는 현실적 감각과, 그 과정에서 치러내는 스스로의 삶에 대한 성찰의 진정성을 견지하고 있는 것이다. 결국 이 점이 이재무 시인만의 특장이다.

2

이재무 시인의 시적 지향이, 풍요로웠지만 지금은 사라진 자연과 유년의 풍부한 서사를 향해 있던 것이 꼭 이번 시집부터라고 말할 수는 없다. 오히려 제3시집 『벌초』(1992)에서 그 같은 지향은 그 선명한 육체를 드러낸 바 있고, 특히 유년의 아름다웠던 기억들은 이 시인의 시적 생애 내내 중요한 시적 자질로 기능하고 있었다고 보아야 할 것이다. 이번 시집은 자연과 유년에 대한 풍부한 기억들을 재현하면서도, 그것이 생의 반 바퀴를 돌아 쓸쓸한 삶에 이른 한 중년 사내의 성찰을 동반하고 있다는 데 큰 특징이 있다. 그 점에서 시집의 첫머리에 실린 다음 작품은 이재무 시의 현재적 지형을 보여주는 상징적인 전언을 담고 있다.

우리 마을의 제일 오래된 어른 쓰러지셨다
고집스럽게 생가 지켜주던 이 입적하셨다
단 한 장의 수의, 만장, 서러운 哭도 없이
불로 가시고 흙으로 돌아, 가시었다
잘 늙는 일이 결국 비우는 일이라는 것을
내부의 텅 빈 몸으로 보여주시던 당신
당신의 그늘 안에서 나는 하모니카를 불었고
이웃마을 숙이를 기다렸다
당신의 그늘 속으로 아이스께끼장수가 다녀갔고
박물장수가 다녀갔다 당신의 그늘 속으로
부은 발등이 들어와 오래 머물다 갔다
우리 마을의 제일 두꺼운 그늘이 사라졌다
내 생애의 한 토막이 그렇게 부러졌다

— 「팽나무가 쓰러, 지셨다」 전문

　고향 마을에 우뚝한 자태로 서서 사람들과 같이 생명을 이어가던 ‘팽나무’가 생애를 다하는 순간, 시인이 느끼는 것은 어떤 ‘통증’에 가까운 것이다. 팽나무는, 시인은 물론 시인의 고향 사람들에게 거의 육친의 역할을 해왔던 모양이다. 그는 그들에게 “우리 마을의 제일 오래된 어른”이고, “고집스럽게 생가 지켜주던 이”였으니까 말이다. 그는 마치 자식들을 멀리 떠나보내고 자신만은 자식들이 언젠가 돌아올지 모르는 고향을 지키시는 우리 어르신들을 고스란히 은유하고 있는 것이다. 바로 그 “잘 늙는 일이 결국 비우는 일이라는 것을/내부의 텅 빈 몸으로 보여주시던 당신”이 “입적”하셨으니, 그건 곧 시인에게는 서러운 부음(訃音)이 아닐 수 없다.

　그러나 자연의 한 생명이 생애를 다하는 순간 찾아온 슬픔은, 시인에게 남다른 전환의 감각을 부여하는 계기가 된다. 어쩌면 팽나무는 고향을 떠나 있던 시인에게 언젠가는 돌아갈 근원처럼, 무의식 속에도, 시간의 마디마디 속에도, 회색 도시의 난장(亂場) 속에도 환하게 도사리고 있던 가치의 원천이었을 게다. 그러니 팽나무의 죽음으로 “내 생애의 한 토막”이 꺾여나가는 것이 아닌가.

　그래서 이 시집 첫머리에 이 작품이 놓여 있는 것은, 팽나무와 더불어 살아왔던 삶(그게 유년의 기억이든 도시로 나와서 늘 의식하곤 했던 고향에 대한 죄의식이든)과, 나머지 한 “생애의 토막”(중년 이후 그가 노래해야 할 가치들)이 엄연하게 갈라지는 데 대한 실존적 승인이 이 시집을 규율하고 있음을 알게 하는 대목이다. 그래서 이 작품을 여느 환경 시편이나 사향(思鄕) 시편 정도로 읽고 마는 것은, 이재무 시인이 이 시집을 통해 자신의 생에서 마련하고 있는 중요한 전환점을 놓치고 마는 것이다.

시집의 표제작 역시, 아름답고 풍부했던 지나간 시간에 대한 재현과 함께, 이 시인이 행하고 있는 자기 성찰의 한 예증으로 읽힐 수 있다.

산그늘 두꺼워지고 흙 묻은 연장들
허청에 함부로 널브러지고
마당가 매캐한 모깃불 피어오르는
다 늦은 저녁 멍석 위 둥근 밥상
식구들 말없는, 분주한 수저질
뜨거운 우렁된장 속으로 겁 없이
뛰어드는 밤새 울음,
물김치 속으로 비계처럼 둥둥
별 몇 점 떠 있고 냉수 사발 속으로
아, 새까맣게 몰려오는 풀벌레 울음
베어문 풋고추의 독한,
까닭 모를 설움으로
능선처럼 불룩해진 배
트림 몇 번으로 꺼트리며 사립 나서면
태지봉 옆구리를 헉헉,
숨이 가쁜 듯 비틀대는
농주에 취한 달의 거친 숨소리
아, 그날의 위대했던 반찬들이여

― 「위대한 식사」 전문

이 작품의 세목들은 한결같이 과거적이며, 농경적이며, 훼손되기 이전의 풍경을 이루고 있다. 가족들이 자연을 배경 삼아 하고 있는 이 '위대한 식사'야말로, 이 시인이 지향하고 있는 생태 시학의 한 수원(水源)이 아닐 수 없는 것이다. 이 작품만 떼어놓고 분석하면, 우리는 그의 시가 퇴행적인 과거 지향의 시들이라고 예측할 수 있게 된다. 그러나 시집을 좀 더 꼼꼼히 들여다보면, 이 작품의 내용이 곧바로 「민물새우는 된장을 좋아한다」의 유년 서사와 「가재는 일급수에만 산다」의 가족 서사로 이어지고 있음을 알게 된다. 이들 작품에서 시인이 노래하는 것은 "까닭 모를 설움"(「위대한 식사」)으로 상처 난 삶을 살아가는 이가 "아이들 눈에만 자주 그들이 들키는 것"(「가재는 일급수에만 산다」)을 발견하는 데 있다. 따라서 거기 나타나고 있는 것은, 자연에 대한 맹목의 찬탄이 아니라 자신의 속화된 생에 대한 쓸쓸한 '발견'이다. 시력이 나쁘면서도 가재를 잘 잡는 아들은, 자연과 어린이가 얼마나 근친적(近親的)인가를 발견케 해주는 동시에, 시인의 낡아가는 생을 발견하는 계기가 되어준 것이다. 마찬가지로 그의 고향도 "돌아서면 다숩고 깊고 아늑한/상한 짐승이 찾는 동굴"(「강경역」)이지만, 여기서 시인이 강조하는 것은, "다숩고 깊고 아늑한" 고향의 이미지보다는 거기를 떠나 살고 있는 "상한 짐승"의 이미지라고 할 수 있다.

따라서 시집 곳곳에 펼쳐지는 그의 시는 엄밀히 말해 '팽나무'로 상징되는 '고향/유년/자연'의 사실적 재현이라기보다는, 그것들을 내적 계기로 품으면서 자신의 생을 성찰하고, 자연 사물의 경험과 사회 현실을 매개하려는 태도의 소산이라고 할 수 있다. 이러한 내적 성찰과 현실의 접점을 마련하는 관계론적 사유와 감각이야말로 그의 시를 운동 차원의 환경 시편이나, 자연을 절대선으로 숭배하는 탈(脫)문명적 시편들과 갈라서게 하는 원초적인 힘이다. 그래서 그의 시는 자연을 '환경(環境, Umgebung)'이라는 인간 중심적 언어로 귀착시키는 태도나, 훼손된 도시적 삶에 대한 안이한 안티테제로서 절대적인 귀거래(歸去來)를 노래하는 근본주의적 자연 중심의 태도를 다 같이 경계하고 있는 것이다.

지나간 시간을 개인적 인식의 단위로 단순화하고 구성하는 '개인적 기억'으로서의 퇴행(regression)적 상상력과는 달리, 기억의 이 같은 자기 중심성과 나르시스적 성격을 뛰어넘어, 그것을 '공동체의 기억'과 매개시키는 상상력이 이재무 시학의 강한 오리지낼러티임은 이로써 입증될 수 있다. 그래서 그는 우리의 구체적 삶 안팎에 잔존하고 있는 여러 억압과 불평등의 문제를 생태적 상상력에 접맥시키는 시선으로, 우리들 삶 곳곳에 배어 있는 여러 식민적 요소들에 대한 비판을 거두지 않는 것이다.

3

이번 시집에서 우리가 이재무 시인만의 자의식을 강하게 느낄 수 있는 것은, 시집 여기저기서 나타나고 있는 그의 예민한 두 가지 감각 때문이다. 하나가 자신의 삶에 대한 어떤 '통증(痛症)'의 감각이라면, 다른 하나는 생의 순간 순간에서 무수히 돋아나는 '죄(罪)'에 관한 감각이다. 이 두 가지는 사실 동전의 양면 같은 것이어서, '죄'에 대한 의식 때문에 '부끄럼'이 찾아오고, '부끄럼'이 곧 '통증'을 수반하게 되며, 그 '통증'이 '죄'에 대한 감각을 팽창시키는 일련의 순환 구조를 이루고 있다.

"나는 왜 마음의 뼈에 통증 느끼며 걸어야/하는 것인가"(「開心寺」)

라며 자연 곳곳을 순례하는 시인은 거기서 “우리네 아픈 생의/내력”(「구절리 가는 길」)을 읽는다. 그러면서도 “앉고 싶고 눕고 싶은 나의 生/거듭 걷어차며 호통치는 나의 畏友여, 엄한 스승이여”(「리기다 소나무」) 하며 편재(遍在)해 있는 자연의 스승들과 조우한다. 그러니 “나뭇가지 하나 하나가 회초리 되어/내 부패한 살[肉]이 아프다”(「부활을 꿈꾸며」)고 말할 수 있고, “山은 회초리 되어 종아릴 아프게 하고(…)/山은 죽비 되어 등허릴 따갑게 한다”(「지상의 양식」)고 노래할 수 있는 것이다. 그 통증은 형벌로 발전하여, “살아 있는 동안 이 형벌로/나 괴롭고 즐거우리”(「囚人」)라고 시인은 말하고 있다. “나는 이 통증을 삶의 등불로 내걸고 살아가야 하리”(「자서」) 하면서 말이다.

이처럼 자연이 시인에게 던져주는(엄밀히 말하면 시인이 자연을 통해서 자발적으로 느끼는) 통증들은, 이 시인이 얼마나 내면적으로 윤리적이고 나아가 종교적이기까지 한가를 보여주는 무의식적 기표들이다. 자신의 내면은 철저하게 후경화(後景化)시킨 채, 자연의 육체성만을 감탄하고 찬양하는 한가로운 생태 시편의 범람에 비추어볼 때, 이 같은 ‘통증’의 시학을 지속적으로 던져주고 있는 이재무 시는 단연 정직성과 진정성을 그 핵심적 질료로 삼고 있는 것이다.

그 점에서 이번 시집에 가장 이채롭게 고개를 내밀고 있는 또 하나의 단어는 바로 ‘죄’인데, 이 또한 시인의 철저한 자성적 자기 인식을 드러내주는 핵심적 표지(標識)일 것이다. 이미 “먼지로 두꺼워진 몸”(「길」)을 이끌고 그는 “나는 왜 죄도 없이 작아져 부끄러운가”(「은행나무」) 하면서 길을 걷는다. 죄가 없어서 부끄러운 것이 아니라, 죄에 대한 남다른 감각이 그를 부끄럽게 하는 것이다. “길은 길이어서 낮이 설수록 죄는 투명해지”(「늦가을 소로」)고, “내 낡은 신발이 남긴 죄의 발자국"(「봄비」)을 하염없이 의식하면서 시인은, "내가 뿌린 죄로 서울의 하늘이 널빤지같이 두껍다"(「관악에 올라」)는 자각과 "몰래 키워온 죄 버리려"(「순례」) 길을 걷는다는 의식을 보여준다. 이 역시 정결한 삶에 대한 갈망과 그렇지 못한 한 마리 "상한 짐승"(「강경역」)의 대위(對位)를 선명하게 보여주고 있는 대목들이다. 가령 "어둠이 무거운 죄처럼 고여/출렁거리고"(「아내의 병실」), "심술 사나운 저 봄/여기저기 죄의 불을 놓는구나"(「봄이여, 잔인한 형벌이여」), "죄스러워 부모님께 언젠가는 고백하리라"(「그 눈에 삼삼한 그리움」), "죄의 나날들을 일별하고 참회의 긴 기도를 올리는 것이다"(「첫눈」), "어느새 나는 죄의식 없이 천국의 시민인 양/의기양양 살고 있었고"(「나는 어느새」), "부지런히 죄의 길을 걸어오는 동안"(「사라진 분노를 위하여」) 등등에 이르면 결국 이 시집의 중심이 '자연'을 넋놓고 바라보는 데 있지 않고, 그것을 통해 결국 자신의 "생애의 한 토막"(「팽나무가 쓰러, 지셨다」)을 응시하는 데 있음을 알 수 있다.

이처럼 시인은 '통증'과 '죄'의 시학을 우리 시대 어느 누구보다도 줄기찬 지속성으로 수행해오고 있다. 그러나 한 가지 첨언할 것은, 그 죄의식이 실존적인 데서 그치지 않고, "월남을/잊고 일본만을 기억하는 것은 우리들 아버지, 삼촌을 이어/또 한번 죄를 짓는 것"(「베트남에서 돌아온 P시인에게」)이라거나 "죄 많은 다리를/너희 나라 촌부들은 저렇듯 한가하게 걸어간다만"(「두만강 초소에서」)에서 볼 수 있듯이, 역사적 문맥으로 확장되면서 우리 삶의 식민성에 대한 비판에까지 이르고 있다는 것이다. 그 점에서 우리 땅의 역사와 삶을 직접적 소재로 삼은 시집 4부를 눈여겨 읽는 것도 이 시집의 또 하나의 맥(脈)을 찾아보는 의미있는 독서가 될 것이다.

그러나 나는 안다, 저 잡풀들의 숨겨진 캄캄한 식욕을
저들은 언젠가 우울과 권태 그리고 마침내
이 녹슨 철도까지를 삼켜 저들의 영토 넓혀가리라
저들은 한때 우리들 생의 용기였고 구원이었다
그러나 나는 지금 저 잡풀들의 식탐이,
절망과 패배 모르는, 악착같은, 생의 집착이
싫어졌다 무료하게 누워 있는 두 줄의 적색 선로
저들에게도 광휘로 빛나던 날이 있었다 그러나
하얗게 반짝이며, 수많은 승객과 화물을 실은
기차의 중압 보람으로 견디던 날들은 지나갔다
지금은 다만 外地에서
조용히 누워 소멸의 긴 시간 보내고 있을 뿐이다
오지 않는 기차, 더이상 기다리지 않는, 녹스는
철길 따라 웃자란 잡풀 짓이기며 나는 걷는다
진흙이 달라붙어 발걸음이 무겁다
아무래도 송도까지는 생각보다 긴 시간이 걸릴 것 같다
—「外地에서」 중에서

시인은 그동안 자신이 몸담았던 여러 실천적 운동들("기차의 중압
보람으로 견디던 날들")이 지나갔다고 선언한다. "오지 않는 기차, 더이
상 기다리지 않는, 녹스는/철길 따라 웃자란 잡풀 짓이기며 나는 걷
는다"는 표현 역시 도래하지 않는 유토피아에 대한 쓸쓸한 승인의
태도일 것이다. 그러나 시인이 과거의 자신을 청산하고, 새로운 패
러다임의 끝없는 양산으로 나아갈 것인가 하면, 그렇지는 않아 보인
다. 새로운 패러다임이 우리 시대에 강력한 변화를 요청하고는 있지
만, 이재무 시의 근본 동력까지 그로 인해 바뀌지는 않을 것 같아
보이기 때문이다. 그는 새로움을 찾아나설 줄 아는 유목민이기도 하

지만, 자신의 생의 내력이 갖는 지속성을 거기에 통합, 매개할 줄 아는 우리 시대의 몇 안 되는 현실주의자이니까 말이다.

그래서 최근작에서 시인이 보여준 '도꼬마리'의 상징, 예컨대 "모여서서 흩어지고/흩어져선 다시 모이는 종착 없는 그 먼 여정,/유목의 나날이여/종가집도 없이 떼지어 살면서도 유랑을 사는/가이아의 적자여, 운명의 눈부신 집요함이여"(「도꼬마리」, 『현대시』 2002년 5월호)라고 노래한 그 '도꼬마리'의 형상은, 그의 말처럼 "해체와 집중을 반복"하면서 그에게 생의 지혜를 주는 그의 새로운 시적 지표로 자리잡을 것이다. 그래서 이제 그는 "그 어떤 발자국의/흔적조차 남지 않은 최초의 길을 오롯이"(「큰비 다녀간 산길」) 걸으면서 "요동치는 이 서러운 혼돈의 춤"(「바위」)을 계속 추게 될 것이다.

4

근대적 이성에 의해 분화되기 이전의 '원초적 통일성'이 이제는 존재하지 않는다는, '통증'에 가까운 서늘한 인식을 이재무 시인은 확연하게 하고 있다. 이제 고향을 미화하고 유년을 재현하는 시보다는, 그의 나머지 반토막 생의 진실성과 직접성을 그는 노래할 것이다. 그런가 하면 이재무 시인은 자본주의적 삶과 기율이 여전히 사물들을 구별하고 분리시키고 고립시키는 데 저항해갈 것이다. 말하자면 시인은, 앞의 것을 현실성 없는 낭만적 충동으로, 뒤의 것을 현실 순응의 투항으로 비판해갈 것이다.

그러자니 양쪽 중의 하나로 담론적 실재를 삼은 시인들에 비해 그의 시적 여정은 매우 고단할 것이다. 그러나 이때 그는 "서정시는 기억에 의하여 한때의 정서를 고정시키거나 영속화하려는 기도"라고 하는 빌헬름(W. Wilhelm)의 정의에 저항하는 시인으로 거듭나게 될 것이다. 이 모든 것이 타자와 내적으로 연결되어 있다는 시인의 냉엄한 관계론적 시각의 반영일 터이다. 그러니 "관계란 얼마나 벅찬 노동"(「관계」, 『시간의 그물』, 1997)인가.

우리가 잘 알듯이, 이재무 시인은, 한 권의 시집이 놀라운 집중성을 보이게끔 시적 담론을 미리 기획해서 한 편 한 편 써나가는 시인이 애초에 아니다. 그는 대개 그때그때의 몸의 기억에 충실한 시편들을 가장 구체적이고 현재적인 감각과 정서의 결로 쓰고 있는, 삶의 구체성과 시적 발상의 진정성을 무엇보다 중시하는 시인이다. 그의 시적 출발이 『삶의 문학』(1983)이지 않았는가.

이제 등단 20년을 넘어서는 이 '젊은' 중견 시인의 미래가, 그렇게, 여전히, '삶'이 허락하는, '삶'의 관계들이 이루고 있는 '문학'의 형상으로 열려가기를 바란다.(2002. 9)

'생성/사랑'과 '소멸/고통'에 대한 무거운 성찰
박찬일의 시

1

박찬일은 1993년 『현대시사상』으로 등단하여, 올해로 10년째 그
나름의 시학적 일관성과 개성적 음역(音域)으로 시를 써온 시인이다.
그 사이에 그는 『화장실에서 욕하는 자들』(이하 『화장실』, 세계사, 1995)
과 『나비를 보는 고통』(이하 『나비』, 문학과지성사, 1999) 등 두 권의 시
집을 세상에 내놓았다. 그가 올해 제3회 박인환 문학상 수상자로 결
정되었다. 수상작은 대상 작품인 「나는 푸른 트럭을 탔다」를 비롯
하여 「나비의 꿈」, 「교자상」, 「고무줄과 시멘트」, 「우주 나무」 등이
다. 이 작품들은 그동안 박찬일이 견지해왔던 시적 개성의 연장선에
있는데, 그 점에서 그는 자신의 세계를 점층적으로 진화(進化)시켜온

시인이라기보다는 10년째 자기 세계를 심화(深化)시켜온 시인이라고 할 수 있을 것이다.

　박찬일 시의 개성은, 그동안의 평자들이 대체로 동의해왔듯, 세계에 대한 '부정(否定)의 상상력'이 시니시즘이나 블랙 유머의 양식을 띠면서 풍자 정신 및 묵시록적 비판 의식으로 현현되었다는 점에 있다. 그리고 그의 시는 의미론적 명징함보다는 시어들끼리의 불연속적 병렬을 줄곧 보이면서, 상식이나 순리보다는 불편하고도 섬세한 지적 개입을 요청하는 세계로 우리에게 다가왔다. 그렇기 때문에 첫 번째 시집의 해설을 쓴 이가 "그의 시는 우리의 안락함을 불안하게 만들고, 이 소돔의 세계를 가끔 뒤돌아보게 만든다"(김용민)고 말한 것은 매우 자연스러워 보인다. 요컨대 박찬일 시학의 근간은 사물이나 현상에 대한 '반성적 거리'를 확보하는 지적 치열성에 있다. 그 치열성이 안이한 화해나 감상적 세계 이해 그리고 평이한 문맥을 거부하게 만든 셈이고, 그 점에서 일정하게 난해성이 초래된 것도 불가피한 일이었을 것이다.

　그렇다고 박찬일 시의 의미론을 구성하는 것이 전혀 무망한 일은 아니다. 곧 그의 시가 요령부득의 운무(雲霧)에 감싸여 있는 불가해한 수수께끼는 아니라는 말이다. 다만 그의 시는 독자들 스스로의 지적 개입을 통해 문맥을 재구성하는 이른바 '능동적 독서'를 요구하고 있을 뿐이다. 그래서 우리가 그의 시를 읽을 때 우선적으로 염두에 두어야 할 것은, 그의 시가 거느리는 사물의 이미지가 선택되고 배열되고 배제되는 방식과 그것을 세계내적 존재가 치르는 고통과 불안과 운명의 함의로 전환시키는 시인의 상상력이 가지는 특유의 활력이다. 그 방식과 상상력의 이채로움이 결국 박찬일 시의 개성인 셈이다.

이 글에서는 이번에 시인에게 수상의 영광을 안긴 작품들을 주요 대상으로 삼으면서, 시인이 이미 펴낸 두 권의 시집을 참조하여 박찬일 시가 그리는 현상학과 그 이면에 일고 있는 파장들을 소묘해 보고자 한다.

2

박찬일의 시는 '생의 무거움'에 대한 존재론적인 성찰로부터 시작되었다. "나는 이 세상에 단 하나뿐인 경우"(「푸른 바다」, 『화장실』)라고 믿고 있는 시적 주체가 "마치 단 한 번의 痛恨을 위하여/평생을 참은 것처럼"(「추(錘)」, 『화장실』) 생을 마주하고 있기 때문이다. 그 같은 일회성의 실존이 감당해내고 있는 '생의 무거움'은 생성과 소멸의 순환 과정을 겪을 수밖에 없는 운명에 대한 자각에서 오는 경건하고도 진중한 태도이기도 하다. 그의 등단작은 이와 같은 그의 태도를 상징적으로 우리에게 알린다.

눈은 가볍지만은 않다./이것은 김춘수의 말이다./참을 수 없는 존재의 가벼움에 대해서는 밀란 쿤데라가 기록했다./나는 김춘수의 말에 장단을 맞추기로 한다./왜냐하면//눈은 혼신의 힘으로 떨어져서 사라진다 마치 트라클처럼이기 때문이다.//눈을 붙잡는 힘에 대해서도 마찬가지다./눈은 사과처럼 무겁게 떨어지기 때문이다.//눈 속은 더 무겁다./눈을 구성하는 힘은 여자를 따라다니는 남자보다 더 기

운 있어 보이기 때문이다./양성자를 묶어 두는 힘 전자를 묶어 두는
힘/별과 별을 묶어 두는 힘/스티븐 호킹/일백오십 억 년 전/끊임없이
채근대는 소크라테스/예수/아, 무겁다./눈을 감고 가만히 있을 수 있
는 사람 나와보라고 해.//내가 걷는 모습/내가 말하는 것/나는 피사체
로서 이 세상을 무겁게 돌아다닌다./천천히 사라져 간다./저 광활한
우주 속으로.

— 「무거움」 전문(『현대시사상』 1993. 겨울)

이 작품에서는 많은 시인, 철학자, 사상가, 성인들의 어록이 인유
(引喩)되고 있거나 그들의 이미지가 부분적으로 채용되고 있다. '김
춘수/쿤데라/트라클/호킹/소크라테스/예수' 등이 그들이다. 먼저 대립
하고 있는 것은 김춘수와 쿤데라인데, 그 대립의 준거는 그들이 언
표한 바 있는 "무거움/가벼움"이다. 물론 그들이 발화한 고유의 문
맥까지 시 안에 온전히 복원되고 있는 것은 아니다. 다만 시인의 기
억의 잔상(殘像)에 녹아 있는 확연한 대립어만이 시적 긴장을 형성하
면서 시인을 한 편에 서게 한다. 그것은 곧 김춘수의 편이다. 다시
말해서 시인은 "눈은 가볍지만은 않다"는 것에 동의하기로 하는 것
이다. "왜냐하면//눈은 혼신의 힘으로 떨어져서 사라진다 마치 트라
클처럼이기 때문이다". 여기서 "혼신(渾身)의 힘"이란 자신의 무게를
온전히 감당하고 있는, 그 자체로 '무거움'의 형상이다. 그리고 그것
은 "눈을 붙잡는 힘에 대해서도 마찬가지다./눈은 사과처럼 무겁게
떨어지기 때문이다".

이때 표현되고 있는 '눈의 무거움'이야 물론 물리적인 역설이겠
지만, 시인은 "눈 속은 더 무겁다"고 말함으로써 물리적 외관 너머
이면의 무거움을 응시한다. 눈의 속에 "눈을 구성하는 힘"이 있기

때문이다. 그것은 "양성자를 묶어 두는 힘 전자를 묶어 두는 힘/별과 별을 묶어 두는 힘"이기도 하다. 그러니 시인은 오랜 세월 우리에게 말을 건네왔던 이들을 앞에 두고 "아, 무겁다"고 말하고 나서 자신 역시 그러한 무거운 발화와 행위의 주체라고 말한다. "내가 걷는 모습/내가 말하는 것/나는 피사체로서 이 세상을 무겁게 돌아다닌다"고 말이다. 그리고 그는 "천천히 사라져 간다./저 광활한 우주 속으로". 따라서 이 작품은 존재의 생성과 소멸, 무거움과 가벼움의 변증법을 산뜻한 아이러니로 보여주고 있는 시편이다.

그런데 시인은 이 등단작을 첫 시집 『화장실』에 수록할 때, 본문에 나오는 독일 시인 "트라클"을 한국 시인 "박정만"으로 바꾼다. 그리고 마지막 행인 "저 광활한 우주 속으로"를 빼버린다. 여기서 우리는 박정만(朴正萬) 시인이 이 작품에 개입하고 있는 양상을 살펴보아야 한다. 박정만은 군사 정권의 모진 고문으로 인한 정신적 충격과 육체적 피폐 끝에 나이 마흔셋에 병사(病死)한 시인이다. 그의 유고 시집 『그대에게 가는 길』(실천문학사, 1988)에 실린 첫 작품 「終詩」는 "나는 사라진다/저 광활한 우주 속으로"라는 짧은 구절로 이루어져 있다. 이 구절을 마지막 행에서 인유하고 있는 것이다. 그까닭은 아마도 박정만의 불우한 죽음이 덧없는 존재의 소멸을 은유적 등가로 보여주기에 알맞았기 때문일 수도 있고, 아니면 "피사체로 이 세상을 무겁게 돌아다"니다가 "천천히 사라져"가는 보편적 생의 한 경우를 박정만에게서 첨예하게 발견했기 때문일 수도 있다. 이처럼 "박정만"은 죽음과 파멸을 노래했던 독일 시인 "트라클"보다는 한결 정보의 직접성을 주고 있는 것이다. 그래서 그 마지막 인유 행을 빼버리고 시인은 '박정만'이라는 고유 명사를 시 안으로 끌어들임으로써, '생의 무거움'을 직접화하고 있는 것이다. 이같이 그의 등단작은 생의 무거움에 대한 철학적 성찰과 방법적 아이러니로 짜여져 있다.

이러한 아이러니적 방법론은 "혼신의 힘을 다해 날아가는 눈송이./얼마나 힘들었으면, 얼마나 큰 고통을 벗어놓았으면/그 몸무게가 되었나,//얼마나 살아 있고 싶으면/그 몸무게로도 떠 있나./모멸을 좇는 자여./나는 그대를 보는 최대로 같이 아픈 자./최대로 같이 아플 수 있는 자가 나."(「나비를 보는 고통 2」, 『나비』)라는 구절에서도 여실하게 확인된다. 이 시에서 '눈송이(나비)'는 "큰 고통을 벗어놓"은 채 가볍게 떠 있는 형상이다. 그러나 생의 고통을 진 채 사라져간 '무거움'이나 생의 고통을 벗어놓은 '가벼움'이 실은 충족과 결핍 사이의 왕복 운동일 수밖에 없는 생의 이치를 안팎에서 은유하고 있음을 우리는 어렵지 않게 알 수 있다. 그래서 삶은 완성형이 아니라 끊임없는 과정적 실체가 되는 것이다. 결국 그의 아이러니는 미학적 효용성 이전에 존재론적 의미를 지니고 있다고 할 수 있다. 두 번째 시집의 첫 페이지에 실린 다음 작품 역시 이 같은 범주에 든다.

> 소나무는 누가 가까이 오는 것을 싫어하는데도 사람들은 자꾸 다가가 만진다 배로 차고 등으로 찬다 싫어한다는 걸 알릴 방법은 죽음뿐이다./높은 바위 위에 뿌리내린 소나무들도 독하다
>
> — 「죽은 소나무」 전문(『나비』)

자신에게 범접해오는 속악한 가치들에 대한 근본적인 항변이자 시위로서 택하고 있는 '죽음'은 소나무가 택한 가장 능동적인 생의 형식이다. 따라서 소나무의 죽음은 물리적 생의 종착역이 아니라 오

히려 새로운 존재 증명의 유일무이의 방법론이 된다. 그의 짧은 시 전문인 "서 있는 모든 것은/눕고 싶어한다."(「중력」, 『화장실』)라는 역설과 "겨울이 와도 봄을 기다리지 않는다./봄이 와도 싹을 틔우지 않는다고 노래부른다./모든 바람에게 길을 터주는/그는//노래부른다./죽은 나무가 나무다./영원히 나무다."(「죽은 나무가 나무다」, 『화장실』)라는 새롭고도 상상적인 질서는 박찬일 시가 추구하는 방법론이자 존재론이 되고 있는 것이다. 그래서 그의 시에서 '고통'은 어떤 특정한 외인(外因)에 의해 생겨난 장애 요인이 아니라, 오히려 그가 언젠가 인용한 적인 있는 게오르크 뷔히너의 말 "악을 부인할 수는 있다. 그러나 고통을 부인할 수는 없다"(「알 수 없는 고통」, 『나비』)처럼, 생의 편재적(遍在的) 원리인 것이다.

이처럼 박찬일 시인의 일관된 시적 욕망은 존재의 무거움과 고통에 대한 철학적 성찰을 통해 그것을 반어와 역설의 방법론으로 받아들이면서, 새로운 상상적 질서를 세우는 데 있다. 그 질서란 다름 아닌 세상의 불행과 무거움을 견딜 수 있는 방법론 곧 이지적인 독설과 관념의 활력이 구축하는 세계이다.

3

사르트르(Jean-Paul Sartre)는 『작가와 독자』에서 "문학적 대상이란 이상한 팽이와 같아서 움직일 때만 존재한다"고 말한 바 있다. 이는 물론 독자와의 다양한 소통 속에서 문학적 생명력이 확장될 수 있다는 뜻으로 한 말이지만, 문학에서 '팽이'라는 실체보다 '팽이의 움직임'이라는 과정적 현상이 더욱 중요함을 뜻하고 있기도 하다. 이처럼 문학 작품 안에서는 사물의 의미가 고정되지 않고 문맥 안에서 무한히 탄력적으로 퍼져가면서 의미를 생산해내고 있는 것이다. 다시 말하면 '시간성(Zeitlichkeit)' 속에서 변화하면서 문맥적으로 재구성되는 것이 시 속의 사물들이 갖는 본질이다.

「나는 푸른 트럭을 탔다」는, 사물 하나하나를 사실적으로 중시하는 실체론적 관점보다는 사물들이 어울려 빚어내는 관계론적 시각을 중시할 경우, 마치 '팽이의 움직임'처럼, 여러 겹의 삶의 과정을 환기하는 활력으로 충만해 있음을 알 수 있다.

사람들아 미안하다 나는 푸른 트럭을 탔다 푸른 트럭에서 나는
그대들 전부를 잊기로 한다 나도 잊기로 한다

푸른 트럭에서, 나는,
오이 당근을 파느라 감자 고구마를 파느라 양파를 파느라 시금치
마늘을 파느라
푸른 트럭에서 나는 수박 참외를 파느라 토마토 사과 귤을 파느
라 배를 파느라 계란을 파느라 정신이 없다.
이면수 꽁치를 파느라 조기를 파느라 고등어를 파느라 푸른 트럭에서
푸른 트럭을 파느라 푸른 트럭만 남기고 파느라

싱싱한 야채 있습니다 싱싱한 과일 있습니다 싱싱한 계란 있습니
다 싱싱한 생선 있습니다 녹음기에 녹음하느라
녹음기를 켜놓느라 싱싱한 야채 있습니다 싱싱한 과일 있습니다
싱싱한 계란 있습니다 싱싱한 생선 있습니다 정신이 없다.
미안하다 사람들아 나는 정신이 없다

　　푸른 트럭에서 나는 그대들 전부를 잊었다 나도 잊었다 푸른 트
　럭으로 사라지려고 한다 푸른 트럭을 몰고 사라지려고 한다 미안하
　다 사람들아 나는 푸른 트럭에 있다

　　정신이 없다 나는 포도주를 마신다 푸른 트럭에서 포도주를 마신
　다 야채를 팔아 과일을 팔아 계란을 팔아 생선을 팔아 포도주를 마
　신다 포도주만 마신다 정신이 없다

　　사람들아 미안하다 나는 푸른 트럭을 탔다 푸른 트럭에서 팔러
　다닌다 푸른 트럭을 팔러 다닌다 푸른 트럭만 빼고 팔러 다닌다 푸
　른 트럭에서 마신다 붉은 포도주를 마신다 그와 함께 붉은 포도주를
　마신다 미안하다 사람들아

　　나는 푸른 트럭을 탔다.

— 「나는 푸른 트럭을 탔다」 전문

　　"푸른 트럭"을 둘러싼 이 "정신이 없"는 노동의 연쇄는 그 자체
로 인과적 필연성보다는 환유적 인접성에 의해 구축된 하나의 허구
적 질서이다. 이러한 작품에서 사물들 사이의 선형적 계기성이나 그
들끼리의 인과율은 지워지기 십상이다. 따라서 이 작품에서 중요한
것은, "푸른 트럭"이 아니라 "푸른 트럭"을 둘러싸고 있는 사물들의
관계이고 그들이 어울려 빚어내는 혼돈의 활력이다.

　　이 시에 대한 산문적 개괄은 큰 의미를 띠지 못한다. 시적 화자
는 "사람들(그대들)"에게 말을 건네면서 "미안하다"고, "정신이 없다"
고, "잊었다"고 한다. 이 '미안함-분주함(정신없음)-잊어버림'의 관계
는 시간적 선후 관계가 아니라, 대상을 향한 혹은 스스로를 향한 동
시적 욕망일 뿐이다. 그리고 시인이 "푸른 트럭"에서 행하고 있는

노동의 실재들 예컨대 "타다/팔다/녹음하다/켜놓다/사라지다/마시다/다니다/타다"의 순환적 행위는 그 대상이 되는 다양한 것들을 엮으면서 "푸른 트럭"을 삶의 만화경적 상관물로 만들고 있을 뿐이다. '타다'와 '타다'가 이루는 순환 가운데 '사라지다'라는 동사를 배치함으로써 시인은 이 시의 활력이 노동의 환희나 생의 긍정적 전망에 가 닿고 있지 않음을 명확하게 보여준다. 이는 "저, 혀를 낼름거리는 공간 무서운/저, 끝없이 이어지는 시간 무서운/독립하고 싶다/혼신의 힘을 다해 좌절하고 싶다/무덤이고 싶다//무덤 속의 꿈이고 싶다 무덤을 벗어나려는/저, 혀를 낼름거리는 공간으로/저, 끝없이 이어지는 시간으로"(「나비의 꿈」)의 소멸 의식이 가지는 아이러니와도 통한다. 따라서 이 시편은 "푸른 트럭"에서 "붉은 포도주"를 마시며 활력과 소멸의 순환을 겪고 있는 우리들 삶의 욕망을 건조하고도 지적으로 제시한 상상적 삽화인 셈이다. 그리고 비인칭의 존재들에 대한 묘사와 재구성을 동시에 구현하고 있는 이 시편은, 모리스 블랑쇼(Maurice Blanchot)의 말처럼, "세계의 외곽에서 그리고 마치 시간의 종말에서인 것처럼 스스로를 위치시키기 위하여 현재의 장소와 시점을 초월하는" 시적 특권을 충족시키고 있다고 할 수 있다.

이 점에서 박찬일의 시는 알레고리로의 유혹에서 완강히 자신의 권역을 지키는 특성을 보이고 있으며, 활력과 우울이 동전의 양면처럼 동반될 개연성이 있는 나르시시즘으로부터도 가뿐히 벗어난다. 또한 위악(僞惡)으로의 경사나 키치의 포즈도 배제하고 있다. 다만 지적 개입을 통한 삶의 건조함과 불투명성을 균형있게 구성해가고 있을 뿐이다. 그 점에서 현대 사회의 지리멸렬함은 그의 시가 겨누는 표적이기도 하지만, 그의 시가 나고 자라는 최적의 서식지이기도 하다.

강물을 흐르게 하고 그 위에 교자상을 올려 놓았다
아니, 강은 있었고 그 위에 교자상이 놓여 있었다
물 위에 다리 네 개를 누르고 있었다

손님들의 교자상이었다 명절날의 교자상이었다
손님들은 가고 없었다 어머니도 없었다
강이 있었고 그 위에 교자상이 놓여 있었다

물 위에 다리 네 개를 누르고 있었다

교자상 위에 동상을 올려 놓았다
아니, 교자상 위에 동상이 앉아 있었다
다리 두 개를 누르고 있었다 힘을 쓰고 있었다
큰 강물이 흐르고 있었다, 교자상 밑에

— 「교자상」 전문

이 작품에서 교자상 '위'와 '아래'라는 공간적 구획은 전혀 다른 생의 형식을 암시하고 있다. 우선 외형적 설정으로만 보면, 교자상 아래에는 '강물'이 있었고(물론 1행에 의거하면 "강물을 흐르게 하고 그 위에 교자상을 올려 놓"은 것이 시인일 수도 있다. 아니 두 경우 다 가능하다. 그러나 어느 경우든 상관없다.), 교자상 위에는 '동상'이 앉아 있었다.(이 또한 동상을 올려 놓은 것이 시인일 수도 있다.) 교자상은 자신의 네 다리로 '강물'을 누르고 있었고, '동상'의 두 다리는 교자상을 누르고 있었다.('다리를 누르고 있다'는 표현도 아이러니다. 이는 '다리가 누르고 있다'와 '다리로 누르고 있다'를 동시에 충족시키면서 '다리'가 주체이자 매개이자 대상이 되기도 한다는 전언을 함축한다.)

그러므로 이 작품은 "강물"과 "동상" 사이를 "교자상"과 그 "다리"들이 잇고 있는 형상이다. 그러나 이것이 사실적 풍경일 리는 없

고, 시인의 허구적 욕망이 개입된 상상적 질서임에 틀림없다. 그것
은 앞서 보았듯, 사물들이 이루는 생성과 소멸 사이의 혼돈의 활력
을 증언하고 묘사하는 관념에 의해 완성되고 있는 것이다.

>   고무줄 위로 떨어지면 고무줄은 늘어난다
>   나란히 걸린 두 개의 고무줄 위로 떨어져도
>   두 줄 다 받쳐주지 못한다
>   머리가 먼저 시멘트에 닿고
>   다리가 그 다음에 닿는다
>   고무줄에 걸린 다리란 없다
>
>   고무줄을 높게 달아 놓으면
>   그럴지 모른다
>   고무줄은 늘어날 때까지 늘어나지만
>   시멘트에 닿지 않는다
>   목을 받친 고무줄
>   다리를 건 고무줄 때문에 살지 모른다
>
>   아슬아슬 살아 있는 것과 단 번에 끝나는 것
>   두 가지가 있다
>
> — 「고무줄과 시멘트」 전문

이 시의 외관은 고층 건물에서 스스로 낙하하는 자살 장면을 연
상케 한다. '고무줄'과 '시멘트'가 형성하고 있는 콘트라스트의 질감
은, 고무줄의 탄성(彈性)과 시멘트의 경성(硬性)의 질감에서 확연하게
나타나는데, 이 두 사물이 삶과 죽음의 가능성으로 이루어져 있는
삶을 환유하고 있다. 죽음의 완성과 그것의 지연 사이에 위태롭게
걸려 있는 삶을 이 시는 아슬아슬하게 환유하고 있는 것이다. 가능

성은 두 가지뿐, "아슬아슬 살아 있는 것과 단 번에 끝나는 것"이다. 그것이 '삶'이고 '죽음'이고, '사랑'이고 '고통'이다.

또한 "섬이, 깊어지면서 한없이 두꺼워지는 것처럼/다른 섬의 뿌리를 만나 하나가 되는 것처럼/혹성이 하나의 섬인 것처럼//우리 사랑도, 두꺼워지기를/우리도 뿌릴 만나 하나로 엉키기를 하나로 솟구치기를//혹성을 덮어 혹성을 삼키고/혹성 밖으로 뻗어 다른 혹성을 삼켜//우주 나무가 되기를/우주를 삼키기를"(「우주 나무」)에서 보이는 엉키고 솟구치고 삼키고 뻗어가는 우주적 활력은 "우리 사랑"의 두께를 우주적 범주로 확산하고 있다. 따라서 "박찬일의 시세계에는 묵시록적인 노여움과 분노심으로 가득 차 있"(정현기)다고 할 수 있지만, 그 묵시록적 태도가 '심판'에 의해서가 아니라 '사랑'에 의해 떠받쳐져 있는 역설의 풍경임을 우리는 여기서 알 수 있다.

결국 '사랑'과 '고통' 혹은 '삶(생성)'과 '죽음(소멸)'의 무한 순환만이 세계내적 존재로서 살아가는 우리의 실존을 말해주는 가장 확연한 원질(原質)이 되고 있는 것이다. 박찬일 시에서 사물들('강물', '고무줄', '나무' 등)은 그 자체의 실체적 의미로 등장하기보다는 독특한 허구적 질서를 위해 관념의 육체를 입고 있을 때가 많은데, 이번 수상작들은 그 첨예한 사례들이라고 할 수 있다.

4

박찬일 시가 가지는 문맥과 문장 사이의 거리는 미적 거리이고 반성적 거리이고 비판적 거리이다. 이는 모더니즘 미학이 추구하는 부정(否定)의 정신과도 통하며, 근원적으로는 세계를 읽는 그의 독법(讀法)이 희망의 원리에 의해 추동된다기보다 불가항력의 모멸들을 견디고 그것을 무겁게 성찰하는 방향으로 이루어지고 있음을 보여준다.

그는 편운문학상 우수상을 받는 자리에서 이미 "새로운 용기·새로운 그릇을 만들어내는 것, 그래서 비록 내용은 같지만 새로운 쓰임새를 만들어내고(효용성), 새로운 감동 및 새로운 울림을 만들어내는 것(즐거움), 그것이 문학이 아닐까요. 시가 아닐까요. 그래서 시인들이란 새로운 형식을 창조하는 자들이 아닐까요. 그래서 언어를 창조하는 자들이라고 말하는 것이 아닐까요."라고 말함으로써, 그의 시관(詩觀)의 일단을 피력한 바 있다. 그 "새로운 감동 및 새로운 울림"을 그는 감성적 자극이 아닌 지적 개입을 통한 '고통'과 '사랑'의 변증법으로 완성해가고 있는 것이다. 그의 두 번째 시집을 두고 시인 최승호가 "비열하기 짝이 없는 것들과 싸워야 하다니! 그러나 그는 진지하게 그것들을 대한다(절망에 대한 예의라고나 할까. 이것이 그의 강점이다). 야유도 진지하고 조롱도 너무나 진지하다. 여기서 블랙유머들이 태어난다. 그 유머는 품격이 있다. 건조하고 신랄한 시들. 부조리한 세상과 우스꽝스러운 인간을 향한 가차없는 비판들. 센티멘털리즘과 유치한 잠언들이 가슴을 떠는 최근 시단에서 박찬일은 유니크하고 도도해 보인다."라고 말한 것도 이 같은 박찬일의 냉정하고도 치열한 세계와의 대결 정신과 그로 인한 안간힘에 주목했기 때문일 것이다.

이 같은 역설의 방법론이 나날이 연륜을 더해감에 따라 확산, 심화되기를 우리는 바란다. 그리고 그가 해탈의 포즈나 관조의 미학 같은 '늙은' 시가 아니라, 언제나 팽팽한 지적 긴장과 부정의 활력을 견지한 '젊은' 시를 쓰는 후기 현대의 묵시록적 사제(司祭)가 되기를 충심으로 바란다. 그만큼 박찬일 시인은 우리 시단의 조로(早老) 징후에 대한 강력하고도 심미적인 항체(抗體)로 기억될 것이다.(2002. 10)

귀가하지 않는(못하는), 길바닥의 노래

정철훈론

1

　정철훈 시인은 불혹을 코앞에 둔 늦은 나이에 등단하여, 그동안
『살고 싶은 아침』(창작과비평사, 2000), 『내 졸음에도 사랑은 떠도느냐』
(민음사, 2002) 등 두 권의 무게있는 시집을 잇따라 펴내면서, 매우 개성
적인 자기 개진의 목소리를 우리 시단에 던져왔다. 이때 우리가 '무
게'나 '개성'이라는 표현을 스스럼없이 쓰는 까닭은, 내적 폐쇄성과
죽음 의식의 과잉으로 하나의 편향을 형성해가던 당시 시단의 분위기
에서 그가 꽤 낯선 균열을 일으키면서 보여준 이른바 '북방 정서' 때
문일 것이다. 아닌 게 아니라 그는 자신의 남다른 가족사 및 개인적
체험을 매개로 하여, '북방'에 얽힌 민족사적 원근법을 시 안에 적극

끌어들이고 미학화하였다. 그런가 하면 '광주(光州)'로 상징되는 한국 근대성의 파산 과정을 비판적으로 사유하면서 동시에 인간적 삶이 실현될 시원(始原)의 공간을 꿈꾸는 독특한 시적 공법(工法)을 보여줌으로써, 속악한 근대주의의 미망을 치유하고 극복하려는 그 나름의 치열하고도 일관된 시적 기율을 우리에게 제시하였던 것이다.

이러한 시적 전개가 절정을 향해 치달아가던 이전 시집들과 2년여의 상거(相距)를 가지게 될 그의 세 번째 시집 『개 같은 신념』은, 그 점에서 또 다른 낯선 균열의 지점을 선명하게 보여준다. 이 시집에서 시인은 시적 시선을 '현실'에서 '내면'으로, 그리고 '역사'에서 '일상'으로 깊이 내려앉히고 있기 때문이다. 우리가 잘 알듯이, 시인은 이전 시집에서 '북방'의 어느 벽촌에서 경험했음직한 풍경과 습속 그리고 거기에 얽힌 근원적 감각의 기억들을 노래하고 있다. 가령 「겨울밤」이라는 시편에 나란히 기표화되어 있는 "구덩감자/녹말국수/김치국/가재미젓(포)/고등어/북어살/도루묵/미역국/고구마/귀밀밥/대두밥" 등의 사물들은 한결같이 '시각'이라는 근대적이고 주체 중심적인 감각과는 달리 '미각'이나 '후각'이라는 원초적 감각을 중심으로, 우리 시대가 망각한 근원적 지점을 선명하게 재현하고 있었다. 이 같은 삶의 제시 방법 때문에 시인은 "저주받은 매혹 속에 도시에 포획된 시들이 횡행하는 최근 시단에서 용악과 백석의 황홀한 부활을 꿈꾸는 그는 정녕 이방인, 도시를 배회하는 한 마리 푸른 이리"(최원식)라는 비유를 얻었던 것이다. 하지만 이번 시집에서는 그 같은 '북방'의 황홀한 부활보다는, 일상이 엄혹하게 견지하고 있는 순환성과 불모성에 대한 사유와 감각으로 그의 시선이 현저하게 전이되어 있다고 할 수 있다.

말할 것도 없이, 이 같은 방향 전환은 다분히 실존적인 것이다. 작품 한 편 한 편의 놀랄 만한 직접성과 핍진성에 비추어보더라도 그 실존적 무게는 절대 가벼운 것이 아니다. 하지만 이는 또한, 의심의 여지없이, 시인의 남다른 미적 전략이기도 하다. 자신의 삶이 폐허에 가까워지는 과정을 정직하게 그려 보임으로써, 우리 시대의 어떤 징후를 간접화하는 방식, 그것을 두고 우리는 안락이나 순응을 택하지 않는 '귀가하지 않는(못하는), 길바닥의 노래'라고 명명할 수 있을 것이다. 왜냐하면 자기 자신의 삶의 속악성을 일종의 내부 고발의 시선으로 들여다보는 과정은, 인간 이성의 극점에서 펼쳐진 근대(近代)의 자기 전개 과정이 '삶의 폐허화'라는 측면을 그 중요한 속성으로 수반하고 있다는 점에 대한 효과적인 증언이 되기 때문이다.

물론 이때의 '폐허'는 외재적·물리적인 것에 그 성격이 그치지 않고, 인간의 내면이나 영혼 혹은 인간 사이에 이루어지는 사회적 소통 체계에 두루 걸쳐 있는 좀 더 근원적인 것이다. 그러나 그 '폐허'는 역설적이게도 인간 스스로 저지른 비이성적 폭력이나 집단적 광기를 통해 발현하며, 그로 인해 발생하는 깊은 '상처'나 '비애' 같은 것들은 폐허가 자신의 육체를 드러내는 가장 구체적인 흔적이 된다. 정철훈의 시는 이 같은 '몸'의 흔적으로 남은 비극성이나 환멸 혹은 상처와 힘겨운 싸움을 치름으로써, 인간 지혜의 근시성(近視性)을 증언하고, 자기 자신의 혹독한 실존적 상처를 드러내 보이는 이중의 시적 전언을 내보인다. 따라서 정철훈의 『개 같은 신념』(문학동네, 2004)은, 이 같은 힘겨운 싸움을 감당하는 영혼의 내적 고투를 기록하는 것이야말로 새롭게 펼쳐질 자신의 시적 도정임을 적극 승인하는 지점에서 생성되고 있다. 또한 그 안에는 우리 사회의 근대성이 그

어놓은 파산의 표지(標識)들에 대한, 자기 해체를 동반한 성찰의 에너지가 가라앉아 있다. 그래서 정철훈이 보여주는 핍진한 자기 노출은, 우리 시대 전체를 향하는 비가(悲歌)로 확장될 개연성을 갖는 것이다.

2

앞에서도 말했듯이, 이번 시집을 이전의 시집들과 구별짓는 가장 커다란 특성은, 그의 시선이 현저하게 '일상'의 사건으로 내려와 있다는 것이다. 그래서 한 편 한 편의 작품들은, 시인의 시적 작업이 '일상'의 상처와 비애를 성찰하고 증언하며 그것을 상상적으로 변형하는 일임을 알려준다. 특히 시집의 1부는 "일상이라는 공룡에 의해 완전히 초토화되고 무장해제"(「시인의 말」)된 시인의 초상을 직접적으로 담고 있다. 시집의 서시(序詩)로 배치된 듯한 「견딜 수 없는 나날들」의 동사군(群)만 추려보아도 이러한 속성은 금세 드러난다. "지워지다/멀어져가다/희미해지다/흐려지다/흘러가다/가라앉다/떠돌다/잊혀지다/부러지다" 등으로 엮이고 있는 이 작품의 정서적 세목들은, 소멸 직전의 위태로움이나 소멸의 과정에 들어선 감각과 깊이 연결되고 있다. 그 어휘들이 이루고 있는 "나날들"의 시간은 시인에게 견딜 수 없는 대상으로 다가오는데, 말하자면 거리에서의 늦은 배회, 다채로운 생의 상처들, 숙취에 절은 절망, 퇴행적 감각에 잡힌 물집, 여전히 무겁기만 한 삶의 행장 등이 그 '나날들'의 핵심에 가로놓이는 것이다. 다음 시편은 그 배회와 상처와 절망과 물집과 행장이 어디서 연원하는가를 실감있게 드러내 보여주는 시사적인 실례이다.

아내가 臟器라도 팔아야겠다고 말했을 때
내 몸은 수만 볼트 전기에 감전된 듯
뻣뻣하게 굳어버렸다
그게 농담 비슷한 것인 줄 알면서도
내게는 농담이 아니었다
농담이 먹히지 않았다
하긴 쓰린 속을 움켜쥔 지하철 변소칸에서
장기 고가구입이라고 쓴 낙서를 읽기도 했었다
인생이 낙서라면 좋았을 것이다
대체 누가 장기를 사고 파는지 궁금했는데
파리 한 마리 때려잡지 못하는 아내가 그 말을 했을 때
나는 새파랗게 질리고 말았다
근 사백을 다달이 입금시키고 있는 나는
건실한 샐러리맨인 줄 알았는데 그렇지 않아도
그동안 내가 세상에 판 것은 내 시들어가는 몸이었고
때로 굳게 맹세한 영혼까지도 저당 잡혀왔는데
— 「생활의 배반」 중에서

　　"臟器라도 팔아야겠다고 말"하는 아내, 그 말조차 "내게는 농담이
아니었다"고 말하는 시인, "시들어가는 몸"과 "때로 굳게 맹세한 영
혼까지도 저당 잡혀왔"던 생활의 혼곤함이 시 안에 흥건히 배어 있
다. 그렇다면 이 '생활의 배반'은 어디서 오는가. 그것은 시의 문면
으로만 보자면, "어제, 집 문서를 은행에 넣고 현금카드 빚을 저금
리로 돌리"곤 했던 생활고 때문이다. 그래서 "내가 생활난을 걱정하
고 있을 때/아내는 생존을 절망하고 있었던 것이다". 하지만 이러한
경제적 어려움과는 다른 층위에서 시인의 생활은 여러 번 배반되고
있다. 예컨대 시인은 다른 작품들에서 줄곧 '아내'에 대한 의식을
풀어헤쳐 보여주는데, 이때 '아내'는 시인의 신념과 생활을 공유하

면서도 서로 균열을 일으키는 존재자로 나타나고 있다.

그 가장 선명한 예가, 「시인 죽이기」에서처럼 '시인'을 '애인'으로 비유하고 '아내'와 헤어지지 않기 위해서 '애인＝시인'을 죽여야 하는 대립 구도를 설정하는 데서 나타난다. 급기야 '시인'은 '나'가 되어 "내가 살 길은 시를 죽이는 쪽이다/나를 죽이는 쪽이다"(「시인 죽이기」)라는 결구(結句)를 초래한다. 말하자면 '시적인 것'과 '생활적인 것'이 이율배반으로 분할되어 시인의 영혼을 규정하고 억압한다. 그래서 시집 속에 흩뿌려져 있는 '나'는 '아내'가 있는 집으로 귀가하지 않는다(못한다). 시인은 그저 "집으로 돌아가는 길을 잃고/내가 나를 잃었으니/몇 년 혹은 몇 달/나는 잃어버린 나의 행방을 생각"(「헤아려 본 슬픔」)할 뿐이다. 그것은 또한 "빽하면 집에 들어오지 않거나/밤샘 폭음의 아스라한 흔적"(「시인 죽이기」)만 남기곤 하는 시인의 행동이 불가피한 '시적인 것'의 외적 표지임을 보여주고 있는 것이다. 이러한 자기 모멸을 매개로 하는 '시적인 것'의 견지는, 표제 작품인 「개 같은 신념」에서 "어젯밤 아내는 늦도록 귀가하지 않는 나를 기다리다/화장실 문고리에 넥타이를 걸어놓고 목 매는 시늉을 했더랬다"는 상황 설정에까지 이른다.

> 아내여, 내가 젖는다고 세상이 바뀔까
> 사랑도 죽음만큼이나 간단한 일이 아니지 않는가
> 미수 사건 후 집에서 키우는 요크셔테리어 두 마리가
> 아내의 품속을 번갈아 들락거리며 킁킁 냄새를 맡아댄다
> 내가 불러도 녀석들은 오지 않는다
>
> 개들이 진실의 냄새에 더 민감한 것이다
> 꼬박 뜬눈으로 밤을 지새며 코와 입에서

연기를 내뿜던 나를 녀석들은 차갑게 외면했다
그건 개들의 신념이다 본능이다

— 「개 같은 신념」 중에서

"날은 저물었는데/집으로 돌아가지 않는/내 방황하는 영혼"(「소멸의 사랑」)은, 아내의 자살 미수 사건을 매개로 하여, 그 근원에서부터 삶의 비극성을 경험한다. 시인이 그동안 자신의 삶의 뿌리를 박아왔던 "고백하지 않는 신념"이나 "물 위에 쓰는 사랑"은 결국 속절없는 것이었다. 이때 시인은 "가정은 어디 가고 가정식으로 남은 식탁 위 백반 한 상"(「외박」)과 아내에게도 "끝내 게워놓지 못한 나의 어둠/금이 간 나의 실체/번개에 천둥에 갈갈이 찢긴/허공 같은 것!"(「감자탕이 끓는 동안」)만 감지하는 "홀로 술 따르는 사내"(「해질 무렵」)를 발견하게 된다. "살아갈수록 불확실"(「암벽」)하기만 한 자신의 삶은 그래서 "내 서러운 무게를 앗아간 이 갑작스런 들림"(「그날 환상이 심했네」)으로도 치유하기 어려운 심연이 되고 만다. 마치 귀가는 하지 않고(못하고), 칼날 위에서 아슬아슬 춤추는 무당처럼, 시인은 자신의 삶의 치부와 영도(零度)의 지점까지 철저하게 드러내고 해부하는 시선을 통해, '아내'로 상징되는 거대한 일상의 은유를 거스르는 상상적 운동을 감행하고 있는 것이다. 그 과정이 다음 작품에서는 '빨래'로 비유된다.

아내가 집을 비운 일요일 오후
세탁기를 돌린다
언제 벗었는지 기억에 없는

아내의 브래지어와 석삼일
갈아입지 못한 내 시큼한 팬티와

아들놈의 일주일치 양말이
빨래통에 섞여
탈탈탈 돌아간다

땟국물이 소용돌이치며
어제와 오늘을 섞는다
사흘 동안 귀가하지 못한
내 헤매던 밤에
아내의 브래지어가 스며든다

팬티에 양말이 끼어든다
셔츠가 바지를 입고
오늘이 어제를 삼킨다
내 살아온 날이 이토록 검은 물이었다니

탈탈탈 돌아가는 빨래통
소용돌이치는 구정물 위로
떠오르는 아내의 젖은 눈망울

삶 자체가 온통 빨래였다
아내 역시 나를 능가하는
눈물자국을 가졌을터

문득 손빨래를 하고 싶어 세탁기를 끄고
옷가지를 하나씩 건져내는
일요일 오후의 적요

— 「빨래」 전문

　　"언제 벗었는지 기억에 없는//아내의 브래지어와 석삼일/갈아입지 못한 내 시큼한 팬티와/아들놈의 일주일치 양말"을 세탁기에 넣고 돌리는 시인. 물론 그 옷들은 '가족'이 아니고 가족의 '껍질'일 뿐이다.

하지만 "땟국물이 소용돌이치며/어제와 오늘을 섞는" 과정에서 시인은 "사흘 동안 귀가하지 못한/내 헤매던 밤"을 아내의 속옷에서 발견하기도 하고, "내 살아온 날이 이토록 검은 물이었다"는 자각에 이르기도 한다. "소용돌이치는 구정물 위로/떠오르는 아내의 젖은 눈망울"에서 시인은 자신의 "삶 자체가 온통 빨래였"음을, 그리고 아내는 "나를 능가하는/눈물자국을 가졌을" 것이라는 것을 깨닫는 것이다.

그래서 세탁기에서 섞여 돌아가던 빨래들은 '껍질'을 벗고 낱낱으로 돌아와 "문득 손빨래를 하고 싶어 세탁기를 끄고/옷가지를 하나씩 건져내는" 시인의 손에 들리게 된다. 이처럼 그가 "손빨래가 하고 싶"어지는 것은 '생활의 배반'을 넘어서는 '생활의 발견' 과정으로 비유된다. '배반'에서 '발견'에 이르기까지 그가 치른 시간은 고스란히 그의 육체 안에 깊이 웅크리고 있게 되는데, 그때 시인은 "이제 귀가해야 될 시간"(「야근」)임을 비로소 알아차리게 된다.

이처럼 정철훈 시인은 자신의 생에 비수처럼 꽂혀 치유 불능으로만 보이는 '가족'에 얽힌 비애와 고통을, 그리고 그 과정에서 빚어지는 '개 같은 신념'의 어긋남과 '생활의 배반'이 던져주는 가혹한 "눈물자국"을, 치유하고 감내하는 견결한 영혼을 보여주고 있다. 그래서 그 영혼은 위태롭고 아름답다.

3

시집의 제1부가 자신의 실존적 서사를 가득 담은 비애의 표정을 띠고 있다면, 2부에서부터는 그의 시가 그와는 다른 풍부한 표정과 무

늬를 가지고 있음을 알려준다. 그것은 정철훈의 시가 타자에 대한 '사
랑'에 바탕을 두고 있다는 것에서 비롯된다. 사랑이란 결국 '타자'를
자신의 삶과 의식의 중심에 두는 행위일 것인데, 이번 시집에서도 '사
랑'은 정철훈 시인에게 탕진될 수 없는 삶의 근원적 에너지이자 시적
형식화의 원리이자 심지어는 가족을 포함한 자기 자신의 존재 이유로
까지 내비쳐지고 있다. 이때 우리는 레비나스(E. Levinas)가 "사랑이 감
동스러운 것은 넘어설 수 없는 이원성이 존재자들 사이에 있기 때문
이다. 이 이원성은 끝까지 지울 수 없는 관계이다."라고 말한 것을 정
철훈의 시에서 간취할 수 있는데, 결국 그 두 존재자(자아와 타자)는 서
로 건널 수 없는 심연이자 서로를 존재케 하는 존재 근거이기도 한
것이다. 그래서 그의 이번 시집은, 존재자의 복합성을 투시하고 포획
하는 여러 겹의 그물이 되고, 자신에 대한 성찰(연민)과 타자에 대한
사랑(연민)을 복합적으로 직조(織造)한 두 겹의 자화상이 된다.

> 만취한 아버지가 자정 너머
> 휘적휘적 들어서던 소리
> 마루바닥에 쿵, 하고
> 고목 쓰러지던 소리
>
> 숨을 죽이다
> 한참만에 나가보았다
> 거기 세상을 등지듯 모로 눕힌
> 아버지의 검은 등짝
> 아버지는 왜 모든 꿈을 꺼버렸을까
>
> 사람은 어디서 와서 어디로 가는지
> 검은 등짝은 말이 없고

삼십년이나 지난 어느날
아버지처럼 휘적휘적 귀가한 나 또한
다 큰 자식들에게
내 서러운 등짝을 들키고 말았다

슬며시 홑청이불을 덮어주고 가는
딸년 땜에 일부러 코를 고는데
바로 그 손길로 내가 아버지를 묻고
나 또한 그렇게 묻힐 것이니

아버지가 내게 물려준 서러운 등짝
사람은 어디서 와서 어디로 가는지
검은 등짝은 말이 없다

— 「아버지의 등」 전문

이 작품은 제목이 암시하듯 '아버지의 등'에 서려 있는 '노동'과 '고통'과 '꿈'의 시간에 대해 노래하고 있다. 사실 지난날 우리 아버지들의 대표적인 '몸'은 '등'이었다. 등이 휠 정도로 삶과 가정과 식솔들의 무게를 지고서 그들은 검은 시간을 질주해왔다. 시인은 어느 순간 그 아버지의 등을 처음으로 발견한다. 아버지는 술에 만취해 자정 너머 들어오시더니 고목처럼 쓰러지신다. 그 모습에서 시인은 "세상을 등지듯 모로 눕힌/아버지의 검은 등짝"을 본다. 등에다가 너무 무거운 짐을 지고 다녀 이제는 새까맣게 되어버린 아버지의 등 앞에서 시인은 "왜 모든 꿈을 꺼버렸을까"라고 묻는다. 이때 검은 등은 물리적 실체라기보다는 아버지의 내면을 유추적으로 읽어낸 결과일 것이다.

그런데 그 검은 등이 "삼십년이나 지난 어느날/아버지처럼 휘적휘적 귀가한 나"에게로 온 것이다. 시인 또한 "다 큰 자식들에게/내 서러운

등짝을 들키고 말았"던 것이다. 만취해 몸도 가누지 못하는 시인을 다
독이는 딸의 손길과 그 언젠가 아버지를 묻었던 자신의 손길은 30년이
라는 시간의 강을 건너 이렇게 겹쳐지고 있는 것이다. 그래서 "아버지
가 내게 물려준 서러운 등짝/사람은 어디서 와서 어디로 가는지/검은 등
짝은 말이 없다"는 결구(結句)는 회한과 성찰을 통해 불가항력의 생의 형
식인 시간성과 마주하고 있는 시인의 안간힘을 반영하고 있는 것이다.
따라서 "몇 년째 이산가족 상봉 신청을 미루고 있는/늙은 아버지"(「통일
도 오늘처럼 쓸쓸한 일이 될 것이라면」)와 자신의 생을 겹쳐 읽는 방식에서,
시인은 소멸되지 않는 가치에 대한 미학적 반응을 보여주고 있고, 동시
에 시야말로 삶을 궁극적으로 긍정하고 연민하는 사랑의 형식임을 웅변
하고 있는 것이다. 그리고 그 타자의 형식은 끊임없이 확산된다.

> 텔레비전 화면에 비가 내렸다
> 자카르타 빈민촌
> 아르헨티나 집시마을 어디쯤
> 하루 1달러 이하로 살아가는 네 식구
>
> 물살을 가르는 자동차를 향해
> 소년이 조막손을 내밀 때
> 다리를 절며 건너편 차도를 걸어가던 사내
> 틀림없는 나였다
>
> 찬비를 맞으며
> 머리에 훈김이 피어오르도록
> 도시 뒷골목을 헤매던 절름발이
>
> 달팽이 한 마리가
> 빗물 흥건한 브라운관에 붙어

　　까만 촉수를 연신 흔들었다
　　소년아, 너와 함께 철이 든다

　　손에 잡힐 듯 아스라한 양철지붕 아래
　　소년의 눈망울이 반짝이고
　　나는 슬며시 밥상을 밀었다

— 「밥상을 밀다」 중에서

텔레비전 화면에 비치는 "빈민촌" 혹은 "집시마을 어디쯤"의 풍경에서 시인은, "다리를 절며 건너편 차도를 걸어가던 사내"를 발견한다. "찬비를 맞으며/머리에 훈김이 피어오르도록/도시 뒷골목을 헤매던 절름발이"는 분명 자기 자신이었던 것이다. 그 후 시인은 조막손을 내미는 소년에게 "소년아, 너와 함께 철이 든다"고 고백한다. 순간 "손에 잡힐 듯 아스라한 양철지붕 아래/소년의 눈망울이 반짝이"는 게 아닌가. 이처럼 자신의 삶과 타자의 삶을 유추하고 등가화하는 시인의 사랑의 국량(局量)은 이전 시집으로부터 지속적으로 확장되어온 중요한 그의 시적 속성이다. 예컨대 시인은 난민촌의 가난한 아이에 대해 묘사한다든가(「난민촌」), 산골 민박집의 백구 한 마리에 대해 연민한다든가(「백구」), "이제 갓 피어난 작은 꽃망울들에게/사람의 말로 되돌려주어야 한다고 생각"(「화답(和答)」)한다든가, 노동판의 목수들의 생리를 엿본다든가(「목수를 엿듣다」), 식당에서 일하는 아줌마를 보면서 "오늘은 국경 마을 어느 골목을 헤매고 있을/연변 아줌마 삼남매의 눈동자"(「보리밥을 먹으며」)를 발견한다든가 함으로써 타자에 대한 관심의 확산을 끊임없이 기도하고 실현하고 있는 것이다.

한편 시인에게 지하철이나 버스의 '창'은 세계를 내다보는 '창'이자 자신을 비추는 '거울'로 기능하는데, 가령 "아름다운 창문 하나가/세상과 나 사이에 열려 있었다"(「차창」)든가, "내릴 곳을 잊은 채 두 눈을 멀뚱거리는/낯선 얼굴이 차창에 어룽댔다/실은 내릴 곳을 영영 잊어버리고 싶었는지도 모른다"(「전철에서 졸다」) 같은 표현 등에서 그 같은 시인의 벽(癖)을 느낄 수 있다. 그 '창'을 통해 본 세상은 "북의 변절자가 남의 영웅이 되는 세월의 쓸개"(「세월의 쓸개」)로 비유되고 있고, "가서 돌아오지 않는 것들"(「내 몸에 기차가 달린다」)을 싣고 가는 쓸쓸한 공간이 되기도 한다.

하지만 그와 반대로 시인은, 골목길의 풍경에서 삶의 어둑한 활력을 훔쳐보고는 "살아볼수록 세상은 아름답다는 말이 틀린 것은 아니었다"(「눈 반짝 골목길」)라고 고백한다. 이는 비록 "내 몸은 컴컴한 어둠이었"(「칠월 초하루」)지만, 그리고 생이란 "살아가는 것이 아니라 살아지는 것"(「낸 몸에 기차가 달린다」)일 때도 있지만, "시궁창 같은 도시 위장 속으로/불끈 해가 솟"을 때, "살고 싶다 살고 싶다 살고 싶다"(「지하의 아침」)는 소리를 듣는 시인의 궁극적 긍정이 '개 같은 신념'의 위악(僞惡)을 넘어서 아스라하게 시집 안에 공존하고 있기 때문이다. 이때 귀가하지 않고(못하고) 시인이 서 있는 '길바닥'은 타자들과 만나는 불가피한 광장이기도 한 것이다.

4

아도르노(T. W. Adorno)는 현대 사회를 부자유가 영속화된 사회, 곧 관리 사회의 속성이 고도의 합리적 수단을 통해 관철되고 있는 사회라고 보면서, 이 같은 회로는 매우 견고하여 우리의 개체적 노력으로 치유될 수 있는 것이 아니라고 지적하였다. 이때 시는 그 같은 우리 시대의 구조적 본질을 원론적으로 극복하려는 기획보다는 그것을 건조하게 표상함으로써 견딤과 승화의 내적 계기를 암시하는 데 무게중심을 할애하게 된다. 따라서 우리는 일상성을 통해 우리 시대를 탐색하고, 거기에 사회적 연관과 미적 직관을 통합하는 경험 유형을 형상화하는 시인들을 소중하게 보아야 한다. 역사를 탈주술화하면서 인간 욕망의 어두운 폐부까지 바라보려 하는 좀 더 정직한 시적 직관이 이러한 태도에서 나오기 때문이다. 정철훈 시인의 세 번째 시집을 읽는 동안, 우리는 내내 이 같은 징후적 독법을 피하기 어렵게 된다. 그 점에서 정철훈의 시는 '자기 회귀성'과 '타자로의 지향'이라는 서정시의 편재적(遍在的) 존재 원리를 개성적으로 발현한 세계로 평가될 것이다.

또한 우리는 정철훈의 시가, 근대성의 파산이 가져온 결여 형식을 비판하면서 그 비판의 칼날을 자신의 내면을 향해 겨누고 있다는 사실에 주목할 수 있다. 그것은 자학(自虐)이나 엄살이라기보다는, 우리 안의 헛된 관념의 표지들을 해체하고 새로운 꿈의 형식을 구축하려는 암중모색의 과정이라 보인다. 그래서 우리는 그가 이전에 펴낸 두 권의 시집과 이 시집을 단층적(斷層的)으로 읽지 않는다. 왜냐하면 '귀가하지 않는(못하는), 길바닥의 노래'를 부르고 있는 이번 시집에서도 시인은 "살고 싶은 아침"에 막 "졸음"에서 깨인 자의 "사랑"이야말로 우리들의 궁극적인 존재 원리라고 믿고 있으니까 말이다.(2004. 11)

운명의 긍정, 희망의 원리

5

자유로움과 운명의 두 표정
고형렬의 신작시들

1

　최근 간행된 고형렬 시집 『김포 운호가든집에서』(창작과비평사, 2001)
에는, 식민지 시대의 시인 백석(白石)을 고스란히 연상시키는 인상적
인 작품이 여럿 있다. 이미 많은 논자들이 주목한 「고양시 백석동
1344 서안아파트 505동 703호」는 그 가운데서도 가장 친연성이 높
은 시편이다. 시 제목에도 '백석(동)'이 나오는 이 작품은, 바로 그 백
석의 절창 「남신의주유동박시봉방(南新義州柳洞朴時逢方)」이 보여주고
있는 언술 방식, 리듬, 서정적 주체의 심리적 정황 등과 매우 유사
한 외관을 취하고 있다. 이 작품에서 고형렬 시인은 "어머니도 아내
도 없는, 밖에 멀리 봄이 오는 텅 빈 절간 같은 방에 혼자 남아서,/

멀리 자유로 뒤로 강 건너 가고 있는 김포며 산너머 바다도 그리워 하지 않을 줄 알고,/커다란 방안에서 혼자 남아 가구처럼 나는 일이 없다.”고 노래하고 있는데, 백석의 시편이 모든 혈육과 떨어져 사는 방랑과 궁핍의 삶 속에서 자신을 궁극적으로 규율하는 ‘운명’에 대한 인식을 통해 겸허하게 그 ‘운명’을 긍정하고 살아갈 다짐을 하는 일련의 서사적 구조를 취하고 있음에 비추어볼 때, 고형렬의 시편 역시 ‘혼자’이면서도 불연속적인 여러 겹으로 둘러싸여진 타자들(지명이기도 하고, 시간이기도 하고, 사람이기도 한)로 구성되어 있는 ‘나’에 대한 궁극적 긍정의 과정을 그려 보여주고 있는 것이다.

고형렬 시인이 이번에 발표하는 신작시 열 편에서 느껴지는 가장 우선적인 시적 형질 역시 바로 그 고독함과 쓸쓸함, 혹은 ‘상처투성이’의 삶에 대한 운명적 긍정에 있다. 여기서 말하는 ‘운명’이란, 다시 한번 백석의 표현을 빌려 은유하면, “더 크고, 높은 것이 있어서, 나를 마음대로 굴려가는 것”에 가까운 어떤 힘이자 징후이다. 이 같은 운명의 표정이 시쳇말로 하는 ‘운명론’과 다른 것임은 말할 것도 없다. 이 운명적 긍정이란, 시인이 스스로의 육체 속에 가둔 오랜 시간으로부터 놓여나는 ‘자유로움’에 대한 욕망과, 삶과 현실 사이에 끼어있던 팽팽한 긴장 같은 것을 너그럽게 풀고 있는 자기 확인의 충동에서 완성되는 것이다. 그러니 그 안에는 수세적이고 결정론적인 운명론과는 다른 매우 적극적인 생의 의지가 담겨 있는 것이다.

따라서 그가 세상을 읽고 거기에 자신을 기투(企投)하는 방식은, 적극적인 현실의 물질성을 재현하거나 강렬한 지사적 품격으로 현실의 속악함을 단숨에 뛰어넘으려는 초월 의지에 있지 않다. 오히려 그는 이 같은 불구의 삶을 긍정하는 ‘자유로움’과 삶의 불구성을 견디면서 밝은 영혼의 귀를 통해 생의 비의를 엿듣는 이가 시인일 수밖에 없다는 '운명'에 대한 승인을 시를 통해 동시에 꾀하고 있다. 삶의 획일적 논리나 무거운 의미론적 충일함으로부터 '자유로워진다는 것'과 자신을 둘러싼 채 자신의 시간을 함께 끌고 가고 있는 '운명'에 대해 온몸으로 추인한다는 것 사이에서 힘겹고도 너그러운 표정을 짓고 있는 것이야말로 고형렬의 근작(近作)에서 지속적으로 보이는 가장 중요한 속성 중의 하나이다.

이 도저한 '혼자'만의 쓸쓸함과 고독함 속에서, 시인은 "나는 정말 나에게 낯선 사람으로 와 있었"음을 새삼 발견하고 있다. 익숙해져 버린 자신의 육체와 시간이 한없이 낯설어지는 이 놀라움은, 더욱 놀랍게도 바로 그 발견의 순간에 스스로 하나의 생의 형식을 완성하고 있다. 말하자면 "절간 같은 방안에서 혼자 남아서" "가구처럼" 우두커니 선 채로 생을 견디고 있는 시인의 고독과 쓸쓸함은, 이제 시인의 심리적 배경에 멈추는 것이 아니라 그만의 궁극적 전언(傳言)이 되고 있으며, 동시에 이 시인의 생의 방법론이자 시적 원근법(perspective)이 되고 있는 것이다.

2

고형렬의 시는 어떤 명료한 전언을 성취하는 데 목표를 두지 않고, 그냥 시 쓰는 것 자체에 존재 근거를 두는 철저하게 '과정적(過程的)'인 어떤 것이다. 이 말은 꽤 중요한데, 왜냐하면 이 끝없는 '과정'

으로서의 시쓰기가 고형렬 시인의 시적 욕망을 다른 시인들의 그것과 구별해주는 매우 유력한 지표이기 때문이다. 또한 그것이 젊은 시인들이 겪고 있는 숨가쁜 조로(早老) 현상이나, 현실과의 접점을 급격히 상실한 채 초월로 치닫는 해탈의 포즈들, 또는 어떤 정신의 극점에서 뱉어내는 도인풍의 잠언과 다르게 그의 시에 고유한 품격을 형성해주는 제일요인이기 때문이기도 하다. 그래서 이 같은 '과정'으로서의 시쓰기가 그로 하여금, 많은 상처를 추억하기보다는 아직도 힘겹게 겪게 하고, 그 상처를 쉽게 치유하지 못하게 하고, 질긴 시간과의 싸움인 '기억'과 항상 마주칠 수밖에 없게 하는 것이다. 다음 작품은 그 첨예한 예증의 하나이다.

> 상처투성이의
> 깃털을 숨기고 날아가는 비둘기들을 보아라
> 파란 하늘에 하얀 비둘기들
> 가까스로 빌딩 언덕을 넘어가는 모습
> 상공에서조차 길을 찾는
> 어떤 비둘기들은 빨간 발가락이 없다
> 상처투성이 발가락을 감추고
> 서울역 쪽 하늘을 날아가는 비둘기들
> 도대체 얼마나 오래되고 낡았길래
> 분수대 물줄기는 세울 수 없는 것인가
>
> 멀리 시내엔, 눈뜰 수 없는 여름이 오고 있다
> — 「지루한 분수, 그 너머」 전문

이 작품의 물리적 배경은 푸른 상공을 날아가는 비둘기떼들과 그것을 지상에서 무연히 바라보는 시인이 어울리고 있는 풍경이다. 비둘기들은 "상처투성이의/깃털을 숨기고" 때로는 "빨간 발가락이 없"는 상태로, 또는 그 발가락마저 숨긴 채 "가까스로" 빌딩 언덕을 넘고 있다. 이때 비둘기들이 은닉하고 있는 "상처투성이 발가락"은 우리가 숨기고 살아가는 상처이자 비밀이다. 식민지 시대의 시인 이상(李箱)은 비밀이 없다는 것은 가난하다는 것을 의미한다고 했는데, 이때 상처를 가득 감춘 비둘기들은 그러한 생의 비밀들을 아직도 충만하게 감춘 채 지상에서 솟구치고 있는 시적 표상이 된다.

이 힘겨운 비상(飛翔)의 장면은 고스란히 시인의 심리적, 실존적 욕망을 은유하고 있다. 그러나 정작 중요한 것은, 상처를 숨긴 채 비상하는 비둘기떼와는 달리 비상을 멈춰버린 또 하나의 사물(분수)에 의해 시인의 욕망이 전부 드러난다는 데 있다. 역시 역동적으로 상공에 곡선을 그으며 자기를 표상해야 함에도 불구하고 그렇지 못한 분수(噴水)가 시인의 눈에 들어오고 있는 것이다. 여기서 '분수'는 지루하게 포물선을 그리며 움직일 수도 있고, 운동을 멈춘 채 도시의 흉물로 전락해 있을 수도 있다. 그러나 정작 중요한 것은 그것이 "오래되고 낡"아서 "물줄기는 세울 수 없"다는 점이다. 그것이 '지루함'을 시인에게 유발시키고, 시인은 그 '지루함'을 견디는 것으로 자신의 생의 형식을 삼고 있다. 분수의 수직적 비상을 생의 희망으로 전치(轉置)시키는 등속의 상상력은 이제 그와 관련이 없는 것이다.

그래서 그 '분수'는 곧바로 시인이 알아채는 생의 '분수(分數)'가 된다. '운명'에 가까운 '분수'라는 것, 지루하지만, 오래되고 낡았지만, 이제는 다시 세울 수 없는 것이지만, 멀리 시내에 여름이 속절없이 또 오고 있듯이, 생은 그렇게 지속된다. 이러한 '비둘기/분수/시인'의 의미론적 착종, 곧 비밀을 감춘 채 비상하려는 의지와 지루함을 견디면서 오래되고 낡아갈 수밖에 없는 삶의 원리와 그 눈뜰 수 없는 풍경을 고스란히 자신의 몫으로 떠안고 있는 시인의 모습이 뿜어내고 있는 도심의 어색한 잔광(殘光)이 이 시편의 궁극적인 전언인 셈이다.

마지막 행의 여름이 밀려오는 나른하고 눈부신("눈뜰 수 없는") 풍경은 '선형(線形)의 시간(linear time)'과는 무관한, 생성과 소멸을 거듭하는 그러면서 존재와 삶을 지탱하는 영원 회귀의 상상력이 반영된 결과이다. 이러한 시간관(觀)이 고형렬 시인의 운명에 대한 긍정과 관련있음은 췌언을 요하지 않는다. 그래서 그는 인위적인 열망이나 선험적인 의도에 의해 역사가 진행되는 것은 아니라는 인식, 그것이 결국 "눈뜰 수 없"이 눈부신 그리고 바라볼 수 없는(명료하게 알아낼 도리 없는) 서정적 주체의 순간적 머뭇거림과 황홀을 동시에 구현하고 있는 것이다. 이처럼 고형렬 시인의 상상력은 인간이 만들어놓은 모든 명료함들에서 놓여나는 자유로움과, 그래서 생겨날 수밖에 없는 불구성을 받아들이는 운명적 긍정에서 발원되고 완성되고 있는 것이다.

그곳으로 가려면 우리는 꽃눈에서 떨어져야 한다

벌처럼 아프게

우리는 우리가 있었던 그 자리에 열매를 남겼다

아주 먼 곳에

　　그 열매들이 우리를 기억하려 애를 쓴다

　　기억이 잘 되지 않는다 그곳을 알 수 없다, 말하면서

　　그치만

　　우리는 다시 그곳으로 돌아갈 수 없다

　　그 상처를 가져오고 싶어도 가져올 수 없다
— 「가지에서」 전문

　이 시편의 핵심적 전언 역시 마지막 행인 "그 상처를 가져오고 싶어도 가져올 수 없다"에 있다. 궁극적으로 회귀가 불가능한 그리고 완성이란 애초에 예비되어 있지 않은 무한한 순례(과정)로서의 삶, 이러한 삶의 인식이 종교에 의탁하지 않으면서도 그의 시를 종교적이게 하는 요인이 되고 있다.

　시인은 가지에서 바라보는 열매까지의 거리를 상상하고 있다. 가지에 주렁주렁 열리는 열매를 떠올리면 그것은 지근(至近)의 거리일 것이다. 혹은 그 가지와 열매는 같은 몸의 다른 모습일 뿐이기도 하다. 그러나 그 사이에 남다른 '기억'이 개재하면 그것들 사이에는 아득한 시간의 거리("아주 먼 곳")가 생긴다. '기억'이란 오랜 시간의 결과물이고 그 시간의 거리를 견디는 생의 운동이기 때문이다. 그러니 시인은 "우리는 우리가 있었던 그 자리에 열매를 남겼다//아주 먼 곳에"라고 노래한 후, "그 열매들이 우리를 기억하려 애를 쓴다//기억이 잘 되지 않는다 그곳을 알 수 없다"고 이어 붙인다.

　왜 열매를 남긴 가지를 열매들은 기억하지 못할까. 그러나 그 기억은 명료한 장면을 재생시키는 데 의미가 있는 것이 아니라, 기억하려 애쓰는 과정 자체에 의미를 두고 있다. 기억하려 애쓰는 열매들, 그러나 결국은 다시 가지로 돌아갈 수 없는 열매들, 상처를 다시 가져올 수 없는 과정적인 존재들, 바로 그것들이 시인의 마음 속에 달라붙어 있는 "그 시리디시린 열매들"(「靑果」)과 같은 것임은 물론이다.

그래서 이 작품에서 보이는 열매란, 흡사 "아무도 찾아가지 않고 아무도 기다리지 않고, 悲淚조차 없는 흉터와 같은 곳"(「無悲」, 『김포 운호가든집에서』)과 가깝다. 풍요의 산물인 '열매'와 쓸쓸한 부재를 연상시키는 '상처'나 '흉터'는 이 시인의 생의 형식 안에서 이처럼 통합되고 있는 것이다. 고형렬 시인에게는 끝없이 사라지고, 남겨지고, 혼자 견뎌야 하고, 만날 수 없는 이 부재와 결핍의 무한 순환이야말로 '열매'로 상징되는 생의 흔적과 등가이기 때문이다. 또한 그 무한 순환으로서의 과정적 삶이 시인을 사로잡고 있는 더없이 확실한 세계내적 존재로서의 자기 근거이기 때문이다.

이때 "먼나무란 鐵冬靑/겨울보다 더 찬 춘삼월 속/북제주 서쪽 끝에 혼자 남아//외롭게 피고 있다"(「북제주군 협재리」)라든가, "나도 죽으면 서가에 남는 작고 시인이 된다"(「작고 시인」) 같이 시간의 무한 순환에 자기를 내맡기면서 쓸쓸한 운명의 표정을 너그럽게 받아들이는 시인의 품은, 마치 "영혼 시절에/그러니까 내가 살아 있을 때"(「보고 있는 북한강 - 이선식 시인께」)를 재현하면서 이루어내고 있는 "하늘을 거꾸로 쳐드는 기품"(「흑고니」)처럼 보인다. 그것이 완성되기까지 시인은 끝없이 "그때까진 혼자, 죽음 속에 홀로 있"(「매직아이를 열지 마-꼬마에게」)을 것이다.

이와 같이 고형렬 시인의 시적 작업에는 시간의 엄정한 흐름을 내면으로 불러들여 철저하게 재구성하는 원리가 깊이 담겨 있다. 이러한 면모가 그만의 특유한 브랜드라 하기는 물론 어려울 것이다. 우리는 오히려 그 시간의 흐름을 사물이 경험하는 방식에 대해 묘사하는 데서 고형렬만의 특색이 찾아진다고 말할 수 있을 것이다. 다음 작품은 그 한 실례이다.

밤새밤새 가지 사이로
눈들이 지나갑니다
서로 날개를 눈을 치면서
그 어디에 있어도 모자라
세상 어디에도 없는 것처럼
영혼조차 없는 산길
눈들도 길을 잃었습니다
잎들도 길을 잃고
길을 잃은 잎들과 함께 삽니다
바람을 피할 가지는 없습니다
어디로 가는지 밤새밤새
모든 가지가 울고
바람만바람만 부는 밤
끝없이 눈 치고 가는 바람
내 귀가 재미있습니다

— 「가지 울음」 전문

이 작품은 가지 끝에서 일고 있는 울음을 노래하고 있다. 그 가지 사이로 밤새 눈이 내리고, 바람이 불고 또 불고, 가지는 그 바람과 눈을 맞으며 피하며 밤새도록 울고 있다. "그 어디에 있어도 모자라/세상 어디에도 없는 것처럼” 내리고 불고 있는 눈과 바람 소리를 듣는, 그리하여 궁극적으로 가지의 울음소리를 듣고 있는 시인의 귀는 참으로 밝고 또한 “재미있”는 것이다. 아무나 들린다고 다 들을 수 있는 것은 아니지 않은가. 그것이 “낯선 여행객 눈으로”(「4월·1」) 늘 사물을 새롭게 바라보려는 시인의 노력의 결과임은 말할 것도 없다.

처럼 시인은 밝은 영혼의 귀를 가지고 사물들의 세미한 움직임을 묘사하면서도, 그것이 사실적 외관을 취하게 하기보다는 자유로움에 대한 욕망과 운명의 표정을 생의 형식으로 추인하려는 욕망을 동시에 보여주게끔 변용(變容)시킨다. 그러면서 사물이 겪고 있는 시간의 경험들을 독특한 풍경으로 만들어내고 있는 것이다. 여기가 고형렬 시인의 시에 나타나는 시간 표상이 다른 시인들의 그것과 갈라서는 지점이다.

3

생각해보면, 고형렬 시인의 언어는 강렬한 실험 의지를 갖춘 언어나 강렬한 핍진성을 띠고 있는 서사 지향의 언어가 아니다. 또한 그의 언어는 리드미컬한 운율이나 섬세한 이미지에 의해 축조되는 심미적 결정물이 아니다. 다만 그는 무던하게도 시적 대상으로부터 자유로워지고자 하는 불가능한 노력을 경주하는 시인이다. 또한 그는 자신을 궁극적으로 규율하는 생의 원리를 근원적으로 투시하려는 시인이다.

고형렬의 최근 작업은 자기를 구성하고 있는 주체의 동일성이랄까 확실성이랄까 하는 것들에 대한 근원적 회의, 그리고 그 회의를 가능케 하는 시간 관념의 자유로움에서 펼쳐지고 있다. 데리다(J. Derrida)는 "절대적 의미란 실제로 인지할 수 있는 것이 아니고 그 절대적 의미를 찾고자 끊임없이 되풀이된 욕망들의 흔적으로만 존재할 뿐"이라고 말했는데, 이러한 인식은 아무리 혼신의 힘을 다하여도, 시간과 공간을 초월하여 모든 인간에게 근원적 만족을 줄 수 있는 진리를 인간이 찾아낼 수 없다는 비극적 상황을 보여주는 동시에, 그러함에도 불구하고 끊임없이 그 의미를 찾지 않고는 견딜 수 없게 만드는 인간의 실존의 상황의 고통에 대하여 깊은 슬픔을 느끼게 한다. 여기서 시인의 몫은 철저하게 과정적인 것이 될 수밖에 없다. 고형렬의 시가 자유로움과 운명의 두 표정을 다같이 짓고 있다는 것은 그 점에서 의미심장한 과정적 충만으로 읽힌다.

그러나 또한 고형렬 시인은 이러한 언어의 세계 곧 주체의 동일성에 대한 근원적 회의, 자유로움에 대한 갈망, 운명의 표정을 생의 형식으로 너그럽게 승인하는 경지 등에서 또한 자유로워질 것이다. 그 스스로 "친숙해지면 떠난다. 그리고 잊으련다"(「후기」, 『성에꽃 눈부처』, 1998)고 하지 않았는가. 그 끝없는 '과정'으로서, 결코 완성을 지향하지 않는 순례의 정신으로, 그는 또 새로운 운명의 표정을 그려갈 것이다.(2002. 6)

운명과 현실에 대한 '인식의 시'

김백겸의 신작시들

1

삶과 세계에 대한 근원적인 개안(開眼)은 논리적 학습의 축적보다는 우연하게 찾아온 서정적 충격 속에서 얻어지는 경우가 많다. 옛사람들은 그것을 갑자기 찾아왔다고 해서 '돈오(頓悟)'라고 부르기도 했고, 더러는 외재적이고 초월적인 실재가 부여하는 '계시(啓示)'로 이해하기도 했다. 그런가 하면 충실하게 자신만의 생의 형식을 오래 축적해온 이들에게도 남다른 인식의 전환이 찾아올 때가 있다. 오랜 시간 무심히 지나쳤던 사물이나 현상이 새삼스럽게(이때 새삼스러움이란 얼마나 낯선 것인가!) 가치있는 것으로 다가올 때가 더러 있기 때문이다. 어쨌든 세계에 대한 낯설고 새로운 경험을 통해 형성되는 이 같은 인식론적 전회(轉回)는, 우리의 일상이 갖고 있는 비속성과 순환성에 비추어볼 때 여간 만나기 어려운 축복이 아닐 수 없다.

그런데 이렇듯 새로운 생의 형식에 대한 단호한 자각을 이룬 이들에게 이 세상은 타락하고 빈곤하고 훼손된 땅으로 인지되기 쉽고, 세계내적 존재로 살아가는 인간들의 욕망이란 결핍과 부재와 불모의 땅과는 달리 어처구니없는 과잉으로 비치기 십상이다. 더구나 지금처럼 자본주의적 감각과 기율이 현란한 극점을 형성하고 있는 시대는 마치 재앙에 가까운 폐허의 시대로 인지될 가능성이 매우 높다. 따라서 욕망은 너무도 어둑하고 이상은 멀기만 하다. 그리고 권력에 대한 의지는 그 어느 때보다 강렬하고 그것에 대한 성찰의 힘은 취약하기 그지없다.

최근 그 누구보다도 왕성한 시작을 보여주고 있는 김백겸 시인의 작품들을 대할 때, 우리는 중년의 생이 치르는 이 같은 눈부시고도 풍요로운 깨달음의 음역(音域)과 풍부하게 만나게 된다. 그가 보여주는 시적 언어는 매우 명징하고 단호하여 독자들로 하여금 어떤 도덕적·정신적 판단의 상태까지 이끌어지게끔 하는 힘을 갖추고 있는데, 이번에 발표된 다섯 편의 신작시 역시 그러한 힘과 시선의 깊이를 두루 갖추고 있다. 그런데 이러한 특징은 그의 시로 하여금 구체적인 사물을 묘사하고 거기에 주체의 해석과 판단을 입히는 전통적인 '서정(抒情)'의 원리와는 다르게, 서정적 주체의 가치 판단을 사물을 매개로 하여 직접적으로 드러내게끔 하고 있다. 따라서 독자들은 그의 작품들을 통해 서정적 주체가 행하는 세계 해석과 판단에 동참하여, 그의 인지 영역을 가치론적으로 가늠해보아야 한다. 우리가 김백겸의 시편들을 '형상의 시'보다는 '인식의 시'로 읽을 수 있는 까닭이 여기에 있거니와, 이처럼 그의 시편들은 독자들의 인지 기능을 적극적으로 요청하는 세계라고 할 수 있을 것이다.

2

근대 서구 철학이 내걸었던 여러 명제들은 한결같이 인간의 '이성'을 '감각'이나 '영성' 위에 군림케 하는 것이었다. 물론 세세한 논증이 따라야 하고, 또 논자들마다 이에 대한 논의의 층을 달리하고 있지만, 분명한 것은 그들이 이성을 넘어서는 혹은 이성과 대립하는 실체에 대해서는 일차적 관심을 두지 않았다는 것이다. 그래서 그들의 인식론적 대상에서 배제되어온 것이 불가해한 '운명'의 영역이다. 물론 이는 종교라는 배타적 프리즘으로 포괄되기는 했지만, 여전히 이성적 탐색의 권역이 되기에는 부적절한 것이었다. 우리가 잘 알듯이, '운명'이란 이성적 판단의 대상이 아니라 초월적이고 외재적인 힘에 의해 운행되는 어떤 카오스적 원리이기 때문이다. 시인은 다음 시편을 통해 그 '운명'의 아이러니에 대해 말하고 있다.

> 고속도로 휴게실에서 나를 향해 웃음을 보낸/운명을 태우고/시동을 건 순간//내 차는 이미/가야 할 목적지에서/십만 팔천리나 벗어나 있었다//그 웃음이/지루한 인생을/한 순간에 무너뜨리는 대신/다음 생에 두고두고 갚아야 할 큰 빚의 계약서에/찍힌/숫자이었음을//먼길을 와서야/알았으나//누가 인생을 예측할 수 있겠는가//헤어진/운명에

대한 그리움을/나를 향해 웃던 신비한 미소를/고속도로 휴게실에서/
문득 문득 찾고 있는/이 슬픔을

— 「고속도로」 전문

시인은 '고속도로'라고 하는 문명의 표상에서 '운명'이 주는 아이
러니에 대해 사유한다. "고속도로 휴게실에서 나를 향해 웃음을 보
낸/운명을 태우고/시동을" 걸었을 때 시인은 이미 그 '운명'을 싣고
목적지에 도착하기에는 너무나 멀리 격리되어 있었다. 결국 시인은
그 '운명'이 던져준 미소가 자신의 생을 한 순간에 무너뜨려 버리기
보다 오히려 "다음 생에 두고두고 갚아야 할 큰 빚의 계약서에/찍힌
/숫자"였다는 사실을 "먼길을 와서야/알았"던 것이다. 그러니 "누가
인생을 예측할 수 있겠는가". 과연 시인도 먼 길을 돌아와서야 그
같은 깨달음을 순간적으로 체득할 수 있을 뿐이다.

그래서 시인은 "헤어진/운명에 대한 그리움"과 "나를 향해 웃던
신비한 미소를/고속도로 휴게실에서/문득 문득 찾고 있는/이 슬픔"
을 노래하고 있다. 그 '그리움'과 '슬픔'의 대상이 결국 불가해하고
신비로운 '운명'인 바에야 시인의 그리움과 슬픔은 실현되기보다는
끊임없는 유예와 탈환을 교차하면서 "문득 문득" 시인의 '운명'에
대해 생각하게 할 것이다. 이 작품에 나타난 '운명'에 대한 이러한
탐색을 두고 우리는 도구적 이성의 최종적 목표라기보다는 순간적
개안을 얻은 서정적 주체의 자기 '인식'의 과정이라고 할 수 있을
것이다. 그런가 하면 다음 작품은 우리 주위에서 흔히 볼 수 있는
사물들을 통해 생의 비의(秘義)에 다가가는 시편이다.

> 위성안테나는 뉴스와 드라마를/가문비나무는 햇빛의 기쁨과 바람
> 의 불안을/까치들은 벌레들의 울음과 몸 향기를/흰 구름은 하늘의
> 푸른 생각들을//수신하지요//지지치 않고 받아들여 지상에 전도하지
> 요/구원의 메시지를/사람들의 마음에 무늬로 닿은 후/저 먼 시간의
> 바다까지 번지고 있는 열망을//휴대폰을 열어 송신하지요//레스토랑
> 에 금강이 보이는 좌석 예약을/식탁에 장식할 수선화 꽃배달을/당신
> 에게 보내는 저녁 약속을//하늘에 지워지지 않는 무늬로 끝없이 퍼
> 져/이제는 취소할 수도 없는 사랑의 말씀을

— 「스카이 라이프」 전문

시인의 눈은 마치 위성안테나가 뉴스와 드라마를 수신하듯이 "가
문비나무는 햇빛의 기쁨과 바람의 불안을/까치들은 벌레들의 울음
과 몸 향기를/흰 구름은 하늘의 푸른 생각들을//수신"하는 것을 본
다. 이 '바라봄'의 원리는 각각의 사실적 구체성을 갖고 있지만, 그
보다는 시인의 해석 기능에 의하여 상상적으로 굴절되어 있다. 이를
테면 시인은 "가문비나무"가 잡고 있는 것을 "햇빛과 바람"이라고
하지 않고 그것들의 "기쁨과 불안"이라고 말한다. 또한 까치들이 잡
아올리는 벌레들에게서도 그들의 "울음과 몸 향기"를, 나아가 구름
이 맞아들이는 하늘에게서도 "생각들"을 본다. 말하자면 모든 자연
현상들(나무/햇빛/바람/새/벌레/구름/하늘)이 서로 소통하고 화창(和唱)하고
있는 상상적 국면을 시인은 묘사하고 있는 것이다.

또한 뭇 사물들이 서로의 몸을 "지지치 않고 받아들여 지상에 전
도"하는 풍경을 시인은 '스카이 라이프' 즉 천생(天生)으로 읽는다.
그래서 시인은 그 풍경에서 "구원의 메시지"와 "사람들의 마음에
무늬로 닿은 후/저 먼 시간의 바다까지 번지고 있는 열망을" "송신"
하는 과정까지 상상하게 되는 것이다. 이 사물들의 수신과 송신 과

정은 서로 얽히면서 사물들이 생래적으로 지니는 생명성의 활달함을 암시하고 있다.

여기서 그 생명성은 시인의 개인적이고 일상적인 차원으로 급격히 전이된다. 시인은 "레스토랑에 금강이 보이는 좌석 예약"과 "식탁에 장식할 수선화 꽃배달" 그리고 "당신에게 보내는 저녁 약속"을 이어서 송신한다. 마지막에 시인은 결국 "하늘에 지워지지 않는 무늬로 끝없이 퍼져/이제는 취소할 수도 없는 사랑의 말씀을" 보내고 있는 것이다. 이 "사랑의 말씀"이야말로 시인이 최종적 가치를 부여하는 생명의 언어일 것이다. 따라서 이 작품은 뭇 사물들이 그려내는 생명의 무늬에 대한 외경(畏敬)을 낳으면서, "하늘에 지워지지 않는 무늬로 끝없이 퍼져/이제는 취소할 수도 없는 사랑의 말씀을" 그리고 있는 시편이다. 그것이 바로 이 작품의 제목이 은유하고 있는 '천상의 삶'일 것이다.

이처럼 김백겸 시인은 '운명'의 아이러니에 대하여 그리고 뭇 사물이 그려내는 여러 상상적 삽화를 통하여 근원적이고 불가해한 인간 조건에 대한 깨달음을 투명하고 밝은 어조로 보여주고 있다.

3

그런가 하면 김백겸 시인의 인식의 촉수는 세상과의 접면(interface)을 예리하게 구성하고 있기도 하다. 이때 그의 시는 다분히 세계의 부정적 현상이나 근원적 한계를 비판하는 안목에서 발원하고, 그의

어조는 더러는 풍자적으로 더러는 자조적으로 나타난다. 이러한 목
소리는 한결같이 세계에 대한 가치론적 인식에서 배태되는 것이라
는 공통점을 띠고 있는데, 다음 시편은 세계의 '권력'에 대하여 우
회적으로 자신의 인식을 밝히고 있는 시편이다.

> 식탁에 오른/밥과 국과 김치와 생선구이가/인생이라는 후식에 올
> 린/미와 윤리와 철학의 주식임을 배우고 나서//쌀을 만드는 농부와/
> 김치를 담는 아주머니와/바다고기를 잡는 어부의 일생을/바라본다//
> 그들의 욕망과 꿈이 고속도로 길로 뻗어 가는/한국이라는 무대를 생
> 각한다//나도 밥과 김치로부터 자유롭지 못한/생계를 위하여 일하는/
> 정신노동자여서//내가 먹고 있는 이 나라의 언어와 윤리와 철학이/그
> 욕망과 꿈이/하늘에 길을 내고 인터넷에 선을 뻗어/세계와 닿고 있
> 는 그물을 생각한다//이 음식의 배분을 쥐고 있는 권력과/이 음식을
> 생산하는 이데올로기를 위해//종업원으로 일하는 내 일생이 슬퍼서/
> 농부와 아주머니와 어부의 삶이 안타까워서//시인은 투표한다/인간
> 의 참 삶의 자유와 안전을 공약으로 내세운/이 세상 권력에게
>
> ━「투표」 전문

이 작품은 이번에 발표된 다섯 편 가운데 가장 날카롭게 현실과
의 접점을 형성하고 있다. '권력'을 매개로 한 세상 사람들에 삶에
대한 긍정과 '권력'의 속성에 대한 비판의 양날을 아울러 보여주고
있기 때문이다.

먼저 시인은 "식탁에 오른/밥과 국과 김치와 생선구이"가 "미와
윤리와 철학의 주식임을" 배웠다고 말한다. 언뜻 보아 가치의 역설
적 전도(顚倒)로 보이는 이 진술은 시인으로 하여금 "쌀을 만드는 농
부와/김치를 담는 아주머니와/바다고기를 잡는 어부의 일생을/바라"

보게 만드는 원초적 힘을 부여한다. 우리가 평소에 형이상학적으로 가치를 매겨왔던 것들보다 삶의 구체적인 직접성이 더 가치있는 것이라는 인식론이 여기 배어 있다. 그리고 "그들의 욕망과 꿈이 고속도로 길로 뻗어 가는/한국이라는 무대를" 시인은 상상한다. 그러나 시인의 경험에 "한국이라는 무대"는 그들의 그러한 꿈과 욕망을 실현시킬 천혜의 토양이기보다는 그것을 축소시키고 와해시키는 역설의 땅으로 각인되어 있다.

따라서 시인 스스로도 "밥과 김치로부터 자유롭지 못한/생계를 위하여 일하는/정신노동자"이기 때문에 그는 "내가 먹고 있는 이 나라의 언어와 윤리와 철학이/그 욕망과 꿈이/하늘에 길을 내고 인터넷에 선을 뻗어/세계와 닿고 있는 그물을 생각"하지 않을 수 없는 것인데, 그러나 그 '그물'이란 결국 '권력'에 의하여 짜여지고 나누어지는 것, "이 음식의 배분을 쥐고 있는 권력과/이 음식을 생산하는 이데올로기를 위해" 그리고 "종업원으로 일하는 내 일생이 슬퍼서/농부와 아주머니와 어부의 삶이 안타까워서" 결국 그는 "투표"라는 정치적 행위를 하게 된다. 어차피 "인간의 참 삶의 자유와 안전을 공약으로 내세운/이 세상 권력에게" 그 한 표를 주는 것이지만 말이다.

이러한 언급은 '투표'라는 행위가 최선(最善)이 아니라 차선(次善)을 택하는 행위라는 의미일 수도 있고, 아니면 그래도 "인간의 참 삶의 자유와 안전을" 시정의 목표로 세운 권력이야말로 지상에서 우리가 선택할 수 있는 유일한 '권력'이라는 아이러니에 대한 승인일 수도 있다. 이처럼 권력에 대한 비판을 또 다른 "권력"에 대한 선택으로 할 수밖에 없는 우리의 아이러니적 상황을 이 시는 잘 보여준다.

또한 이 시의 미덕은 모든 권력에 대한 허무주의로 귀착되지 않고, 온갖 미시 권력이 편만(遍滿)하게 우리 주위를 옥죄는 것이 현대 사회의 본질임을 암시하는 데 있다. 우리 사회가 단일한 중심과 그에 맞서는 여러 타자로 구성되어 있는 것이 아니라, 모든 존재가 주체이자 타자이며 또 모두가 권력과 탈(脫)권력의 주체임을 이 시는 강하게 암시하고 있는 것이다. 이에 비해 다음 시편은 매우 자조적인 목소리로 현대인의 일상을 조감하며 비판하고 있다.

> 벌레가 잠에서 일어나 꼼지락거린다/창가에 새 날이 밝았으므로/벌레가 식사를 하고 세수를 한다/밥을 먹어야 또 하루를 지탱할 수 있으므로/벌레가 자동차 시동을 켜서 직장으로 출근한다/일을 해야 벌레 사회로부터 먹이를 보장받으므로//벌레는 벌레에서 벗어나 나비가 되고 싶다/나비로 날아 숲 이슬과 나무 향기로/영혼의 갈증을 채우고 싶다/숫자를 모으는/일개미에서 벗어나/삶과 죽음의 알을 낳는 여왕개미가 되고 싶다//벌레에게 벌레들의 비난이 빗방울로 떨어진다/몸이 추운 벌레가 동굴 속으로 기어가고/불피워 몸을 말리며/빗방울이 소낙비로 지나가는 운명을 바라본다/벌레가 슬며시 동굴에서 기어 나와/벌레의 운명과 화해한다//벌레의 사랑과도 화해한다/운명의 노예인 벌레는 벌레를 사랑해야 할 뿐/사랑으로서 벌레의 세계를 만들고/그 고치 속에 들어앉는다/실을 뽑아 고치를 거대한 무덤으로 만들면서/운명을 사랑에 묻는다//벌레가, 배고픈 벌레가/일을 마치고 집으로 퇴근한다
>
> ― 「벌레」 전문

첫 연에는 '벌레'로 지칭된 현대인의 무심한 일상이 나열되어 있다. 잠에서 깨어 식사를 하고 세수를 하고 밥을 먹고 자동차 시동을 켜고 출근을 하는, "일을 해야 벌레 사회로부터 먹이를 보장"받는

한 인간의 초상이 담담하게 그려지고 있다. 그런데 2연에서는 그 벌레가 비상에 대한 욕구를 지니는 것으로 나타난다. "벌레는 벌레에서 벗어나 나비가 되고 싶다/나비로 날아 숲 이슬과 나무 향기로/영혼의 갈증을 채우고 싶다"는 것이다. 그리고 "숫자를 모으는/일개미에서 벗어나/삶과 죽음의 알을 낳는 여왕개미가 되고 싶다"는 것이다. 여기서 '나비'나 '여왕개미'라는 대상은 일상의 무심하고 속된 순환에서 벗어나 눈부신 전신(轉身)의 한 순간을 소망하는 시인의 마음이 투영된 것이다.

그런데 그럴수록 "벌레에게 벌레들의 비난이 빗방울로 떨어진다". 사회는 일상적으로 성실하지 않은 곧 불온한 상상력을 가진 자에게 가혹한 법이다. 그래서 "몸이 추운 벌레"는 "동굴 속으로 기어가고/불피워 몸을 말리며/빗방울이 소낙비로 지나가는 운명을 바라"볼 수밖에 없다. 여기 나오는 '운명'이란 수세적으로 수긍하지 않을 수 없는 준(準)절대적 삶의 원리이기도 하고, 벌레 스스로 초래한 삶의 굴레이기도 하다. 따라서 벌레는 "슬며시 동굴에서 기어 나와" "운명과 화해"하고 나아가 "사랑과도 화해"한다. 이 화해는 욕망의 상상적 성취 과정이 아니라 그것의 잠정적 포기 상황을 암시한다. 그래서 "운명의 노예인 벌레는 벌레를 사랑해야 할 뿐/사랑으로서 벌레의 세계를 만들고/그 고치 속에 들어앉"게 되고 "실을 뽑아 고치를 거대한 무덤으로 만들면서/운명을 사랑에 묻"게 된다. 결국 화해한 운명과 사랑은 무덤 속에 머물게 된다. 작품의 맨 앞 장면과 이어지는 마지막 연 곧 "배고픈 벌레가/일을 마치고 집으로 퇴근"하는 장면은 이 같은 욕망 좌절의 나날들을 강하게 시사한다. 이 같은 일상으로의 복귀는 스스로 꾸었던 일탈과 비상(飛翔)에 대한 상상적 욕망을 스스로 포기하고 묻게 하는 사회의 폭력성과 획일성을 비판적으로 암유하는 형상이라고 할 수 있다.

시인은 일찍이 ""내가 왜 이 길을 잘못 들었나 생각해 보지만/그 이유는 아마 내가 늘 남과 달리/다른 북소리를 듣고 있었기 때문/홀로 남겨짐을 누구에게 원망할 수도 없네"(「북소리」, 『북소리』, 새로운눈, 2002)라고 고백한 바 있는데, 바로 시인이 남다르게 듣는 그 '북소리'가 시인으로 하여금 불온하고 비상(非常)한 시인적 욕망을 가지게 하는 것이고, 그 욕망은 현실과 욕망 사이의 날카로운 접점과 갈등의 선을 구축하는 매질(媒質)이 되고 있는 것이다.

> 눈이 보지 못하는 視野가 바로 너의 집/살코기를 부패시키고/가끔은/인간의 정신도 부패시키고/악취를 풍겨 生의 권력을 쟁취하고자 한다//마늘과 생강을 뿌려/살균하고자 하는 요리사의 의지가/아름답게 배열된 고기요리 한 접시 앞에서//식욕은/생에 대한 권력의 또 다른 의지인/내 마음속 탐욕은/적당히 부패된 운명을 칼로 잘라먹는다//세균과/내 몸 속의 백혈구들이/세계를 제패하기 위한 머나먼 전쟁을 벌이면서//시간은 곪고/내 자아도 곪고/시간과 자아가 만든 거울/연화세계도 곪는다//배우자가 필요 없는 너는 성욕도 없이/성욕이 만드는 괴로움도 없이/괴로움이 도피하는 집/환상도 없이//이 세상과 싸우는데//내 몸은/온갖 두려움과 절망을 갑옷으로 무장한/약한 인생은//고기 한 접시 앞에서/약제살포를 하듯 후추를 뿌리고/음악에 기름이 바닥난 정신력을 간신히 기댄다//같이 식사를 하는 여인의 웃음이/세균처럼/내 힘을 갉아먹는 인생의 독이 아니기를/바라면서//언제나 생의 승자인 세균이/일상이라는 고해, 그 숲길을 가고 있는/내 식욕에/다소간의 휴식을 베풀 것을 바라면서
>
> — 「세균」 전문

이 작품에서 '세균'은 알레고리적 함의로 원용되고 있다. '식욕'으로 상징되는 권력에 대한 욕망의 과부하가 일상적 삶을 억압하는 역기능을 행사한다는 것, 그리고 그것이 마음의 연화세계(蓮花世界)마저 붕괴시킨다는 경세적(警世的) 태도가 '세균'이라는 표제에 잘 담겨 있다.

"눈이 보지 못하는 視野"는 모든 것을 부패시킨다. 그것은 살코기도 정신도 부패시키고 결국에는 "악취를 풍겨 生의 권력을 쟁취하고자 한다". 그런가 하면 "식욕"이라는 "생에 대한 권력의 또 다른 의지인/내 마음속 탐욕"은 "적당히 부패된 운명을 칼로 잘라먹는다". 그럼으로써 "세균과/내 몸 속의 백혈구들"은 "세계를 제패하기 위한 머나먼 전쟁을 벌이"게 된다. 세균과의 전쟁으로 인하여 "시간은 곪고/내 자아도 곪고/시간과 자아가 만든 거울/연화세계도 곪는다". 이때 세균과 나의 경계선은 스르르 없어지고 어느 순간에 이형동질(異形同質)의 두 실체로 자리하게 된다.

그래서 시인은 "내 몸은/온갖 두려움과 절망을 갑옷으로 무장한/약한 인생"이라고 이야기하면서, "고기 한 접시 앞에서/약제살포를 하듯 후추를 뿌리고/음악에 기름이 바닥난 정신력을 간신히 기댄다". "같이 식사를 하는 여인의 웃음이/세균처럼/내 힘을 갉아먹는 인생의 독이 아니기를/바라면서" 말이다. 또한 "언제나 생의 승자인 세균이/일상이라는 고해, 그 숲길을 가고 있는/내 식욕에/다소간의 휴식을 베풀 것을 바라면서" 말이다. 이 같은 역설적인 소망의 연쇄야말로 시인의 소망이 결국 세상의 합리적인 개선으로 이루어지지 않는 매우 근원적인 것이라는 사실을 알려준다.

이처럼 김백겸 시인은 우리가 사는 생의 현실적 문맥을 비판적으로 그리고 역설적으로 바라보면서 권력과 일상과 욕망에 대하여 사유한다. 그 사유의 근본주의적 성격과 치열성이 그로 하여금 그 같은 가치들에 대한 적극적이고 단호한 '인식의 시'를 쓰게 하고 있는 것이다.

4

'인식(認識)'이란 무엇인가. 그것은 사물이나 세계의 원리를 진리에 충실하게 해석하고 판단하는 일체의 정신적 작용을 말한다. 따라서 거기에는 필연적으로 도덕적·합리적 가치 판단이 개입하게 되고, 최종적으로는 세계관의 형성과 구축에까지 그 기능의 범주를 넓히게 된다. 김백겸의 시는 철저하게 이러한 '인식의 시'로서의 외관을 띠고 있다. 우리가 잘 알 듯이, 전통적인 '서정(抒情)'의 원리가 어떤 상황이나 가치를 파악하고 그것을 구체적인 사물을 통하여 간접화하는 데 있다면, 김백겸의 시편들은 서정적 주체의 사물에 대한 인식과 판단 과정이 비교적 명료하게 드러나고 있다는 점에서 '인식의 시'라 명명할 만한 것이다.

그러나 그의 인식의 대상이 합리적이고 구체적인 삶의 세목에 머무는 것은 아니다. 오히려 그는 자신의 인식의 대상이나 범주를 매우 근원적이고 포괄적인 주제로까지 넓히고 있다. 그것은 '운명'이나 '사랑' 같은, 합리성으로는 포착하기 어려운 주제로부터 '권력'이나 '일상' 혹은 '욕망' 같은 최근에 와서 더욱 주목받고 있는 주제에까지 이르는 편폭을 지닌다. 따라서 그의 시에서 사물의 구체성이나 세목의 적정성은 부차적인 관심일 수밖에 없다. 그는 다만 상징과 알레고리를 원용하여 생의 깨달음으로 직접 진입하는 방식을 택하고 있고, 그것을 비교적 단호하고 확연하게 언표하고 있다. 그렇기 때문에 그의 시에는 서정적 주체가 겪는 정서의 미세한 결들은 뒤로 숨고, 깨달음의 언어가 비교적 앞으로 나오게 되는데, 그래서 그의 시는 격정이나 절망의 소산이 아니라 마치 진언(眞言)과도 닮은 진리 충족적인 언어 체계를 띠고 있는 것이다.

시인은 자신의 오랜 동안의 방황과 탐색을 통해 얻은 한 가지 소득을 다음과 같이 말하고 있다. "이 세계는 우리의 오감이 인식하는 대로의 세계가 아니고 보다 신비한 세계라는 것. 우주는 신 과학자들이 이야기하는 '드러나지 않은 질서'가 '드러난 질서'와 함께 나란히 존재한다는 것. 시란 그 형식에 불문하고 드러나지 않은 질서를 드러난 질서로 표현해서 이 세계의 신비함을 독자와 나누는 일이라는 것."(「시인이 쓰고 고른 내 시와 삶의 다섯 장면」, 『북소리』, 2002)이 그것이다. 이 모두가 합리적인 근대의 지평을 넘어 '근대의 저편'을 응시하고 암시하려는 그의 시적 욕망을 잘 보여주는 언급이라 할 것이다. 그래서 그의 시는 앞으로도 근대 미시 권력들에 대한 강력한 상징적 항체로 거듭 존재하게 될 것이다.

씨오도어 로스작(Thedore Roszak)은 「황무지가 끝나는 곳(Where the Waste Land Ends)」에서 "진정한 상징들은 지식에 의한 해독의 한계를 초월하여, 언어로 표현할 수 없는 다른 차원의 의식의 지평을 환기시켜 준다. 말하자면 이 상징들은, 고대의 신비 의식의 입구와 같은 실체의 암실로 들어가는 문들과 같다"고 말하고 있는데, 우리는 평범한 일상에서 출발하여 새로운 차원의 인식의 지평을 환기시켜주는 상징들을 우리의 속악한 현실에서 찾기 어렵다. 다만 그것은 시인의 상상력이 '권력'이나 '욕망'에 대한 강력한 항체를 구성함으로써 형성되고 구성되는 어떤 것이다. 그래서인지 우리 시대처럼 세속적 가치에 온통 몰입되어 있는 시대에, 김백겸 시인이 지속적으로 보여주는 탈(脫)권력과 역설의 지혜는 매우 중요한 시적 인식이 아닐 수 없다.(2003. 3)

쓸쓸함 속에서 바라보는 '희망'의 안쪽
도종환 시집 『슬픔의 뿌리』

1

　도종환 시인을 둘러싸고 있는 이미지는 매우 다양하다. 이를테면 그는 "속 붉은 꽃으로 꼭 다시 피어"(「울타리꽃」, 『고두미 마을에서』, 1985)나는 민중적 생명력을 신뢰하는 시인으로서 자신의 이름을 처음 시단에 들여놓는다. 그리고 북한의 어느 시인도 외우고 있다는, 이제는 그의 대표 브랜드가 되어버린, "살아 평생 당신께 옷 한 벌 못 해주고/당신 죽어 처음으로 베옷 한 벌 해 입혔네"(「옥수수밭 옆에 당신을 묻고」, 『접시꽃 당신』, 1986)의 절절한 망부가(亡婦歌)로 세상에 자신을 선명하게 각인한다. 다음에 그는 "기약할 수 없는 약속만을 남기고/(…)/또 너희들 곁을 떠나는"(「지금 비록 너희 곁을 떠나지만」, 『내가 사랑하는 당신은』, 1988) 전교조 소속 교사의 참교육 실천으로 자신의 시적 함의를 넓혀간다. 거기에 청주 지역을 기반으로 하는 지역 문화 운동가로서의 면모까지 더하면 '도종환'이라는 자연인을 구성하고 있는 이미지는, 한 사람 안에서는 도저히 공존하기 어려운 다양한 요소들로 이루어져 있다고 할 수 있다.

이러한 강렬하고도 다채로운 이미지들은 그에게 높은 대중적 인지도와 친화력을 부여하였다. 아직도 대학생들에게 그의 이름 석자를 말하면 학생들은 대번에 알아듣고 반가워한다. 세대가 비록 달라졌다고는 하지만, 도종환 시에 대한 대중적 공감의 폭이 아직도 건재함을 입증하는 사례이다. 사정이 이렇다면 우리는, 첫 시집으로부터 이즈음에 이르는 20년 가까운 시간이 그의 문학과 삶 모두에 커다란 성취를 안겨준 게 아니냐고 쉽게 짐작해볼 수 있다. 그러나, 의심할 여지도 없이, 그 시간들은 도종환 스스로에게는 너무도 힘든 고난의 나날이었다. 웬만한 영혼들이라면 하나라도 버거운, 가난과 아내의 죽음, 험난했던 교육 운동과 구속, 그리고 복직과 지역 운동 등으로 이어진 힘겨운 시간들을 그야말로 '온몸으로' 통과해왔으니 말이다. 그래서 시인은 이번 시집 『슬픔의 뿌리』(실천문학사, 2002)에서 "생애의 대부분 고난이 예비되어 있을 줄 그땐 생각지 못했"(「자귀나무꽃을 찾아서」)다고 술회하고 있지 않은가.

그러나 이 같은 다양한 이미지들은 외연을 달리한 하나의 힘에서 발원하고 있는 것이다. 그 힘은 도종환 특유의 대상에 대한 사랑과 연민 그리고 자신의 삶에 대한 끊임없는 반성적 의지에서 온다. 사실 그를 여느 시인과 가장 뚜렷이 구별해주는 요소가 바로 시인의 체질에 배어있는 사랑과 연민 그리고 스스로에 대한 반성적 의지가 아니겠는가. 그래서 그의 시에서 "고통과 슬픔에도 불구하고 온전한 정신을 놓치지 않으려는 작중 화자(話者)의 안간힘"(김사인, 「발문」, 『내가 사랑하는 당신은』)을 읽는 것은 무척이나 자연스러운 것이다. 이처럼 그의 시가 발원하는 곳은 삶의 "고통과 슬픔"이고, 그의 시가 지향하는 대안(對岸)은 "온전한 정신을 놓치지 않으려는" 생이다.

이제 일곱 번째 시집이 되는 『슬픔의 뿌리』에서도 시인은 이 같은 사랑과 연민, 반성적 의지의 기조(基調)를 지속적으로 보여주고 있다. 그리고 중년의 삶이 치르는 근원적 쓸쓸함을 노래하면서, 그럼에도 불구하고 자신의 생에 대한 어김없는 희망을 발견하려 하고 있다. 그 점에서 이번 시집은 그동안 도종환 시학이 보여주었던 세계를 한층 심화시킨 풍경이라고 할 것이다.

2

먼저 『슬픔의 뿌리』의 첫 작품에서 시인은 '쓸쓸함'이라는 정서를 자신의 현재적 조건으로 받아들이고 있다. 그에게는 "세상/일/사람"이 모두 쓸쓸하기만 하다. 그런데 중요한 것은 이 같은 정서적 현재형이 특수한 외적 상황에 의해 형성된 것이 아니라는 점이다. 다시 말해서 그 '쓸쓸함'은 타인들에게 의지(依支)하거나 새로운 의지(意志)를 갖는다고 타개할 수 있는 한시적 조건이 아니라, 시인이 삶의 폐부에서 승인하고 받아들일 수밖에 없는 근원적이고 실존적인 조건이다. 이 점에서 시인은 이전 시집들보다 삶에 대해, 세계에 대해 한층 근본주의적인 사유를 하고 있는 것이다. 지속적인 자기 세계의 축적에도 불구하고 이번 시집에서 느껴지는 점층적 변화는 시인이 고통을 '희망'으로 바꾸어버리기보다는, 이처럼 '쓸쓸함'이나 '슬픔'을 자연스런 생의 조건으로 적극 받아들이고 있다는 점이다.

> 이 세상이 쓸쓸하여 들판에 꽃이 핍니다
> 하늘도 허전하여 허공에 새들을 날립니다
> 이 세상이 쓸쓸하여 사랑하는 이의
> 이름을 유리창에 썼다간 지우고
> 허전하고 허전하여 뜰에 나와 노래를 부릅니다
> 산다는 게 생각할수록 슬픈 일이어서
> 파도는 그치지 않고 제 몸을 몰아다가 바위에 던지고
> 천 권의 책을 읽어도 쓸쓸한 일에서 벗어날 수 없어
> 깊은 밤 잠들지 못하고 글 한 줄을 씁니다
> 사람들도 쓸쓸하고 쓸쓸하여 사랑을 하고
> 이 세상 가득 그대를 향해 눈이 내립니다
>
> ― 「쓸쓸한 세상」 전문

물론 "이 세상이 쓸쓸"한 것과 꽃이 피고 새가 나는 일은 서로 무관할 것이다. 그러나 시인은 꽃이 피고 새가 날고 눈이 내리고 자신이 노래를 부르고 책을 읽고 불면의 밤을 새우고 사랑을 하는, 곧 자연사와 인간사의 미세한 움직임들이 결국은 '쓸쓸함'에서 발원하여 '쓸쓸함'으로 귀결되고 있다고 생각한다. 그래서 그에게는 "산다는 게 생각할수록 슬픈 일이" 되고 있다. 이는 "자리가 많이 비어 있는/저녁열차들이 몇 번 더 지나가고/덜컹거리며 달려가는 시간의 쇠바퀴소리/뒤로 한 채 쓸쓸히 돌아왔어요"(「저녁열차」)라든가 "언덕

의 나무들을 만나도/그 중 쓸쓸한 풍경만 만나고/(…)/풍경의 안에서고 밖에서고/쓸쓸한 지 오래되었다"(「쓸쓸한 풍경」)처럼 도저한 쓸쓸함의 분위기가 시집을 온통 감싸고 있는 것과도 관련된다.

따라서 '쓸쓸함'은 이 시집 전체를 규율하는 가장 확연한 정서적 상황이자 삶을 이루는 편재적(遍在的) 원리이다. 이를테면 "모진 바람에 가지가 꺾이고/찢겨진 꽃들로 처참하던 날들이/당신을 더욱 깊게 할 것입니다/슬프지만 피었던 꽃은 반드시 집니다/그러나 상처와 아픔도 아름다운 삶의 일부입니다"(「꽃 지는 날」)나 "통증이 지나가고 난 뒤에 홀로 맞이하는 쓸쓸함 많은 관계가 끊어진 채 홀로 앓고 있는 순간의 편안함 넉넉하게 외로운 이 시간을 얼마나 오랫동안 잊고 살았던가 그 생각이 들었다"(「겨울휴가」) 같은 역설적 삶의 긍정에서도 자신의 쓸쓸한 존재 조건을 승인하는 시인의 태도는 매우 뚜렷해 보인다.

그러나 시인이 "낯선 곳을 떠도는 눈발처럼 허망하고 시리고 쓸쓸한 것들도 저희끼리 모여 단단해지며 나뭇가지를 꺾던 기억이 떠오르고 낯선 곳에도 언제나 낯선 곳에서 다시 시작하는 길이 있다는 걸"(「양안치 고개를 넘으며」) 말할 때, 우리는 시인 특유의 긍정과 희망의 자세를 결국 만나게 된다. 운명적 조건으로서의 슬픔이나 쓸쓸함을 승인하면서도 그것을 생의 역설적 긍정으로 바꾸는 상상력은 도종환 시인에게는 매우 익숙하고도 자연스런 것이다. 이처럼 비록 시인이 '슬픔'과 '쓸쓸함'이라는 불가항력적 조건에서 시를 길어 올리고 있다고는 해도, 그가 비관주의로 나아갈 것이라고 믿는 이는 우리 중에 아무도 없다. 다음 작품은 그러한 생을 궁극적 긍정을 담은 실례이다.

> 사람들은 늘 바다로 떠날 일을 꿈꾸지만
> 나는 아무래도 강으로 가야겠다
> 가없이 넓고 크고 자유로운 세계에 대한 꿈을
> 버린 것은 아니지만 작고 따뜻한 물소리에서
> 다시 출발해야 할 것 같다
> (…)
> 할 수만 있다면 한적한 강 마을로 돌아가
> 외로워서 여유롭고 평화로워서 쓸쓸한 집 한 채 짓고
> 맑고 때묻지 않은 청년으로 돌아가고 싶다
>
> ──「그리운 강」 중에서

이 작품에서 시인은 '바다/강'의 대위(對位)를 통해서, "가없이 넓고 크고 자유로운 세계에 대한 꿈"보다는 "작고 따뜻한 물소리"에서 삶을 다시 시작해보려는 자신의 가녀린 희망을 말한다. "할 수만 있다면 한적한 강 마을로 돌아가/외로워서 여유롭고 평화로워서 쓸쓸한 집 한 채 짓고/맑고 때묻지 않은 청년으로 돌아가고" 싶어하는 것이다. 여기서 "쓸쓸한 집 한 채"는 공간적 개념이기보다는 존재론적 삶의 형식을 은유하는 형상일 것이다. 따라서 세상에서 누구보다도 열심인 그가 깊은 영혼 속에서는 외롭고도 평화로운 그래서 쓸쓸한 삶을 갈망하고 있음을 이 시는 잘 보여주고 있다. 요컨대 이 역설의 변증법이 지금의 도종환 시인을 구성하고 있는 모순된 힘인 셈이다. 다시 말해서 넓고 크고 자유로운 세계에 대한 의식적 지향과, 작고 평화롭고 쓸쓸한 세계에 대한 무의식적 동경이 시인의 삶과 정서를 동일한 힘의 크기로 감싸고 있는 것이다.

그래서 그는 "지금 쓸쓸하고 허전하지만 우리가 그나마/여기까지 온 것은 그대들 때문임을 압니다/그대들이 골목골목 꽃피어 세상이

풍요롭기를 바랍니다"(「정향나무」) 혹은 "그러나 눈보라 북서풍 아니었다면/곧고 맑은 나무로 자라지 못했을 것이다/단단하면서도 유연한 몸짓 지니지 못했을 것이다/외롭고 깊은 곳에 살면서도/혼자 있을 때보다 숲이 되어 있을 때/더 아름다운 나무가 되지 못했을 것이다"(「자작나무」)라면서 자신의 생이 비록 외롭고 쓸쓸하기는 하지만 쓸쓸함에서 멈추지 않을 것을 말하고 있다. "언제부터인가 쓸쓸해지기 시작했습니다./한적한 강 마을로 돌아가/외로워서 여유롭고 평화로워서 쓸쓸한/집 한 채 짓고 살고 싶은 생각이 많아졌습니다./할 수만 있다면 강물소리를 들으며/강물소리와 함께 조용히 깊어지고 싶었습니다. 언제쯤/그 날은 올는지요."(「후기」)라는 말도 결국 세상의 하고많은 관계나 잡사(雜事)를 떠난 쓸쓸함의 완성은 결국 불가능한 것임을 너무도 잘 아는 시인의 고백임 셈이다. 따라서 시인이 "혁명의 꿈을 접은 지는 오래 되었지만/세상이 바뀌기를 바라는 마음까지 버린 건 아니어서/새로운 세상이 온다면 꼭 사월 나뭇잎처럼/한 순간에 세상을 바꾸고 사람을 바꾸었으면 싶다"(「나뭇잎 꿈」)라고 노래하는 것은 얼마나 자연스러운가.

3

이처럼 그에게 슬픔과 쓸쓸함은 그 자체로 비극성으로 발전하지 않고, 세계의 속악함과 대결할 수 있는 역설적인 힘으로만 작용한다. 그러니 그의 시에서 "앞에는 아름다운 서정을 두고 뒤에는 굽힐

줄 모르는 의지를 두고 끝내 그것들을 일치시키는 시인의 타고난 영성(靈性)"(고은)을 읽는 일은 결코 어렵지 않다. 그는 시집의 도처에서 부드러움과 강직함, 아름다운 서정과 굳건한 의지 등의 대립적 가치들을 통합하는 균형 감각을 보여주고 있는데, 이 또한 생에 대한 궁극적 긍정을 위한 역설의 방법론이라고 할 것이다. 일찍이 "한 생애를 곧게 산 나무의 직선이 모여/가장 부드러운 자태로 앉아 있는"(「부드러운 직선」, 『부드러운 직선』, 1998) 것을 투시한 바 있는 시인은 이제 "여백이 없는 풍경은 아름답지 않다/비어 있는 곳이 없는 사람은 아름답지 않다/여백을 가장 든든한 배경으로 삼을 줄 모르는 사람은"(「여백」)이라며 '여백(쓸쓸함)'과 '채움(아름다움)'의 변증법을 시도하고 있기도 하다.

예컨대 "미움과 사랑과 용서의 긴 밤이 없는 곳에선/반딧불이 한 마리도 살 수 없다"(「아무도 없는 별」)라든가 혹은 "하찮고 버려지고 쓸모 없어 보이는/풀포기 돌멩이 잡목 몇 그루가 모여/천 년을 다시 살아갈 언덕이 되고/사람들의 발길이 모여드는 집터가 됩니다"(「덕암리」), "가장 높이 올라설수록 가장 외로운 바람과 만나게 되며/올라온 곳에서는 반드시 내려와야 함을 겸손하게 받아들여/산 내려와서도 산을 하찮게 여기지 않게 하소서"(「산을 오르며」), "버려야 할 것이/무엇인지를 아는 순간부터/나무는 가장 아름답게 불탄다"(「단풍드는 날」) 같은 성서적 인유(引喩)에 가까운 역설들은 하나같이 도종환 시학의 가장 확연한 주춧돌이다. 이러한 균형과 역설의 시적 발견은 "눈보라 진눈깨비와 함께 오지 않는 건/사랑이 아닌지도 몰라/쏟아지는 빗발과 함께 오지 않는 건/사랑이 아닌지도 몰라"(「사랑은 어떻게 오는가」)처럼 사랑의 역설로 발전하기도 하는데, "쓰러지지 않으며 가는 인생이 어디 있겠는가/눈보라 진눈깨비 없는 사랑이 어디 있겠는가"
(「아름다운 길」)라든가 "가장 높은 곳에 있을 때/가장 고요해지는 사랑
이 깊은 사랑이다/(…)/사랑도 흐르다 깊은 곳을 만나야 한다"(「나리
소」)라는 생각에 이르는 것이 그 발전의 구체적 도정(道程)인 셈이다.

　나아가 시인은 "사랑이 귀한 건 사랑하는 사람의 마음을/착하고
너그럽게 만들기 때문"(「우체통」)이라고 말한다. 이는 그가 최근에 펴
낸 동화(『바다유리』, 2002)의 세계와도 고스란히 연결되는데, 그는 정
말 "남을 많이 미워하게 되면 언제든 남을 해칠 수 있는 칼날이 되
는 게 유리"(『바다유리』 23면)라고, 그리고 대상을 향한 가없는 사랑은
사람을 아름답게 한다고 믿는 시인이다. 그래서 사랑은 기침처럼 숨
길 수 없는 것이고, 그는 자신의 사랑과 연민을 곳곳에서 우리에게
들킨다.

출근 길 차창에 흰 조각들이 날아와 부딪힌다
눈발인가 종이조각인가 생각하는 사이에
빠르게 창 옆을 스쳐 보이지 않는 곳으로 사라진다
그러다 만난 대형 트럭 몇 대
칸칸이 쭈그리고 앉은 닭들의 빼곡한 눈동자를 본다
멀어져 가는 흐린 하늘과 숲의 나무들 위로 날려보내는
이 지상에서 지녔던 육신의 짧은 흔적
그것마저 빗줄기와 바람에 날려 자취 없어진 뒤에
남아 있을까 말까한 영혼의 마지막 깃털 하나씩
허공에 날려보내며 무심히 옮겨가는 목숨들을 본다
한 번 제대로 날아보지 못한 채
황망히 돌아가는 무수한 비상의 꿈들을 본다

　　　　　　　　　　　　　　　　　— 「깃털 하나」 전문

"대형 트럭 몇 대/칸칸이 쭈그리고 앉은 닭들의 빼곡한 눈동자"와 "이 지상에서 지녔던 육신의 짧은 흔적"은 시인의 예민한 감각이 길어올린 시적 대상이다. 그들의 좌절된 비상의 꿈은 "길들여지지 않으면 살아남을 수 없다고/우리에서 벗어날 수 있는 길은 이제 없다고/서서히 죽어가는 야성의 크기"(「사자써커스」)를 양도해버린 사자와 등가(等價)를 이루면서 시인의 구체적인 연민을 자아낸다. 그런데 이러한 대상에 대한 깊은 사랑과 연민이 시인 자신의 삶에 대한 반성과 죄스러움으로 연결되는 데 도종환 특유의 사유 방식이 있다.

"이루지 못했으나 잘못 살지는 않았다"(「겨울 금강」, 『부드러운 직선』)고 자신을 다잡았던 시인은 이번 시집에서도 "우리 청춘의 가장 빛나던 시절을 바쳐/내 가장 소중한 것들 아낌없이 다 바쳐/아름다운 세상을 꿈꾸던 뜨거운 날들은 가고/잘못 걸어오지 않았는데"(「들 끝에서」) 하며 자신의 삶을 묻고 있다. 이어서 그는 "버리지 못하는 것들로 내 안은 가득했어/수없이 버리고 또 비우며 왔다 했는데/뿌리에서 물오르듯 다시 가득 차 있곤 했어"(「풀잎 한 촉」)라면서 자신이 버리지 못하고 있음을, "깨끗하게 지워주고 싶습니다/내가 그럴 만한 자격이 있다면"(「눈 덮인 새벽」)이라면서 자신은 자격이 없음을, "길은 언제나 소리 없이 올 것이므로 길을 찾지 못한다 해도 길이 없는 것은 아니므로 우리가 길을 잃었어도 길은 반드시 우리를 기다리고 있을 것이므로"(「꺼버린 불」)라면서 생은 궁극적으로 긍정적이라는 것을 노래한다. "내가 먼저 작고 조용해져야 하는데"(「내가 좋아한 바다」) 하면서 말이다. 이러한 지극한 겸허를 동반한 사랑과 연민은 자연스럽게 그 대상을 넓혀간다.

광대한 옥수수밭 위로 노을이 지고 있었다
맨 손으로 일군 땅 위에 금빛 노을이 지고 있었다
옥수수밭 옆에 서너 살짜리 여윈 아이를 업고 서서
누군가를 기다리는 젊은 아기엄마를 보았다
가장 어려운 시기에 아이를 낳아서
얼마나 힘들게 키웠을까
혼자 그 생각을 했다
고난의 시절을 함께 걸어오지 않은
나는 진정 이들의 벗인가
가는 길 험난해도 웃으며 가자 하는 이들과
험난한 길 함께 하지 않은
나는 이들의 형제인가
그 생각을 했다
오늘 이렇게 손잡고 웃지만
내일도 함께 웃으며 가진 걸 나눌 수 있는
진정한 벗인가
그 생각을 하며 하늘을 보았다
평양으로 가는 길
폐허의 하늘 위에 뜨거운 노을이 지고 있었다

— 「노을」 전문

이 작품은 시인이 지난 해 평양에서 열렸던 8·15민족통일대축전에 참여했을 때의 한 순간을 담고 있다. 시인은 평양 교외에서 마주친 아낙을 바라보면서 "가장 어려운 시기에 아이를 낳아서/얼마나 힘들게 키웠을까/혼자 그 생각을" 한다. 그리고 "고난의 시절을 함께 걸어오지 않은/나는 진정 이들의 벗인가/가는 길 험난해도 웃으며 가자 하는 이들과/험난한 길 함께 하지 않은/나는 이들의 형제인가"라는 생각에 자신의 삶을 겹쳐 놓는다. 북한 사회 전체에 대한

동포애적 연민이라고 해야 할 이와 같은 의식은 서로에 대한 화해
와 용납의 정서로 나아가는데, 이와 같은 화해와 용납의 정신은 "저
가파른 정신"(「천지」)과 동전의 양면을 이루고 있는 것이다.

4

　이처럼 도종환 시인은 '쓸쓸함'이라는 생의 조건의 승인, 생에 대
한 궁극적 긍정, 대상을 향한 한없는 사랑과 연민, 스스로의 삶에
대한 깊은 반성적 사유를 통해 '희망'의 안쪽을 바라보고 있다. 그
의 시편들은 결국 쓸쓸함과 고통이 없는 생은 남루할 뿐이라는 것,
그 상처가 결국 사랑의 치유를 통해 '희망'으로 거듭나리라는 것에
대한 믿음의 노래이다. "상처와 고통을 더 먼저 주셨습니다 당신은/
상처를 씻을 한 접시의 소금과 빈 갯벌 앞에 놓고/당신은 어둠 속에
서 이 세상에 의미없이 오는 고통은 없다고/그렇게 써놓고 말이 없
으셨습니다"(「당신은 누구십니까」, 『당신은 누구십니까』, 1993)라는 세계는
이번 시집에서도 여전한 저류(底流)로 흐르고 있는 것이다.

　　희망의 바깥은 없다
　　새로운 것은 언제나 낡은 것들 속에서
　　싹튼다 얼고 시들어서 흙빛이 된 겨울 이파리
　　속에서 씀바귀 새 잎은 자란다
　　희망도 그렇게 쓰디쓴 향으로
　　제 속에서 자라는 것이다 지금
　　인간의 얼굴을 한 희망은 온다

가장 많이 고뇌하고 가장 많이 싸운
곪은 상처 그 밑에서 새 살이 돋는 것처럼
희망은 스스로 균열하는 절망의
그 안에서 고통스럽게 자라난다
안에서 절망을 끌어안고 뒹굴어라
희망의 바깥은 없다
— 「희망의 바깥은 없다」 전문

"새로운 것은 언제나 낡은 것들 속에서/싹튼다 얼고 시들어서 흙빛
이 된 겨울 이파리/속에서 씀바귀 새 잎은 자란다/희망도 그렇게 쓰디
쓴 향으로/제 속에서 자라는 것이다"라는 '희망'의 안쪽, 이것이 바로
도종환 시가 최종적으로 겨누는 생의 형식이다. 그래서 그의 시는 우
리로 하여금, '쓸쓸함'과 '희망'을 하나의 육체로 보게 해주고 있다.

이제 도종환 시인은 여전히 생의 긍정을 노래하는 시인으로 그리
고 지역을 토대로 한 일꾼으로 천천히 나이 들어갈 것이다. 그래서
인지 그가 "순결한 남자"(「저녁 노을」)라고 지목한 시인을 노래한 다
음 구절은 바로 스스로를 드러낸 말처럼 보인다. 자신의 삶이 무의
식적으로 배어나온, 그리고 우리에게 천천히 번져온 그 스스로의 비
유적 초상인 것이다.

그대는 진흙도 물벌레도 다 와서 살게 하는 고운 호수였다가
천둥 번개도 눈보라도 다 품어주는 저녁 하늘이었다가
그대는 지금 갈기갈기 소나기로 내리는 슬픔
쏟아지며 쏟아지며 온 세상을 다 적시는 눈물의 빗줄기
— 「이광웅」(『당신은 누구십니까』) 중에서

(2002. 10)

운명에 대한 추인과 맞섬
강연호의 시

1

세기의 전환기를 치르면서 우리에게 강력하게 다가온, 그러나 신뢰할 만한 검증은 전혀 거치지 않은 유력한 풍문 가운데 하나가 아마도 '시의 위기' 담론이었을 것이다. 물론 이 같은 위기 진단의 핵심에는, 시를 아끼고 소비하는 수용자 집단의 현저한 위축이라는 상황이 결정적으로 깔려 있는 것이지만, 그 같은 외연적 정황보다는 그 위기의 원인을 시의 내적 상황에서 찾으려는 몇몇 논자들의 문제 제기도 힘을 얻은 바 있다. 그들에 의하면, '시의 위기'는 시가 창작되고 수용되는 소통 회로의 위축에 그 결정적 원인이 있는 것이 아니라, 정작 '시' 스스로 자신의 통합적 존재 형식을 망각한 데 그 원인이 있다. 그것은 '서정'의 양극화 때문에 빚어진 것인데, 가령 한편에서는 소박하고 단조로운 자연 친화의 생태 시편이 범람하는 반면 다른 한편에서는 극단적인 실험적 열정의 난해 시편이 양산됨으로써 좋은 시가 본래적으로 가지는 인지적·정서적 기능의 통합적 국면을 가로막았던 것이다.

시적 주체와 대상 사이의 거리가 거의 소멸된 이른바 '동일성' 개념을 근간으로 하는 전통적 의미의 '서정'은, '동화(同化)'와 '투사(投射)'를 핵심으로 하는 독특한 세계 인식 및 표현의 원리이다. 그런 점에서 지난 1980년대 이후 우리 시단에서 반(反)서정의 시들이 활발하게 창작된 것을 두고 서정의 위축으로 볼 여지는 충분하다. 그러나 주체와 대상의 서정적 융합만을 서정의 원리로 생각하는 것은, 전통적인 리리시즘 차원에서 말하는 협의의 서정을 두고 말하는 것일 뿐이다. 오히려 거리의 서정적 결핍(lyric lack of distance)을 띠는 '주객합일'의 서정으로는 현대 사회에 미만(彌滿)해 있는 주체와 대상 사이의 날카로운 분리 양상을 포괄하지 못한다. 그래서 주체와 대상 사이의 미세한 균열과 불화의 실재를 형상화하는 것까지 이른바 '서정'의 원리에 포괄해야 한다는, 다시 말해서 '서정'이라는 개념도 역사적으로 수축·확대되는 개념임을 인지하는 안목이 이때 필요하게 된다. 그 점에서 우리 시의 현재적 지형은 '서정'에 대한 새로운 성찰을 요청하고 있는데, 이때 우리는 주체와 대상 사이에 서정적 융합보다는 그 사이에 견디기 어려운 불화와 균열 그리고 긴장과 거리가 모순적으로 내포되어 있다는 것을 드러내는 '서정' 범주의 방법적 확대에 주목해야 한다.

강연호의 세 번째 시집 『세상의 모든 뿌리는 젖어 있다』(문학동네,

2001)는 이러한 주체와 대상 사이에서 벌어지는 모순적인 긴장과 거리에 대한 성찰의 미학으로 일관하고 있는 독특한 '서정'의 세계이다. 그동안 『비단길』(세계사, 1994), 『잘못 든 길이 지도를 만든다』(문학세계사, 1995)의 시집들을 통해서 모순된 삶의 역동성과 그것의 시적 은유인 '길'의 시학을 집요하게 펼쳐왔던 그가, 이번에는 자신이 체험한 온갖 대상들을 불러 그들과 자신 사이에 있는 긴장과 거리를 시의 주제로 삼고 있는 것이다. 따라서 강연호의 시는 전통적인 주체-대상의 동일성이 아닌 그들 사이의 미세한 균열과 차이성에 의해 발원되고 완성되는 서정의 세계라고 말할 수 있다.

2

　강연호의 시적 초점은, 절망의 극한에서 피워 올리는 비극적 파토스나 미래적 전망을 열고자 하는 희망의 원리에 있지 않다. 오히려 그는 그러한 양극단의 진단과 해석이 삶의 실재와 무관한 허구에 불과하다고 믿는 편이다. 또한 그는 세련된 모국어의 언어 미학이나 강렬한 해체를 지향하지도 않는다. 마찬가지로 시가 현실 반영의 유력한 거점이 되어야 한다고 믿지도 않는다. 오로지 그는 불가피하게 접어들게 된 "잘못 든 길"(「비단길・2」, 『비단길』)인 시업(詩業)의 운명을 고독하게 수행하는 모노크롬의 사제와 같다. 세상의 모든 이치가 순리나 역리로만 일관된 게 아니라 그것들이 '운명'이라는 절대적 타자의 힘에 의해 복합적으로 얽혀 있다는 것, 인간의 의지나 노력으로는 그 복잡한 그물을 벗어날 수 없고 다만 그것과 힘겹게 맞설 수밖에 없다는 것, 그리고 안이한 서정적 관조로는 그 같은 복합성의 실재를 포착할 길이 없음을 끊임없이 의식하면서 그 모순의 역동성을 채록하고자 하는 것이 그가 애써 일구고 있는 시적 권역인 것이다.

『세상의 모든 뿌리는 젖어 있다』에서도 이와 같은 강연호의 시적 특성은 일관되게 지속되고 심화된다. 가늠 길 없는 속도 증후군이 삶의 에토스(ethos)가 되어버린 이 시대에도 그는 여전히 "느릿느릿 흘러"(「自序」)간다. 그리고 그 느린 시간 속에서 우리에게 필요한 것이 "처음의 제 몸을/가르고 꺾을 때마다 망설였을 점들의 고뇌와 번민"(「길」)이라고 일관되게 노래한다. 이 '고뇌와 번민'이 핍진하게 담긴 이번 시집은, 6년 만에 펴내는 것이라는 시기적 간극을 고려하지 않더라도, 주제의 다양성과 시적 기법의 진전에서 매우 인상적인 성과를 거두고 있다. 그리고 이전의 시집들에 비해 변별되는 특성들도 적지 않은데, 대략 세 가지만 말해보자.

그 하나는 시인이 스스로의 운명을 불가피하게 추인하면서도 그에 대한 실존적 두려움을 끊임없이 표명하고 있다는 점이며, 다른 하나는 이 같은 운명과 맞서는 주체의 긴장과 거리를 형상화하는 원리로 '아이러니(irony)'가 빈번하게 채택되고 있다는 사실이며, 마지막 하나는 세상의 복잡한 이법과 원리를 자신의 경험 내부에서 보편화하려는 시인의 욕망이 곳곳에서 나타나고 있다는 점이다.

먼저 '제 몫'으로 주어진 운명에 대한 처연한 추인 과정은 지난 시집들에 이어 이번 시집에서도 도처에 나타난다. "제 몫의 흘러온 기억을 열어보고 있"(「검은 강」)는 강물이나 "강은 스스로를 비틀어

굽이를 만든다"(「강」)는 표현은 모두 "제 몫의 세월을 건너가는"(「적멸」) 주체의 자기 표현에 가까운 것이다. 그래서 그는 "세상의 별들이 제 깊이만큼의 우물 속에 잠기듯"(「기억을 으깨다」) "필생의 힘으로 저를 흔"(「세상의 모든 뿌리는 젖어 있다」)드는 존재들의 흔적을 매우 집요하게 추적하고 묘사하고 있는 것이다.

그러나 이처럼 불가항력으로 주어진 자신만의 '몫(운명)'을 고스란히 추인하면서도 시인은 그 운명과 힘겹게 맞설 수밖에 없는 또 다른 자신에 대한 두려움을 말한다. 이는 그의 이전 시집에서는 찾아보기 어려운 것인데, 시인의 연륜의 축적과 긴밀하게 맞물리는 지점에서 생기는 자연스런 시적 반응일 것이다. "나는 사실 마른하늘에 날벼락보다/저 하늘을 찌르는 피뢰침이 더 무서워/저 망측한 당당함이 더 무서워"(「유예의 형식」)라든가 "텅 빈 복도가 무서운 게 아니라 텅 빈 복도를/뚜벅뚜벅 울리는 발걸음 소리가 무서웠네/알고 보면 그건 내 발걸음이었네 그래도 무서웠네"(「기억을 놓치다」) 혹은 "내 속의 갈증 내 몸의 가시/그게 두려웠던 것"(「선인장」)이나 "스스로 놓은 덫, 이 서슬 시퍼런 집착/정말 두렵습니다"(「다시 讁所에서」) 같은 고백은 한결같이 자신의 '몫(운명)'을 추인하면서도 그것에 대한 근원적 두려움을 시인이 가지기 시작했음을 알리는 표지(標識)이다. 물론 이는 청년기의 시인이 가질 법한 삶의 불확실성 같은 것에 대한 심리적 공포라기보다는, 자신의 운명을 승인할 수밖에 없는 실존적 주체가 느끼는 근원적 떨림이고, 그 운명과 맞서 있는 주체의 고단함 같은 것이기도 하다. 그 운명과 실존 사이의 긴장은 그래서 시인에게 "스스로 놓은 덫"에 대한 반성적 거리를 가져다주는 것이다.

또한 사소한 것이지만, 강연호는 운명에 맞서는 또 하나의 방법론으로 '기억'에 대한 '재(再)기억'의 행위를 택하고 있다. 일찍이 "이제, 숲에는 벌목당한 청춘들이/너나할것없이 심심해서/아무도 기억하지 않는 기억을 뜯어먹으며 산다"(「벌목」, 『잘못 든 길이 지도를 만든다』)고 노래한 바 있는 시인은, 이번 시집에서도 "그 순식간의 기억을 아프게 기억한다"(「별똥에 매달린 실오라기 한끝」)라든가 "떨어진 나뭇잎들은 제 그늘만큼의 기억을 기억할까"(「기억의 행방」), "파문의 뿌리를 둘러싼 동심원의 기억을 기억한다"(「세상의 모든 뿌리는 젖어 있다」)처럼, '기억'하는 것이 아니라 '기억을 기억'함으로써 자신에게 주어진 운명과 그 운명에 맞서 있는 자신의 존재 형식 모두를 성찰의 대상으로 삼는 것이다. 이 '기억에 대한 기억(재기억)'은 말하자면 소멸과 생성 혹은 절망과 희망 어디에도 귀속되지 않는 그 특유의 긴장의 거리를 발생시키는 사유의 원리가 되고 있다.

다음으로 강연호가 그 같은 경계와 긴장의 거리를 확보하면서 운명에 맞서는 방법적 장치는 '아이러니'이다. 이질적인 두 사물 사이의 동류항을 마련하려는 시적 장치가 '비유'라면, 언뜻 일관되어 보이는 언어적 질서에 틈을 내어 차이의 긴장을 유발시키는 것이 '아이러니'라고 할 수 있다. 이때 '아이러니'는 단순하게 반어(反語)를 뜻하는 레토릭의 차원이 아니라 주체와 대상 사이에 개재하는 '거리'의 양식(樣式)을 뜻한다. 시의 논리 안에서 줄곧 고양되어오던 어떤 주제가 급격한 어조의 하강(anti-climax)을 통해서 위축되는 데 바로 아이러니의 전략이 숨겨 있는데, 가령 「멜로 드라마」나 「쓸쓸한 자유인」, 「유배의 꿈」, 「음복」, 「밀레니엄 버그」, 「도서관」, 「기억을 놓치다」, 「어깨결림」, 「화살표」 등에 나타난 마지막 부분의 하강 국면은, 일정하게 풍자적 효과를 거두면서도 근본적으로는 세계와 숙명적으로 불화할 수밖에 없는 주체가 그 세계를 견디는 냉소적 방법론이 반영된 결과인 것이다.

마지막으로 강연호는 이 시집을 통해, 자신이 치러온 시간과 경험을 '모든'이라는 표현으로 응집하려는 보편화의 욕망을 내보이고 있다. 이 '모든'의 상상력은 가령 "모든 언어에는/제 몸을 쥐어뜯은 상처가 있다"(「언어의 꿈은 바깥에 있다」)라든가 "세상의 모든 어머니들만이/멜로드라마를 보면서 울고 있지 않느냐"(「멜로드라마」), "세상의 모든 뿌리가 젖어 있는 것은 당연하다"(「세상의 모든 뿌리는 젖어 있다」), "세상의 모든 길은 먼 길인데"(「운명」), "직립한다고 으스대는 인간만 빼고/곤충들 짐승들 물고기들/모두 오체투지의 생애를 살다 가는 것이다"(「개미」), "이 세상 모든 옛 애인의 기억은/읽다가 놓쳐도 좋을 주간지 같네"(「옛 애인」), "모든 게 흔적이네"(「흔적」), "어떤 그리움도/시선이 닿는 곳까지만 눈부시게 그리운 법이다"(「적멸」) 등에 두루 산견된다. 이처럼 시인은 자신의 젊은 날을 갈무리하면서 "세상의 모든" 것들에 대한 인식과 체험을 잠언화하면서 자신의 경험 내부로 붙박으려 하고 있다.

3

이 길지 않은 글이 이번 시집의 경개(景槪)를 다 그리지는 못했을 것이다. 오히려 우리가 말하지 않은 풍부한 주제 영역과 표현 기법에 이번 시집은 뒷받침되어 있고, 또 이번 시집이 30대 중후반이라는 오랜 시간이 반영된 세계인지라 그 "고뇌와 번민"의 폭이 결코 작지 않기 때문이다. 그러나 우리가 위에서 이야기한 운명에 대한 추인과 맞섬의 모순적 자의식, 방법적 아이러니, 보편화의 욕망 등은 강연호의 '마흔'이 다다른 독자적인 시적 방법론이자 이제는 다른 세계로의 분기(分岐)를 앞둔 결절점이기도 하다는 점은 다시 말해두자.

그러면 이번 시집으로 길고도 느릿느릿했던 젊은 날을 떠나보낸 그가 나아가야 할 지점은 어디인가. 그런 것이 있기는 한가. 있다면 그 유력한 시사를 우리는 다음 작품에서 읽는다.

> 그런데 건너간다는 말은 이를테면 신작로나 강물의
> 사이를 지나 맞은편으로 갈 때 쓰는 말이에요
> 나는 어머니의 어법을 수정하고 싶지 않았다
> 왜냐하면 그 순간 검객이 폭포를
> 싹뚝 두 동강으로 잘라냈기 때문이었다
> 그나저나 신작로 잘 건너다녀야 한다는 당부를
> 어머니는 언제부터인가 하지 않으셨다
> 어떤 흔적도 기억도 매끈하게 잘라내지 못해
> 실오라기 같은 돌부리에도 자주 채이는 아들을
> 도리 없다고 체념하신 걸까
> 아니면 결국은 혼자 가야 할 세상이므로
> 무딘 가위처럼 건너도 할 수 없다는 걸까
> ― 「가위 건너간 자리」 중에서

우리 서정시의 단골 메뉴인 가족의 서사나 유년 시절의 영상이 강연호의 시에는 더없이 빈곤하다. 물론 우리 시에 넘쳐나는 소박하고 감상적인 유년 편향에 대한 시인의 비판적 태도를 모르는 바 아니다. 그러나 이 작품은 강연호에게서 충분히 예외적이면서 아름답고 또한 구체적이다.

이 작품의 정황은 매우 아스라한 유년의 이미지와 생활적 구체성에 둘러싸여 있는데, 고향집에 와서 배탈이 난 채 무협지를 보고 있는 시인과, 광목천을 자르고 계신 어머니는 서로 교감하고 있는 게 아니라 전혀 다른 일에 열중하고 있을 뿐이다. 그때 어머니가 하시는 "가위가 잘 안 건너가네" 말씀에 의해 시인의 상상력과 기억 그리고 어머니와 무협지는 서로 분주하게 소통하기 시작한다. 거기서 시인이 길어올리는 것은 어머니에 대한 애정을 넘어서는 "세상이 잘 건너지지 않"는 것에 대한 시적 비의(秘義)이다.

이처럼 강연호의 시적 갱신은 구체성과 사인성(私人性) 거기다가 삶의 관계에 대한 성찰이 결합되는 지점에서 더욱 활력있게 이루어질 것이다. 가령 「개미」, 「우물」, 「술과의 화해」 같은 작품들에서 강연호가 보이는 기운은 앞의 세계들과는 또 다른 것이 아닌가. "글쓰기는 말하자면 돌이킬 수 없는 물방울 같은, 좌절된 열망의 흔적"(「自序」)이라고 자신의 시관(詩觀)을 밝힌 그는, 이처럼 "좌절된 열망의 흔적"을 통해 불가항력으로 주어진 운명을 추인하면서도 두려움으로 맞서고 있다. "잘못 든 길"을 인정하면서도 운명이 불러주는 소리를 그대로 전사(轉寫)하는 것이 시인일 수는 없다는 생각이 그를 이처럼 갈등하게 하고 그의 내면에 간단치 않은 파동을 낳고 있는 것이다.

이번 시집에서 보이는 낱낱 시편의 높은 완성도나 표현 기법의 세련된 확장 그리고 사물의 배후를 훑는 안목의 활력에 비추어 볼 때, 그의 시적 역량은 이미 한 극점에 와 있다. 그러나 자신에게 주

어진 운명에 대한 추인과 맞섬 사이의 모순적 거리 그리고 '보편화'
의 조급한 욕망과 다시 힘겹게 싸우면서 가장 구체적인 시세계로
그가 나아가기를 우리는 바란다.

그 점에서 이전 시집부터 확연하게 점증되고 있는 원형적 이미지
들(이를테면 '길'이나 '강' '상처' '흔적' '파문' 같은 것들)에 대한 자계(自戒)
는 어느 정도 긴요할 것이다. 그럴 경우 강연호의 시는, 세계와의
날선 긴장과 갈등을 포괄하면서도 주체의 구체적인 정서적 반응을
놓치지 않는 확대된 의미의 '서정'을 구현해갈 것이다.(2001. 11)

감은 눈 속 따듯이 밝히는 한 그루 젖은 단풍나무
이면우 시집 『그 저녁은 두 번 오지 않는다』

1

　이면우 시인의 두 번째 시집 『아무도 울지 않는 밤은 없다』(창작
과비평사, 2001)를 정성스레 통독해본 독자라면, 그의 시적 사고와 표
현이 발원되고 완성되는 가장 궁극적인 수원(水源)이 그의 '가족'과
'일터'였음을 어렵지 않게 알아챌 수 있었을 것이다. 어찌 보면 가
장 소시민적인 범부(凡夫)의 모습으로 비치는 이 같은 그의 시적 권
역은, 가족들에 대한 연민과 사랑 그리고 구체적인 노동을 통한 솔
직한 실감이 여전히 우리 시대에도 시적 감동을 줄 수 있다는 실례
를 우리에게 명료하게 보여주었다. 지금처럼 가족 해체의 징후가 짙
어가는 시대에, 그리고 노동의 가치가 온통 자본의 그것으로 환산되

어버리는 교환가치의 과잉 시대에, 아직도 가족에 대한 사랑과 노동에 대한 신뢰를 노래하는 이 시인의 목소리는 참으로 이채롭게 빛나는 것이었다.

그만큼 자신이 치러낸 생의 가장 구체적인 국면에서 언어의 세부를 길어올리는 그의 시세계는, 세 번째 시집『그 저녁은 두 번 오지 않는다』(북갤럽, 2002)에서도 충실하게 이어지고 있다. 말하자면 여전히 그는 자신의 실존을 구성하고 있는 주변 사람들과 자신을 존재케 하는 노동의 가치에 대해 깊은 믿음과 사랑을 견지하고 있는 것이다. 다음 작품은 그 같은 세계의 충실한 연속성을 보여주는 가장 이면우 시인다운 상상력의 소산이다.

내가 늘 그렇듯 명상 속에
상수리나무 아카시아 우거진 숲 오솔길 갈 때
쬐그맣고 알록달록한 새 두 마리 돌연히 나타나
이 나무 저 나무에서 분주히 자맥질하며
천지간의 종언이듯 까까까깍 울부짖다
내 머리까지 달락말락, 작은 몸뚱이를
번개같이 던져 내려오곤 하였다.

어제 그제 숲 속은 묵묵하더니
오늘 나는 작은 새들에게 여지없이 쫓겨
잔뜩 웅크리고 내달려 산등성이로 기어올랐다
거기서 어두워지기 시작한 숲을 보며
귀기울여 엿듣는 한 때, 작은 새들
멀어지는 울부짖음 사이로 가늘고 높고
여린 소리가 숲의 우듬지께 황금빛 테를 두른
저녁 무렵 잠깐 밝은 하늘로 솟구쳤다.

아아, 이제야 알겠구나
그 숲 속 작은 새들 오늘 새끼를 부화시킨 것
그래 제 몸을 던져 둥지를 지키고 있구나
따스한 물기 같은 전율이 등골을 타고 내렸다
그래 그래, 사는 거다
누구라도 온몸으로 살아야 하는 거다.

끝내는 조용해진 상수리나무, 아카시아 우거진
오솔길 두고 오늘 나는 가시에 찔리고 넝쿨에 긁히며
잡목숲 뚫고 이만큼 돌아 산을 내려왔다.

— 「그 숲 속 작은 새들」 전문

이 작품의 외관은 숲 속에 살고 있는 작은 새들에 대한 섬세한 관찰기로 나타나고 있지만, 그 이면에는 시인 자신의 가족애를 유추적으로 환기하고 있는 은유적 삽화가 내장되어 있다. 늘 그렇듯이 명상을 하면서 숲길을 걷고 있는 시인의 눈에 불현듯 두 마리의 작은 새가 들어온다. 두 마리의 새는 이리저리 옮겨다니고 시인은 숲속을 가로질러 높은 곳에 오른다. 거기서 날이 어둑해지는 것을 바라보면서 시인은 두 마리 작은 새들의 울음과는 다른 더 "가늘고 높고/여린 소리가 숲의 우듬지께 황금빛 테를 두른/저녁 무렵 잠깐 밝은 하늘로 솟구"치는 것을 듣게 된다. 그 소리를 듣는 순간, 작은 새들의 부산한 움직임과 울음소리가 결국 그 "가늘고 높고 여린 소리"의 주인공일 법한 "새끼를 부화시"키는 헌신적 노동이었음을 깨닫는다. 순간 작은 새들은 시인의 상상 속에서 일가(一家)를 이룬다. 그래서 "제 몸을 던져 둥지를 지키고" 있는 가장(家長)의 이미지나 "누구라도 온몸으로 살아야 하는 거"라는 고단한 삶에 대한 인내의

요구는 곧바로 시인이 처한 삶을 상관물로 거느리는 은유적 표현의
일부가 된다. 시인이 작은 새들이 이루는 그 아름답고 힘겨운 풍경
을 범접치 않고, 비록 힘들더라도 에돌아 산을 내려오는 장면에서
그 일가의 풍경을 지켜내고자 하는 시인의 연민과 사랑이 잘 나타
나고 있다. 위 작품은 그래서 지난 시집의 세계를 가장 충실하고도
직접적으로 잇고 있다고 할 수 있다.

　그런가 하면 지난 시집에서 가장 우리의 마음을 따듯하게 데웠던
그의 시적 기율, 곧 노동의 주변에서 관찰되는 가장 구체적인 소재
들을 통해 시적인 차원을 암시하는 그의 시적 방법 또한 이번 시집
에서도 연속성을 띠며 나타난다. 이러한 시편들의 가장 커다란 특성
은 그 소재들의 미세한 외관과 움직임을 포착하여 그것을 생의 비
의로 유추시키는 방식에 있다.

　　　흰구름과 쌀밥은 닮았다 어려서
　　　구름이 자꾸 몸 바꾸다 돌연 사라지는 걸
　　　꿈꾸듯 지켜보는 내게, 아버지
　　　너, 게으르면 힘든 밥 먹는다.

　　　보일러 점화 삼분 뒤 굴뚝을 본다
　　　탄산가스와 습증기로 된 흰구름이 뭉게뭉게
　　　차가운 하늘 속으로 반듯이 올라간다
　　　내가 만든 구름 참 많이 흘러다닐 하늘 저편에 대고
　　　가만히 불러보았다, 아버지

　　　저는 지금 구름이
　　　밥이 되는 기적을 만나는 중이예요.

— 「구름 만드는 남자」 전문

시인이 만들어내는 '구름'이란 기실 도심의 아파트 위로 솟구치는 굴뚝의 연기일 것이다. 그 구름은 "탄산가스와 습증기"로 되어 있는, 곧 수많은 사람들의 체온은 데우는 보일러가 내뿜는 잔해이기도 하다. 그러나 그 '구름'은 곧 "밥이 되는 기적"을 시인에게 베푸는, 가장 구체적인 '일용할 양식'이기도 하다. 이와 같은 역설이 가능한 것은, 물론 시인의 직업이 '구름'을 만들어내는 보일러공이기 때문이기도 하지만, 어릴 적 아버지가 하신 말씀의 순간적 기억을 통해 솟구쳐 오르는 삶에 대한 어떤 깨달음 때문이기도 하다.

특히 "내가 만든 구름 참 많이 흘러다닐 하늘 저편에 대고/가만히 불러보았다, 아버지"라는 발화에서는, 이제는 '하늘'로 가신 아버지와 자신의 노동의 구체적 결과물인 '구름'을 기억 속에서 통합시키면서, '일'과 '밥'의 관련성 또는 건강한 '노동'과 건강한 '삶'의 친연성에 대한 경험적 신뢰를 보여주고 있는 것이다. 비록 소품이지만 이 작품에서도 이면우 시인의 삶의 기율이 가지는 연속성은 발견된다고 할 수 있다.

2

그러나 이 같은 일정한 연속성에도 불구하고 이번 시집의 주조(主潮)는 가족을 둘러싼 애틋한 서사나 자신의 노동과 연관된 삶의 세사(細事)에 있지 않다. 오히려 이번 시집의 무게중심은 시인 자신의 삶에 대한 보다 더 근원적인 성찰 곧 "이 아름다운 지상에서의 시

간을 낭비한 죄"(「머나먼 저곳 스와니강」)에 대한 반성과 "내 나이 마
흔이 되고서야 비로소 자신을 용서"(「내 나이 마흔이 되고서야」)해야 했
던 자기 성찰에 있다고 보아야 할 것이다. 이는 물론 상대적인 비중
의 차이이겠지만, 시인이 지난 시집에서보다 더욱 자연 풍경으로 깊
이 다가들며 지난 시간들의 기억 속으로 깊이 침잠해가는 것과도
연관된다. 따라서 시인의 눈은 일상보다는 실존을, 시간의 구체성보
다는 근원성을 향해 있다.

> 무언가 용서를 청해야 할 저녁이 있다
> 맑은 물 한 대야 그 발 밑에 놓아
> 무릎 꿇고 누군가의 발을 씻겨 줘야할 저녁이 있다
> 흰 발과 떨리는 손의 물살 울림에 실어
> 나지막이, 무언가 고백해야 할 어떤 저녁이 있다
> 그러나 그 저녁이 다 가도록
> 나는 첫 한마디를 시작하지 못했다 누군가의
> 발을 차고 맑은 물로 씻어주지 못했다.
> — 「그 저녁은 두 번 오지 않는다」 전문

"무언가 용서를 청해야" 한다는 사실 앞에 시인은 "맑은 물 한
대야 그 발 밑에 놓아/무릎 꿇고 누군가의 발을 씻겨 줘야" 한다고
생각한다. 이 누군가를 향한 세족(洗足)의 제의(祭儀)는 그 자체로 속
죄와 헌신의 형식을 띠고는 있지만, 궁극적으로는 "흰 발과 떨리는
손의 물살 울림에 실어/나지막이, 무언가 고백해야 할" 자신의 실존
적 삶에 대한 성찰과 반성에 그 초점이 놓여 있다. 그러나 그러한
다짐을 가능케 했던 "저녁이 다 가도록" 시인은 "첫 한마디를 시작
하지 못했"고 또 "누군가의/발을 차고 맑은 물로 씻어주지 못했다."

남다르게 힘겨운 젊은 날을 깊은 서사로 갖고 있으면서도 그 불모
성과 결핍의 과정을 드러내지 않고, 그것들을 속죄와 고백과 헌신의
형식으로 치환해내는 놀라운 자기 탐색의 경지를 보여주는 이 시인
의 생애는, 그래서 남의 발을 씻어주며 그에게 무언가를 끊임없이
고백하는 쪽으로 전개될 것이다.

그가 살아온 불모와 결핍의 시간이란, "겨울 석달은 꼼짝없이 놀
아야 했던 때/품팔아 살던 게 기적 같던 때"(「할 일 많은 사내는 주먹을
쥐고 있다」)였다. 말하자면 "나날의 막노동은/쌀과 공납금, 몇 토막의
소금절이 생선/그리고 풀 먹인 이불 홑청의 평안을 보장"(「우리는 알
몸으로 사계절을 껴안았다」)했었던, "때때로 바닥난 잔고를 떠올리며 주
먹 불끈 쥐고 새 일터를 찾아 나섰"(「돈아, 참 이쁘구나」)던, "이 현장
저 공사판을 날마다 기웃대"(「벚꽃 단장」)면서 "실업의 겨울"(「겨울나
기」)을 이겨내고 "온몸으로 길 밀고 낮 밤 안 가리고 왔"(「겨울 나그
네」)던 때이다. 이를 참조한다면, "이 모든 세상의 아침을 추억하는
일만으로도/절해고도의 또 한 생을 묵묵히 견뎌낼 수 있겠다"(「세상
의 모든 아침」)는 그의 오래된 비극적 낙관론은 역설적으로 그의 생
을 위안하고 지탱시켜주는 원초적 힘이었을 것이다.

험난하고 가난했던 삶의 맥락이 산문적으로 노출되지 않고 그 비극
적 에너지가 자기의 근원이나 실존에 대한 반성적 탐색으로 전환되
고 있는 것, 그것이 이번 시집에서 가장 빛나고 있는 특장이 아닐 수
없다. 이러한 성찰성은 그에게 다음과 같은 시편을 남겨주기도 한다.

> 나도 일찍이 황금빛 가을을 꿈꾸었으니
> 느닷없이 다가올 저녁은 준비하지 못했다

그 오랜 망설임, 글썽임 끝에
나의 여름은 새들의 날갯짓처럼 희미해지고
사는 일 어김없이 가을은 와
지금은 지상의 단 한번뿐인 여름을
세끼니 밥과 바꾼
등 굽은 사내들 어디론가 떠나는 때
나는 거기 어디쯤 뒤돌아 서서 강의 등에
또박또박 새겨 넣는 침묵의 말
잘 있거라, 내 여름의 강
내게 허락된 여름은 그토록 긴 아픔이었구나
아니, 가슴 뛰는 은밀한 기쁨이었구나

—「잘 있거라, 내 여름의 강」 중에서

자신이 거처온 젊음의 뒤안길을 "여름의 강"으로 은유한 후 시인은, 그것을 "그토록 긴 아픔"이자 "가슴 뛰는 은밀한 기쁨"으로 반추한다. "오랜 망설임, 글썽임 끝에" 사라져간 젊은 날, 그 시간들을 향해 시인은 "지상의 단 한번뿐인 여름을/세끼니 밥과 바꾼/등 굽은 사내들 어디론가 떠나는 때"라는 등가적 관계를 부여하고 있는 것이다. 이 '아픔'이자 '기쁨'이기도 한 시간들은 자연스럽게 시인의 생을 구성한다. 그래서 시인이 꿈꾸었던 "황금빛 가을"은 "침묵의 말"로 새겨지는 여름날의 기억 속에서 끊임없이 유예될 수밖에 없다.

이때 "느닷없이 다가올 저녁"이란 이 시집의 표제시이기도 했던 「그 저녁은 두 번 오지 않는다」의 "저녁"과 고스란히 겹치면서, 시인의 삶을 끝내 완성되지 않고(완성될 수 없고), 꿈과 결핍의 간극 속에서 갈등하고 연대하며 사랑할 수밖에 없는 생의 형식으로 만들고 있는 것이다.

시인은 나아가 "맨 손으로 움켜잡는 물고기 등 같이 꿈틀대던/강가 사내들의 생"(「장마」)을 옹호하고, 청소차 짐칸에 실려가는 한 사내의 모습에서 "동굴처럼 깊은 눈"(「새해, 돈 많이 받으세요」)을 바라본다. 말하자면 대상에 대한 시혜적(施惠的) 연민보다는 그 대상이 품고 있을 활력의 가능성에 더 주목하는 것이다. "돌이 엄마 팔뚝처럼 튼튼한 이 아침"(「스뎅 27종은 아침에 빛난다」)도 역시 건강한 노동과 삶의 활력을 담은 삽화이다. 이들은 모두 시인의 눈이 사람살이의 연대와 사랑을 향하고 있음을 증명하는 사례일 것이다.

또한 우리가 물리적으로 금세 느낄 수 있는 것이지만, 이번 시집에서 그의 시를 산출하고 있는 더없이 확실한 배경은 단연 '숲'이다. 그리고 그 '숲'에 들어차 있는 '새'와 '나무'와 '호수'이고 그들의 움직임이다. 그리고 '숲'을 감싸고 있는 '비'와 '안개'라는 배경이다. 그래서인지 시인이 바라보고 있는 숲 속의 사물들은 거의 예외없이 '젖어' 있고, 그것을 바라보고 있는 시인의 눈 또한 거의 '젖어(울고)' 있다.

"숲의 나무들 서서 목욕한다"(「소나기」)라든가 "비 젖은 숲, 그 속의 나무 한 그루보다/작은 나는 꼼짝없이 비에 젖는다/또 호수는 정숙한 여자 눈 속처럼 깊이 젖는다"(「젖는 것들은 모두 따뜻하다」) 혹은 "거기 어디쯤 추적추적 봄비 젖으며 비탈밭 돌 하나씩 들어내던 노인의 굽은 등"(「사람은 다른 사람에게 더 소중하다」)처럼 시인의 눈길이나 흔적이 머무는 곳은 으레 '젖어' 있다. "푸른 피 저토록 흥건히 들판 적시며"(「봄」) 봄이 열리고 있다는 감각이나, "지나는 여름 소3나기에 조선문창호지 아랫도리 다 젖다 밤안개 새벽 이슬에 젖다"(「조선문창호지」) "우리는 함께 젖었다"(「같은 작품」) 등도 '적시는' 사물과 '젖는' 사물의 일체감이나 결속감을 표상하고 있다.

또한 "저물녘 산에 올라 황금빛 호수를 내려다보며/엉엉 소리내어 울었다"(「내 나이 마흔이 되고서야」)나 "내 이제 마흔이다 그늘 시린 산 어디쯤 발목 붉은 새가 운다 그 다음엔 꼼짝없이 내가 엉엉 울 차례다"(「머나먼 저곳 스와니강」), "나는 지금 혼자 운다"(「같은 작품」), "나무가 빗물로 목욕하듯 사람은 눈물로 목욕한다"(「그 나무, 울다」) 등은 시인 스스로 '젖음'의 주체가 됨으로써 사물과의 일체감을 형성하고 궁극적으로는 삶의 신생에 이르는 정화의 상상적 과정을 보여주고 있다. "저 불의 집을 떠나며 나도 무어든 되어보리라고 작정했었다/그때 흘리지 않은 눈물이 눈꺼풀 새로 뜨겁게 번졌다."(「가을강에 눈 씻다」)는 고백 역시 그 예 중의 하나인데, 이채로운 것은 "네 힘의 원천은 흐르는 땀"(「물 또는 자라는 탑」)에서 볼 수 있듯이 그 '눈물'의 실체가 감상의 범람으로 생기는 벽(癖)이 아니라 노동의 밀도를 동반한 구체적 생의 형식이 반영된 것이라는 사실이다. 그 상상적인 정화 과정은 다음 시편에서 "한 그루 젖은 단풍나무"라는 심미적이면서도 생성적인 이미지를 낳는다.

멀리서 보면 초록숲이지만 그 속엔 단풍나무가 있고 때론 비 젖은 잎, 여윈 손처럼 내밀었다 아주 오래 전 내가 처음 들어선 숲엔 말없음표 같은 비 후두두둑 떨어져 내리고 있었다 그때 나는 내미는 낯선 손을 어떻게 잡아야할지 아직 몰랐다 다만 여름숲은 초록빛이어야 한다고 너무 쉽게 믿어버렸다 그 단풍나무를 만나기 전까지 나는 고통에 관하여 아무 것도 알지 못했다 그렇다.

이렇게 살다가, 누구라도 한번쯤은 자신의 세운 두 무릎 사이에

피곤한 이마를 묻을 때 감은 눈 속 따듯이 밝히는 한 그루 젖은 단
풍나무를 보리라

지금이 꼭 가을이 아니더라도

— 「그 젖은 단풍나무」 중에서

"자신의 세운 두 무릎 사이에 피곤한 이마를 묻을 때 감은 눈 속
따듯이 밝히는 한 그루 젖은 단풍나무"는 마치 백석(白石)의 시 「남
신의주유동박시봉방(南新義州柳洞朴時逢方)」에 나오는 "먼 산 뒷옆에 바
우섶에 따로 외로이 서서,/어두워오는데 하이야니 눈을 맞을, 그 마
을 잎새에는,/쌀랑쌀랑 소리도 나며 눈을 맞을,/그 드물다는 굳고 정
한 갈매나무"를 연상시키는, 매우 상징적인 시인의 삶의 동반자이자
다른 어떤 사물이나 경험으로 환원될 수 없는 삶의 지표로 나타나
고 있다. 이처럼 시인은 세상에서 소멸되어가는 운명을 살아내는 모
든 존재들에 대한 따듯한 애정을 보내며, 자신의 삶을 온몸으로 견
디는 "낙관적 비관주의"(박수연)의 모습을 일관되게 보여주고 있다.

3

이번 시집을 찬찬히 거듭 읽으면서 나는 이 시집에 실린 작품들
가운데 지난 시집인 『아무도 울지 않는 밤은 없다』보다 훨씬 이전
에 씌어진 시편들도 상당수 있다고 느꼈다. 말하자면 이 시집은 그
의 세 번째 시집이라기보다는 두 번째 시집을 전후(前後)로 감싸고
있는, 그의 또 하나의 두 번째 시집이라고 할 수 있을 것이다.

결국 이번 시집은 지난 시집보다는 현저하게 현장성이 약화되면서 삶의 의미를 '구체성'보다는 '성찰'의 힘으로 일구어가려는 인생론적 의지가 강해 보인다. 그리고 가족 구성원들의 삶이나 관계성이 문면에서 많이 증발해버리고, 지난 시절 고단하게 살아온 가족의 서사 또한 시의 문맥 속으로 은폐되면서(그러나 연속성은 여전히 살아 있다), 자연 사물로 깊이 다가들며 생의 근원적인 성찰에 이르려고 하는 시인의 의지가 돋보인 결과라고 할 수 있을 것이다. 이와 같은 성찰의 형식을 통해 그의 삶은 "낡아가며 새로워지는 중"(「대전」, 『아무도 울지 않는 밤은 없다』)이었던 것이다.

그러나 근원적 실존에 대한 성찰이 "누구라도 상처 하나쯤은 꼭 지니고 가기 마련이다"(「그 젖은 단풍나무」)라든가 "가장 아름다운 것은 그렇게 강이 되어 아득히 떠나보내는 것"(「머나먼 저곳 스와니강」), "슬픔의 힘은/세상을 있는 그대로 받아들이게 한다"(「작은 완성을 향한 고백」) 같은 익숙한 잠언(箴言) 스타일의 시적 조사(措辭)를 부르는 경우는, 이 시인의 구체성의 시학에 견줄 때, 오히려 그러한 특장을 이완시키는 사례가 아닌가 조심스럽게 말해본다.

이제 "홀로 망을 짜던 거미의 마음을 엿볼 나이"(「거미」, 『아무도 울지 않는 밤은 없다』)인 지천명을 지나 시인의 눈은, 세상에서 소멸을 준비하고 있는 사물의 어둑한 비의에 가서 정성스레 닿고 있다. 그래서 우리는, 그 "한 그루 젖은 단풍나무"의 이미지로 "남의 힘을 빌리지 않고 소박하게 자신의 몸뚱이를 바쳐 소신공양해온 가장의 절절한 삶"(유용주)을 살아온 이면우 시인이, 여전히 가장 선하고 열정적인 '구체성'의 시학을 펼쳐가기를, 그리고 더욱 생동하는 수많은 생의 파문을 우리에게 그려주기를 바라는 것이다.(2002. 8)

저자 약력

유성호(柳成浩)

1964년 경기도 여주에서 태어나 서울에서 자랐다. 연세대학교 국어국문학과를 졸업하고 같은 대학원에서 문학박사 학위를 받았다. 『대한매일』 신춘문예 문학평론 부문에 당선하여 문학평론가로 활동하고 있으며, 『문학수첩』, 『시작』, 『문예연구』 등의 편집위원을 맡고 있다. 현재 한국교원대학교 국어교육과에서 한국 현대시를 가르치고 있다. 저서로 『한국 현대시의 형상과 논리』(1997), 『상징의 숲을 가로질러』(1999), 『침묵의 파문』(2002) 등을 펴냈다. 대산창작기금, 김달진문학상 등을 수상하였다.

역락비평신서 2 **한국 시의 과잉과 결핍**

지은이 유성호

인 쇄 2005년 4월 14일
발 행 2005년 4월 20일

펴낸곳 도서출판 역락
등 록 1999년 4월 19일 제2-2803호
펴낸이 이대현
편 집 이태곤

주 소 서울 성동구 성수2가 3동 301-80
전 화 3409-2058, 2060
팩 스 3409-2059
홈페이지 http://www.youkrack.com
e-mail youkrack@hanmail.net

값 18,000원
ISBN 89-5556-375-2-93800

▪ 잘못된 책은 바꿔드립니다.

한국문화예술진흥원
THE KOREAN CULTURE & ARTS FOUNDATION
이 책은 한국문화예술진흥원으로부터 문예진흥기금을 지원받아 발간되었습니다.